国家社科基金
后期资助项目

超验主义时代的旁观者
—— 霍桑思想研究

The Spectator of the Transcendental Age:
A Study of Nathaniel Hawthorne's Thoughts

代显梅 著

社会科学文献出版社
SOCIAL SCIENCES ACADEMIC PRESS (CHINA)

国家社科基金后期资助项目
出版说明

后期资助项目是国家社科基金设立的一类重要项目，旨在鼓励广大社科研究者潜心治学，支持基础研究多出优秀成果。它是经过严格评审，从接近完成的科研成果中遴选立项的。为扩大后期资助项目的影响，更好地推动学术发展，促进成果转化，全国哲学社会科学规划办公室按照"统一设计、统一标识、统一版式、形成系列"的总体要求，组织出版国家社科基金后期资助项目成果。

全国哲学社会科学规划办公室

序言　理解霍桑

引　言

  序言只能在一本书完成之后才能写，只有当一个人全面了解这本书会把读者带到哪里、要达到什么目的之后才能写。另一方面，序言几乎是读者首先遇到的东西。这是带领他或者她进入完成这本书的目标旅程的第一步。

——希利斯·米勒《语言的时刻》

  在纳撒尼尔·霍桑（Nathaniel Hawthorne，1804－1864）生活的时代，从来没有一位美国作家像他那样在被世界发现之前如此长期地隐居，如此关注清教历史（Puritan History），也从来没有一位美国作家像他那样如此关注变化中的世界与现实问题；从来没有一位美国作家像他那样刚出道就得到评论家如此慷慨的称赞，但也从来没有一位美国作家像他那样成名之后仍然长期默默无闻，受到如此多的误解与忽视。

  1825 年，从鲍德温学院（Baldwin College）完成大学学习的霍桑回到家乡塞勒姆小镇（Salem），在这里隐居修炼，直到 1837 年他的第一部短篇小说集《重述的故事》（*Twice-Told Tales*）发表，整整十二年的时间里，他潜心研读新英格兰历史和西方文学经典著作。《圣经》、古希腊罗马神话，莎士比亚、斯宾塞、弥尔顿、但丁的作品成为他首选的文学读物。他也偶尔给当地的杂志投稿，但发表的东西寥寥无几。在十二年里，他基本上过着一种与世隔绝的文学生活，神游在历史、文学与思考的世界里。

  霍桑的故事集刚一出版，就得到了美国作家和文学批评家的高度赞扬。美国诗人朗费罗（H. W. Longfellow）充分肯定霍桑的艺术独创性和民族特色，认为"他不是用别人的大脑在思考，他显然是一位观察家和思想家,而不是一个学生"①。一向不怎么看好新英格兰作家的爱伦·坡(Edgar Allan Poe)对霍桑却情有独钟,连用了七个"最"来总结霍桑的文学成就,"他的风格最纯净,品味最好,学问最扎实,幽默最含蓄,怜悯最动人,想象力最光芒四射,创造力最超群,他像一个神秘主义者一样,带着这些丰富的好素质,干得很出色"。②麦尔维尔(Herman Melville)把自己的代表作《白鲸》题献给霍桑,表达对这位文学前辈的崇高敬仰,并在评论霍桑的作品时说,"这个美国人迄今为止在文学上表现了最智慧的思想,最博大的胸怀,这个人就是纳撒尼尔·霍桑"。③新英格兰诗人和评论家詹姆斯·罗素·洛威尔(J. R. Lowell)认为霍桑具有"这个世界最罕见的创造性想象力,在一些理想方面,是自莎士比亚以来最罕见的"④。

1850年,霍桑的第一部长篇小说《红字》(The Scarlet Letter)发表后,霍桑的道德意识、政治立场以及写作手法都遭到很多同时代人的批评和质疑。新英格兰的宗教界人士批评霍桑同情罪恶,书写不合法的爱情,认为《红字》"微妙的不道德"。⑤就连一向比较尊敬霍桑的超验主义大师爱默生(R. W. Emerson)也在日记中写道:"我读他的书从来没有感到过快乐","他的作品一无是处。"爱默生认为霍桑的天才和他的创作不成正比。⑥美国诗人沃尔特·惠特曼(Walt Whitman)认为,霍桑在废奴运动(The Abolitionist Movement)和内战(The American Civil War)问题上是个

---

① *Bloom's Classic Critical Views*: *Nathaniel Hawthorne*, New York: Infobase Publishing, 2008, p. 123.

② Edgar Allan Poe, "Nathaniel Hawthorne" (1847), *Essays and Reviews*, ed. by G. R. Thompson, New York: Library of America, 1984, pp. 587 – 588. 爱伦·坡在慷慨称赞霍桑的同时,也表达了对他的不满,不过,他认为霍桑对寓言和隐喻的喜好是受超验主义浮夸之风的影响。因此,在这篇霍桑评论文章的最后,爱伦·坡毫不客气地说:"让他改邪归正,拿出一瓶看得见的墨水,从古屋(the Old Manse 是霍桑家住的房子,他的一部散文集《古屋青苔》就是以此屋命名)里走出来,砍掉阿尔科特先生(超验主义者,新英格兰的教育改革者),吊死《日晷》的编辑(《日晷》是超验主义的杂志,爱默生为主编,这里指爱默生)……" qtd. from *Bloom's Classic Critical Views*: *Nathaniel Hawthorne*, p. 46.

③ Herman Melville, "Hawthorne and his Mosses" (1850), qtd. from *Bloom's Classic Critical Views*, *Nathaniel Hawthorne*, p. 163.

④ James Russell Lowell, "Thoreau" (1865), qtd. from *Bloom's Classic Critical Views*: *Nathaniel Hawthorne*, p. 65.

⑤ Arthur Cleveland Coxe, "The Writings of Hawthorne", *Church Review*, January 1852, qtd. from *Bloom's Classic Critical Views*: *Nathaniel Hawthorne*, p. 181.

⑥ Ralph Waldo Emerson, Journal, May 24, 1864, March 1868, qtd. from *Bloom's Classic Critical Views*: *Nathaniel Hawthorne*, p. 19.

"同情南方的北方人",言外之意,责备他是正义事业的叛徒。①英国文学批评家莱斯利·斯蒂芬(Leslie Stephen)对霍桑"不带感情的风格"不以为然,认为霍桑"不应该在书写感情的地方,禁不住诱惑为写作方法开了绿灯"②。英国现实主义小说家特洛罗普(Anthony Trollope)和美国小说家亨利·詹姆斯(Henry James)都从现实主义小说的创作原则出发,认为霍桑的小说缺少情节,人物刻画不够深刻,象征运用失真。③

总结霍桑的文学声誉,爱伦·坡公平地说,霍桑属于那种"私下里得到敬佩,却不能获得公开赏识的天才"④。朗费罗对这种情况解释说,霍桑的作品因为其"沉静的美和柔软的特质,它们不会吸引浮躁的多数人,只会让思考着的少数人更喜爱"⑤。文学批评从根本上讲是一个"理解"的问题,所以我们在解读霍桑的作品和思想的开始,笔者希望首先探讨"如何理解霍桑"这个问题,努力按照霍桑对读者的要求走近他的作品和思想。

一 渴望理解

作为以文字与世界沟通的作家,有谁不渴望在苦心孤诣的文学创作之后从读者那里获得共鸣。为了得到读者更好的理解,霍桑几乎在他的所有作品面世的时候,都会不厌其烦地在序言中向读者解释他的写作意图、创作方法和作品特色。在短篇小说《拉帕西尼的女儿》(*Rappaccini's Daughter*, 1844)的开始,霍桑告诉我们,对于他自己的那些"云山雾罩的作品"中表现出来的"人性的温情","如果读者能准确地运用适宜的观点去读奥贝潘先生⑥的作品,是可以同那些心情较开朗的人们一样从中得到

---

① Walt Whitman, letter to Richard Maurice Bucke (November 9, 1889), qtd. from *Bloom's Classic Critical Views: Nathaniel Hawthorne*, p. 106.
② Sir Leslie Stephen, "Nathaniel Hawthorne" (1875), *Hours in a Library* (1874-79), 1904, Vol. 1, pp. 244-270. qtd. from *Bloom's Classic Critical Views: Nathaniel Hawthorne*, p. 65.
③ *Bloom's Classic Critical Views: Nathaniel Hawthorne*, p. 184.
④ Edgar Allan Poe, *Essays and Reviews*, ed. by G. R. Thompson, qtd. from *Bloom's Classic Critical Views: Nathaniel Hawthorne*, p. 145.
⑤ Henry Wadsworth Longfellow, *North American Review*, April 1842, p. 496. qtd. from *Bloom's Classic Critical Views: Nathaniel Hawthorne*, p. 125.
⑥ "奥贝潘先生"是作家在这一时期幽默自称的一个法语名字,据他的好朋友乔治·赫拉西说是一位法国朋友送给他的绰号。

一些休闲娱乐的。"①可见，渴望与读者进行心灵的交流并获得他们的理解是霍桑写作的原动力。

霍桑在1851年《重述的故事》选集的序言中评价自己收集在书中的故事时说，"它们不是一个离群索居之人与自己心灵的对话（要是这样的话，它们想获得深刻、永久性的价值注定要失败），而是作者努力要打通他与世界的交流（尽管不太成功）"②。霍桑耐心地引导读者正确理解他的作品，"如果你还能见到此书中有点东西，那就要求你在和写此书时的明亮、棕色的黄昏时分同样的气氛中去读它；如果在阳光下打开它，确切地说，它会很像一本空白无字书"③。

然而，作家与读者之间真正的共鸣与理解谈何容易？尤其是霍桑这样性喜独处，惯用讽喻、寓言、象征、传奇和历史题材的作家，他的作品中常常充满了高深玄奥的人生哲思，他被大众读者冷落也就在预料之中了。因此，他不得不悲哀地承认："多年以来，他（指霍桑自己。笔者注）在美国文学中是最没有名气的。"（霍桑，1997：1317）这种持续不断的渴望理解又得不到理解的矛盾心情让霍桑最终对读者失望，所以在他的最后一部长篇小说《农牧神雕像》（*The Marble Faun*，1861）的序言中，我们看到作者对读者的幻灭情绪："一位作家实际上从来没有遇到过有完全共鸣的批评家"，"即使我能找到他，恐怕也是在某个布满青苔的坟墓中，墓碑上的姓名已经若隐若现，模糊难辨了"，"因此，我无意或没信心假定这位朋友中的朋友、未曾谋面的神交兄弟的存在。"④

霍桑从第一部作品的序言中热情表达"渴望与世界对话"，到最后一部作品的序言中明智又略显怅然地发现知音难觅，这个从寻求理解到对理解幻灭的过程充分说明一个作家，尤其是霍桑这样比较深邃含蓄的寓言作家获得读者的理解是多么不容易。以霍桑的最后一部小说《农牧神雕像》（又译《玉石人像》）在读者中引起的反应为例，我们可以看出霍桑的作品与读者期待之间的差距何在。

---

① 霍桑在《拉帕西尼的女儿》的第一段中说，由于自己喜用讽喻的积习难改，他的作品人物和情节显得"似在云雾之中，丧失了他本想说明的人性的温情"。《霍桑集：故事与小品》（下），生活·读书·新知三联书店，1997年版，姚乃强等译，第1310－1311页。
② 《霍桑集：故事与小品》（下），姚乃强等译，第1320页。
③ 《霍桑集：故事与小品》（下），姚乃强等译，第1319页。
④ 霍桑：《玉石人像》，胡允桓译，百花洲文艺出版社，2000年版，第1－2页。

《农牧神雕像》1861年发表，小说的情节和人物刻画，甚至作品的主题都让读者感到一片茫然，人们抱怨故事的许多细节含混不清：米丽安交给希尔达的那个包裹里装的是什么东西？希尔达失踪后去了哪里？米丽安和她的那个鬼魂一样的追随者到底是什么关系？米丽安和多纳泰罗最后是否进了监狱？等等。在这本小说的再版后记中，尽管霍桑用了三四页的篇幅试图对这些含混不清的地方给予说明，但这种解释不是减轻而是加深了读者的困惑与不满。有批评家认为，与《红字》相比，这本小说人物行为的动机不充分，也不明确，霍桑从游记中摘录出来的建筑和风景描写大大破坏了小说叙述的自然流畅性，"总之，作者似乎有些心不在焉，所以他努力想说明的那个编制出来的传奇挂毯，显而易见似乎是一些模糊不清的草图，最终只能令人恼火"①。詹姆斯·罗素·洛威尔甚至把这种不确定性看作是霍桑"病态的倾向"。②

霍桑的儿子朱利安（Julian Hawthorne）在谈到《农牧神雕像》被误解的际遇时说："他没有能让他的读者接受这个故事的观点……对故事的神秘，人们普遍要求一种'解释'。"③甚至霍桑的好友、英国文学评论家亨利·布莱特也无法理解霍桑在小说中为了审美效果有意布下的这些迷魂阵（这一点将在本书第五章详细讨论），抱怨说"多纳泰罗，一个半成人、半孩子、半兽的东西让我困惑"④。当时的《周六评论》上一位叫乔利（Chorley）的评论者认为，除了多纳泰罗完全出自霍桑的想象之外，作品中的其他人物都是霍桑以前的小说人物的简单重复，比如米丽安是《福谷传奇》（*The Blithedale Romance*）中的齐诺比亚，希尔达是《七个尖角阁的宅邸》（*The House of the Seven Gables*）中的弗比。而且肯甬这个形象也不生动，"像个石头一样僵硬，与我们对人的经验相去甚远"⑤。乔利对这本小说最大的不满是，"我们不太了解这个故事结尾的方法，那些暗示不足以满足渴求的兴趣"。(J. D. Crowley, 1970: 319)

针对乔利先生的误解，霍桑的妻子索菲亚·皮伯迪（Sophia Peabody）

---

① Philip McFarland, *Hawthorne in Concord*, New York: Grove Press, 2004, p. 214.
② J. Donald Crowley, ed., *Hawthorne: The Critical Heritage*, New York: Barns & Nobel, Inc., 1970, p. 330, p. 319, p. 321.
③ Julian Hawthorne, *Nathaniel Hawthorne and His Wife*, Vol. II, Boston: James R. Osgood and Company, 1885, p. 238.
④ Ibid., pp. 239-240
⑤ J. Donald Crowley, ed., *Hawthorne: The Critical Heritage*, pp. 318-319.

写信，对他进行了委婉含蓄的批评，并提出了自己对这部作品的不同看法，尤其是对乔利提到的两个小说人物，索菲亚辩解说："乔利先生似乎没有很好的分辨力，这让我感到很痛苦……希尔达诗意、忧虑、内向、沉思，具有敏锐的欣赏力，她怎么能与那位令人着迷的小主妇相提并论呢？弗比的精力、魅力及野蔷薇一样的甜美让她带着快乐、活力与芳香履行着日常平凡的家务职责。"①索菲亚的这封信让霍桑倍感欣慰和骄傲，于是在给乔利的信中，霍桑不无自豪地夸自己的妻子："你看，我身边有一位批评家是多么幸运的一件事啊，在别处缺少欣赏的时候，她那赞赏的判决给了我安慰。"知音难觅，霍桑更加珍惜索菲亚对自己的真正理解。

渴望理解又难免遭遇误解这个两难困境让霍桑在他的作品中也不断涉及"误解"这个话题，这无疑是他深深感受到的一种长期不被理解的委屈心理的自然流露。他的第二部长篇小说《七个尖角阁的宅邸》有一章内容就形象地演绎了人与人之间沟通的困难及原因。该小说的第十七章，品钦家族的后代克利福德和海波吉巴在发现堂兄品钦法官在家中意外死亡之后，担心自己被怀疑是杀人犯，就连夜从老宅出逃。在火车上，克利福德和身旁一位老绅士之间的交谈出现了戏剧化的理解错位。由于克利福德刚刚逃离不幸的古宅，外面世界的新鲜空气对他格外重要，而老绅士却厌倦了暴风雨天气的孤凄，渴望早日回家团聚，这种截然不同的心境决定了他们对"家"的理解完全不同：

老绅士："在这种狂风暴雨的天气里，我认为最好的快乐机会还是在自己家里，把壁炉烧上旺旺的小火。"

克利福德："我无法完全苟同。依我看，恰恰相反，铁路这项令人起敬的发明——从其速度和方便来看，还有广阔和不可避免的改进余地——注定要摈弃住宅和壁炉那些陈腐观念，并代之以更好的东西。"

老绅士很不耐烦地说："从常识的观点来说，还能有什么比一个人自己的客厅和壁炉更好的呢？"②

---

① Julian Hawthorne, *Nathaniel Hawthorne and His Wife*, Vol. II, Boston: James R. Osgood and Company, 1885, p. 246.
② 《霍桑小说全集》(3)，胡允桓译，安徽文艺出版社，2000年版，第216-217页。

老绅士和克利福德的对话几乎占了整章的内容，但是由于两人的生活经验和心理需求不同，谁也无法理解和接受对方的观点，谁也无法说服对方并说明自己观点的合理性，因而他们的沟通就没有任何可能。克利福德一番激情澎湃的关于铁路改变人类命运、老宅毒害身心健康的演说，只能让老绅士感到无限茫然，认为他说的一切"全是鬼话"。更让老绅士不明白的是，克利福德甚至有违常理地同情杀人犯和抢劫银行的人，认为"他们的行为动机往往是可以原谅的"。而读者明白，克利福德之所以这样想，是因为他自己刚刚离开品钦法官意外死亡的现场，他知道自己很可能被怀疑是杀人犯。品钦法官毁了他的一生，克利福德对他恨之入骨，只是没有勇气杀了他，所以他非常理解杀人犯的心理动机，而老绅士对此却一无所知，也就是说，他们之间的交流前提是不存在的，所以误解就不可避免。换言之，要想让克利福德与老绅士达成共识，他们首先需要了解对方的过往经验；其次，他们都需要在此刻做一个耐心的倾听者，而不是一味地沉浸在自己的有限经验里，用自己的经验标准去判断对方的表达。老绅士在对话结束时不得不遗憾地对克利福德说："您是个怪人，先生！我看不透您！"老绅士的话恰好表达了普通读者对霍桑及其作品的反应。

霍桑的大学好友赫拉西奥·布雷奇（Horatio Bridge）在他的回忆录中说："这么多年来，正是这种对自己能否被正确理解的不信任，才让他（指霍桑）不能接受现在学者和批评家同意给予他的'美国最重要的作家'那个头衔。"[①]作为一位文学大师，霍桑的文学作品很少能得到哪怕是很有鉴赏力的读者的理解，这不能不让霍桑严肃思考文艺观赏者应该具备的资质。所以，霍桑的最后一部小说《农牧神雕像》的一个重要主题便是如何欣赏艺术、如何理解和继承艺术大师的问题。

二 鉴赏者的资质

《农牧神雕像》以女主人公，一位来自美国的临摹艺术家希尔达对文艺复兴时期的艺术杰作的欣赏和创造性临摹为例，对文艺鉴赏者的资质提出了具体的要求。我们知道，临摹艺术和文学批评一样，其目的就是要最大程度地理解和传达原作的神韵。作为临摹艺术家，希尔达对艺术品鉴赏

---

① Horatio Bridge, *Personal Recollections of Nathaniel Hawthorne*, Hawaii: University Press of the Pacific, 2004, p.17.

者的资质有非常清醒的认识:

> 一幅画,无论那位画家的能力多么神奇,他的艺术多么令人钦佩,仍要求观赏者做出与创造那奇迹时相对应的投入。欲使画布发出应有的光彩,你需要带着信任的目光去观赏,否则最出色之处也会逃出你的眼睛。要想有助于揭示画家的艺术,你自己的敏感力和想象力这些资质总是必要的。①

"敏感力和想象力"集中概括了希尔达作为艺术鉴赏者和临摹艺术家的两种基本素质。这种对艺术品的"敏感力"正是霍桑的妻子索菲亚批评乔利所缺少的"分辨力",也是该小说多处强调的希尔达的"鉴赏力",属于"智力"的范畴:"她生来具有深刻敏锐的鉴赏力,她有非同寻常的辨别和崇拜珍品的天赋。恐怕没有别人能如此充分地识别,如此沉醉地欣赏在这里展示的绘画的奇迹了",②"希尔达真正的鉴赏力在人类天性中是非常罕见的。"(霍桑,2000:51)

如果"敏感力"体现的是鉴赏者的智慧,那么"想象力"在这部作品中就特别指鉴赏者的品德:鉴赏者需要"带着信任的目光"对艺术品做"相对应的投入"。希尔达"把一位女性的全部温柔而又强烈的同情心都投射进那幅画中;她不仅靠智力而且还靠心力和这种同情的引导之光,直抵大师隐藏于作品中的中心点。这样,她实际上用她自己的眼睛观察着画作,于是她对她感兴趣的任何绘画的理解就十分完美了"。

如此,在审美活动中,品德与智慧的结合让希尔达获得了"那种构成了作品的生命和灵魂从而使其不朽的无价之宝"。因此,另一位美国雕塑家肯甬对具备如此鉴赏素质的希尔达说:"你是我唯一最信任的批评家。"(霍桑,2000:343)这句话让我们自然想起前面霍桑在给乔利的信中夸奖自己的妻子索菲亚的判断力,希尔达作为艺术鉴赏者的资质正是霍桑对他的批评家和读者的期待。

在《农牧神雕像》的序言中,霍桑写道:"他(指这本小说的作者,也就是霍桑本人。笔者注)将那人视为知音——更理解他的目的,更赞赏

---

① Hawthorne, "The Marble Faun", *Collected Novels*, New York: Literary Classics of the United States, 1983, p. 1130.
② 霍桑著《玉石人像》,胡允桓译,第47页。序言中有关《农牧神雕像》的引文均出自胡允桓先生译本。

他的成就，更宽容他的欠缺，并且在各个方面都比一个兄弟更亲密无间。"如果"理解"与"赞赏"体现的是一个人的感知能力，那么"宽容"便是对读者同情心和想象力的要求。然而，回顾过往的经验，霍桑不得不在说出自己对理想读者的期待之后又马上补充道："我本人从未与这样一位可能具备这一切令人快慰和值得向往的品行的读者代表有过亲身交往或通信联系。"也许是因为知音难求，霍桑才在最后一部小说中赋予他的女主人公希尔达完美的艺术感知力和丰富的想象力，暗示自己对读者和批评家的期待。

由此可见，想象力与敏感力不仅对艺术鉴赏者（可以延伸为一切观察者和研究者）至关重要，而且"想象力"是正确的"感知力"的基本保障。深受奥尔巴赫语文学阐释理论影响的后殖民文化学者爱德华·萨义德（Edward Said）在《东方学》中告诉我们，如何在阐释活动中正确行使"想象力"：

> 奥尔巴赫及其先行者们谈论和试图实践的那种语文学理解的先决条件，就是同情地、个体化地进入到书面文本的生命中，从其时代、其作者的角度来审视。……要纳入深沉的人文主义精神，投入慷慨之情，甚至于可以说是献以殷勤之意。因此，诠释者在其心灵中积极地为一种外来的"他者"创造一个场所，而创造性地为否则是陌生而遥远的作品建立一个场所，则是诠释者的语文学使命中最重要的一个方面。①

想象力或者人文精神的陨落必然造成感知力的扭曲，研究对象便在这扭曲的哈哈镜前失去了本来的面目，这是英国文化批评家马修·阿诺德（Matthew Arnold）痛感圣保罗思想遭到清教徒曲解时的悲哀，是萨义德解读西方知识分子扭曲东方形象的根源，是霍桑小说中的强权人物对他人行使意志霸权的祸根。阿诺德在《文化与无政府状态》中写道：

> 圣保罗的语言是相互关联的，灵活的，本来这是语言唯一正当的用法；然而，到了清教徒那里，语言却被割裂开来，变得僵化，机

---

① 萨义德著《东方学》序，王宇根译，生活·读书·新知三联书店，1978年版，第12—13页。

械，好像词语就是护法宝一样。圣保罗的语言一经孤立、固定，他那真实的思想活动，他那自始至终的高超的分析，便不见了踪影，失去了本来的意思；凡是靠近圣保罗思想的人，怎能不痛感这一点？①

萨义德在《东方学》中告诉我们，知识分子的背叛"正是纯正的人文主义如何堕落为沙文主义和伪爱国主义的征象。……其结果是完全见不到对现代世界各种问题的批判性思考和个人抗争。正统和教条统治已取而代之"。（萨义德，1978：14）在霍桑的作品中，研究者对研究对象的扭曲是缺乏想象力和人文关怀的结果，《福谷传奇》中的叙述人卡芬代尔清楚地告诉读者：

> 我认为，把我们自己全身心地投入到研究单个的男男女女，并非健康的思维活动。如果检验的对象是一个人自己，其结果一望而知必然是心灵的病态行为。或者，如果我们放肆地将一位友人置于显微镜下，就会将他与其诸多真实的关系隔绝，放大其特点，肢解成碎片，当然啦，随后再笨拙地将其重新拼凑起来。这时，我们会被看成是主要由我们亲手制造的一个恶魔的外表吓成什么样子啊——尽管我们能够指出这些残肢断体的每一个特征都是属于哪个真实人物的。②

卡芬代尔所说的将一个人"与其诸多真实的关系隔绝，放大其特点，肢解成碎片，当然啦，随后再笨拙地将其重新拼凑起来"而形成的东西只是"我们亲手制造的一个恶魔"与阿诺德批评清教徒们随意割裂圣保罗的思想、萨义德批评西方人对东方形象的歪曲都属于不带想象力和同情心的病态思维活动。为了避免阐释者把自己的主观意志强加于研究对象，萨义德提倡"移情法"："要想进入这一文化，观察者必须放弃自己的偏见，采取一种移情的方式"，"任何文化或者文本都是特定历史条件下的产物，因此，要想真正理解其内涵和价值就应该抛开观察者自身的现实环境，为观察对象创造属于它自己的适当环境。"（萨义德，1978：16）

---

① 〔英〕马修·阿诺德：《文化与无政府状态》（修订译本），韩敏中译，生活·读书·新知三联书店，2008年版，第120页。
② 《霍桑小说全集》（2），胡允桓译，第284页。

同样，霍桑在他的旅英游记《我们的老家》(Our Old Home)中也意识到，置身于欧洲环境中的美国人只有通过移情的想象力才能对观察对象作出正确的判断："如果我们不是以人或事所属的特定范围和环境去观察他们，我们就永远无法对他们的价值作出判断。"①在霍桑的小说中，冤假错案的产生往往都是人们不能从观察对象的具体背景中去体察其存在的必然性的恶果。比如，《红字》中的清教权威对海斯特·白兰的通奸罪的惩罚正是站在清教传统(Puritan Tradition)的立场，割裂白兰犯罪的历史诱因，比如她的不幸婚姻，她当时在新英格兰(New England)孤立无援的处境，她作为一个年轻漂亮、情感丰富的女性对感情的正当渴求，而清教权威们只依据机械冰冷的法律，孤立地审查白兰的行为后果，这就必然对惩罚对象失去人道主义的关怀。这样，惩罚行为在表面上看来是维护社会的道德和正义，实际上又造成了新的不公平，走向正义和道德的反面。

缺少想象力和人文关怀，让霍桑的第二部小说《福谷传奇》中的主人公之一霍林斯华斯最终成为意志的霸权者。作为一项慈善改革运动的领导人，霍林斯华斯最关心的不是如何提高自身以及改革对象的素质，而是以改革为名义，把他周围的同伴当作建立自己权威的工具，最终牺牲了别人的精神自由，也毁灭了自己健全的心智。这样的例子在霍桑的小说中比比皆是，《拉帕西尼的女儿》中父亲对女儿的精神控制，《胎记》(The Birth-Mark)中丈夫对妻子的意志霸权，《伊桑·布兰德》(Ethan Brand)中布兰德对一个花季少女的试验都是一些缺乏想象力和人文关怀从而失去正确判断力的科学狂人对他人实施精神奴役的悲剧。霍桑的故事启示读者的是：每一个人，就像一部文学艺术作品，都是有血有肉的独立个体，有其内在的机制和灵魂，我们不能像对待无机物一样对其进行冰冷的拆解和随意组合，否则我们将一无所获。萨义德让西方知识分子思考的问题正是如此："在面对其历史复杂性、细节和价值时，我们怎样将东方学这一文化和历史现象处理为一种有血有肉的人类产品，而不仅仅是一种冷冰冰的逻辑推理……每一种人文研究在具体语境中都必须明确阐明这一联系（此处指文化产品、政治倾向、国家与具

---

① Nathaniel Hawthorne, *Our Old Home, and English Note-books*, Vol. II, Boston: Houghton, Mifflin and Company, 1883, p. 45.

体现实之间的联系。笔者注）的性质、其主题及其历史背景。"（萨义德，1978：20）

明显可以看出，萨义德与霍桑对"想象力"和"人文关怀"的要求都是希望"想象力"能为健全的"感知力"护航。在行使审美判断力的时候，"想象力"和"同情心"对于鉴赏者的重要性是霍桑与大多数作家和现代文化学者都注意到的事实，也是他们剖析精神霸权和政治霸权时所指出的问题的症结所在。

三 理解霍桑

通过上面一节内容的讨论，我们知道"想象力"是产生同情心与尊重的源泉，通过"想象力"而获得的正确"感知力"是正确接近研究对象的法宝。霍桑曾经告诉读者：

> 我本性的无底深渊上覆盖着一层模糊的面纱。然而，我并不喜欢神秘和黑暗。很高兴，上帝了解我的心；……欢迎任何一个有深厚同情心、因而也值得了解我的深度的人去那里了解。但是，他必须自己找到去那儿的路。我既不能引导他，也无法给予他启蒙。①

可见，"深厚的同情心"是霍桑一直以来提倡的读者面对艺术家（Artist）和艺术品时的基本美德，而这种美德是作者无法强加给读者的，只能靠读者的自觉意识去获得，正如霍桑的儿子朱利安所说的："霍桑无法逼着读者去认识他的深度，他对于充分表现自己无能为力，除非在适当的圈子里，而这样的圈子又非常罕见。"② "深厚的同情心"正是麦尔维尔在谈到如何理解霍桑时所说的"直觉"，在《霍桑与他的青苔》一文中，麦尔维尔提出解读霍桑的密码：

> 对于这个纳撒尼尔·霍桑，世界的理解是错误的。他本人一定是经常对世界给予他的荒谬曲解付之一笑。他深不可测，一个纯粹的批评家的铅垂线是无能为力的。因为对于这样一个人，大脑是无法验明（真相）的；只能用心（去体验）。你无法通过检查去了解伟大；除

---

① Henry James, *Literary Criticism*, Vol. I, New York: The Library of America, 1984, p.396.
② Julian Hawthorne, *Nathaniel Hawthorne and His Wife*, Vol. I, p.90.

非通过直觉,你才能对它瞥上一眼;你不需要用响声,只需要摸一下就知道这是金子。①

因此,索菲亚看到这篇评论时惊叹道:"这位弗吉尼亚人②是见诸文字的第一个理解霍桑先生的人,……如此无畏,心灵如此丰富,直觉如此细腻。"③索菲亚赞赏麦尔维尔在评论霍桑时表现出来的这种丰富的心灵和细腻的直觉正是麦尔维尔建议读者走进霍桑的正确途径,也就是用"心灵"(深厚的同情心)而不是用"大脑"(冰冷的逻辑推理)去理解他。

赫拉西奥·布雷奇告诉我们,霍桑的传记作家孟轲利·康威(Moncure D. Conway)正是因为缺少同情心和历史关照,所以才对霍桑产生了极大的误解。针对康威批评霍桑在《皮尔斯传》(*Franklin Pierce*)中反对取消奴隶制的观点,④布雷奇写道:"如果康威先生了解皮尔斯热心肠的魅力以及他对霍桑那种忠诚的友谊,他就会更好地理解霍桑为了这位早年朋友的利益很难抑制自己写皮尔斯的那种语气和笔调。"⑤布雷奇继续告诉我们:"如果康威先生能像战前所有政党(除了内战前那些著名的废奴主义者们)一样看待分裂的问题,在他评价霍桑和皮尔斯的时候就会善意一些。"布雷奇的话再次证明,深入被观察对象的具体历史背景是产生同情心和获得正确理解的基础。

正是布雷奇对霍桑的文学天才自始至终绝对的信任与鼓励才让霍桑在许多年之后以无限感激的心情把自己的作品题献给这位文学知己。在《雪人及其他重述的故事》(*The Snow-Image, and Other Twice-Told Tales*)的序言中,霍桑感谢布雷奇多年来对他的文学梦想的支持:"你的信任是多么慷慨啊,我一直都知道,这种信任基于旧日的友谊而不是冰冷的批

---

① Herman Melville, "Hawthorne and His Mosses", *Nathaniel Hawthorne's Tales: Authoritative Texts, Background, Criticism*, ed. by James McIntosh, New York: W. W. Norton & Company, 1987, p. 341.
② 麦尔维尔的文章是匿名发表的,只注明作者是一位弗吉尼亚人。
③ James R. Mellow, *Nathaniel Hawthorne in His Times*, Boston: Houghton, Mifflin and Company, 1980, p. 337.
④ Samuel A. Schreiner Jr., *The Concord Quartet: Alcott, Emerson, Hawthorne, Thoreau and the Friendship that Freed the American Mind*, New Jersey: John Wiley & Sons, Inc., 2006, p. 173.
⑤ Horatio Bridge, *Personal Recollections of Nathaniel Hawthorne*, p. 68.

评,对这一点我更珍视。"①可见,"同情心"与"信任"对于一个作家的鼓励远胜于冰冷理性的批评。

在阅读和社会行为中,霍桑之所以反复强调"同情心"的重要性,用他的儿子朱利安的解释就是:霍桑生活的那个时代,城市正在替代农村,残酷的生存竞争正在替代一种温情浪漫的田园牧歌生活,"人们越发能感受到人类同情心的力量与美"。②这就难怪"同情心"不仅成为霍桑小说中人际关系的"人性磁链",更成为霍桑珍视的艺术鉴赏者的审美素质。朱利安说:"霍桑的作品在世界流传,谁都可以阅读,并从中获得感动自己的文学或道德文化。但是,除非这位爱好者事先明确无误地接受了这位作家关于人品和本性的思想,否则这位作家无法让这位爱好者从他的作品中获得任何启蒙。"③这正是我们在研究霍桑之前所作的努力,我们由"艺术鉴赏者的资质"这个问题出发,提炼出来的"想象力"(同情心产生的根源)与"感知力"的结合不仅是霍桑对理想读者的期待,也是他"关于人品和本性的思想",是我们理解霍桑的作品和思想的关键所在。巧合的是,近年来英美文学批评界兴起的"文化批评"(Cutural Criticism)和"重构批评"(Reconstructive Criticism)强调对文学作品进行历史阅读和文本细读,这种研究方法与霍桑提倡的想象力与感知力相结合的审美行为不谋而合,给我们的霍桑研究提供了很好的方法借鉴。

中国学者金衡山在介绍美国当代文学评论家伯克维奇(Sacvan Bercovitch)的"文化批评"方法时说:"文化批评是一个从文本到历史和文化的解读过程,但同时也是一个'细读'的过程。"金衡山在雷诺兹与伯克维奇对《红字》的解读中发现,文化批评是"各种观点或者说视角——社会的、政治的、美学的、文化的——间性关系的解读,其中一个重要的手段便是互读"。在互读式的文本分析中,"阐释作者的美学意图和政治倾向"④。美国的霍桑学者丹尼尔·玛德(Daniel Marder)秉持的正是文化批评的这些原则:"对任何一部作品的阐释都取决于这位作家在创作这部作

---

① J. Donald Crowley, ed., *Hawthorne: The Critical Heritage*, pp. 235 - 237.
② Julian Hawthorne, *Nathaniel Hawthorne and His Wife*, Vol. I, Boston: James R. Osgood and Company, 1884, p. 304.
③ Julian Hawthorne, *Nathaniel Hawthorne and His Wife*, Vol. I, p. 243.
④ 载《外国文学评论》2006 年第 2 期,第 124 页。

品时的发展以及这位作家的其他作品。"①玛德在这里强调的是文化批评所重视和实践的历史阅读、文化阅读与文本互读、文本细读的结合。

当代美国学者大卫·雷诺兹(David S. Reynolds)在《美国文艺复兴的背后:爱默生与麦尔维尔时代的颠覆性想象》一书的后记中把自己的批评方法称为"重构批评"(Reconstructive Criticism)。不过,根据雷诺兹对"重构批评"的解释,他的批评方法与伯克维奇的"文化批评"并没有根本的区别,也是一种历史阅读与文本细读的结合:

> 通过挖掘被遗忘的大量的社会和虚构作品,尽可能全面地重构文学作品的社会文学环境,为经典作品的可靠性再阐释铺设道路,使之可能再发现被遗失的文学。……人们只有对在不同地区和不同社会群体中产生的大量有代表性的社会和虚构作品进行抽样,才能对文学作品进行历史的概括。……重构批评把文学作品看作既是自足的,也是由社会环境因素和个人生活形成的。②

由此可知,雷诺兹的重构批评和伯克维奇的文化批评关注的都是对形成文学作品的主客观历史因素进行具体考察,再把作品作为一个有机体进行解读,把历史阅读与文本细读结合起来,用移情的想象力所获得的正确的判断力对文学作品进行阐释。在霍桑研究史上,迄今为止,美国现代批评家詹姆斯·梅娄(James R. Mellow)的著作《霍桑在他的时代》可以说是文化批评的一次比较成功的学术实践。在该书的结尾,梅娄有清楚地交代自己的研究初衷和批评方法:

> 因为我不满足于在一卷本传记中作出一些总结性的判断(以及它们加诸传记作家处理那些相关的次要人物时的扭曲),因此,我开始想到写一系列相互关联的人物的多个传记。(作为一位含混和规避大师)霍桑在一个特定的日子和一种特定的情况下如何想,也许第二天早上他的想法就变了,一年后更不可能这么想。我开始想到一部传记(或者一种传记方法),在其中,一切——这个时刻的情况和这一天的印象——将被看作是连续不断的对策,从不允许凝聚成一种伪造的总

---

① Daniel Marder, *Exiles At Home*, Lanham: University Press of America, Inc., 1984, p. ix.
② David S. Reynolds, *Beneath the American Renaissance*, Cambridge: Harvard University Press, 1988, p. 566.

结性的判断。甚至对霍桑作品的批评性的评判也要密不可分地与他的生活背景交织起来。显然,那是一种不可能的理想;在传记中就像在生活中一样,一个人不可避免地作出这样一些判断——随着他经验的深入对此加以修正。①

可见,梅娄之所以在这本传记中不厌其烦地交代那些似乎与霍桑本人毫不相干的同时代人的生平事迹,为的就是避免自己对主人公霍桑可能有的曲解与武断。当梅娄把霍桑的同时代人,如爱默生、梭罗(H. D. Thoreau)、路易莎·梅·阿尔科特(L. M. Alcott)、玛格丽特·福勒(Margaret Fuller)、艾勒里·钱宁(Ellery Channing)等人的生平细节一一罗列出来的时候,他实际上正在为我们营建一种观察霍桑的具体时代氛围,这种勾勒图景而不是直接下结论的研究方法正是霍桑理想的鉴赏者的想象力与感知力的结合,是研究者在阐释活动中带着"人文关怀"对霍桑及其作品具体对待的成功实践,让读者在阅读这本霍桑传的同时能获得更宽广的文化视域和想象空间,把霍桑作为一个具体历史背景下生动可感的人去把握,不必过分受制于传记作家本人的有限视野和主观意愿。可以说,梅娄的霍桑研究从意图和方法上都符合霍桑对理想读者的期待。因此,本书将采用文化批评的方法对霍桑的日记、书信、传记和相关资料进行"历史阅读",对霍桑的作品进行"文本细读"和"文本互读",以此研究霍桑思想的微妙含蓄、斑驳复杂。

---

① David S. Reynolds, *Beneath the American Renaissance*, Cambridge: Harvard University Press, 1988, p. 594.

目　录

第一章　导论 …………………………………………………………… 1

　　第一节　超验主义时代 ……………………………………………… 1
　　第二节　过去与现在 ………………………………………………… 5
　　第三节　个人与社会 ………………………………………………… 9
　　第四节　时代问题 …………………………………………………… 16
　　第五节　霍桑和他的时代 …………………………………………… 24

第二章　霍桑的生活观：回归家庭与田园 …………………………… 29

　　第一节　"虚影"的生活：《重述的故事》 ………………………… 29
　　第二节　生活的"虚影"：《霍桑书信集》 ………………………… 36
　　第三节　"真实"的生活：《美国笔记》 …………………………… 45
　　第四节　"真实"的艺术表现：《古屋青苔》 ……………………… 52
　　第五节　"虚影"中的"真实" …………………………………… 61

第三章　霍桑的道德观：《红字》 …………………………………… 72

　　第一节　关于霍桑道德观的争议 …………………………………… 72
　　第二节　"严正的良知" …………………………………………… 76
　　第三节　单一的智性追求 …………………………………………… 80
　　第四节　健全的理智 ………………………………………………… 83
　　第五节　道德救赎 …………………………………………………… 86

第四章　霍桑的历史观：《七个尖角阁的宅邸》 …………………… 94

　　第一节　品钦家族的遗产 …………………………………………… 94
　　第二节　作为救赎的劳动 …………………………………………… 101

第三节	作为救赎的同情心	106
第四节	作为救赎的爱情	115
第五节	霍桑家族的救赎与民族救赎	120
第六节	螺旋形发展的人类历史	125

第五章　霍桑的进步观：《福谷传奇》　132

第一节	以往评论中的几个问题	132
第二节	福谷的事业	138
第三节	智性的破产	145
第四节	齐诺比亚之死	151
第五节	迷失的改革者	157
第六节	人心的改善	163

第六章　霍桑的人性观：《农牧神雕像》　174

第一节	关于霍桑人性观的争议	174
第二节	自然人：多纳泰罗与希尔达	176
第三节	自然人的跌落	184
第四节	孤独中的悔悟	190
第五节	心灵的救赎	198
第六节	人性的进化	209

第七章　霍桑的女性观：超越性别意识的写作　212

第一节	霍桑时代的女性问题	212
第二节	关于霍桑女性观的争议	214
第三节	霍桑"保守的"女性观	215
第四节	女性情感的体察者	219
第五节	超越性别意识的写作	223

第八章　霍桑思想的传统性与现代性　228

第一节	霍桑思想的传统性	228
第二节	霍桑思想的现代性	234
第三节	艺术与艺术家的独立	243

第四节　叙述技巧的现代特征 ………………………………… 249
　　第五节　传统性与现代性的有机融合 ………………………… 257

参考文献 ……………………………………………………………… 263

霍桑大事年表 ………………………………………………………… 272

霍桑主要作品索引 …………………………………………………… 274

人名索引 ……………………………………………………………… 276

名词索引 ……………………………………………………………… 279

后　记 ………………………………………………………………… 281

第一章 导论①

内容提要：本章主要考察了霍桑与他所处时代之间的关系，尤其是他与同时代的超验主义者们在一些重要问题上的不同之处。从霍桑的时代到现在，近两百年的人类发展史证明：霍桑在传统与现在、个人与社会之间的关系问题上坚守的理性原则，他在废奴运动、女权运动、禁酒运动、公有制改革运动和美国内战等时代问题上表现出来的超越肤色、超越性别、超越种族、超越国家、超越阶级的人道主义精神，比起当时在美国思想文化领域内占领军地位的超验主义思想来，更能超越时空的限制，成为我们在新世纪的启示与借鉴。

关键词：超验主义时代　旁观者　理性　人文精神

第一节　超验主义时代

美国学者迈克尔·克拉库里西奥（Michael Colacurcio）指出，"无论霍桑是什么样的作家，他的时代——请爱默生允许我们这么说——却是著名的'超验（主义）的'时代（'transcendental' age）"。②虽然接下来克拉库里西奥并没有解释什么是"超验主义时代"（Transcendental Age），以及这样的时代有何特点，但是，我们从这个名称就可以明白以爱默生（Ralph Waldo Emerson）为代表的超验主义思想在霍桑所处的那个时代所占的主导地位。对于霍桑与那个时代的关系，克拉库里西奥也用一句话进行了简单概括，"纳撒尼尔·霍桑，那个对任何事情都要发表意见而充满矛盾情感的观察家，他的看法就与众不同"。（埃利奥特，1994：163）霍桑的思想"与众不同"便点出了霍桑在他的那个时代作为旁观者的身份。在本章，我们姑且借克拉库里西奥的这两点简单的提示，梳理一下超验主义运动在霍桑那个时代的地位，以及霍桑与那个时代的关系。

---

① 本章曾以《超验主义时代的旁观者：霍桑思想研究》为题发表在《中国人民大学学报》2011年第2期。
② 埃默里·埃利奥特主编《哥伦比亚美国文学史》，朱通伯等译，第164页。

让我们首先对超验主义运动有个基本的了解。超验主义（Transcendentalism）是十九世纪三四十年代美国影响深远的一次文化思想运动，其思想本质是相信本善的人性和大自然的神性；社会及体制污染了人的个性和创造性，号召个人摆脱传统的束缚，避开社会的腐蚀，在神圣的自然怀抱里恢复纯洁无瑕的个性和创造力。众所周知，爱默生是超验主义运动的发起人之一，他在1836年发表的《论自然》是这场文化思想运动的里程碑，爱默生作品中的关键词"自然"和"自助"成为超验主义思想的标志性用语。这个哈佛大学毕业的前一神教牧师因为不满当时教会的因循守旧，毅然辞去待遇优厚的波士顿牧师职务，追寻宗教直觉的信仰。另一位康科德（Concord）当地人，也是超验主义运动的重要人物之一的亨利·大卫·梭罗（Henry David Thoreau）在爱默生的思想感召下，以其特立独行的生活方式实践了他对大自然的敬奉，从而更深刻地领悟到爱默生所赞美的大自然的奥秘。乔治·里普利（George Ripley）是另一位超验主义者，他在宗教哲学上的研究比爱默生更系统，他的社会实践活动比爱默生更多。① 女权主义者玛格丽特·福勒（Margaret Fuller）因为担任超验主义杂志《日晷》的主编，也与这个运动有着千丝万缕的联系，重点宣传妇女（Womanhood）的自助和生存权。布朗森·阿尔科特（Bronson Alcott）在教育改革和社会改革运动中成为爱默生的超验主义思想的忠实追随者和实践者。

1836年，就是这样一些满怀改革社会的热情和文化理想的新英格兰知识分子，在麻省（Massachusetts）的坎布雷奇（Cambridge，又译剑桥）建立了"超验主义俱乐部"（Transcendentalist Club），因为这个俱乐部成员的共同信仰源于康德的超验哲学。他们不定期地在会员的家里聚会，讨论诸如"美国天才——阻碍其发展的原因"，"人的教育"，"什么是作为道德直觉的宗教本质"等话题。从1840年开始，他们经常在自己创办的杂志《日晷》上发表文章，阐述自己的超验主义思想。根据劳伦斯·贝尔（Lawrence Bell）的介绍，这些超验主义者大多以柯勒律治对康德哲学（Kantian Philosophy）的《思维之助》的阐释为依据，对"理性"与"知性"加以区别，他们认为"理性"是一种高水平的直觉，可以帮助人领悟上帝的旨意，并参与上帝的活动。贝尔认为，对"理性"的重新阐释和

---

① 乔治·里普利（George Ripley, 1802－1880）是美国社会改革者，一神教牧师，超验主义运动的发起人之一，也是空想社会主义运动布鲁克农场的创始人。

"发现"是超验主义在思想上的一大突破,"它使超验主义者们再次发现高层次的精神领域,从而得以避开唯一神教在认识论上的经验主义陷阱"。①

超验主义思想对美国的宗教、教育、文学创作等都产生了深远的影响,大多数超验主义者还积极参与社会改革活动,十九世纪三四十年代,美国社会生活的每一个角落似乎都充满超验主义的格言:"上帝在你心中","真理在你心中","依靠你自己"。1882年,爱默生去世,霍尔法官在康科德教堂为这位时代巨人举行的葬礼上发表讲话,概括了这位民族文化的代言人在人们心目中的地位:

> 全国乃至海外都将为这个巨大的公共损失发出无数悲哀的声音。但是,我们,他的邻居和乡亲们认为,他是我们的。他是这个城镇缔造者的后代。他选择我们的村子作为他从事终生工作的地方。我们的田野和果园因为他的出现而价值连城;在我们的街道上,孩子们心怀爱意地抬头看着他,大人们尊敬而骄傲地仰视他。②

霍尔法官的预言并没有夸张,这个国家对这位超验主义运动的领军人物的去世反应强烈,美国各大城市的报纸准时予以报道,《纽约时报》用头版以及另外两个版面的三个专栏报道这颗巨星的陨落,一篇未署名的颂词这样写道:"爱默生对美国人(对英国人也少不到哪里)已经产生的影响极可能比这个国家的其他任何作家都要大。爱默生似乎已经完成了他自己对一种哲学的诠释——他向自己的大脑汇报了宇宙的规章。"(A. Schreiner, 2006: 235)

1863年的巴黎世界博览会上,爱默生的画像作为美国的展品之一与美国画家比尔兹塔特(Bierstadt)的作品《洛基山脉》和丘奇(Church)的画作《尼亚加拉》并列摆放在一起。这个事实在美国当代学者巴巴拉·帕克看来,"再好不过地说明了爱默生在十九世纪中叶美国文化领域中的领先地位"③。爱默生及其超验主义思想成为一个民族和

---

① 埃默里·埃利奥特主编《哥伦比亚美国文学史》,朱通伯等译,四川辞书出版社,1994年版,第299-300页。
② Samuel A. Schreiner Jr., *The Concord Quartet: Alcott, Emerson, Hawthorne, Thoreau and the Friendship that Freed the American Mind*, p. 235.
③ Emory Elliott, ed., *Columbia Literary History of the United States*, New York: Columbia University Press, 1988, p. 381.

时代的象征。

美国作家亨利·詹姆斯（Henry James）很好地解释了爱默生及其超验主义思想在那个时代何以如此盛行："他代表了这个时代……爱默生表达了……个人的价值和重要性，充分实现自我的责任，依靠个人之光生活的责任，展示个性的责任……他坚持真诚、独立和自发性，坚持按自己的本性行事，不要为了更加舒服的缘故而妥协忍让。"[1]在詹姆斯看来，爱默生的思想之所以获得一个时代和国家的认可，是因为"那种关于个人至高无上以及个人独创性的学说，加上他本人的性格以及独一无二的品性，对那些生活在一个由于缺乏其他娱乐活动所以内省几乎成为全部社会生活内容的社会中的人们来说，具有很大的吸引力"。不仅如此，詹姆斯还发现"这个国家已经屈服于巨大的物质繁荣，放任于一种平庸的活动，教育程度普遍不高，奢华司空见惯"。因此，爱默生的哲学思想虽然并不完善，但是"其总体的格调是宏伟壮观的"，这让詹姆斯相信，"无论何时，它所到之处一定会被很多具有良好道德品味的人带着狂喜饮下"。（H. James，1984：383）

"宏伟壮观"不仅可以用来描述爱默生超验主义思想的总体格调，而且也可以用来形容那个时代的基本特征，因为在那个时代的舞台上正上演着如火如荼的社会改革运动，正弥散着内外战争的硝烟：废奴运动，女权运动，宗教改革，公有制改革，戒酒运动，教育改革运动，等等；墨西哥战争（The Mexican War）和美国内战（The American Civil War）进一步加剧了整个民族的政治热情。"宏伟壮观"形象地刻画出这个时代的内在精神气质和外在活动场面。在这些运动中，不仅超验主义者崇尚的个性、自由、发展、进步的信念是这个民族行动的思想动力，而且很多超验主义者还身体力行，积极参与到改革活动中，所以我们称爱默生和霍桑生活的时代是"宏伟壮观"的"超验主义时代"，从思想、精神和行动上看都应该是有一定的道理。

如果爱默生及其超验主义同伴们是其时代舞台上（更多是文化思想意义上）活跃的演员，那么，相比之下，霍桑可以说是一位冷静超脱的旁观者。大卫·莫斯（David Morse）就对霍桑与爱默生之间的不同作了十分鲜明的对比：

---

[1] Henry James, *Literary Criticism*, Vol. I, New York: The Library of America, 1984, p. 382.

与爱默生竭力扫除加尔文教过去的蜘蛛网和华彩不同，霍桑希望能与新英格兰的传统共处，并使之具有意义。……当他身边的所有人都在谈论新事物的时候，霍桑坚持旧的。在爱默生写《自然》（振奋人心地号召年轻的美国拒绝一切窒息、压抑人的影响）的同一个地方，人们将发现霍桑在散发着霉味的古旧书籍中搜寻着。①

霍桑与他的时代在价值观上的错综复杂的关系虽然不能用"新"与"旧"这样简单的名词去概括，但是，上面这段话却从一个侧面告诉我们，霍桑与他的康科德的邻居们在思想上关注的侧重点是很不同的。在处理传统与现在、个人与社会等关系时，在对待重大的时代问题上，来自清教氛围浓重的塞勒姆镇（Salem）的霍桑与他的那些生活在改革氛围浓厚的康科德镇的超验主义邻居们存在着明显的差异。

第二节 过去与现在

十九世纪上半叶的美国人面对过去时总显得很不耐烦，总是像一个刚刚进入青春期的孩子，迫不及待地要挣脱父辈的束缚，激进地强调自己作为一个新生民族的独立性。霍桑的朋友、美国诗人朗费罗（Henry Wadsworth Longfellow）在他那首著名的诗歌《生活礼赞》中就说："让僵死的过去埋葬它的死亡！/行动——在活生生的现在行动！/良知装心中，上帝在头上！"这首诗表达了一个民族厌弃过去、重视现在的心声。以爱默生为代表的超验主义思想的一大特色就是它的反传统基调，作为爱默生思想的奠基之作《论自然》一开始就发出与传统决裂的声音：

> 我们的时代是怀旧的。它建造父辈的坟墓，它撰写传记、历史与评论。先人们同上帝和自然面对面地交往，而我们通过他们的眼睛与之沟通。……我们为何要在历史的枯骨堆里胡乱摸索，或者偏要把活人推进满是褪色长袍的假面舞会呢？今天的太阳依然光照人间。②

1837年8月31日，爱默生在麻省剑桥镇全美大学生荣誉协会上发表

---

① David Morse, *American Romanticism*, Vol. 1, London: Macmillan, 1987, p.170.
② 《爱默生集：论文与演讲录》（上），赵一凡等译，生活·读书·新知三联书店，1993年版，第6页。

的演讲《美国学者》引起了极大的轰动，振奋了整个美利坚民族的心灵，美国诗人詹姆斯·罗素·洛威尔（James Russell Lowell）称："我们过去在社会和思想上都停泊在英国思想里，直到爱默生斩断了那根缆绳。"① 这次演讲开始不久，爱默生就很自信地告诉他的那些朝气蓬勃的美国听众们："美国人并非只在机械技术方面有所成就，他们还应该有更好的东西奉献给人类。我们依赖旁人的日子，我们师从他国的长期学徒时代即将结束。在我们四周，有成百上千的青年正在走向生活，他们不能老是依赖外国学识的残余来获得营养。"（爱默生，1993：62）一种独立自主的个人主义（Individualism）思想清晰地呈现出来，爱默生告诉这些迫切要求在思想和文化上有民族特色的美国同胞："书籍，学院，艺术流派和各类机构，都因天才的某一句过往言语而停滞不前。……这些人总是向后看，而不是向前看。然而，天才是往前看的。"他告诉这些心灵笼罩在欧洲的殖民文化阴影中、精神遭受美国的商业文化束缚的美国年轻人："世界微不足道，而人才是一切。……我们倾听欧洲典雅的艺术女神的声音已经为时太久。人们已经怀疑，美国自由人的精神是否是胆怯模仿或温顺的代名词。"爱默生的这次演讲透出的一种反传统、反权威的声音惊醒了在场的美国人沉睡的心灵，让每一位听众都热血沸腾，心潮澎湃，当时还不到三十岁的未来美国作家奥利弗·温德尔·霍姆斯（Oliver Wendel Holmes）就很荣幸地成为其中的一员，他把这次演讲叫作"我们思想上的独立宣言"。（爱默生，1993：53）欧洲作为美国的过去一时之间成为这个新生民族急需摆脱的精神锁链。

然而，在对待历史和传统的问题上，霍桑较之爱默生似乎显得冷静、宽容得多，霍桑的思想脱胎于清教文化传统，他更多强调传统与现代之间的连接。与爱默生提倡抛弃传统、忘掉过去不同，霍桑思考的是伤痕累累的"过去"对当下生活产生的影响。十九世纪上半叶，美国经济的飞速发展让美国人付出了沉重的精神代价。美国当代学者卡洛琳·波特告诉我们，在1810－1865年之间，新英格兰农场的败落，家庭经济的逐渐衰落，印第安人被迫从他们的土地上"迁居"，蓄奴制从弗吉尼亚扩展到得克萨斯，这些现象都表明，"这个国家的发展是以高昂的代价换来的，其外部表现是受剥削的人数的增多，而内部表现却在于人们对未来的焦虑和对过

---

① Samuel A. Schreiner Jr., *The Concord Quartet*, p. 53.

去的负疚感的日益增长"①。可以说，美国历史发展的脚步是血迹斑斑、伤痕累累的，霍桑的大部分作品揭示的正是这种"对过去的负疚感"。

霍桑的第二部小说《七个尖角阁的宅邸》（The House of the Seven Gables）描写的是"过去"如何影响"现在"的主题，它告诉人们，"过去"并非像扔掉一件破烂外衣那样容易处理。正如作者在这本书的序言中所说的，"一代人的恶行会延续到下一代"，过去对现在生活的渗透是不以人的意志为转移的，因此，我们必须慎重对待过去。在这本小说中，莫尔的后人、年轻艺术家霍尔格雷渥便是一位典型的爱默生个人主义思想的代表，他激烈地反传统，渴望把过去这个死尸永远抛开，但是，在爱情和实际生活的影响下，他最终像他的作者霍桑一样，认识到没有人可以回避过去，除非我们能有效地利用过去，改良过去，让历史的废墟给现在的土壤输送营养。

同样，在对待欧洲文化传统的问题上，霍桑也主张创造性地吸纳和继承才是文化独立的最好开始。《农牧神雕像》（The Marble Faun）中的美国临摹艺术家希尔达在面对欧洲艺术大师们的杰作时表现出来的自我牺牲精神得到了叙述人的充分肯定和高度赞扬，"在她如此牺牲自己、虔诚地认可最高的艺术成就之时，有着比发挥她那相当不错的天分去创造体现她自己观念的作品时更高尚、更高贵的东西，这使我们深受震撼"，"她选择了更美好、更崇高、更大公无私的角色，把她的个人希望、名声和长期铭记的前途都置于她所热爱和敬仰的那些已故大师的脚下，从而使这个世界因为有了这样一个弱女子而富有了"。② 霍桑让他的叙述人肯甫深刻地欣赏这种无私的艺术奉献精神，从而赋予他的女主人公深厚的艺术历史感，"对于她自愿做那些昔日魔法师的侍女，而不是在她自己的圈子里做一个次要的魔女那样一种大度的自我奉献，对于她勇敢而又谦虚的慷慨，我们只有用崇敬来稍表补偿"。这种历史感正是研究霍桑的学者们在他的作品中发现的重要文学价值之一。研究新英格兰文艺复兴时期文化的重要学者F. O. 马蒂森（F. O. Matthiessen）就霍桑的历史感评论道：

> 即使在他（这里指霍桑。笔者注）考察他的那个变化着的新英格兰时，他也感觉到了过去沉重地压在当下的背上。实际上，与所有他

---

① 埃默里·埃利奥特主编《哥伦比亚美国文学史》，朱通伯译，第280页。
② 霍桑著《玉石人像》，胡允桓译，百花洲文艺出版社，2000年版，第50—51页。

那个时代的代言人不同，他从来没有感到美国是一个新世界。回顾他的这个区域的所有历史，他更多被它的腐朽而不是被它的潜力所震惊，被清教徒的努力最终实现的千疮百孔的目的所震惊，为它的充其量也是僵化的思想所震惊，为它的生活方式所震惊，在这些生活方式中，没有产生出任何美丽的东西。①

当然，霍桑对待清教传统（Puritan Tradition）的态度远比马蒂森上面所说的复杂得多（就霍桑与清教文化的关系，我们在后面还会谈到），不过马蒂森在这里所指出的霍桑浓厚的历史感却是千真万确的事实。在罗马（Rome），霍桑更是深深意识到过去存在于现在，它的重量与密度压缩进稍纵即逝的当前时刻。以罗马为背景的小说《农牧神雕像》的人物身上处处体现着"过去"在当下的存在：米丽安是画像贝亚特里丝的生活原型，多纳泰罗成为那个异教徒农牧神的现实演绎，而圭多笔下丑陋的恶魔在米丽安的模特儿身上表现出来。因此，马蒂森说："对霍桑而言，现在永远都只是在历史这个深潭的表面上闪烁。"（F. O. Matthiessen，1941：385）

与爱默生和梭罗强烈反对清教传统不同②，生长在清教氛围浓郁的塞勒姆镇的霍桑对清教传统有着非常复杂而矛盾的情感，他在批判清教祖先冷酷严厉、缺乏人性的同时，也对他们表现出了超验主义者们所没有的同情和尊敬。在一个历史故事《恩迪克特和红十字》（*Endicott and the Red Cross*）中，霍桑写道：

> 请读者别因为这些罪恶现象（指十七世纪清教对罪人的惩罚方式。笔者注）就认为清教徒的时代比我们的时代更加邪恶，所以当我们今天经过我们描绘过的这条街道时，看不见戴着耻辱标记的男人和女人。搜寻最隐秘的罪恶，并且在正午最明亮的阳光下毫无畏惧、毫无偏私地把它们揭露出来进行羞辱，原是我们祖先坚持的原则。如果这也是我们今天的习俗，也许我们找到的材料会比上面讲

---

① F. O. Matthiessen, *American Renaissance*, Oxford University Press, 1941, p. 349.
② 美国学者苏珊·奇弗在谈到爱默生和梭罗对待清教传统的态度时说："两个人（指爱默生和梭罗）都反对继承下来的清教权威；两人都寻找一种更宽松、更人性、更自然的关于上帝的思想。" Susan Cheever, *American Bloomsbury*, New York: Simon & Schuster, 2006, p. 22.

述的更加使人气愤。①

言外之意，我们的时代并不比清教徒的时代好到哪里，甚至道德上更加堕落，现在的罪恶和道德问题更多。同样，霍桑在《红字》(*The Scarlet Letter*)的第二章有两个地方都强调清教传统严谨的道德观也许比当前时代的道德松懈要好一些。第一个地方的描写是："如今只意味着某种令人冷嘲热讽的惩罚，在当时却可能被赋予同死刑一样严厉的色彩。"②言外之意，现在这种对"通奸罪"只是"冷嘲热讽的惩罚"只会助长人们的道德放纵。还是在这本小说的第二章，叙述人第二次把清教徒时代的价值观与当今的价值观进行对比，"时隔两三代人的今天，它（指白兰所站的那个行刑台。笔者注）在我们的心目中只不过是一个历史和传统的纪念，但在当时，却如法国大革命时期恐怖党人的断头台一样被视为教化劝善的有效动力"。这一方面说明当时清教法律的严酷，另一方面也暗示了当下美国人道德观念松动可能会导致的价值观和信仰的危机。难怪大卫·雷诺兹(David S. Reynolds)在谈到霍桑对待清教传统的态度时发现，"霍桑对十九世纪美国的反对要比对清教徒们的苛刻反对含蓄、重要得多"③。雷诺兹这样的结论不无道理。霍桑以人文关怀和道德要求处理他与清教传统的关系，从而让他的作品既避免了清教祖先们刻板、冰冷的纯理性教条，又比他同时期的浪漫传奇(Romance)文学多了一份严肃的道德关怀和思想深度。在霍桑的小说中，"历史与传统被表现为一种对抗现代流行文化中那些形象的直接力量"。(雷诺兹，1988：270)霍桑对美国历史故事和古希腊神话故事的改写，对诸如"罗曼司"(Romance)和"寓言"(Allegory)这些传统文学创作方法的创造性使用是他重视"过去"的文学实践。

第三节　个人与社会

在个人与社会的关系问题上，霍桑与超验主义者们更是有着明显的思想分歧。超验主义者一般不把社会和环境放在首要地位，玛格丽特·福勒

---

① 《霍桑集：故事与小品》(上)，第629页。
② 霍桑著《红字》，胡允桓译，人民文学出版社，1991年版，第34页。
③ David S. Reynolds, *Beneath The American Renaissance*, p.265.

说:"人不是为社会创造的,但是,社会是为人创造的。"①福勒强调个人较之社会的自主性和主宰性。布朗森·阿尔科特说:"每个人的心灵就是王法的制定者和总裁","人先于国家,在国家之上","一个伟大的时代就是,国家无足轻重,人是一切。"②爱默生的那些散见于演讲和散文中的培根似的格言警句无不体现着他的超验个人主义思想:"你认为我是环境的产物,我却亲手创造了自己的环境。"③在爱默生的文章中,最能集中体现他的超验个人主义思想的当属散文《论自助》,爱默生在其中写道:

> 社会处处都在密谋对抗每个成员的阳刚之气,社会是一家股份公司,每个成员达成协议:为了更有把握地向每个股东提供食品,就必须取消食者的自由和教养。……
>
> 所以,要做人就决不能做一个顺民。……归根结底,除了你自己的心灵完善之外,没有什么神圣之物。……在我看来,除了我天性的法则之外,再没有什么神圣的法则。……凡符合我性格的东西就是正确的,凡违背我性格的东西就是错误的。

鉴于社会对个人的不友好态度,爱默生的那句人所共知的名言是:"要伟大就要遭人误解",这就把个人与社会完全对立起来。爱默生之所以把个人的神圣性推至极端是基于他对人性本善的信念,抽象地认为人性可以完善。在《新英格兰的改革家》中,爱默生写道:"因为每个人打心底里都向往最美好的,而不是等而下之的社会,都真心愿意承认自己的过错,都真正希望自己的头脑清醒,所以他希望同样的康复不该在他的思想中停顿下来,而应深入到他的意志或活力中去","什么都不能动摇我的这样一种信念:人人都热爱真理","无论从哪方面说,人们都比他们表面上看来要好。"(爱默生,1993:665-666)正是对人性本善的坚定信念让爱默生把人的"自助"强调到极致,把外部环境的重要性降低到零点。

与爱默生不同,虽然霍桑在《奇幻大厅》(*The Hall of Fancy*)中也写道:"我确信,人比他自己认为的要好得多"④,但是,霍桑对人性的复

---

① F. O. Matthiessen, *American Renaissance*, p. 180.
② Samuel A. Schreiner Jr., *The Concord Quartet*, p. 165.
③ 《爱默生集:论文与演讲录》(上),赵一凡等译,生活·读书·新知三联书店,1993年版,第221页。
④ 《霍桑集:故事与小品》(上),第867页。

杂、对社会力量对个人的影响却有着更为透彻而清醒的认识。霍桑固然不赞成加尔文教人性本恶的传统论点，他同样也无法接受超验主义者对人性的完全肯定。对霍桑而言，人性存在着固有的弱点，是不完美的，也不可能完美［正如《胎记》(The Birth-Mark) 中的乔治亚娜的胎记是与生俱来的，如果要用人力去根除，必然会招致生命的毁灭］。同时，人性也是发展变化的，经由一个艰难曲折的内省进化过程，最终由弱变强，滤去原始低级的本能冲动，达到高尚至善的神圣境界，实现人的自我救赎，这是《农牧神雕像》的主题，也是我们要在第六章专门讨论的话题。另外，人也是历史与环境的产物，所以人绝对不能忽视历史与环境这些外在因素的影响。

《红字》中的孩子们便是历史遗传和社会环境的直接受害者，他们原本单纯无辜，可是在他们还没有能力对这个世界和生活在其中的人们作出任何是非判断的时候，他们的父母和身边的权威早已为他们定下了宗教和社会规则，对他们产生了根深蒂固的影响，就连孩子们玩的游戏也是殖民地残酷历史的演绎，他们"有时装作一起去教堂，或是拷问教友派的教徒，或是玩印第安人打仗和剥头皮的把戏，或是模仿巫术的怪样互相吓唬"。在塞勒姆镇人的眼中，珠儿和她的母亲都是罪恶和耻辱的象征，所以这些孩子们就天然地敌视她们，带着他们清教祖先的遗传基因，"事实上，这些小清教徒们是世上最不容人的人，他们早就在这对母女身上模模糊糊地看出点名堂，觉得她们不像是世间的人，古里古怪地与众不同；于是便从心底里蔑视她们，嘴里时常不干不净地诅咒她们"。这个不友好的世界对小珠儿的影响更是恶劣，"她从来没有交过一个朋友，却总像是在大面积地播种龙牙，从而收获到一支敌军，她便与之厮杀"。叙述人对此感叹道："看到孩子这么年幼，居然对一个同自己作对的世界有如此坚定的认识，而且猛烈地训练自己的实力，以便在肯定会有的争斗中确保自己获胜，这是多么让人难言的心酸啊！"①

在霍桑的另一个短篇小说《温顺男孩》(The Gentle Boy) 中，我们仍然可以看到一个充满宗教狂热和偏见的成人世界对孩子们产生的致命影响：一个温和善良的孩子，父母是教友派，其父被狂热的清教徒吊死，其母跌入宗教的迷狂中不能自拔，这个可怜的孤儿被一对善良的清教徒夫妇

---

① 霍桑著《红字》，胡允桓译，第69页，第70页。

收养，几乎躲过了成人世界的争斗劫难，直到有一天，他成了一群深受毒害的小清教徒们的牺牲品，那些与他毫无冤仇的孩子们因为满脑子都装着大人们的宗派仇恨，在面对一个异教徒同龄孩子时，"突然之间，他们父辈身上的魔鬼钻进了这些还穿开裆裤的狂热分子的躯体里，他们尖利地狂叫了一声，朝可怜的教友派小教徒冲过来，顷刻间，他被一伙小恶魔围在中间，他们朝他挥舞棍棒，投掷石块，他们表现出来的毁灭性的本能远比成人的嗜血好斗更令人恶心"①。这种悲剧到此还没有达到高潮，直到那个曾经摔伤并受到温顺男孩悉心照料的小清教徒恩将仇报，给毫不设防的温顺男孩致命的一击，"看到受害者挣扎着向他走来，这个心狠手辣的小恶棍脸上带着平静的微笑，眼中丝毫没有一丝羞愧，举起手中的拐杖，重重地打在伊尔伯拉希姆的嘴上，一股鲜血一下子喷涌而出"。

　　人类嗜血的场面就这样在一群天真无知的孩子手中被制造出来，与其说是霍桑在用心详细刻画孩子们的残酷冷血行为，不如说是他在强调成人世界的残酷如何在后代身上造成了恶劣的影响，他批评的矛头对准的是充满宗教狂热和世俗偏见的成人世界。霍桑的故事似乎在问他的那些超验主义同时代人：每个人都是环境的产物，我们怎么可以对身边这个充满错误和偏见的社会熟视无睹呢？如果一个人忽略了自己身上已有的社会和家庭影响，盲目地相信自己行动的能力，盲目地坚持自己较之同类的优越性，那么，他们的行动必然是危险的，无论是拉帕西尼医生和艾尔默博士的科学实验，还是霍林斯华斯和齐诺比亚的社会改革（Social Reform），其结局都证明了这一点：人必须正视环境在他身上的影响，人必须面对人性的复杂和脆弱，人必须承认自己能力的有限性，人必须摆脱自以为无所不能的虚荣心。正是认识到了霍桑对社会力量的格外重视，F. O. 马蒂森才说："美国的各种社会力量对像霍桑这种个人的影响让他对爱默生（提倡的）独处的新自由感到不满。"②爱默生与霍桑在人性看法上的不同在美国著名的文学史家范·维克·布鲁克斯（Van Wyck Brooks）看来，是因为爱默生生长在比较自由、宽松的一神教社会环境中，而霍桑的童年却是在鬼魂出没、巫术和清教并行的塞勒姆小镇。③

---

① 《霍桑集：故事与小品》（上），第 137 页。
② F. O. Matthiessen, *American Renaissance*, p. 367.
③ 转引自 F. O. Matthiessen, *American Renaissance*, p. 197。

在对人性的复杂性的认识和书写上，霍桑远在他的同时代人之上，比超验主义者深刻得多，清醒得多。然而，爱默生所代表的超验主义思想却得到了一个时代的欢呼，而霍桑许多年默默无闻，其原因是爱默生所提倡的无拘无束的超验个人主义思想，满足了这个已经在政治和经济上取得了很大成功和自信的新民族对精神独立的要求。十九世纪二三十年代，随着安德鲁·杰克逊（Andrew Jackson）政府在政治、经济实力上的增长，边疆的开拓，人们相信人性不应该是加尔文教宣扬的那样"彻底堕落"，人应该相信自己，自由无限的观念深入人心。随着市场资本主义把美国引向西部，杰克逊关于个人自由和靠个人奋斗发家的理论逐渐占了上风。美国学者瓦尔特·赫伯特（T. Walter Herbert）在分析这一时期美国人的精神需要时说："汹涌的经济大潮中，残酷激烈的商业竞争带给人精神上以焦虑与压力，人们需要自信不仅是为了外部竞争的需要，而且也是精神解脱的一种愿望。"[①]在这个全民族张扬个性又需要自信的时刻，爱默生提倡个人的独立与神圣性，他"把崇高的理想主义同激烈的个人主义结合起来"[②]的做法可以说是及时雨，滋润了一个民族干涸的心灵；而霍桑有关人性皆有弱点，社会环境一定影响人性，人性需要经过一个非常痛苦、黑暗和艰难曲折的变化过程才能得到升华的人性论，让这个渴望文化独立和民族自信的国家感觉有些忠言逆耳。

不同的人性论决定了他们对个人与社会关系的理解不同，他们对个人与社会关系的不同认识又决定了他们不同的处世态度。梭罗为了保持个性的独立，终生不选择职业，不介入婚姻，靠自己"多面手"的生存技能，在大自然和朋友爱默生的家中实现自己"简单的生活，高尚的思想"的人生信条。另一位超验主义者布朗森·阿尔科特虽然有一个幸福温暖的家庭，但是，他许多年虚无缥缈的理想主义却把他的妻子女儿带入了窘困的生活泥潭，让她们过着朝不保夕的日子。只有爱默生是幸运的，靠着他第一位妻子留下的遗产以及他的演讲赚来的钱可以在没有固定职业的情况下过着优裕的生活。

与爱默生、梭罗以及那个时代的大多数美国人强调个人的价值和遗世独立不同，霍桑虽然是一个思想和人格上都非常独立的人，生活中也

[①] T. Walter Herbert, *Dearest Beloved: The Hawthornes and the Making of the Middle-Class Family*, University of California Press, 1993, p. 84.

[②] 埃默里·埃利奥特主编《哥伦比亚美国文学史》，朱通伯等译，第 295 页，第 324 页。

尽可能躲开人群，性喜独处，但他的作品却一直强调个人对社会法律和习俗尊重的必要性，强调社会秩序以及人与人之间以同情心做纽带进行交往的重要性，用《伊桑·布兰德》(Ethan Brand)这个短篇小说中的一个词说就是，"人性的磁链"(Magnetic Chain of Humanity)是人们赖以生存的精神根基。霍桑不仅提倡个人要抑制激情，要剔除盲目的激情和个性崇拜，以基督教的宽容与牺牲精神走向社会（《红字》中的白兰就是一个最佳的例子），而且他用自己对家庭责任的担当实践了自己在小说中表现出来的人生信条。结婚前，为了胜任一个未来丈夫的角色，他自愿接受波士顿海关(the Boston Custom House)那种扼杀精神和想象力的计量员工作，后来又去布鲁克农场(the Brook Farm)参加他并不以为然的社会主义实验活动。婚后，在付不起房租被迫离开康科德镇的幸福乐园时，他接受了故乡塞勒姆镇海关的工作，再次为妻子儿女去忍受那种单调乏味的日常操劳。五十年代，霍桑为了生计，又一次放弃自己最喜欢的清静、隐居的书斋生活，带着全家到英国的利物浦(Liverpool)任美国领事四年。

当然，在这些卷入社会的繁忙事务的日子里，霍桑写给亲友的书信让我们感到，他的内心也充满了矛盾与挣扎：一方面他为自己承担起作为一个人和一家之主的责任而感到自豪；另一方面，他又因为这些机械的劳作无法让他从事文学思考与创作而感到心烦意乱。对一个没有远大抱负、生性随和、喜欢社交的人来讲，霍桑的这些社会经历也许算不了什么，然而，这是一个曾经为了文学理想隐居十二年的人，这是一个极其敏感细腻的人，这是一个把精神生活看得至高无上的人，但是，为了家庭的责任，为了做人的尊严，①他甘愿放弃自己的个性要求，放弃自己的精神需要，去接受那些他认为有损道德和精神健康的艰苦劳作，并努力在这种操劳中发

---

① 1849年，霍桑因为美国共和党执政而丢掉塞勒姆海关的工作之后，以希里亚德为发起人的文学圈的朋友们为霍桑集资1500美元帮助他度过困难期，使他得以维持生计，继续写作。霍桑当时在给大家的感谢信中说，"一个人无权生活在这个世界上，除非他坚强有力，把自己的能力用于正当目的……一个人唯一保持自尊的办法就是在允许自己的朋友们慷慨解囊的同时，把这作为他自强图志的激励，这样他就不会再需要他们的帮助了"。四年后，霍桑在英国利物浦工作有能力还债时，他在第一时间奉还这笔善款，并在给希里亚德的信中告诉对方，自己无时无刻不在牢记这份友情以及这份欠债的羞耻，足见其做人的自尊和自律。*Selected Letters of Nathaniel Hawthorne*, ed. by Joel Myerson, Columbus: Ohio State University Press, 2002, p. 143, p. 179.

现生命的意义，滋养对人类的同情心。①这种放弃自我、一次又一次卷入他并不喜欢的社会生活的行为充分说明，在渴望进入社会与厌恶机械劳作的矛盾挣扎中，霍桑坚守着理性与情感的平衡，信守个人与社会不可分离的原则。正如他在一篇叫《独处》（Solitude）的随笔中所写的，"人很自然是一个社会存在……只有在社会中，他的大脑的全部能量才能被调动起来。远离大众的追求和烦恼，生活也许会过得更平静一些，但是激情的一切起伏跌宕胜过无同情心的冷漠的平静"②。

霍桑的小说序言可以看作是他与世界交流，与人类建立一种自然、健康的联系的另一种努力。在这些序言中，他坦承自己的创作宗旨，引导读者如何理解他的小说，唯恐他与读者之间存在任何交流的障碍。在《古屋青苔》（Mosses from an Old Manse）的序言中，霍桑像一个耐心周到的导游，又像一个热情好客的主人，带领他的读者和游客们参观他的居所内外，从不同角度欣赏这里的自然风光和人文景观。霍桑对读者的态度如此坦诚，如此缺少隐私感，以致遭到了爱默生的讽刺挖苦："霍桑向读者介绍太多他的书房，把整个过程都展现在他们面前。就像甜食商对他的顾客说，现在让我们来做蛋糕吧。"③《红字》的序言《海关》（The Customs House）更是一篇坦诚的个人家族史和他在塞勒姆海关工作经历的自传性随笔。F.O. 马蒂森发现，正是通过这些小说序言，霍桑"希望让他的艺术搭起个人与社会之间的桥梁"④。

在霍桑的许多故事中，尤其是在他的早期作品中，那些抑郁而死的人大多是为了偏执地追求个人理想而对世界失去了温暖的同情心，因为过度追求个性的发展而失去了与他人之间"人性的磁链"——学者范肖，石人理查·迪格比，伊桑·布兰德，艾尔默博士和拉帕西尼医生，等等，这些人都可以说是因为过度追求个人梦想而不顾他人感受的牺牲品。而那些具有强烈个性、桀骜不驯的人，比如海斯特·白兰和齐诺比亚，她们不顾社会环境的特立独行让她们付出了沉重的代价，白兰最终归顺社会才得以生

---

① 霍桑在这一时期写给未婚妻索菲亚的书信中详尽描写繁重的体力劳动带给人的精神和道德伤害，深刻体会到体力劳动与脑力劳动的冲突，但是，他同时也告诉对方这种生活有利于他增进智慧，发现真理，"从此，我便有权把那些艰苦劳作的同伴称作兄弟，并知道如何同情他们"。*Selected Letters of Nathaniel Hawthorne*, ed. by Joel Myerson, pp. 56–60.
② F. O. Matthiessen, *American Renaissance*, p. 259.
③ Samuel A. Schreiner Jr., *The Concord Quartet*, p. 141.
④ F. O. Matthiessen, *American Renaissance*, p. 260.

存下来，而齐诺比亚因为极端的个性追求而自杀。

爱默生倡导一个被社会污染的个人需要在大自然中恢复自我，梭罗相信人可以通过返回自然和研究自然发现自我，而霍桑坚信人的价值根植于生活和家庭中。事实上，在个人与社会的关系问题上，霍桑与超验主义者的看法是如此不同，以至于F. O. 马蒂森说道："他与所有超验主义作家的根本不同在任何方面都没有在这个方面那么明显。……当他努力要弄清那些比孤立的个人的问题更难懂的复杂性时，他更深刻地明白生活比他自己更博大。"

第四节　时代问题

从十九世纪三十年代中期到四十年代末，美国经历了种种运动，如废奴运动，女权主义运动，宗教改革运动，公有制改革运动（Socialist Reform Movement），戒酒运动，教育改革运动等。虽然超验主义者们大多相信个人的需要高于社会的要求，但是他们也同样相信，一个优秀的个人应该积极参与社会的各项改革运动，有责任帮助把不合理的社会治理得更好。在他们那里，个人不要被社会污染和个人参与社会运动似乎并不矛盾，个人离开社会走向自然只是为了更好地返回社会，而不是逃避社会责任，正如美国学者劳伦斯·贝尔告诉我们的，"在所有上述这些运动中，超验主义者们都积极投身进去"[1]。即便是"个人主义内涵在很大程度上抑制了爱默生参与激进运动的冲动"[2]（爱默生面对改革运动的理智态度也可以参见他的散文《新英格兰的改革家》以及《超验主义者》），这位超验主义的大师也会在思想和精神上有意识地站在他的时代前列，努力做他的时代的代言人，他的这种入世姿态背后的动机可以在他的《诗人莎士比亚》一文得到解释："天才只是发现他置身于思想和事件的河流里，被同时代人的观念和需要推向前进。众人的眼睛朝哪条路看，他就站在哪里，众人的手朝哪个方向指，他就应当朝哪个方向走。"[3]可见，对于爱默生而言，所谓的天才就是有能力代表和表达他的时代的人。

爱默生与他的时代这种若即若离的关系表现在很多方面，首先是他对

---

[1] 埃默里·埃利奥特主编《哥伦比亚美国文学史》，朱通伯等译，第295页。
[2] 程心：《福勒和爱默生：超验主义的文学关系》，《国外文学》2012年第2期，第102页。
[3] 《爱默生集：论文与演讲录》（上），赵一凡等译，第783－784页。

妇女运动的态度。虽然爱默生对妇女是否真的愿意或者需要参与社会活动表示质疑,但是他在公开场所还是积极支持当时新英格兰(New England)正在兴起的女权运动。十九世纪二三十年代的美国社会,随着自给自足的农业家庭经济的衰落,商业经济的发展要求妇女越来越拘泥于家庭的圈子,全身心地操持家务,养育孩子,以便男人可以毫无牵挂地在外面竞争激烈的商场上求得生存。因此,这个时期,性别政治意味着在一个家庭与经济分工最严格的时刻,社会需要为经济的稳定发展创造理想的家庭妇女形象,"家居"(Domesticity)、"顺从"、"贞洁"、"虔诚"成为这个社会宣扬的四种妇德要素和衡量优秀女性的判断标准,"妇德崇拜"成为十九世纪早期美国社会伦理价值观的一个重要特征。①

然而,女性对家庭的这种依附和无私奉献角色却是以牺牲她们个人的全面发展和精神需要为代价的。经济和政治上的不平等决定了,如果一个女性遇到一个专横粗暴或者酗酒成性的丈夫,那么无论她有多少美德,无论她如何努力,她都不但不能为这个家庭带来幸福,而且自己也成了首当其冲的牺牲品。女性的这种被动屈从的不幸状况在玛格丽特·福勒的《十九世纪的妇女》这本时代性和政治性都很强的小册子中得到了详细的阐述。在这本书中,福勒呼吁社会给予妇女应有的平等和尊重,要求女性勇敢地站起来捍卫自己的基本权利,并身体力行自己的女权理论,有学者告诉我们,"这个时期,没有哪个美国妇女比她(玛格丽特·福勒)更加积极地作为一个个人凭着自己为实现自我而斗争"②。爱默生对妇女运动的公开支持表现在,他邀请福勒这位美国妇女运动(The American Women Movement)的先驱担任他的超验主义杂志《日晷》的主编,并首先在这个杂志上发表福勒的文章《伟大的诉讼:男人对男人们以及妇女对妇女们》(也是后来著名的《十九世纪的妇女》的雏形),并与福勒结下了深厚的友谊。不仅如此,爱默生还接受妇女运动领导人宝琳娜·瑞特·戴维斯的邀请,参加在波士顿(Boston)举行的"女性权利大会"(1855.9.20),并发表演说,赞美女性是"人类文明的孕育者",支持女

---

① Robert K. Martin, "Hester Prynne, C'est Moi: Nathaniel Hawthorne and the Anxieties of Gender", *The Scarlet Letter and Other Writings*, ed. by Leland S. Person, New York: W. W. Norton & Company, 2005, p. 513.

② Jean Fagan Yellin: "*The Scarlet Letter* and the Antislavery Feminists", *The Scarlet Letter and Other Writings*, p. 525.

性争取政治、经济独立的权利吁求,"毋庸置疑,她们有拥有自己财产的权利……如果妇女要求选举权以及和男性平等的参政权,不应该被拒绝"①。

爱默生热心参与时代问题还表现在,当美国与墨西哥为得克萨斯的主权问题发生争执、出现战争危机的时候,爱默生第一时间站出来发表演讲,反对麻省在这个问题上犹豫不决的态度:"如果麻省赞成这一行为(指吞并得克萨斯州的行为。笔者注)和这个权威(指美国的时任政府。笔者注),又不希望与一个企图吃人或行窃的野蛮国家联手,那就让这个州漂亮地说出来。如果有任何理由或者一切理由不赞成吞并,那就让它乐观而霸道地说不,而不是含混、胆怯、绝望地表示反对。"②

爱默生和梭罗更是积极支持并参与当时如火如荼的废奴运动(The Abolitionist Movement),梭罗与阿尔科特的家里成为逃亡奴隶的中转站,而爱默生则把当时即将被美国政府处决的废奴运动领袖约翰·布朗(John Brown)称作"将使绞刑架像十字架一样辉煌的新圣人"。当听说布朗遇害,梭罗把他当作一个殉道者加以崇拜,并为布朗热烈地辩护:"当一个政府把力量用于非正义一方(尤其是像我们今天的政府),保留奴隶制,杀死奴隶的解放者,人们看到这是怎样的一种纯粹残暴或者比残暴更糟糕的力量啊!"梭罗称布朗为"一个十足的超验主义者,一个有思想、有原则的人"。

1861年,美国内战爆发,超验主义者们的政治热情进一步高涨,在他们看来,这是一场正义战胜邪恶的战争,这是一场为了维护民主和自由的政治信仰所进行的又一场圣战,布朗森·阿尔科特把家里唯一挣面包的女儿路易莎·梅(Louisa May Alcott,布朗森称其是"我唯一的儿子",路易莎也是小说《小妇人》的作者,因为这本小说的畅销能养家糊口。笔者注)送去华盛顿护理伤员,"在他们的公共宣言和行动中,果园屋(指阿尔科特的家。笔者注)和灌木屋(指爱默生的家。笔者注)的居民毫无疑问全力支持这场战争"。(A. Schreiner, 2006:200)

在这样一个充满改革和政治热情的年代,同住在康科德的霍桑却显得异常安静,因为他总是关心或者说更是担心改革、政治热情可能对个人的

---

① 转引自程心《福勒和爱默生:超验主义的文学关系》,《国外文学》2012年第2期,第102页。

② Samuel A. Schreiner Jr., *The Concord Quartet*, p.135.

道德以及健全心智造成的不良影响,用《福谷传奇》(*The Blithedale Romance*)的叙述人卡芬代尔的一句话来解释霍桑面对时代问题时的超脱姿态也许有一点说服力:"假如哪一个有远见卓识的人只生活在改革家和进步人士中间,而不是定期返回既定的事物体系中去,从旧的立足点用新的观察角度来改进自己,那么他绝不会长期保持自己的远见卓识。"①

在女性问题和妇女运动方面,与爱默生的公开热情支持态度不同,霍桑表现出一贯的保守、排斥态度,霍桑在布鲁克农场时写给未婚妻的信中不无讽刺地提到当时同在那里的玛格丽特·福勒的奶牛,"勾引其他奶牛,已经让自己成为这群牛的领袖,表现得非常霸道"②。另一封给索菲亚的信中对福勒的女权思想的讽刺更加明显:

> 这群牛已经反抗福勒小姐的母牛,每当它们被赶出牛棚,她总是被迫在我们这里寻求庇护。她总是黏着你丈夫,因此严重地耽误了他的工作,他发现有必要用铲子拍她两三下。但是,她仍然更喜欢我温柔的同情心而不是在那群牛的尖角中冒险。她不是一头友好的母牛,不过,她有一张很聪明的脸,似乎生性也很爱思考。我不怀疑她不久就会发现与其他姐妹们和平相处是权宜之计。

霍桑对女权主义者的态度在对福勒的这头奶牛的戏谑中可见一斑。对于因为女权运动而衍生的禁酒运动(The Temperance Movement,根据福勒的《十九世纪的妇女》所写,贫困阶层的妇女之所以生活雪上加霜就在于她们的丈夫们借酒消愁之后失去理性,殴打她们),霍桑更是不以为然:

> 必须首先让生活的普遍氛围变得令人提神,他才不会需要他的那种让人神志不清的安慰。饮酒的习惯像其他问题一样有其可以被辩解的一面……人的生活,对大多数男人来说,将无法忍受大酒杯被收走之后那么大的一个真空。它现在所占的空间必须以某种方式填满。对富人而言,果园歉收无碍大局,而对于穷人——他们只能通过烈酒这个肮脏的媒介才能有望获得稍好一点的状态——他该怎么办?改革家

---

① 《霍桑小说全集》(2),胡允桓译,第347页。
② Joel Myerson, ed., *Selected Letters of Nathaniel Hawthorne*, p. 83.

们应该作出积极的努力,而不是消极的努力,他们必须消除恶,以善代之。①

可见,对于霍桑,不管是妇女问题还是禁酒问题归根结底都是一个生存的问题,强行用法律消极地禁止饮酒这个行为并没有击中问题的要害,就像一味地鼓动妇女离开厨房离开家庭只能引发更多的社会问题,这些社会问题要想得到真正有效的解决,首先得使大多数人的生活条件得到改善。而对霍桑而言,如何"消除恶,以善代之"又是一个多么复杂的人性问题啊,这岂能是那些素质参差不齐的改革家们所能解决的问题。

在废奴运动和内战问题上,霍桑的态度更是令国人侧目甚至愤怒,这也让他与他的时代更加疏远。霍桑在给一个朋友的信中说:"我对奴隶们没有任何同情;或者,至少,对他们还不如对那些白人劳工一半的同情,我相信,这些白人总的来说比南方的黑人(的生活处境)要糟糕十倍。"②霍桑的这番话听起来非常刻薄刺耳,不符合他一贯的人道主义立场,但是美国学者菲利普·麦克法兰(Philip McFarland)却解释了它的历史必然性:"事实上,霍桑的大部分同时代人都持有这些偏见。所有的美国白人——废奴主义者除外——都认为黑人低人一等,知道他们像孩子一样低人一等。"我们从霍桑自己的文学作品中发现,他对奴隶们貌似冷漠的态度背后隐藏着更深层面的人道关怀,而不是他的许多同时代人所持的种族主义偏见的简单反映。在散文《旧消息》(*Old News*)中,霍桑转述旧报纸的内容,讲述美国独立战争之前的奴隶生活:

> 在我们祖辈的家法底下,他们(指奴隶。笔者注)承受较少的苦难。……在中等人家,他们与主人同桌就餐;到了晚上,当大家围在火炉四周时,炉火映在他们黑得发亮的脸上,他们与主人的孩子亲密地混在一起,他们能够安于自己的命运,原因之一可能是他们看到了白人男女被从欧洲运来,就……被出卖给了出价最高的人,成了真正的奴隶,虽然为期只有几年。奴隶劳动力只占这个殖民地整个劳动力的一小部分,因此,不会改变人们的性质。相反,奴隶制反而改善和

---

① Samuel A. Schreiner Jr., *The Concord Quartet*, pp. 167–168.
② Philip McFarland, *Hawthorne in Concord*, New York: Grove Press, 2004, p. 158.

放宽了制度，使其成为那个时代一个家长制的、几乎是美好的独特体制。①

霍桑以旧报纸为根据转述而来的奴隶生活情况，他们与白人主子之间那种互敬互爱、田园牧歌式的和谐生活场面与斯托夫人以及大多数历史学家和作家告诉我们的美国黑人奴隶的非人生活是完全不同的版本。在这里，霍桑转述的这种奴隶生活具有多大程度的真实性和代表性不是问题的关键所在，重要的是，我们需要知道，他之所以挑选出历史对奴隶生活的这种报道，并以此与从欧洲被运来充当契约奴的白人命运进行比较，无形中为他维护奴隶制的态度作了注解，向我们说明了他何以对穷白人的同情远胜于对黑人奴隶的同情。这让我们明白，"奴隶"的含义对于霍桑并非一个简单的政治概念，而是一种严酷的生存现实，所有遭受奴役和剥削的人（不分肤色），他们才是真正的奴隶，而黑人奴隶中也许还有某些人由于幸运地遇到了比较开明的白人奴隶主，他们的生活反而会比那些白人契约奴更有保障，可见霍桑的同情心只给予世界上真正受苦的人。

霍桑在《皮尔斯传》（*Franklin Pierce*）中坦言自己对奴隶制问题的认识为他的政治名誉再添污点：

> 还有另一种观点，也许还是一个明智的观点。这种观点把奴隶制看作是那些邪恶之一，神圣的天意不允许人类插手解决，但是，在合适的时候，当奴隶制穷尽了它所有的价值之时，上天将会用一种无法预料的方法，实施最简单、最容易的操作，它便会像梦一样消失了。②

波士顿的《文录》（*Transcript*）杂志对霍桑的这种不合时宜的政治观点立即提出强烈的批评，反对奴隶制的西奥多·帕克（Theodore Parker）牧师严厉地指责霍桑"支持人类的敌人"③。霍桑之所以反对内战，不仅是因为他对奴隶制问题的解决有着完全不同的认识，而且他在骨子里也带有某些新英格兰人根深蒂固的反南方情绪（注意，惠特曼曾经在奴隶制问题上责怪霍桑同情南方），那时候的南北方之间的距离从各方面看都比现在要远得多，霍桑几乎不认为南方与新英格兰有什么关系。对于他，美国

---

① 《霍桑集：故事与小品》（上），姚乃强等译，第284页。
② Samuel A. Schreiner Jr., *The Concord Quartet*, p.173.
③ Joel Myerson, ed., *Selected Letters of Nathaniel Hawthorne*, p.168.

只意味着新英格兰,它与西部和南方都不相干。①在写给大学好友赫拉西奥·布雷奇(Horatio Bridge)的信中,霍桑把他对内战和对南方的感情表露无遗:

> 就这件事而言,我既遗憾又高兴,遗憾的是我太老了,无法亲自扛起滑膛枪,高兴的是朱利安太小,不用上战场。尽管我和任何人一样赞成这场战争,但我不太明白我们为什么而战,或者能期望有什么特定的结果。如果我们痛击南方,他们不会因此更喜欢我们;即使我们征服了他们,我们下一步也应该把它们割出去。无论下一步如何发展,我必须说,我很高兴这个古老的联合体被粉碎了。自从宪法制定以来,我们从来都不是一家人,从来没有真正成为一个国家。②

霍桑的"赞成这场战争"已经由后面的话证明是反讽的,霍桑的反战态度昭然若揭,虽然只表现为一种狭隘的反南方情绪,不过,在他的文学作品中,我们看到霍桑反战更多是因为战争造成人的道德沦落和生命毁灭,他的反战更多是出于人道主义的关怀。在历史故事《威廉·培珀雷尔勋爵》中,霍桑描写了1745年的路易斯堡保卫战,其中有这样一段文字足以说明他对战争造成的破坏有多么清醒的认识:

> 如果我们考虑一下此后几年里发生的事件,并把目光限定在革命前的那段时期,那么我们可能就会产生疑问:我们父辈们取得的胜利究竟是上帝的恩赐还是惩罚。在离别父母的时候,大多数年轻人身强力壮,道德无瑕,而在回来之日——如果还能回来的话——他们身体已垮,无法再当个好公民。……在整个这段动荡时期,多少像盛开的鲜花般的年轻人被剑拦腰砍断,或者死于身体疾病,或者因为在军营里和战场上沾染了精神疾病而成为无所作为的公民。……几千个花朵般的姑娘本来可能也完全愿意成为贤妻良母,为国家做出贡献,却因为路易斯堡保卫战的成功,结果被迫过着独身生活,没有生育后代。但是,当我们目睹胜利之师成功地攻入那个被围困的城市之际,就不必去为那些伤心的回忆而感到悲伤了。③

---

① Philip McFarland, *Hawthorne in Concord*, New York: Grove Press, p. 159.
② Joel Myerson, ed., *Selected Letters of Nathaniel Hawthorne*, p. 238.
③ 《霍桑集:故事与小品》(上),姚乃强等译,第184页。

霍桑撇开胜利时刻的辉煌与激动不提，或者用反讽一笔带过"胜利之师"，把大量笔墨用来冷静地剖析战争反人性、反生命的本质，那么父辈们的胜利究竟是上帝的恩赐还是惩罚也就不言而喻了。在《旧消息》中，霍桑的反战文字也毫不含糊，战争造成人性的堕落几乎是永远无法避免的道德灾难：

  大多数人具有这样的素质，他们只有在某个常规的环境里才能循规蹈矩；而要是国家事务脱离了常规，他们就会道德败坏。社会混乱的主要原因之一是存在大批退伍士兵，他们源源不断地回到家乡，在长期服役以后已经对和平职业感到厌恶；他们兵不兵，民不民，很容易变成流氓。

在霍桑的最后一部小说《农牧神雕像》中，这种反战的情绪丝毫没有削弱。小说描写教堂里修士们的殡葬处时再次暗示胜利的辉煌是由众多的生命为代价这个残酷的事实，"埋葬用的壁龛的圆拱和尖拱的墙壁是由大腿骨和头盖骨做成的大量立柱和壁柱支撑的。……如同战争中众多的死亡造成了胜利的辉煌"。[①] 显然，对于文学艺术家霍桑而言，人道的关怀抵消了他的政治热情，无法让他像大部分废奴主义者那样欢呼内战。

同样，霍桑参加布鲁克农场的改革运动是出于生活的需要，而不是对改革的热情。布鲁克农场的发起人乔治·里普利及其同道们受法国哲学家查尔斯·傅立叶的空想社会主义思想的影响，在这里试验一种知性、和谐的公有制集体生活。1841年，霍桑加入布鲁克农场，投资1000美元，希望获得一份稳定的收入，为即将到来的婚姻作准备。繁重的体力劳动，加之对进步思想的质疑、对经济收益的失望让霍桑提前退出。一年多之后，霍桑把他在布鲁克农场的经验写进了一篇寓言故事《奇幻大厅》（1843）：

  寄寓在这个避难所里的那一群真正的或者自封的改革家，真是数不尽说不完。他们是一个激动不安时代的代表，在这个时代里，人类正在设法抛弃整个古老习俗的结构，就像抛弃一件破烂衣服一样。其中有许多人已经获得了真理的某块水晶块的断简残篇，它光彩夺目，

[①] 霍桑著《玉石人像》，胡允桓译，第174页。

晃得他们无法睁眼，看不见茫茫宇宙中的任何东西。①

"奇幻大厅"显然是布鲁克农场的一个寓言别名，叙述人"我"见此情形，立即提醒自己："走吧，赶快走吧，要不然，我也禁不住要创造某种理论了——而之后，任何人都不会有什么希望了。"（霍桑，1997：864）霍桑之所以惧怕理论，说它没有希望，是因为人一旦变成观念的奴隶，产生狂热的改造社会的愿望，失去正常判断事物的理智，人的灾难也就如影随形了，这便是另一部小说《福谷传奇》的主题，我们将在后面辟专章进行讨论。

第五节 霍桑和他的时代

霍桑是他的那个自信、改革、发展时代的旁观者，而不是像大多数超验主义者一样积极参与其中，他不仅对自己旁观者的角色有着清醒的认识，还对其进行书写。《七个尖角阁的宅邸》有一个场面描写个人与群体的关系，形象地概括了霍桑在他那个时代的位置，也可以被看作是霍桑对自己旁观者身份的思考与辩解。克利福德·品钦从阳台上观看下面正在进行的一场大规模的政治游行，这时候叙述人评论道：

> 我们这位旁观者在看清每个人平板乏味的面容时，觉得这是傻瓜的举动……应该从某个最佳角度来观看这支队伍，才会显得壮观。比如让这支队伍缓缓走过开阔平原的中心，或者最庄重的城市的公共广场；因为在这种情况下，远远望去，参加游行的每个好看的个人都已融入广大群众的单一存在中——由一个浩瀚而单一的精神所激励的伟大的生命，一个人类的集体。但在另一方面，如果一个容易受影响的人独自站在这样的游行队伍的近旁，不去分辨每个单独的个人，而是将其视为整体——如同滚滚向前的生命之流，汹涌澎湃，神秘得晦暗，从其深处呼唤着他心底的共鸣——这种近在咫尺的观看会增加这种效果，让他迷恋之极，难以遏制地涌出同情之心的溪流。

"由一个浩瀚而单一的精神所激励的伟大的生命，一个人类的集体"

---

① 《霍桑集：故事与小品》（上），姚乃强等译，第862页，第864页。

是霍桑一生都唯恐避之不及的精神威胁，原因在于他看清楚了"每个人平板乏味的面容时，觉得这是傻瓜的举动"。因此，他才不会被那种"滚滚向前的生命之流，汹涌澎湃，神秘得晦暗"的幻影所迷醉，没有产生他的主人公克利福德·品钦要跳下去加入游行队伍的冲动。法国社会心理学家古斯塔夫·勒庞（Gustave Le Bon）告诉我们，当个人融入群体时，"他不再是他自己，而成了一个不再受自己意志支配的玩偶。……孤立的他可能是个有教养的人，但在群体中他却变成了野蛮人——即一个行为受本能支配的动物"[1]。这时候，"有意识的人格消失得无影无踪，意志和辨别力也不复存在，一切感情和思想都受着催眠师的左右"。如果爱默生是这个时代游行队伍的催眠师，那么霍桑就只愿站在阳台上观看下面群情激昂的游行活动，保持观看的距离和高度。

霍桑的散文《老苹果贩子》（*The Old Apple-Dealer*）直接描写了一个飞速发展、充满活力的时代与一个卖苹果老人的慢节奏之间的鲜明对照，象征性地说明了霍桑自己闲散自在的生活状态与他所处的那个科技迅猛发展的时代之间的戏剧反差：

> 当火车冲进车站时，汽笛尖啸，恰似蒸汽魔王在吼叫，人类曾经用魔法降服了蒸汽魔王，迫使它像一头牲畜那样为人类干活；它笔直地朝前冲去，掠过河流，冲过森林，插入群山的心脏，一瞬间从城市到了沙漠地带，又到另一个遥远的城市，它的进程像流星一样，刚刚看见马上又消失了，而它隆隆的吼声仍在耳际回响。旅客们从火车里蜂拥而出，旅客身上也充满了活力，那是他们从所乘坐的火车里被感染的。仿佛整个世界，从精神到肉体都脱离了它那屹立不动的古老状态，而进入了迅速的活动状态。就在这震天动地的活动中，卖姜饼的老人坐在那里，他是如此软弱，如此毫无希望，如此与生活毫无牵连，但也说不上真正地不幸。……他与蒸汽魔王是两个正好相反的对立面，后者是一切进步事物的典型——而老人，代表了那一类忧郁的人，由于某种糟透了的魔法，他们注定了无法分享世界的令人欢欣鼓舞的进步。因此，人类与这位孤独的兄弟之间的对比就变得栩栩如

---

[1] 〔法〕古斯塔夫·勒庞（Gustave Le Bon，1841–1931）：《乌合之众：大众心理研究》（*The Crowd: A Study of Popular Mind*）（该书1895年初次面世），广西师范大学出版社，2011年版，第55页，第57页。

生，甚至宏伟壮观了。①

一个慢节奏的、落伍的老人与一个飞速发展的时代之间的戏剧性对照不正是霍桑与他自己的时代之关系的象征寓言吗？霍桑用慢镜头为他的那个匆忙而浮躁的时代留住了一份从容优雅的古典文学想象，在那个平凡衰老已被世界遗忘的苹果贩子身上发现了人类最宝贵的精神实质——同情心："在你的心中有一扇门，通向人类灵魂和那难以测量的永恒的深处。感谢上帝，只要有你的存在，人类生命的形象就不是铁铸的，也不是用耐久的金刚石凿成的，而是用气体塑成的，当精神实质飞升到上帝那里时，气体就消失了。"②苹果贩子的存在唤起了作家的同情心，也让作家借以提醒人们，生活中存在着不容忽视的弱者，是需要我们用同情心去观察才能发现的。

综上所述，我们可以看出，在处理传统与现在、个人与社会的关系时，在对待很多重大的时代和社会问题上，霍桑的认识和处理方式更多是站在这个时代的主流价值观之外，营建他作为梦想者的乌托邦。然而，今天看来，霍桑的那些乌托邦思想，那些强调兼顾传统与现在、个人与社会、家庭与个人理想的均衡发展的理性思想，那些反战、反宗派、反奴役、兼顾弱者、呼唤同情心的人道主义思想，比起他那个时代的超验主义思想来更多地表达了超越时空的普世关怀，成为我们在新世纪的启示与借鉴。

本章的大部分内容重在梳理霍桑与他的同时代人，尤其是超验主义者们在许多重大的社会和时代问题上存在的差异和分歧，不过，笔者并不想将霍桑与他的时代以及同时代人完全对立起来，这也不符合霍桑一贯的思考处理问题的方式。仔细考察霍桑和超验主义者们的处世方式和思想会发现，除却一切分歧，他们仍然有许多相似之处。比如，他们都反对一个急功近利的商业社会（Commercial Society），他们都强调人的精神和心灵的自主，他们都热爱大自然，他们都是身心统一的人，他们都努力过一种远离尘嚣的田园生活（Pastoral Life），而且爱默生和霍桑还都不喜欢盲目的慈善活动，认为那是一种伪善。爱默生在《论自助》中说：

---

① 《霍桑集：故事与小品》（上），姚乃强等译，第837页。
② 《霍桑集：故事与小品》（上），姚乃强等译，第837页。

远方的爱就是家中的恶。不要像当今的善人那样给我讲什么我有义务改变所有穷人的处境。他们是我的穷人吗？我告诉你，你这愚蠢的慈善家，我舍不得把分文送给那些不属于我又不包括我的人。有一个阶层的人，由于有种种精神上的共鸣我可以由他们随意调遣；为了他们，如果必要，赴汤蹈火在所不惜。可就是不干你那名目繁多的廉价的慈善活动，不搞那愚人学校的教育，不建造那徒劳无益的教堂……①

在许多年里，霍桑都对他的妻姐伊丽莎白·皮伯迪（Elizabeth Peabody）这位波士顿著名的慈善家和社会活动家唯恐避之不及（霍桑对妻姐的态度在霍桑的传记和书信中都有涉及），这一点也说明了他并不赞成盲目的慈善活动。爱默生在《论自然》中的主题是：个人的完善是社会进步的基础；霍桑在大多数作品中也提醒读者：人心的净化是社会进步的前提。

正是意识到了自己与超验主义者们拥有的这些近似的品质，霍桑才在《生活的行列》（The Procession of Life）中把所有真正致力于人类进步的人都归入生活的一个行列中。霍桑在这篇文章中呼唤"正直、纯洁、真诚的人"，同时意识到人皆有弱点，不可能做到至善至美，所以就把优秀的人界定为"以爱为压倒一切准则的人"，"这类人将包含所有真心为善的人"。②这些人自然包括霍桑的清教祖先和超验主义者中那些真正优秀的人，因为这些人和霍桑在渴望世界变得更好并努力为此尽一份绵薄之力方面有异曲同工的贡献，他们都属于"那些把生命耗费在为人类所做的丰富而神圣的思考上的人；那些人用一定的神圣精神净化了周围的空气，提供了一个优良的环境使美好而高尚的事情得以设想和实施"。（霍桑，2000：364）

面对他的清教祖先和同时代的超验主义者们，霍桑表现出公平、清醒的鉴别力，既没有彻底摒弃，也没有随波逐流。他曾在《红字》的序言《海关》中告诉我们，他的那些勤奋务实的清教祖先们可能会对他选择作家这个职业不赞成，他们可能会隔着时空鄙视他："一个写故事的人！这是什么生计啊——在他的时代和他那一代人中，这算什么荣耀上帝、服务人类的方式呢？这个败家子很可能会成为一个浪荡鬼！"③虽然如此，霍桑

---

① 《爱默生集：论文与演讲录》（上），赵一凡等译，第287页。
② 《霍桑小说全集》（3），胡允桓译，第363页。
③ 霍桑：《红字》，胡允桓译，第6页。

仍然承认他和他的清教祖先之间有着根深蒂固的气质联系，"他们的强烈本性已经和我的禀性纠缠在一起了"。（霍桑，1991：6）正如我们发现的，虽然霍桑在对待时代问题和传统以及个人与社会的关系问题上与他的同时代人有那么多的不同，但是作为生活在同一个时代背景下的新英格兰知识分子，他们之间在思想和处世方式上仍然存在着很多的相似，尤其是，他们都用自己神圣的精神净化了周围的空气。正是意识到了善者对人类殊途同归的贡献，霍桑才在《生活的行列》的最后呼吁：

>让好人们在人生前进的道路上互相推搡吧，当他们排成光荣的行列，按部就班地踏上天国的土地时，彼此之间就全相安无事了。在那里，他们无疑会发现，他们始终在为别人的事业而工作，人们的一举一动都有其诚挚的目的，哪怕目标狭窄，也的确是为全宇宙的善事。他们个人的观点可能受制于国家，信条，职业，多样的个性——但超越这一切的乃是天庭的广袤。有多少人曾经认定自己与他人为敌，但当他们回顾世上广阔的收获天地，看到在不自主的兄弟情谊中，人们都在帮忙捆扎同一个麦捆，从此以后自会面带笑容！①

可见，对于霍桑而言，无私与善意才是实现"兄弟情谊"，也就是"人性磁链"的可靠保障，也是判断一个人是否具有"好人"资格的唯一标准，不管他们的思想有多么不同，不管他们的信仰有多大分歧，不管他们行善的手段多么不一样，他们追求的目标只有一个，那就是基督教崇尚的博爱精神。

综上所述，我们可以看出，在与这些时代弄潮儿们的思想分歧和生活疏离中，在对时代问题的冷静旁观中，霍桑并没有失去他对社会的关心和他对人类的同情心和理解力，没有变成他作品中一贯被他贬斥的冷酷无情的智性狂人，更没有在精神上把自己完全孤立起来，自命清高，而是明智地用"以爱为压倒一切的原则"把他与他的同时代人，以及他的清教祖先中那些真正致力于人类进步的人归入生活的同一个行列中，在大爱之下找到了自己融入时代大潮和历史潮流的入口。

---

① 《霍桑小说全集》（3），胡允桓译，第365页。

第二章 霍桑的生活观:回归家庭与田园

内容提要:本章主要研究霍桑十九世纪三四十年代的作品,包括短篇小说、书信、笔记、日记和小品文,从中探讨霍桑的生活观。霍桑以生活的"真实"——有爱情的家庭和田园生活,取代生活的"虚影"——孤僻、自私、机械劳作的生活,从而为他的时代昭示了健康、幸福生活的方向。霍桑生活的时代是一个物质进步、科技发展的时代,名目繁多的社会实验和改革运动使人们相信一切皆有可能。然而,作为这个时代冷静的旁观者,霍桑把他的这个时代所忽略的"家庭"和"田园"当作人生的"真实"加以强调和珍惜,这构成了他的生活观的主要内容。对家庭和田园的回归是霍桑针对工业文明焦虑症所开的处方,是救治家庭和生态观念日益淡漠的现代人的良药。

关键词:霍桑 生活观 家庭 自然 真实

第一节 "虚影"的生活:《重述的故事》

1825年,从鲍德温学院(Baldwin College)毕业的霍桑回到家乡塞勒姆镇,从此开始其长达十数年的隐居生活。霍桑后来回忆说:"我怀疑我在那里独居的九到十年,这个城市意识到我存在的人不超过20个。"[①]在这段隐居的岁月里,霍桑昼伏夜出,埋头苦读,并不时写一些故事在当地的杂志上匿名发表,这就是他的全部生活内容,直到1837年他的第一部短篇小说集《重述的故事》(*Twice-Told Tales*)发表,这种离群索居的生活才告一段落。关于这一段生活对霍桑的影响,评论家大多持肯定态度。朗费罗在评论《重述的故事》时说:

> 这本书出自一位天才之手。一切都像早晨和五月一样清新。鲜花绿叶般的诗情没有落上大街的尘埃。它们是刚从一颗宁静温和的心中

---

① Julian Hawthorne, *Nathaniel Hawthorne and His Wife: A Biography*, Vol. I, pp. 96–97.

那些隐秘的地方采摘而来的。那里流淌着深水,沉默,平静而凉爽;绿树窥视它们以及"上帝蔚蓝的天堂"。①

在朗费罗看来,恰是霍桑的隐居成就了他作品的"纯洁"和"清新",让他保留了敏锐的观察力和热烈的同情心。埃德加·爱伦·坡(Edgar Allan Poe)对霍桑的这段隐居生活也赞赏有加:

> 他有意识过的那种超然离群的生活从很大程度上赋予了他纯净的风格,美好的品味,淡雅的幽默,动人的感伤,甚至还有那种喷薄的想象力以及技艺高超的创新。如果不是这种生活,他很可能只是一个精明、严峻、务实、保守、崇拜成功、喜欢做生意、民主派的美国佬。②

然而,霍桑本人却对这段岁月怀着悲喜交织的心情。准确地讲,在1837年之前,他对这种生活状态主要持否定与怀疑态度,把它看作是一种性格使然、不得已而为之的选择,如他对朗费罗所承认的:"我被带离生活的主流,并发现没有可能再回去。……从那个时候开始,我就让自己与社会隔绝;但是我从来不是有意为之,也没有梦想着打算过什么生活。我把自己变成俘虏,放进地牢,现在找不到放自己出来的钥匙。——即便是门开着,我也害怕走出来。"③在同一封信中,他甚至羡慕朗费罗所抱怨的人生烦恼:

> 再没有比不能分享这个世界的欢乐或忧伤更可怕的命运了。过去的十年我没有生活,只是梦想着生活。也许在这个阴凉处有一些阳光下得不到的没有实体的快乐,但是,你无法想象我的回忆多么不能令人满意。我对过去的岁月毫不珍惜,没有任何愉快的回忆。

正是霍桑深深体会到这种长期与世隔绝的生活对一个人心灵的不健康影响,他才能在《七个尖角阁的宅邸》中写出海波吉巴兄妹那种与世隔绝生活的霉烂味来。海波吉巴与克利福德意识到老宅的诅咒,意识到他们与

---

① J. Donald Crowley, ed., *The Critical Heritage*, New York: Barns & Noble, Inc., 1970, p. 56.
② J. Donald Crowley, ed., *The Critical Heritage*, p. 114.
③ Joel Myerson, ed., *Selected Letters of Nathaniel Hawthorne*, p. 42.

人群隔绝太久几乎变成了"鬼魂",所以才临时打消了去教堂参加礼拜的念头,叙述人对此感叹道:"他们无法逃脱,他们的看守故意讽刺地让门半开着,躲在门后盯着他们偷偷溜出去。他们在门槛处感到他毫不留情地抓住了他们。还有哪座地牢能比他们自己的心灵更黑暗呢!还有哪个看守能像他们自己一样无可通融呢!"①霍桑与他的这些长期与世界隔绝的人物都清醒地意识到,他们需要摆脱这种受诅咒的祖宅和隔绝的心境,都渴望"投身到人生的海洋中,深深地被湮没,然后再浮上来,恢复清醒的头脑和充沛的精力,重新投入生活的天地"。

霍桑的第一本小说《范肖》(*Fanshawe*,1828)②反映了他在文学生涯的开始就对书斋生活的反思与警惕。主人公范肖从外表到内在气质都酷似作者本人,他那高阔的额头,沉静的性格,昼伏夜出的生活习惯,他对书斋生活的厌倦与质疑都反映了这一时期霍桑本人的思想状况:

> 他(范肖)回顾往日岁月,甚至在他的早年,便把时光消磨在孤独的学习——与死者的对话上,而藐视与活人世界的交往,或为任何世俗的动机所驱使。他自问,这一切毁灭性的苦读目的何在,具备了高深的学识幸福又在哪里。他才攀登上通往无限的阶梯上的几级:他抛弃了他的生命去发现,但穷尽上千条这样的生命,相对而言,他仍是一无所知。③

范肖的疑问是:对无涯知识的追求,如果以牺牲与活人的交往为代价,这是否是对生命的一种抛弃,这是获得幸福的正确途径吗?这值得吗?霍桑把自己昔日的隐居叫作"地牢",范肖把自己的书斋称作"坟墓",他们都认为冰冷的知识追求与鲜活的生活相比微不足道。对范肖而言,生活的意义在于"只要我们还呼吸着共同的空气,就有在我们与别人之间千丝万缕的牵连"。这种"牵连"最终具体化为他对艾伦的爱,然而,"毁灭性的"潜心苦读最终耗尽了他的全部精力,"正是这样的习惯把他送进了坟墓"。爱情,家庭,与别人之间千丝万缕的联系,构成

---

① 《霍桑小说全集》(3),胡允桓译,第 142 页。
② 这本小说由霍桑自费匿名出版后,社会反应平平,失望沮丧之余,霍桑索回所有送给亲友的书,把它们付之一炬,并不再提起甚至否认自己是这本书的作者,就连对自己的妻子索菲亚也没有提起过,可见他对这本小说是不满意的,而且留着伤痕的记忆。
③ 《霍桑小说全集》(1),胡允桓译,第 16 – 17 页。

了生活的全部内容,是范肖这个书斋生活的牺牲品不曾品尝过的幸福蜜汁。

小说的结尾,在范肖去世四年后,他的情敌爱德华·沃尔科特与艾伦结婚,两人婚后的生活正是范肖失去的人间天堂:

> 艾伦那种温柔的、虽难以觉察却强有力的影响力使他的丈夫摆脱了可能会影响家庭幸福的热情和追求;而他从不懊悔由此被她剥夺的那些世俗特色。他们长期的共同生活宁静而幸福。除去本书这些记载之外,他们没有在身后留下名声,但那又何妨呢?

叙述人最后的这一反问点出了霍桑早期小说的一个重要主题:世间的功名利禄和一个人的才华学识与家庭幸福相比算不了什么。霍桑在给未婚妻的信中回忆自己青年时期的隐居生活时也说:"我在这里浪费了大部分青春年华……直到有一天,一只鸽子出现在我面前。"①在同一封信中,霍桑几次都用"影子"比喻没有爱情的生活:"事实上,我们只是影子——我们没有被赋予真正的生活,我们周围一切似乎最真实的存在只是梦中最稀薄的东西——直到心被打动。那种触动创造了我们——于是我们开始存在——我们因而成为真实的存在,成为永恒的继承人。"

有了爱情,人生便有"真实的存在",生命便与"永恒"结合在一起,索菲亚(Sophia Peabody)进入霍桑的生活就像艾伦对范肖的积极影响,让他不再是一个影子,找到了生命存在的真实感觉。这数十年的生活似乎成了霍桑挥之不去的一场噩梦,1845年10月,从康科德回故乡探亲的霍桑在这里写给朋友的信中对这段隐居的岁月仍然心有余悸:"我回到了这个旧日昏暗无光的房子里,在这里我浪费了很多青春岁月,把白日梦和夜晚梦编织进那些闲散的故事中。"的确,1837出版的《重述的故事》共有36篇散文和寓言故事,其中三分之一的内容都表达了作者对隐居生活的焦虑,"梦境"成为这种生活的一个常用的隐喻,"真实"则成为与之相对的另一种有家、有爱、有社会交往的生活的关键词。

《海滨的脚印》(*Footprints on the Sea-Shore*)既可以被看作一篇散文,也可以被看作是霍桑关于隐居独处生活的一个寓言故事。在海边独自

---

① Joel Myerson, ed., *Selected Letters of Nathaniel Hawthorne*, pp. 79 - 80.

第二章　霍桑的生活观：回归家庭与田园

漫游了一天的"我",临近黄昏时突然意识到：

> 回家去吧！回家去吧！是到了赶快回家的时候了；因为太阳沉没在西方波浪中的时候,大海便变得阴沉了,波涛也发出了悲哀的声音。远处的帆影仿佛迷了路,它们衬托在一片悲凉苍茫之上,似乎并不属于尘世。我的心灵漫游到了遥远的地方,却找不到休憩之地,只好颤抖着走上了归途。我该走了。①

在这里,海滨散步可以被理解为霍桑自己悠闲的书斋生活的象征,"远处的帆影"象征霍桑的文学梦想,"回家"意味着回到社会生活中去,阴沉的大海象征美国当时不利的文学氛围。②在这篇文章的结尾,当在海边烧烤的一群渔夫和三位姑娘招呼叙述人"我"："喂,孤独先生！下来和我们一块吃晚饭吧！""我"欣然从命："我怎么好拒绝呢？不能；而且说实话,在我享受了所有孤独的乐趣之后,这是我在海边的一天里最愉快的时刻。"独处固然有不可替代的"乐趣",但是融入人群却成了这一天"最愉快的时刻",足以说明在孤独的书斋岁月里,霍桑对社会生活的渴望。

寓言故事《一位古玩收藏家的搜集》(*A Virtuoso's Collection*)中的参观者说："我也希望要一间茅屋,可是我愿意它建立在明确可靠的真实基础之上,而不是建立在梦境和幻想的基础上。我已经学会了寻求真实和实在的东西。"③当古玩收藏家给叙述人也是参观者看他的那个已被铁锈侵蚀的"铁面具"时,参观者觉得"看到这件可怕的古物,我心里十分沉重,因为它使一个人被排斥在他的同类的同情之外"。参观者感到古玩收藏家的语调"带着无法形容的苦味,仿佛他已经断绝了和人类天然的同情心的联系"。显然,"和人类天然的同情心的联系"与《范肖》中的"与别人之间千丝万缕的牵连"都指向一个人的社会交往,像那个海滨散步者一

---

① 《霍桑集:故事与小品》(上),姚乃强等译,第660页。
② 还是在1837年6月4日写给朗费罗的那封信中,霍桑提到自己写作的困难,美国没有令人鼓舞的写作环境和写作素材,他抱怨"没有外在的激励","公众不喜欢我写的东西","没有温暖的赞许"。(*Selected Letters of Nathaniel Hawthorne*, ed. by Joel Myerson, p. 43.)他的短篇小说《手稿中的魔鬼》也从另一个侧面解释了美国缺乏鼓励文学发展的气候,美国出版商只一味地盗版英国的作品赚钱,对美国的作家不屑一顾。
③ 《霍桑集:故事与小品》(上),姚乃强等译,第814页。

样,"怀着钟爱和同情,像兄弟般亲切地走在人群中"才是生活的实体,它胜过万千"不着边际的幻想"。

《石人——一则寓言》（*The Man of Adamant*）的主人公理查·迪格比是一个因不满现实、憎恶人类而避世隐居的人,"他的救世计划如此褊狭,就像漂浮在风暴袭击的大海上面的一条窄窄的木板,除了他自己以外,救不了任何别的罪人"。迪格比的女友玛丽·戈菲对这位古怪隐士的劝导点明了这则寓言类似的主题:

> 回到你的同伴们身边去吧;因为他们需要你,理查;而你,更是十倍地需要他们。别留在这个邪恶的洞穴里了;这里空气凛冽寒冷,这里的潮气会使人送命的;并且,死在这里的任何人,也绝不会找到通向天堂的道路。我恳求你,快出来吧,为了你自己的灵魂……

在小说的最后,叙述人警示:"友谊、爱情和虔诚,一切人间和天国的同情心都应该远离那个隐蔽的洞穴。"显然,迪格比的这个冰冷可怕的洞穴与霍桑的那个"阴暗无光的房间"一样都是健康心灵的杀手,是幸福生活的坟墓。

寓言《预卜吉凶的画像》（*The Prophetic Pictures*）中的画家,也是一个由于"全神贯注于一个既定的目标",而"和芸芸众生相互隔绝的"的病态艺术家,"除了和他的艺术有关的目标以外,他没有其他的目标,其他的娱乐,其他的爱好。他虽然态度温和,为人行事正直坦荡,却缺乏仁慈的感情。他的心是冰凉的,不论什么人和他亲近,都无法使他的心温暖起来。"对这样的人,叙述人感叹:

> 一个人胸怀孤独的雄心壮志,是毫无益处的。除非他四周有一些人,他可以根据他们的榜样来调整自己的言行,否则他的思想、要求和希望就会变得过分放纵,他就会像个疯子,或者真正变成疯子。这位画家能够以一种几乎是超自然的敏锐去了解别人的内心,却无法觉察自己内心的疾患。

这就是知识分子的异化,这种异化不仅葬送了自己的幸福,而且也对改变世界无济于事。值得注意的是,现代知识分子对社会的敌视和批判态度很像霍桑笔下的这些愤世嫉俗的艺术家，他们很少正视自身的人格和道德缺陷，只把批判的锋芒对准外部世界。《孤独人的日记片段》（*Fragments from the Journal of a Solitary Man*）中的奥布朗死后留下的日记让我们又看到了范肖临终前的悔恨：

> 我只是蜻蜓点水般掠过生活的表面，我仅仅依靠自己的体验，对于生活底层温暖的现实一无所知。……真正的智者，在经过全盘考虑以后，都会走向众人共同的道路，他们尊重弥漫于自己全身的人性，将会采集黄金，耕耘土地，种植树木，并且建造一座房屋。但是，我曾经轻视这种智慧。我也曾拒绝了那种稳重、清醒、踏实的欢乐：当一个人坐在自家炉火旁边，周围的人都把自己的安宁托付给他，并且听从他亲切的指导时，他便能享受到这种欢乐。

奥布朗对"欢乐"的梦想正是海斯特·白兰在塞勒姆镇经过长期艰苦的磨炼之后，在接近故事尾声时赢得的人间幸福：白兰坐在自家的炉火旁接待那些前来求援的受苦受难的姐妹们，抚慰她们的感情创伤，解答她们的人生困惑，享受那种被同伴尊重和需要的"稳重、清醒、踏实的欢乐"。而悔之已晚的奥布朗给人类留下的只是教训："我将恳求他，不要踏上这条乖谬的道路，也不要偏离人类事务的大道，不要放弃他应该得到的人类同情。"

同样，《夜间随笔——在伞下》（*Night Sketches Beneath an Umbrella*）写的也是对炉边温暖的渴望以及对极端的智性追求的怀疑，故事中的作家"我"在书页间无所不能地用语言创造出千幅变幻无常的画面，却有"一种沉闷的不真实感压迫着我的心"，他感到"这世界并不完全是由那些使我们为之忙碌了一整天的虚无缥缈的事物构成的。一个梦想家若是在幻想中生活得太久了，外部的事物对于他便会变得像他内心的事物一样虚幻了"。于是，他把"被我抛弃的炉边温暖和愉快跟我即将投身进去的阴郁朦胧和凄冷辛苦拿来对比了一下"，发现"世人在精神世界里跋涉时，总是在他们的脚印四周投下了欺骗性的光芒，他们自己便被这炫目的光芒所迷惑，忘记了把他们圈在中间的那片穿不透的黑暗，那是只有上天的光辉才能驱散的"。（霍桑，1997：636、638）"炉边温暖"作为人间幸福生活的象征仍然被看作是生命最真实的存在状态。脱离现实的精神和智性追求仍然被看作是不明智的自绝于世，是对生命的一种背弃。

散文《塔顶览胜》(Sights from a Steeple) 可以被看作是作者告别隐居生活、走向现实世界的一种决心的表白。文章一开始，作者就喟叹："哦！我爬了这么高，却收获甚微。我拖着疲惫的双腿，站在这里望脚下的大地确实使人头晕目眩，但头顶上的天仍高不可攀。唉！……一想到寒冷与孤寂，我不禁浑身颤抖。"文章的结束再次回应开始时的主题，"我不喜欢这个高高在上的位置，身陷于我无力指挥或平息的骚乱之中，蓝色的闪电在我眉宇间扭动，低沉的雷声在我耳边发出第一个可怕的音符。我要走下去。……我准备回到我在地上的位置"。《村里的大叔》(The Village Uncle) 的结尾把霍桑渴望的那种幸福生活的内容描写得更具体："健康的思想，宁静的心灵，幸福生活的前景，对天国的最美好的憧憬，存在于纯洁热烈的爱、谦卑的期盼和为达到某个有意义的目的而脚踏实地的操劳之中。"

从上面这些故事看，霍桑的第一本故事集和第一部长篇小说《范肖》的一个重要主题就是反思书斋和隐居生活可能对人的身心健康产生的危害：远离人群的极端智性追求容易使人变得偏执甚至疯狂，让人远离爱情、友情和对上帝的虔敬之心。正是霍桑对书斋生活的自觉反省和警惕，他才没有像他的早期故事中那些孤僻偏执的智性狂人和隐居怪人一样跌入与人类隔绝的痛苦深渊，失去对他人的同情心。霍桑后来也对朋友承认："我的长期隐居并没有让我变得阴郁或者憎恨人类，也没有让我完全不适应热闹非凡的生活。"①"我要走下去"，"我准备回到我在地上的位置"可以说是霍桑对塞勒姆十多年影子般隐居生活的告别辞。

第二节 生活的"虚影"：《霍桑书信集》

如果说《重述的故事》没有及时给霍桑带来应有的文学声誉和经济回报，那么起码，它成功地帮助霍桑实现了他早年以来孜孜以求的

---

① Julian Hawthorne, *Nathaniel Hawthorne and His Wife：A Biography*, p. 98. 法国批评家埃米利·蒙太古（Emile Montegut）1860 年在他的一篇评论霍桑的文章《悲观的浪漫传奇作家》中认为，霍桑是 "一位悲观的作家，事实上，是一个憎恶人类的作家"。转引自 Lionel Trilling, "Hawthorne in Our Time", *Beyond Culture*, New York：Oxford University Press, 1980, p. 155.

生活梦想，那就是获得一份爱情，享受女性美好的影响，加入人生的行列，从隐居生活和幻想的云端里"走下来"，感受脚踏实地的人间烟火。

开明、慈善、智性的皮伯迪夫人在塞勒姆创办女子学校，她的大女儿伊丽莎白·皮伯迪当时已经是一位非常活跃的社会活动家，在波士顿开书店，办幼儿园。《重述的故事》的出版引起伊丽莎白的关注与敬佩，她主动结识霍桑兄妹，她的小妹妹索菲亚与霍桑也从此开始了浪漫、神圣的爱情生活。在伊丽莎白·皮伯迪和其他朋友的帮助下，霍桑谋到了一份波士顿海关测绘员的差事，"这个公职终于打破了用他自己的话说就是'那种离群索居生活的魔咒'，把他带离塞勒姆，相对而言，把他抛进这个世界"①。霍桑离开了他的"猫头鹰巢穴"，②找到了自己在"地上的位置"，开始担当起他在过去许多年里一直渴望的人生重任，就像他曾经羡慕朗费罗所过的那种丰富多彩的生活，"分享这个世界的欢乐或忧伤"。

然而，这种人生的担当并非霍桑过去梦想的那样充满了浪漫色彩和诗情画意。1839年，霍桑开始在波士顿海关过起疲惫、呆板、机械的测量员生活，白天的时间主要是在甲板上验收货物，夜晚筋疲力尽，躺在床上浑身酸痛，既不能阅读，也不能思考，就连给未婚妻写信都不得不在工作的断层夹缝里挤时间，这种新生活很快就使霍桑变得不堪重负。他在1839年7月24日给索菲亚的信中写道：

> 亲爱的，今晚像往常一样，长长一天的苦活之后，我很累……如果没有你温和神圣的思想经常浇灌，我的精神将会像一株缺少雨露的植物一样枯萎。……我在这里做的一切，机器都可以做得更好。我就是一台机器，并且被类似的成百上千的机器包围着；……说得确切些，所有做事情的人都是一个巨大机器的许多轮子——我们彼此没有感情或同情，即便是像其他复杂机器的轮子一样，是用木头，黄铜或铁做成的也不过如此。也许——不过，最亲爱的，不要害怕——这颗心灵将会在我的体内枯萎或者死亡，除了一台忙碌的机器之外，什么

---

① Henry James, *Literary Criticism*, Vol. I, p. 373.
② 霍桑在给朗费罗的信中因为自己昼伏夜出的生活习惯把在塞勒姆的住处叫作"我的猫头鹰巢穴"。Joel Myerson, ed., *Selected Letters of Nathaniel Hawthorne*, p. 43.

也剩不下,没有永恒的萌芽,没有感受天堂的知觉,如果没有你的每一封信让我不断意识到你对我的深爱。哦,我的鸽子,我有时真的在想,上帝把你给我就是来拯救我的灵魂的。①

在这封信中,我们显然没有看到霍桑在繁琐的工作和与同类的交往中找到什么生活的乐趣,相反,枯燥繁重的工作以及被这种工作变成机器的人们之间的冷漠让刚刚走出书斋、对交往抱有无限美好幻想的霍桑发现,他久已渴望的社会生活变成了扼杀精神和想象力的刽子手。1840年元旦,霍桑在给索菲亚的信中再次表示:"这种令人讨厌的生活是一场梦,精神生活才是真实的。"在波士顿海关工作的这段时间里,对于一向注重精神生活和心灵交流的霍桑而言,日复一日的艰苦劳作和机械运转变成了"虚影"的生活,像梦一样让他难以找到存在的真实感。这时,索菲亚的爱成为这种不堪忍受的劳役生活的安慰与解脱,"今天我想到我有一个最亲爱的娇妻②,她非常爱我,我就感到难以言说的幸福"(Hawthorne, 2002: 74)。

1840年10月4日,霍桑辞去波士顿海关的工作回到塞勒姆的家中,从生活的战场归来的霍桑在给索菲亚的信中把他今昔的生活进行对比,突然发现了昔日离群索居的生活的价值来:

> 我现在开始明白我为什么在这个孤独的房子里幽闭了这么多年,我为什么一直未能打破这些看不见的门闩和栏栅;因为如果我早一点逃入这个世界,我就会变得冷酷粗暴,被尘世的灰尘覆盖,我的心也会因为与大众的粗暴交往而变得麻木冷漠;这样我就不适合把一个天使般的鸽子呵护在我的怀抱中。然而,过一种独处的生活直到时机成熟,我仍然保留着青春的露珠和鲜活的心灵,我把这些献给我的鸽子……

经历了艰辛劳作生活和与同事们粗糙交往之后的霍桑突然发现了独居生活的精神价值,他对这些岁月的肯定与朗费罗和爱伦·坡前面对他的隐居生活的赞赏非常接近。像朗费罗和爱伦·坡共同认识到的,霍桑发现往

---

① Joel Myerson, ed., *Selected Letters of Nathaniel Hawthorne*, pp. 59 – 60.
② "我的小妻子","我的娇妻"是霍桑在他们结婚前给索菲亚的信中情到深处时对她的称呼。

日那些苦读静思的日子不仅没有毁灭他美好的天性,没有让他变得像他笔下的那些阴郁古怪的偏执狂那样不可理喻,反而保全了他心灵的活力。这时候,生活的"虚影"与"真实"在经过波士顿海关一年多的艰苦劳作之后完全颠倒了位置,他感到过去影子般的隐居生活具有"真实"的内容,如今他像机器般日复一日机械运转的生活却让世界变得像"影子"一样虚幻,无法找到实体感。

1841年,霍桑再次投身社会生活,"像以前离开那样,为了给我的鸽子准备一个家",也为了体验一场时新的乌托邦实验改革运动,霍桑加入了布鲁克农场。然而,他很快就对这种实验感到失望,不仅发现这种社会实践没有前途,而且又是那种消耗精力的体力劳动让他再次感到精神世界受到极大威胁,"在一切令人痛恨的地方,这是最糟糕的;……我认为一个人的灵魂会埋葬并消失在粪堆或者田沟中,正像会在钱堆里埋葬并消失一样"。在布鲁克农场又脏又累的农活中,像波士顿海关的工作一样,霍桑既没有时间思考也没有余暇写作。在给一位向他约稿的编辑的信中,霍桑表示对昔日隐居生活的肯定和对眼前生活的不满:

> 你不能想象我让你失望是多么抱歉;但是能怎么办呢?写一篇故事从根本上说必须要有条件;因为故事像蔬菜一样生长,而不像做一个松木桌子。我以前的那些故事全都是自然而然产生的,来自一种宁静的生活。现在,我根本没有安静;因为当身体的自我在休息的时候——连这个都很少,时间也很短——我的大脑被一种迟钝的兴奋困扰着,这使我无法连续思考任何一个主题。你不能用猪耳朵做一个丝线钱包;你也绝对不能指望一个猪倌写出优美的故事来。

在这封信的结束,霍桑写道:"我双手打泡——耙草的后果;因此原谅这种潦草的书写。"疲惫空洞的体力活让霍桑无限怀念隐居岁月的自由闲散,而这种闲适正是智性活动和文学创作的基本保障。在给杂志编辑的信中,霍桑不无遗憾地写道:"我不相信我会再写作——至少不会写出我过去那样的作品;因为它们来自我以前生活的安静与隐居;我再不可能有这种安静和隐居的生活了。在过去的三四年里,世界把我吸进了它的漩涡;我即使想回去也无法再回到我的独处中了。"

霍桑对生活的失望不仅在于那种消磨意志的体力劳动,也在于他对集体生活,尤其是对布鲁克农场的那些乌托邦改革者们的失望。然而,这种失望并非悲观厌世,而是警惕他曾在早期的故事《预卜吉凶的画像》中所说的那种由于"全神贯注于一个既定目标"而"与芸芸众生相互隔绝"的危险。1842 年 5 月 25 日,他在写给一位热心社会改革的年轻人大卫·迈克的信中说:

> 从经济角度看,无疑在这里比在其他地方要好。但是,我并不认为这是首先考虑的问题。更重要的是,把我自己陷在一个集体(Community)中会对我的智性、道德状况以及我的有用性产生什么影响。先生,我向你坦言,我现在相信,与社会(Society)保持正常联系是实现我更高尚的人生目标的最佳途径。①

在这里,霍桑把"集体"与"社会"区别开来,对霍桑而言,"集体"在这里具体指布鲁克农场这样一个为了既定的目标而执着、狂热地奋斗的实验团体,而"社会"应该是一个人们可以在其中自由、平等地相互关爱并进行智性、精神交往的更宽松的大环境。在对集体生活的怀疑警觉之后,霍桑开始把希望寄予这样一个理想的社会。1842 年 7 月 9 日,新婚宴尔的霍桑夫妇搬进康科德这个汇聚了爱默生、梭罗、布朗森等超验主义主要人物的历史文化重镇,开始了他心驰神往的田园牧歌般的社会生活。关于康科德三年的幸福生活会另辟专节讨论,这里我们继续关注霍桑在世俗事务与精神生活之间的矛盾、挣扎与取舍。

1845 年 10 月,在康科德度过了三年天堂般幸福生活的霍桑因为交不起房租被房东委婉地驱逐,在朋友的帮助下又谋得了塞勒姆海关的一个职位。1847 年,霍桑在给朗费罗的信中总结自己在这几年里所经历的文学创作与家庭、社会责任之间进退两难的困境:

> 我正在努力重操笔杆,但是,我的处境和日常事务是如此不利于文学,所以我不知道是否能成功。每当我独自坐着或散步,我都发现自己在构思故事,像以前那样。如果能写的话我会更开心——而且,我也想增加收入,现在的收入虽然还过得去,但是并不宽裕。如果你有什么纯文学的差事可以推荐,一定想着我。

---

① Joel Myerson, ed., *Selected Letters of Nathaniel Hawthorne*, p. 103.

显然，和以前一样，霍桑并没有在现实的担当中找到人生的快乐，而是迫于生计与责任，不得不硬撑下去。1849年，美国共和党执政，民主派的霍桑自然受到株连，霍桑丢掉了这个养家糊口的差事，并卷入一场政治阴谋的漩涡。①在给朋友希拉德的信中，霍桑谈到这次遭遇对他的影响时说："我的道德状况比过去更低了——智性上更加迟钝。"②同样，霍桑在英国利物浦做领事（1853-1857）的三年中，除了写零散的游记之外，再没有任何虚构的作品出现，他告诉英国的出版商："我在英国的时间完全被填满，不得不放弃所有文学追求，只要我在办公室里待着，我就没有希望再继续文学追求。"③

从以上书信中我们可以看出，霍桑从自己昔日的"尖塔"或者叫"猫头鹰的巢穴"里走进世界之后，由于体力劳动和繁忙的公务对文学想象力的抵消，他频频怀恋的还是过去那种安静、自由、思考、写作的书斋生活。相比之下，世俗的操劳让生活成了不堪重负的虚影。

同样，霍桑在与世人的交往中似乎也很少真正体验到他在隐居岁月中梦寐以求的"和人类天然同情的联系"。在波士顿海关工作时，霍桑曾经向索菲亚诉苦说，他与同事之间没有"彼此间的关爱与同情"，那时候，他们都像机器一样循着自己机械单调的日常步伐在疲惫的生活中各自冷漠地前行。霍桑曾在《孤独人的日记片段》中描写那个孤独人："他的天性矜持而敏感，于是便使他倒不是厌世，而是出奇地讨厌社会交往"，霍桑自己也有这种矜持而敏感的性格，他表现出来的也多是避世而不是厌世。

还是在波士顿海关工作的时候，霍桑有一次写信告诉索菲亚，他就要"大祸临头"了，原来是接到了一个去麦克尼尔将军家赴周末晚宴的邀请。他抱怨说："为什么人们不能让可怜的、已经受到迫害的我（可能指他在海关的繁重工作。笔者注）消停些呢？我把被煤烟熏黑的面孔和被盐染得霜白的头发挤进干净整洁的名人圈子里，这对我有什么好处？像我这样一个低微的测量员，一个海关低级官员——我有什么权力

---

① 关于霍桑在塞勒姆海关的生活经历和感受，他在《红字》的序言《海关》中有进一步描写。
② Joel Myerson, ed., *Selected Letters of Nathaniel Hawthorne*, p.139. 不过，这件事让霍桑也因祸得福，写出了《红字》这样的传世经典。
③ Joel Myerson, ed., *Selected Letters of Nathaniel Hawthorne*, p.209.

在那里？我不能去，我不会去。"①霍桑的性格和避世倾向在这封信中被形象地刻画出来，其中夹杂着自惭形秽、自哀自怜和不情愿，而不是对世界的厌弃。

1851年9月，已经因为《红字》的出版变得很有名气的霍桑在新居地勒诺克斯（Lenox）得到了社会各界的关注，索菲亚在给母亲的信中解释社交生活给他们造成的负担："我们目前在勒诺克斯简直处于社会中心了，所有的文人似乎都住在我们周围。但是，他们在这里安居下来的时候，我敢说我们就该逃走了。"②霍桑不善社交，或者讨厌社交应酬，这一点甚至在他做利物浦领事时也不例外。在一封谢绝英国朋友邀请的便条中，霍桑用第三人称诙谐幽默地解释自己不爱社交的习性：

> 事实上，当被邀请在阳光下参加快乐之旅时，他发现自己处于猫头鹰或者蝙蝠的境地；他无法否认这会是最开心的事情，但是仍然感到自己更适合待在他那昏暗的洞中，这比在其他人的快乐中眨巴着眼睛要好。事实是，霍桑先生一生都处于一种魔咒之下，现在脱身也为时已晚，——更确切地讲，他天生便是个粗鲁的独行者，否则他现在就无法解释何以拒绝海伍德夫人的邀请了。③

这里就似乎出现一个令人困惑的问题：隐居时期的霍桑一直渴望走进生活，渴望分享世界的"欢乐或麻烦"，希望带着同情心走进人群，然而一旦有这种机会，他为什么又竭力拒绝与人交往呢？答案应该是他只注重真正的精神交流，也就是神交，而不喜欢客套、虚假的社交应酬，这一点可以从他对交朋友的标准上得到证明。奥·萨利文（O'Sullivan）是霍桑大女儿乌娜的教父，两家交往多年，霍桑在利物浦做领事的时候，萨利文在里斯本做领事。由于英国的气候对索菲亚的健康有害，有一段时间她带着孩子们在里斯本与萨利文全家同住。即便是这种关系，霍桑也没有把萨利文看作是自己真正的朋友，他在信中向妻子解释说：

---

① Julian Hawthorne, *Nathaniel Hawthorne and His Wife: A Biography*, Vol. I, p. 216.
② Rose Hawthorne Lathrop, *Memories of Hawthorne* (1897), Biblio Bazaar, LLC., 2007, p. 141.
③ Joel Myerson, ed., *Selected Letters of Nathaniel Hawthorne*, p. 179. 海伍德夫人是霍桑在利物浦的朋友亨利·布莱特的姑姑，其父是银行家，她是利物浦社交界非常活跃的交际名流。

第二章 霍桑的生活观：回归家庭与田园

> 我觉得他不是一个理想朋友……他永远不能瞥见我最好的和最坏的地方。我希望我最好的朋友比他更严峻，更严肃，亲爱的妻子，我认为，男性真正的敏锐存在于严肃冷峻的本性中——一朵高山之花，质地最温柔，色泽最艳丽，香气最甜美，在高山和风的氛围里从山岩的土壤中唱出歌来。奥·萨利文轻快、友好的土壤生出似锦的繁花，但不是这样一朵珍稀的小花。

这种"严肃冷峻的本性"明显是霍桑的自画像，萨利文不具备，所以无法知他，无法走进他的灵魂深处。可见，霍桑渴望的交往是心灵深处的共鸣，而这样的朋友总是凤毛麟角，所以他很失望地对妻子说："到现在为止，我从来没有一个朋友可以给我安静；所有人都在打扰我，不管是为了开心还是痛苦，仍然都是打扰。"①索菲亚曾就霍桑息交绝游的习性向母亲解释说："他天生就不是与普通人混在一起的。他的职业是观察而不是被观察。"他的女儿罗斯·霍桑（Rose Hawthorne）说得更不客气："他不会与傻子交谈；就像他通常不会去讨好一个令人讨厌的人一样。"②霍桑曾对历史学家约翰·罗斯洛浦·莫特里（John Lothrop Motley）说："我奇怪你不了解我的社交习惯。我非常喜欢与朋友交往，所以一点点交流就会经久不忘，照亮我此前之后的人生。"③我们可见将此理解为，霍桑需要的交往是质量而不是数量，他不是不爱交往，而是不喜欢肤浅的社交应酬。

霍桑的这种严格的择友标准制约着他的社会交往，也引起身边一些亲友的不满。1852年，诗人艾勒里·钱宁（Ellery Channing）到勒诺克斯拜访霍桑，之后在信中告诉妻子："他（指霍桑）在这里生活……有一年半了吧，我觉得除了他的妻子和孩子之外，他没有见过任何人。"④虽然这样说有些绝对，大家都知道在这个时期，霍桑与麦尔维尔（Herman Melville）的交往最频繁，不过它可以从一个侧面说明霍桑对社交的审慎。对于霍桑想在康科德买一个地方安家的打算，钱宁认为不妥，理

---

① Julian Hawthorne, *Nathaniel Hawthorne and His Wife: A Biography*, Vol. I, p. 203.
② Rose Hawthorne Lathrop, *Memories of Hawthorne*, p. 332.
③ Joel Myerson, ed., *Selected Letters of Nathaniel Hawthorne*, p. 225.
④ 钱宁的话显然有些夸张，实际上，正是在勒诺克斯（Lenox）这个地方，霍桑与麦尔维尔结下了一段难忘的友情。

由是"我相信,他一直都对生活在周围的人吹毛求疵"①。索菲亚的母亲在给女儿的信中也建议说:"正在用写作让世界变得更加美好的霍桑先生应该看看世界上正在做的一切事。他应该与他做了这么多以便培养和提升的人类尽可能地打成一片。"②

除了非常有限的社会交往之外,霍桑作为作家与读者的交往也很有限。如他在《拉帕西尼的女儿》(*Rappaccini's Daughter*)的前言中指出的,他的作品不适合大众口味,由于其"遥远冷漠,朦胧模糊,虚无缥缈"的特点,只能认那些"息交绝游之人"做读者。③这就从创作方法和主题上解释了霍桑何以得不到大众读者的欢迎。另外,霍桑的作品主题,尤其是他对人性"恶"的关注也让那个乐观进步时代的读者们发现,他们更喜欢爱默生,因为后者的超验个人主义思想更能满足他们追求个性的需求。霍桑的短篇小说《利己主义,或,胸中之蛇》(*Egotism, or, The Bosom-Serpent*)中有一段话可以帮助我们理解霍桑被大众读者冷落的原因:

> 人类生活中的怪事就是这样:大家出自本能竭力要掩饰那些悲惨的现实,将其深埋于构成人们之间谈资的成堆的表面话题之下,不去触动!罗德里克·艾利斯顿竟然打破世人尽其所能在不放弃邪恶的前提下取得了宁静的默契,自然为人所不容。……不应再允许罗德里克将他自己心底的蛇去干扰众人的眼目,并把那些上流人士的蛇从藏匿之处拖出来示众,以破坏体面的既定法则。

---

① Ellery Channing to Ellen Channing, 30 October 1851, Channing Family Papers, Massachusetts Historical Society, qtd. from T. Walter Herbert, *Dearest Beloved: The Hawthornes and the Making of the Middle-Class Family*, p. 211. 瓦尔特·赫伯特认为,钱宁这样不友好地描写霍桑及其家人主要是出于"嫉妒",也许还有当年霍桑拒绝他们夫妇搬来与他们一起同住"老屋"的记恨在里面。

② Julian Hawthorne, *Nathaniel Hawthorne and His Wife: A Biography*, Vol. Ⅰ, p. 256. 谈到霍桑的早年生活时,美国第二代小说家亨利·詹姆斯认为,霍桑生活在美国这样一个"辽阔、多样且丰富"的文明国度,文学作品却出奇得少,并且"缺少现实的品质",其教训就是"艺术之花只能开在土壤肥沃的地方,需要很长的历史才能产生一点文学,需要一种复杂的社会机制才能让一位作家运转"。(Henry James, *Literary Criticism*, Vol. Ⅰ, p. 320.)"复杂的社会机制"用在詹姆斯那里也许很合适,他可以享受巴黎的沙龙和伦敦的晚宴,乐于在人群中观察人与人之间的微妙关系,并在小说中去演绎这种关系的喜剧效果与伦理内涵,但是就霍桑的情况来看,我们可以说,即便这种复杂的社会机制近在咫尺,他也会选择躲避,霍桑的英国经验就证明了这一点。矜持而敏感的天性,对交往的审慎让霍桑主动放弃詹姆斯认为可以赋予其作品真实品质的社会生活。

③ 《霍桑小说全集》(3),胡允桓译,第300页。

霍桑在描写人性的弱点和错误的时候，就像艾利斯顿把自己心底的蛇拖出来示众，自然是破坏了这个新生民族发展时代的"默契"与"体面"，所以就不见容于读者。

从本节内容所述我们可以看出：无论是通过一份社会公职"分享这个世界的欢乐或忧伤"，还是通过社会交往实现"和人类天然同情心的联系"，霍桑似乎都没有找到他早年隐居岁月里所渴望的那种生活的真实感；相反，这两种途径几乎成了他唯恐避之不及的拖累，把生活变成了没有实体的虚影。这里，我们需要小心对待的是，不喜欢表层虚浮生活的霍桑和他小说中那些铁石心肠的人物，那些自我中心、愤世嫉俗的人物是不同的。两者的区别在于，对霍桑而言，对人群的躲避与对人类的同情心并行不悖，他躲避世人不是因为憎恨世人，而是为了更好地修炼自己，在适当的时候，找一条最佳途径将他对生活的热爱和对人类的同情通过文学更好地表达出来。从这一点说，康科德三年的田园生活满足了他最大的心愿。

第三节 "真实"的生活：《美国笔记》

亨利·詹姆斯认为，霍桑婚后在康科德的三年生活是他人生"最幸福的时光"，詹姆斯写道："他虽然沉默，但是他用笔讲话"，"他的笔触缓慢、优雅而独创，充满轻松幽默的闲谈，但是一点也不粗俗。"[①]

1842年7月9日，38岁的霍桑与33岁的索菲亚在波士顿举行完婚礼后直接乘车去康科德，入住他们事先租来的牧师里普利先生家的老宅，在这里开始了他一生最幸福、最有真实感的生活。在这个他们称作"伊甸园"的天地里，霍桑终于进入了他理想的生活状态，找到了生活的真实感，那就是人生于天地之间，在大自然的怀抱里感受上帝的博大与恩赐，在与爱人的心灵交流中享受做人的幸福，在生儿育女的家庭责任中感受生命的奇迹，自然、爱情、家庭、虔诚融为一体，爱情与友情集中在妻子索菲亚一个人身上，在这里，他终于实现了多年以来渴望的身心统一的生活。

在康科德的这所老宅，霍桑第一次有了"家"的感觉。1842年10月10日，与爱默生远足归来的霍桑在笔记中写道，"我平生第一次回家，因

---

① Henry James, *Literary Criticism*, Vol. I, p.390, p.391.

为我以前一直没有家"①。婚后一个月的霍桑在笔记中写下自己对家的真切感受:"这么长时间在世界上过着一种无家可归的生活,现在走进我自己家的感觉是多么幸福啊;因为只有一个人走进家的时候,感到有一个妻子在门口迎接他,他才会明白家意味着什么。"这是一个4岁就失去父亲的人对一个真正属于自己的小家所怀有的深深感激和感叹。

1842年11月8日,霍桑写道:"今天是感恩节——一个美好而古老的节日……我觉得有一种更生动的感觉,那就是我们终于找到了一个家,从去年的感恩节以来,一个新家已经成立了。"(Hawthorne,1972:365)在兼有智性和美德的妻子相伴的生活中,霍桑终于可以放松下来,心安理得地对待自己的不善社交了。他们房前的雪地上,除了他们自己的脚印,连续几周都没有外人踩踏过,不过霍桑不再像早年那样为自己深居简出的生活感到焦虑不安,甚至愧疚,相反,他欣慰地写道:

> 从最严格的意义上讲,我的妻子是我唯一的伙伴,我不需要其他人——我脑子里、心目中都没有空位置了。事实上,这么多年,我完全离群索居,如果我现在觉得这唯一的交流就能满足我所有的愿望,这也毫不奇怪。……感谢上帝,有她无限的同情心就足够了!

1842年12月18日,索菲亚在给好朋友凯勒布·福特夫人的信中把他们的住所比作"天堂"和"应允之地",把自己过的生活叫作"天堂的生活"。白天他们夫妇一起在林间散步,妻子时常伴着音乐给丈夫跳舞。夜晚,妻子与丈夫坐在索菲亚称作"我们的庙宇中最令人愉快的神龛"——霍桑的书房里一起阅读讨论文学经典,这种生活充溢着智性的交流和心灵的息息相通。索菲亚在信中告诉母亲:

> 您能想到一种更幸福的充满智性盛宴的生活吗?不忠而无知的诗人们一直都说在经历生活的碰撞与磨损之后,那朵毛茸茸的幸福之花就消失了。只要我们自己没有被玷污,那朵花就会一如既往地娇嫩鲜艳,一定是这样。像我丈夫的心灵这样神圣、高尚、超凡脱俗的心灵将会把天堂留在我们的身边。②

---

① Claude M. Simpson, ed., *The American Notebooks* (1835 – 53), Columbus: Ohio State University Press, 1972, p. 262.

② Rose Hawthorne Lathrop, *Memories of Hawthorne*, pp. 63 – 64.

霍桑夫妇的这种"充满智性盛宴的生活"就是对文学经典的把玩赏读,索菲亚告诉朋友:"我们度过了最幸福的冬天,莎士比亚的魔力让漫长的黑夜超越普通领域。霍桑先生大声给我阅读所有的剧本。……我以前从来没有理解莎士比亚,而我丈夫也高兴地说尽管他一直都在仔细阅读这些剧本,但是他自己也从来没有现在理解得这么好。"显然,索菲亚对霍桑的爱是一个艺术家对另一个艺术家的尊重、体贴、理解与欣赏,这不是每个作家都会有的幸运。在给母亲的信中,索菲亚写道:

> 对于他正在写的东西我从来不问一个字,这是我给自己定下的规矩,因为我总是不喜欢谈论我自己正在画的东西。他经常告诉我,但是有时候直到他把这个故事在发出去之前大声念给我听,我是一直不知道的。我能理解构思一件艺术品时思绪的敏锐新颖。他完全以这样一种单纯的方法等待灵感降临,所以我毫不奇怪他的每一个故事都是完美无瑕的。

正是因为这种相知相爱,霍桑才在1843年7月9日他们的结婚纪念日向妻子表达自己的幸福与感激之情:"现在,生活像充盈的大海,在我内心澎湃激荡着;要想用语言对它描述一二就像要在一个高脚杯里挖出大海一样徒劳。我们从没有像现在这样幸福——从没有像现在这样具有幸福的能力,……我们眼前爱的海洋更加无限地伸展开来。"[①]

霍桑的幸福生活又因为是以大自然这个伊甸乐园为背景,所以就显得格外丰盈润泽,取之不尽。霍桑这一时期的《美国笔记》(*The American Notebooks*)中大部分篇幅都事无巨细地描写身边的自然美景,万物四季的盛衰变化,向我们展示了他那种"宠辱不惊,闲看庭前花开花落;去留无意,漫随天外云卷云舒"的人生逍遥游,这种闲散自在的生活状态与他所处的那个突飞猛进的发展时代形成鲜明对比。1843年11月26日,在康科德生活了一年多的霍桑在给一位朋友的邀请信中这样描写自己的生活环境:

> 我住在一座老宅中,我相信这是全世界最安静的寓所,周围是森林,我的果园边上有一条河,当年的战场就在我的窗下,任何人来到

[①] Claude M. Simpson, ed., *The American Notebooks* (1835–53), p.390.

这里都会昏昏欲睡，这里有一种吓人的静谧；但是，就我的情况而言，我感到似乎平生第一次这么清醒。我已经找到了一种真实（黑点为笔者所加，下同），尽管看起来很像我过去的一些梦想。简言之，我没有什么愿望了——也许，除非造物主能让我对一两年后如何养家糊口的忧虑再清楚些。不过，如果有这个必要，也有足够的时间去考虑。①

美丽的大自然和幸福的家庭生活便是霍桑找到的生活"真实"，与索菲亚一样，霍桑不仅没有感觉到婚姻是爱情的坟墓，反而把家庭和妻子当作心灵的休憩地，把周围的大自然当作人神交流的媒介，人与自然融为一体：

> 人们通常都说，人生的忧虑随婚姻而来；但是我似乎已经摆脱了一切忧虑，像亚当知道在他的天堂之外还有个世界之前完全信任上帝那样，我现在依靠对上帝的信仰而活着。我的主要焦虑是观察我的蔬菜前景——看着它们如何被日晒雨淋——惋惜南瓜属的蔬菜的损毁，另一些蔬菜繁茂生长。似乎人与自然之间最初的联系在我这里恢复了，我完全依靠她供给我的夏娃和我自己的生活——依靠她提供食物和衣服以及一切所需之物，完全有把握她不会辜负我。与世界的争斗——人与人之间的争斗——从一帮贪婪的竞争者手中攫取生计的普遍努力的痛苦——这一切似乎对我像一场梦。我要做的就是快乐地活着；无论生活的根本是什么，快乐就像从天堂降下的露珠一样自然来到。这是——至少，真正是——我的信念。

怀着对上帝的虔敬，安享幸福的婚姻生活，在美丽的大自然中自给自足，这一切就是霍桑梦寐以求的生活"真实"，是他的人生信念；而与之相对的另一种生活——人与人之间的争斗却空洞得像"一场梦"。在同一篇笔记中，霍桑进一步廓清了他与世人和他的那个时代完全不同的价值观：

> 接着，夜晚到来，我回首所过的这一天，世界会把它叫做"游手好闲"，我自己觉得没有比这个词更合适的称呼了，不过我并没有觉

---

① Claude M. Simpson, ed., *The American Notebooks* (1835–53), p.112.

得这一天过得有什么不对。的确,在我们这样一个世界上,用这种方式过一生可能是一种罪过和羞耻;不过,在夏天的几周时间里,把世界当作天堂生活是好的。它是这样,也应该如此;尽管世间忧虑和劳作的阴影很快就会掠过,与我们的真实生活掺杂在一起。

需要注意的是,在霍桑这一时期的笔记中,"真实"与"阴影"(或"梦")这样的词又开始频繁出现,不过这一次两者却颠倒了位置,作者对生活的理解也随之颠倒过来。这一次,霍桑在早年羡慕朗费罗的那种"世间的忧虑和劳作"成了"阴影",而眼前他正在过的这种深居简出的田园生活却成了生活的"真实"。这时候的霍桑虽然也和过去一样保持着离群索居的生活习惯,但是他不再认为脱离人群是一种病态自私的生存方式,不再为自己的隐居感到抱歉内疚,不再有早期在塞勒姆的日子里那种因为脱离生活主流而产生的焦虑感,不再把自己的独处看作是生活的虚影;相反,因为有妻子这位他称作"生活的唯一伙伴"的陪伴,霍桑对自己的这种生活方式感到心满意足,这时候的霍桑有足够的信心让自己的这种闲散自在的生活与外面世界影子般的争斗相抗衡,并认定自己的生活是最人性化、最健康的生存方式。

1843年2月1日在给玛格丽特·福勒的信中,霍桑又一次讲到在这个忙碌奔波的世界中,"游手好闲"是多么难得的一种处事方式,为自己的与众不同作自信的辩护:"在这个世界上知道如何游手好闲的人实在太少了!——这是一种比任何用途或能力都更高的天赋。如果这个世界知道什么适合他们或者怎样才能让自己得到好处,那么这些奇才将会因为自己无价的榜样而免费得到衣食,就像免费得到空气一样。"[①]

就是在这种悠闲自在的生存状态中,霍桑感受大自然的神秘,对四季的变化和天光云影的观察详尽,描写精微。在1842年9月4日的笔记中,霍桑写道:"我能让自己与自然建立真实的联系,与一切和谐宜人的因素友好相处。"在秋天收获的季节里,霍桑尽情享受大自然的馈赠,抒发他对造物主的感激之情:

这是一个灿烂的日子,晴朗,温暖,在温暖明亮中有一种难以言说的温和。在这样的日子里,不可能不爱大自然;因为她显然爱

---

① Claude M. Simpson, ed., *The American Notebooks* (1835–53), p.110.

我们……现在活着真好。为呼吸感谢上帝——是的,仅仅为了这呼吸!……我望着窗外,在想——哦,完美的日子!哦,美丽的世界!哦,上帝真好!这些日子昭示着永恒的幸福;我们的创造者如果不是为了让我们永恒,就永远不会创造这样的天气,赋予我们深刻的心灵在一切思想之上、之外去享受它。它打开了天堂的大门,让我们向里面瞥上几眼……我们的果园正在很快成熟,苹果以及上好的梨子大量散落在草地上,几乎成了一种负担,不过是一种甜蜜的负担。幸福的和风也会把它们摇下来,好像是从天上把水果随意抛给我们;当空气完全静止的时候,我听到一个大苹果静静落地的声音。哦,我们富享庇佑,尽管没钱。

霍桑把自己当作自然之子,享受大自然的富饶,这种天人合一的幸福境界也许只有霍桑这样没有名利心的人才能深切体会到,霍桑觉得大自然的这种和谐完美甚至让人类的语言也显得苍白无力:

不过我要努力描写秋天的光辉或者表达它们给我留下的这种印象是徒劳的。我试过上千次了,自己总是丝毫也不觉得满意。否则也无需做这个记录;因为大自然年复一年更新这种风景;甚至当我们离开这个世界时,我们从精神上还可以创造这些风景;所以我们现在乃至以后就可以不必再费力去把它们付诸文字了。

生活重于写作,不仅是因为霍桑总是明白,上帝高于人类,大自然——上帝的创造,远胜于人类的创造——语言文字,而且也是因为霍桑明白美好的生活并非天长地久,生命总是脆弱易失的,所以对幸福的时刻就格外珍惜。母亲的死让霍桑进一步体会到生的宝贵,生命力的美丽。1849年7月,在母亲临终的病床前,霍桑深刻体会到生与死的鲜明对比:

的确,这是我生命中最黑暗的时刻。之后,我站在开着的窗前,从窗帘缝中看出去。两个孩子的叫声,笑声,呼喊声从空气中进入这间房子,与临终前的情景形成奇怪的对比。现在,透过窗帘缝,我看到我的小乌娜金色的秀发,看起来非常漂亮;这么精神饱满,生命力旺盛,她就是生命本身。接着,我看我可怜的临终的母亲;似乎同时看到了人的存在的全过程立在尘埃中。哦,如果我看到的就是一切的话，这是怎样的一种嘲弄啊——就让幼年和死亡之间的这段生命尽可能被幸福填满吧！①

在母亲的生命一点点消失的这个痛苦时刻，霍桑的思想几乎滑到了虚无的边缘，但是，霍桑对死亡的无助感不但没有让他陷入绝望的深渊，反而让他更加热爱生活，一句"就让幼年和死亡之间的这段生命尽可能被幸福填满吧！"把霍桑拉回到现实中，让他更加珍惜生命的过程。在这样的时刻，霍桑不仅求助于生活，更重要的是求助于上帝，对上帝的绝对信任让他把冰冷的人生质疑转变成温暖的精神依托和虔诚的宗教信仰：

> 如果死后什么都没有，上帝是不会让结局如此黑暗悲惨的；因为如果那样的话，就是魔鬼创造了我们，并规定了我们的存在，而不是上帝。如果那样的话，就不只是错误的了——就不只是错误的了——那将是羞辱——用这样一种悲惨的方式被抛出生活，被抛进虚无。所以，我从死亡的苦涩中确信，要活着就该活得更好一些。

死亡是不堪重负的，因为它是对生命尊严的嘲弄与伤害，于是，宗教成为霍桑的避难所；在社会的喧嚣、人与人之间的残酷竞争关系中，生活变得不堪重负，于是，家庭成为他的休憩地。家与宗教信仰成为霍桑思想的风筝线，正如小珠儿是海斯特·白兰道德的风筝线，把他们飘忽不定的思想牢牢地系在生活的大地上。正因为有知音和爱情的家庭在霍桑生命中不可替代的重要性，所以一旦妻子缺席，没有孩子们围绕膝下，霍桑自然便会感到失魂落魄，飘零无依。1849年4月16日，霍桑在信中对回娘家的索菲亚诉苦：

> 这里真是又荒凉又孤单，所以我必须写信。这日子真难过。你和孩子们不在，这阴沉的狂风把我的愤怒压抑到极点；……我从来没有像昨天这么阴郁。我无法忍受房子里的孤寂。我需要孩子们的阳光；即使是他们小小的争吵和调皮对我也是福音。总之，我需要你，越来越无法忍受你们的缺席。没有你，上床简直就是受罪。快回家吧！快回家吧！②

---

① Claude M. Simpson, ed., *The American Notebooks* (1835–53), p.429.
② Joel Myerson, ed., *Selected Letters of Nathaniel Hawthorne*, p.135.

同样是因为霍桑总是把生活看作是人生的头等大事,所以作为作家,他却很少为写不出东西而忧虑,最多是一种如果不写作就无法养家糊口的家庭责任上的顾虑,他真正在乎的是自己是不是错失了生活的"真实"内容。1864 年 1 月 2 日,不久于人世的霍桑在给朗费罗的信中清楚地表达了他一生坚守的生活永远高于艺术的人生信念:

> 最近我身体状况很不好,不太清楚是怎么回事,但是,可以总结说不想再与笔墨打交道了。我很想再写一本书,事实上也已经开始写了,但是没有把握是否能写完。像通常那样,我觉得最后的书会是最好的,充满生死之类事情的智慧——然而,如果被迫放弃,我也不会非常失望。你比我更清楚,当人老了的时候,是否存在什么值得拥有文学声誉的东西,最好的成就是否有实际意义。①

可见,对体弱多病、行将就木、已经丧失了生活能力的霍桑而言,生命的空洞是无法用艺术来填充和替代的。同年 1 月 16 日,霍桑写给一位散文作者的信再次表达他对写作的厌倦:"我已经陷入一种对文学事情的厌恶和沮丧的困境中。我对自己的思想和想象以及我表现它们的方法都感到厌倦。"作为作家却厌倦写作,这种看似不可思议的矛盾感情只能说明,已经没有生活能力的霍桑对老年生活的无奈与绝望,反衬出他对生活的至诚热爱。纵观霍桑的一生,他很少为世间的功名利禄劳心伤神,也很少为创作不出作品而悲观绝望,他的喜怒哀乐大致维系在生活的质量上,一种有爱情、有家庭、有精神交流、有信仰、有大自然的生活是他毕生追求和陶醉的生活"真实",得之则喜,失之则忧。

第四节 "真实"的艺术表现:《古屋青苔》

从 1842 年 7 月霍桑夫妇移居康科德,到 1845 年 10 月因为交不起房租被房东"赶出在康科德的天堂"(霍桑这样告诉朋友),霍桑夫妇在这里整整生活了三年有余。1846 年出版的短篇小说集《古屋青苔》共 19 篇散文和寓言故事便是这一段幸福生活的艺术呈现,"生活"与"自然"成为这本书的重要主题,这个主题与前面霍桑在《美国笔记》中所说的他的人

---

① Joel Myerson, ed., *Selected Letters of Nathaniel Hawthorne*, p. 257.

生信念是"快乐地生活"是一脉相承的，霍桑和他的艺术家们追求美的最高境界便是他们对生活和大自然的回归。这本书得到了赫尔曼·麦尔维尔的高度称赞，认为"从此后，不管纳撒尼尔·霍桑再写什么，《古屋青苔》将最终是他的杰作"①。

在《古屋青苔》的序言中，霍桑像一位耐心的导游，向读者详尽描述古屋周围美丽的自然环境，殖民地时期这里发生的血腥历史事件，古屋室内的装潢摆设与陈迹。在对果园人格化的描写中，人与自然和谐互惠的美正是霍桑在现实生活中最深刻的享受："果园同人类关系密切，很容易同人们的心灵相通。果树具有驯养性质；它们已经失去了森林同类的野性，因为接受了人的关怀，满足了人的需要而变得人性化了。苹果具有十分不同的个性，使之有资格成为有益于人类的东西。"②

在这个天堂般的乐园里，霍桑夫妇像亚当和夏娃一样吃着树上结出的果子，享受无边的自由快乐，丈夫种植蔬菜，妻子养育花草，他们甚至比亚当和夏娃更幸福，因为他们能享受智性交流的快乐。霍桑把这种接受造物主慷慨馈赠的生活与布鲁克农场的体力劳动相比，认为前者才是真正理想的田园生活，霍桑在序言中写道："就我自己的情况而言（从布鲁克农场崎岖的田埂上劳动得来的辛苦经验而知），我最享受造物主的这些免费礼物。无可争议的是，花费少量劳动栽培一个规模不大的菜园，使你日常食用的蔬菜别有风味；而种菜园子靠出售为生的人却从来感受不到什么乐趣。"（霍桑，1997：1296 – 1297）

在悉数大自然的馈赠并在对这种馈赠的感激中享受生命的快乐之后，霍桑转入对室内的描写，这又是一次"真实"生活对"虚影"生活的对比与反衬。这是一个世代居住着德高望重的牧师的老宅，在霍桑的书房里——这个以往几代牧师孕育布道词的地方，如今挂着妻子给他画的风景画。霍桑像他的寓言故事《新亚当和夏娃》（*The New Adam and Eve*）中的亚当一样，把陈旧的书卷弃置一旁，因为他发现"人的智慧的作品竟然同他的手一样腐烂。思想是会变得乏味的。对这一代人是有益的、有营养的

---

① Herman Melville, "Hawthorne and His Mosses", *Nathaniel Hawthorne's Tales: Authoritative Texts, Backgrounds, Criticism*, ed. by James McIntosh, New York: W. W. Norton & Company, 1987, p. 350.

② 《霍桑集：故事与小品》（下），姚乃强等译，第1295页。以下引文都对照英语原文作了适当调整。

精神食粮，对下一代人则未必。无论如何，拿宗教书籍来证明人类精神财富具有持久性和生命力是不恰当的"。霍桑想让读者明白的是，既然人的思想和创造毕竟有过时的一天，宗教书籍和艺术品都不足以替代真实可感的生活，那么它们就无法与"永恒"联系在一起，也是不值得耗费心血抛弃生活去执着的。

甚至那些现代作品还不如宗教布道词有价值，与这些"曾经带着真诚而温暖的心"写出来的旧书相比，"现代作品却很呆板，没有体现作者的思想感情"。既然有"大自然"这个永恒的存在和"家庭"这个现世的避风港，霍桑发现过去和现在那些承载着人类思想的各种书籍都无足轻重了，"我把所有这些落满灰尘的文学都扔在一边，发现自己仍然是一个基督徒。似乎既没有希望踩着古书搭建的哥特式楼梯攀登上一个更好的世界，也不可能借助现代小册子的翅膀飞到那里"。霍桑启发我们的是：人的创造比起上帝的永恒杰作——"大自然"显得微不足道，"一部天才的作品无非是一个世纪或者一百个世纪的报纸而已"。而大自然却是永恒的存在，孕育着古往今来。

经过书斋中的这一番精神遨游和反思之后，霍桑写到他和诗人艾勒里·钱宁结伴走进大自然，再次体会到生命的欢欣舒展，天人合一的和谐状态。那潺潺的流水，寂静的森林，盛开的鲜花，参天的大树，鸟语花香的世界充满了无限生机，冬去春来，生生不息，这是任何人类语言和思想都难以表达的真实存在，是人类永远解说不尽的神圣奥秘。在经历了大自然对人心灵的启迪和净化之后，霍桑充分肯定这种天人合一生活的价值："今天我们如此自由，明天就不可能再成为奴隶。当我们跨过房子的门槛或者踏上城市拥挤的人行道时，那些在阿萨贝斯河（The Assabeth River）①上空的树叶仍然会对我们耳语，'自由！自由！'"自由是大自然馈赠给人的最好礼物。

当然，霍桑所说的"自由"并非超验主义者提倡的那种躲开家庭责任和社会负累的个人主义的自由，而是指摆脱"一切风俗习惯和传统以及人对人的桎梏影响"的思想和精神自由，在与大自然的神交之后，神清气爽的人最应该做的事就是投入生活而不是继续被偏见束缚，"在日落时分，我们沿着金色夕阳映衬的河边回家——返回人类社会的体系中，而不是去

---

① 阿萨贝斯河（The Assabeth River）是美国马萨诸塞州波士顿以西 20 英里处的一条小河。

投入牢狱和锁链，这是多么美好啊！"

霍桑夫妇偶尔会邀请"来自尘土耀眼、喧闹嘈杂的世界里的朋友"，与他们一起分享这世外桃源里的清静淡雅，霍桑把这看作是对同类的一种雪中送炭的精神馈赠，也是他实现对人类同情心的最佳方式：

> 这些客人，他们在这里大都感到一种昏昏欲睡的影响；他们坐在椅子里入睡，或者更愿意在沙发上午休，或看到他们在果园的阴影中伸展四肢，睡眼蒙眬地看着树枝上方的天空。……我把这当作证据，证明他们在穿过我的住宅小路的石柱时把自己的忧虑抛在了身后，我们周围丰盈的和平与安静具有这么强大的麻醉作用。其他人可以给他们快乐或娱乐或者指导，——这些随处可以捡到，而由我来给他们提供休息，——在一种充满麻烦的生活中休息。对这些疲惫的、让世界磨损的心灵还能做什么更好的事情呢？

在长长的一段有关闲散自在的田园生活与喧嚣烦忧的世俗生活的对比和描写后，霍桑开始向读者介绍居住在村子另一头的邻居爱默生及其超验主义思想的社会影响，以此形成另一种层面上的"真实"与"虚影"的对照。霍桑告诉读者，爱默生的超验主义思想吸引了来自世界各地的许多朝圣者，然而，这些虔诚的信徒们从这位思想大师那里究竟得到了什么呢？"他们被赋予这么多洞见，以至于周围的生活变成了迷宫"，他们"来寻找能引导他们走出自己编织的谜网的线索"，却成了"道德世界午夜"的"迷路者"。霍桑认为，从爱默生这个地方发出的"真理之光"其实"只是一种错觉"，对爱默生及其思想，霍桑有清醒的认识："就我个人而言，也许我也有这样一些时期，会向这位预言家讨要一句名言以解答宇宙之谜，可是，现在，在幸福的时候，我似乎觉得没有什么问题要问了，因此，只把爱默生当作一位心灵美丽、克制柔情的诗人加以敬佩，而不会把他当作哲学家到他那里寻找任何东西。"（霍桑，1997：1312 - 1313）

霍桑之所以不把爱默生的超验主义思想当作认识世界的灵丹妙药，是因为在霍桑的心目中，宇宙只存在一个真正的哲学家和最可靠的生活顾问，那就是上帝，幸福的家庭生活才是人生的要义，而《古屋青苔》也只是作为一段幸福生活的见证才具有真实的价值，这是霍桑对这本故事集的最高评价，"就我自己而言，这本书永远只有一种魅力——它让我记住这条河，它那宜人的独处，让我记住这条小路，这个花园，这个果园，特别是亲爱的古屋，西侧的小书房，阳光在我写作的时候透过柳树枝闪现微光。"

《空中楼阁之宴》（*A Select Party*）是一个很接近霍桑在康科德这段田园生活的寓言，书写了另一种层面的"真实"，表达了霍桑在两个不同的时间里对离群索居生活的两种完全不同的认识。一个叫"幻想"的人建造了一座空中楼阁（隐喻康科德的田园生活），他邀请下界（隐喻一个忙碌竞争的商业社会）的人来此娱乐。不过，这个空中楼阁不像《石人——一则寓言》中迪格比的那个洞穴那样阴森恐怖，这个人物也没有迪格比身上的狭隘与偏执，相反，他和他的作者霍桑一样在这个高高在上的处所中发现了世人享受不到的"真实"：

现在，如果下界的人们碰巧从他们那些琐碎的困惑混乱中抬眼往上看，他们也许会错把这个空中楼阁看作是一团落日云彩，光与影的魔力赋予一座设计华丽的宫殿这种效果。对于这些观赏者而言，这座房子是不真实的，因为他们缺乏想象的信念。如果他们有资格穿过它的大门，他们会承认这个真理，那就是在不真实中间，如果精神自主，这些领域会变得比他们脚踩的大地多上千倍的真实，他们会说，"它坚实而有实体；它可以被叫做真实的东西。"①

可见"精神自主"成为霍桑检验生活真实与否的试金石。涉足社会之前的霍桑羡慕人世的喜怒哀乐，在经历了波士顿海关和布鲁克农场的生活之后，他以前羡慕的人生担当变成了"下界的"，"琐碎的困惑混乱"，他在早年的隐居之屋曾经被他看作是一座阴森窒息的"土牢"，如今它却变成一个超凡脱俗的"空中楼阁"。霍桑的这种对隐居生活从认识上的巨大改变除了他的社会经验之外，还有"家庭"和"大自然"这两个最具有启迪和救赎力量的因素在发挥作用。如前所述，他曾经为十二年塞勒姆的隐居生活感到内疚和自责，他在波士顿海关的测量员生活，在布鲁克农场的劳动生活，在塞勒姆海关的公务生活都谈不上"精神自主"，所以那些日子都只能算是虚影的生活。相比之下，目前在康科德的田园生活，因为有了自己的家和爱情，因为在大自然中找到了人与造物主的直接沟通，他

---

① 《霍桑集：故事与小品》（下），姚乃强等译，第1098页。

不再因为独处而心存愧疚，他可以心安理得地挽着妻子或带着朋友在任何愿意出门的时刻走进大自然，他也有足够的坦然和自信把这种闲散看作是生活的最佳状态。

在那个叫"幻想"的主人邀请来的客人中有一位叫"后代"的人，他告诉大家如何创作出传世之作："如果你真心想让后代记住你，最保险的、也是唯一的办法就是在你自己的时代真实而智慧地生活，借此，如果你具备与生俱来的力量，你也许会被后代记住。""真实而智慧地生活"成为作家创作传世佳作的秘密，这刚好与霍桑个人的人生态度不谋而合。

《新亚当和夏娃》是一个重估一切人类文明成果的寓言。在世界末日之后，新亚当和新夏娃来到这个刚刚遭受劫难的地球上，对人类曾经创造和看重的一切东西进行重新评价。当生命消失，钱财、名利、宏图大业都变成瓦砾，那飘荡在风中的纸币和宏伟建筑物废墟几乎是对昔日人类雄心壮志的嘲弄。当新亚当在哈佛大学的图书馆面对成千上万的藏书陷入沉思，并希望借助于它们揭开宇宙的奥秘时，新夏娃对他说："亲爱的亚当，你看起来深思而抑郁。把那愚蠢的东西扔掉吧；因为即使那本书能说话也不值得注意。让我们彼此交谈，与天空，绿色的大地，树木和花草交流。它们会教会我们比这里更好的知识。"这位新夏娃引导（注意：这里的新夏娃不是像《圣经》中的夏娃那样诱惑亚当偷吃象征知识的苹果，从而反叛上帝）新亚当摈弃一切人间的烦恼与虚荣心，让心灵返回伊甸园与上帝融为一体。在这个故事中的寓意仍然是：大自然和爱情生活远比书本知识重要得多。

散文《火的崇拜》(*Fire Worship*)通篇惋惜的是，忙碌的现代人正在丢弃壁炉之火——家庭生活的象征。壁炉之火不仅可以给家人和朋友带来温暖舒适的感觉，大家围着壁炉谈古论今，让历史与当下、个人与群体在这个温暖的壁炉前交汇，而且也会给走在外面黑暗和寒冷中的人送去光明与鼓励，就像霍桑夫妇在康科德的田园生活以及他的这些静谧和谐的故事带给读者的温暖与鼓励。文章一开始就写道："在社会和家庭生活中都发生了重大革命，在离群索居的学者生活中也不例外，几乎全世界敞开的壁炉都被那种毫无欢乐、毫不友爱的铁炉子取代了。"作者不无忧虑地问道："普罗米修斯从天庭盗来用以教化人类、在冬季荒凉悲伤时让人快乐的那位光明的客人、那种轻快含蓄的精神哪里去了？"

霍桑提醒读者的是，当现代人陶醉于科学技术的便利之时，岂不知是以丢弃壁炉之火——家庭幸福为代价，因此霍桑惋惜："我相信，既然我们已经从社会交往中去掉了像火光这么重要而生动的东西，那么这种交往就不能像过去那种交往一样持续下去了。"霍桑要说的是，我们可以与家人朋友在壁炉前进行心灵交流，人类的历史在这种交流中汇集并融入当下的存在，这种交流会带来心灵的丰盈，而我们的后代将不会再有这种幸福的体验了：

> 再不会有什么东西把我们可怜的孩子吸引到一个中心来。他们将永远无法看到彼此——借助于燃烧着的木头或烟煤的红光这个奇怪的视觉媒介——它赋予人深刻地了解同类的洞察力，并把一切人性融入热诚的心中。家庭生活，如果可以被称作家庭生活的话，将寻找单独的角落，永远不再群聚。那种随便的聊天，快乐的、没有任何目的的玩笑，以一种随意的方式对事实进行像生活一样的真实讨论，经常用一种简单的炉边话表达出的真实心灵——将会从地球上消失。对话将招致辩论的氛围，人的所有交流将被致命的严寒冷却。

霍桑当年给我们描述的这种围炉群聚、随意地谈天说地的生活对于我们今天的现代人已经显得遥远而陌生，然而这又是我们多么需要的幸福场景啊！炉边之火——这个家庭生活的象征之所以有不可替代的重要性，正在于家人可以围聚在这里自由快乐地畅谈，只有这种"真实讨论"才能表达"真实心灵"，才是人类幸福生活必不可少的组成部分。在文章的最后，作者提到"神圣的壁炉"，那用砖和灰浆垒砌的圣坛和家居壁炉一样昭示的是永恒的真理，是人生的真实所在。而现在人们不再看重这两样东西，作者的担心是："如果一个人在圣地上没有脱掉鞋子，他就会把践踏圣坛当作消遣娱乐。我们的任务是把壁炉连根拔起。我们的孩子除了也去推翻圣坛之外，还有什么更好的事情可做？"（霍桑，1997：987-989）言外之意，当人们不再有家庭生活的滋养，不再有宗教信仰的洗礼，不再有真诚实在的心灵交流，人生的隔绝与冷漠会把现代生活变成没有实质内容的虚影，而人便是这虚影中孤独的流放者。《夜间随笔——在伞下》表现的也是同一个主题——家庭生活不可或缺，叙述人"我"是一位作家，在夜晚的暴风雨中仿佛看见"一个家庭小圈子——祖母，父母和孩子在柴火的映照下,……凶猛的狂风,你尽管吹吧,冬天的雨,你尽管敲打窗玻璃吧!对这炉边的欢乐情绪,你是泼不了冷水的"。而"我"的命运之所以糟糕是因为"无家可归,独自徘徊,无法拥抱妻子儿女,能够拥入怀的只有黑暗,暴风雨和孤独"①。

如果以上两篇文章是强调家庭生活对人不可替代的重要性,是悲悼现代人正在失去的家庭幸福的挽歌,那么散文《花香鸟语》(Buds and Bird Voices)就是对春天里生机勃勃的大自然的歌颂和崇拜,对生命的理想状态的描述。在这个季节,"人的一切阴郁黯淡的思想都应该与阴郁黯淡充满忧思的乌鸦一起随冬天北上。古老的天堂般的幸福生活重回大地;我们活着,不去思考,不去劳作,而是单纯为了幸福这个目的","在这一刻,除了吸纳天堂温暖的微笑,欣赏生机勃勃的地球,其他一切都不值得人去做"。②果树的花谢之后会结出果子,进一步实现其生命的价值,霍桑由此联想到,人的生命之花如果要在这个古老的地球上永远开放,也应该结出某种能满足地球口味的果子来,"否则青苔就会漫上他们的坟头,生命的结束就是永恒的消失"。这似乎想告诉我们,人在享有此生有限的幸福生活之后,还应该像苹果树一样对世界有所贡献,给后人留下些有价值的东西,比如霍桑在伊甸园般幸福的康科德生活中创造了传世的佳作,是他作为作家留给世界的文学遗产,生命的意义莫过如此吧。

寓言《圣诞宴会》(Christmas Banquet)仍然围绕"真实"与"虚幻"这个主题。一个古怪的老绅士在遗嘱中拨出一大笔财产用于设计每年一次的圣诞宴会,邀请世上最不幸的十个人前来参加,"其目的不是让这十颗悲哀的心感到快乐,而是让人们明白,即使在那个唯一神圣快乐的日子里,人们也不应该忘记严厉或者激烈地表达他们的不满足"。于是,每年的圣诞节都会有十位来自不同职业、不同年龄的忧郁症患者聚集在这里述说他们的人生失意,他们中有幻灭的牧师,有被生活排除在外的理论家,有腰缠万贯的富翁,有慈善家和对政治幻灭的穷绅士,还有无用武之地的妇女以及失望的办公室求职人员。虽然每年宴会上到来的客人不同,但却有一位常客叫杰维斯·黑斯廷斯,这位从各方面都

---

① 《霍桑集:故事与小品》(上),姚乃强等译,第 640 页。
② 《霍桑集:故事与小品》(下),姚乃强等译,第 963 页。

堪称人类楷模的先生最大的不幸是失去了人生的"真实感",他身边的一切人,包括他的妻子、孩子和朋友都变得"像墙上的影子一样不真实",这位几乎拥有人们渴望的世间一切东西的人发现,"我实际上一无所有,既没有快乐也没有悲伤。……我自己没有真实地存在过,而是像其他人一样只是个影子"。(霍桑,1997:1009)这个寓言有霍桑早期故事的痕迹,那就是,一颗冰冷的心是导致一个人无力感受人间冷暖的根源,生命也因此失去了真实感。这些前来参加圣诞聚会的人都是些令人难以置信的"道德怪物",也正因为如此,他们才"似乎处于万物之外",永远没有能力贴近生活的真实。

《智能办公室》(The Intelligence Office)是一个非常简短的人生寓言故事,讲的是各色人等到一个叫"智能办公室"的机构寻找自己在世上失去的东西,表达各种世俗的愿望。那些前来求助的人大多想获得物质财富,"为要金子而要金子"。很多人渴望得到权力,但叙述人评论道:"这是很奇怪的愿望,因为这是另一种形式的奴役。"在这些人的所有愿望中,有一个最奇怪的愿望是:

要与大自然竞争,想从她那里知道她不并想让人了解的奥秘——这样的愿望在那些进行深入的科学探索、在理智上达到很高境界(尽管企及的境界不是最为崇高)的人们当中极容易产生。大自然喜欢欺骗那些渴慕她的研究者,并以自身的诸多奥秘嘲弄他们,那些奥秘乍看似乎俯拾即是,但事实上永远无法弄清。

科学与自然竞争失败的例子在同一时期的另一个故事《胎记》中也有描写。艾尔默博士企图研制一种根除妻子脸上胎记的药,结果虽然成功地根除了胎记,但同时也结束了妻子的性命。对霍桑而言,上帝创造的大自然是不可与之竞争的最高权威,人的能力无论如何强大,都必须明智而谦卑地在他的造物主的智慧面前止步,就像霍桑自己作为一个以文字创造艺术世界的人每每意识到的那样,面对丰富深奥的大自然,就连艺术家的语言也是苍白无力的。

《追求美的艺术家》(The Artist of the Beautiful)在很大程度上是霍桑作为艺术家的精神历程和人生观的自我写照。钟表匠欧文·沃兰德像他的作者霍桑一样经历了艺术家的两种人生境界:第一种是他对美国重实利轻艺术、重物质轻精神的社会价值观的超越;第二种是他对自己作为艺术家的雄心壮志的超越,最终将艺术理想融入生活的审美感受中,在现实生活中体验美。曾经以世界的评判作为自己人生价值衡量标准的沃兰德认为,"生命之所以重要,只是以其成就为条件"①。而成熟后的沃兰德却相信,"只要我们为生命自身而热爱生命,我们就很少害怕失去生命","世上的行为无论由于虔诚或天赋变得多么飘渺,除非作为精神的练习和展示,仍是一无所值"。艺术是精神的演练展示,而不是追逐名利的手段,这才是艺术家的沃兰德终其一生的创作和人生经验所领悟到的艺术真谛,也是人生真谛。小说的结束进一步点明该故事的主题,"当艺术家攀登到足够的高度可以企及美的时候,他用来使凡人得见的美的象征在他的心目中就变得微不足道了,因为他的精神已经在现实的享受中拥有了美"。简言之,艺术家的最高境界就是,在生活中感受美,在艺术创作中展示美,而不是以世人的评判为标准把无限丰富的生活和无限神秘的大自然压缩进有限的语言文字和艺术技巧中,被动地等待世界的承认。

相比之下,《德朗的木雕人像》(Drowne's Wooden Image)就是一个失败艺术家的例子。与沃兰德锲而不舍的艺术追求和精神上的不断超越相比,木雕师傅德朗"虽然有过一个短暂时期的由爱点燃的激情,但他的天才很快就令人失望地熄灭了,重新沦为呆板的木雕师傅,甚至无法欣赏他自己的作品"。德朗的教训正是屈服于世人的标准的结果,他不仅在生活中迷失,而且也毁了自己的艺术天赋,他没有像那个寓言人物"后代"所说的那样,在自己的时代"真实而智慧地生活"过。

总之,《古屋青苔》的19篇散文和寓言成为霍桑在康科德三年幸福生活的艺术演绎,最美地展示了他超凡脱俗的精神气质,进一步印证了他注重家庭生活、贴近大自然的人生观,为霍桑将来的经典作品《红字》作了艺术积淀和思想准备。

第五节 "虚影"中的"真实"

霍桑的《古屋青苔》与第一本散文故事集《重述的故事》相比,一个明显的变化就是,作者对"离群索居"这种生活的态度不同了。在《重述

---

① 《霍桑小说全集》(3),胡允桓译,第451页。

的故事》以及十九世纪三十年代的笔记和书信中,我们看到的是一个基督教徒对因为与同类隔绝而感到的良心不安,就像美国文化史家纳尔逊·曼弗雷德·布莱克(Nelson Manfred Blake)揣测的那样,"霍桑反复强调,一个人离开了生活的主流,并以冷漠、超脱的眼光观察他的同胞,那是十分危险的。这很可能反映出,他发现了自己的个性中有这种倾向,因而产生了某种负罪感"①。

贯穿在霍桑的早期作品中的这种挥之不去的对隐居生活的负疚感用托克维尔的视角看,便是出于基督徒对责任感的强烈意识。托克维尔在《论美国的民主》中说:"没有一种宗教不是让每个人对人类承担某些义务或与他人共同承担义务,要求每个人分出一定的时间去照顾他人,而不要完全自顾自己的事。"②作为一个虔诚的基督教徒,从霍桑早期的日记与故事中我们可以看出,他显然不赞成那种"完全自顾自己的事"的自私行为。托克维尔说,"教义"与"礼拜仪式"作为宗教的两部分缺一不可,"教义才是宗教的本质,而礼拜只是它的形式";"在任何宗教中,仪式都与信仰的本质有着密切联系。"(托克维尔,1996:543)霍桑的早年隐居生活忽略的正是托克维尔所说的宗教仪式——礼拜,这就从形式上切断了与其他人天然的同情心的联系,这一点是他不能释怀的。

像托克维尔一样,英国文化批评家马修·阿诺德也认为,宗教分两部分内容,"一部分管沉思默想,另一部分管崇拜和奉献活动",沉思默想"是十分个人化的事情,而崇拜与奉献则是集体的事。"但是,两者缺一不可,"人与自己的社群一起礼拜才是最有效的崇拜,而唯有独处时,人才能进行有效的哲思"③。霍桑对独处的必要性的自觉正是阿诺德所说的一个独立思考的人必需的个人空间,而霍桑在十九世纪三十年代对独居的焦虑感在于,他意识到自己与人群的脱离,本来应该是"两者缺一不可",而他却失去了两者之间的平衡。

仔细阅读霍桑早期的散文和故事,他的矛盾心理正摇摆在"教义"和"礼拜仪式"之间。散文《在家里过礼拜日》(Sunday at Home)就直接表

---

① 纳尔逊·曼弗雷德·布莱克著《美国社会生活与思想史》(上),许季鸿等译,商务印书馆,1994年版,第455页。
② 〔法〕托克维尔著《论美国的民主》(下),商务印书馆,1996年版,第539页。
③ 〔英〕马修·阿诺德著《文化与无政府状态》(修订译本),韩敏中译,生活·读书·新知三联书店,2008年版,第140–150页。

现了这种矛盾挣扎的心理，"我的身躯虽说不在教堂，但是我的灵魂却经常上教堂，而有许多人，他们的躯体虽然坐在平常坐惯了的座位上，但他们的灵魂却留在了家里"①。这说明作者把宗教信仰看作是一种精神上的皈依而不是形式上的在场。然而，即便有这样合理的自辩，霍桑仍然觉得作为基督徒去教堂是一种不可推卸的责任："这会儿，所有游逛的人都进了教堂，街道沉睡在寂静的阳光下，我忽然感到了孤独，同时还不安地觉得我忽略了自己的权利和义务。噢，我本该去教堂的！"霍桑的那种离群索居的生活状态让他因为忽略了与大众一起敬奉上帝的仪式而良心愧疚。

所以我们说，霍桑早期对自己隐居生活的不满主要是一种宗教良知的愧疚，是因为"我忽略了自己的权利和义务"的自责。1839 年 5 月 29 日，霍桑在给索菲亚的信中提到他做的一个奇怪的梦，这个梦正是一个脱离生活主流的人的心理不安的投射：

> 在我睡觉的时候，周围长起了青草。似乎我在梦中，身子下面铺着红被单；醒来的时候（在梦中）我抓起它，床单下面的土地看起来是黑色的，似乎被烧焦了，——一个方方正正的地方，正是床单那么大的地方。然而，这个地方的周围都长着草，看起来似乎夏天的阳光雨露一直眷顾它们，让它们清新艳丽而湿润。②

霍桑对这个梦困惑不解："我睡了一年有什么含义（想到我失去了这么多的永恒就令我非常痛苦）？——周围的青草茂盛，而把我躺的地方烧焦了的火是什么呢？——我能从环绕这个烧焦的地方周围清新的草中获得什么安慰呢？但是，这是一个很傻的梦，你无法从中解释出任何意思。"（Hawthorne，2002：57）

其实，这个梦并不傻，也不难解。根据我们对霍桑早年生活的了解，这个梦完全符合这个时期霍桑的心理状态，他在室外睡了一年象征着他长期的隐居生活，身子下面被烧焦的土地象征着他早年因为与世隔绝而被荒废的青春和错失的幸福生活。周围的青草象征他早期一直向往的与世界交往的自然健康的主流生活，说明他渴望的生活就在身边，只要他一觉醒来，只要他走出自己"猫头鹰的巢穴"，他就可以找到通往生活的路径。

---

① 《霍桑集：故事与小品》（上），姚乃强等译，第 476 页，第 478 页。
② Joel Myerson, ed., *Selected Letters of Nathaniel Hawthorne*, p. 57.

早年隐居生活的疏离和隔绝感带给霍桑的心理负担和不良影响是持久的，即使在他生命的后期，当他作为美国文学的经典作家享誉世界时，他仍然无法克服美国学者瓦尔特·赫伯特所说的那种对"飘浮在空气中与任何东西都不搭界的人的本能的恐惧"，他仍无法逃避"在生活与前途中与世界没有任何无论好与坏的联系的那种没有实体的感觉"。① 十九世纪五十年代，霍桑在《英国笔记》（*The English Notebooks*）中写道：

> 很长、很长时间里，我都不时地重复着一个奇怪的梦，我的印象是，来英格兰之后也一直在做这个梦。我还在大学里，或者，有时候甚至就是在学校——我不知不觉在那里待了很久，没有像我的同时代人那样取得这些进步；我似乎带着羞耻和压抑感见到了他们中的一些人，这种感觉甚至在我醒来之后还持续着。这个梦在这二三十年间反复出现，一定是那十二年我把自己关起来的隐居生活的后果之一，离开大学，每个人都继续前行，我被落在后面。多奇怪啊，现在当我觉得自己功成名就之时，它还来！——在我也很幸福的时候。②

由此可知，"我被落在后面"的恐惧感在霍桑心中烙下的伤痛之深刻，之难以根除。然而，霍桑对隐居生活的"愧疚"或者"焦虑"只是他对早年生活的一部分情感，还有另一种庆幸感也同时伴随着这种焦虑不安。③ 在《孤独人的日记片段》中，那个孤独者告诉我们：

> 我虽然认识到自己的处境，却并不总是那样悲伤。……我现在对人性已经有了超凡脱俗的认识，能够观察到人的心灵深处，发现一些即使是最充满智慧的人也无法发现的东西。……我现在对世界的看法，比过去更加美好，我想到它的美德时，便更加宽厚，想到它的缺点时，便更加仁慈，对现在世上的幸福有了更高的估计，对世界的命运有了更光明的希望。我的心重新绽放出花朵来，就像晚秋时节的树木一样。冬天也无法毁灭它们的美丽，因为它们是被天堂花园里的微

---

① T. Walter Herbert, *Dearest Beloved: The Hawthornes and the Making of the Middle-Class Family*, p. 85.
② Henry James, *Literary Criticism*, Vol. Ⅰ, pp. 338 – 339.
③ 本章第二节我们也提到过，霍桑告诉索菲亚他在隐居生活中因为没有接触到粗糙、冷酷的社会才得以保全心灵的露珠。

风轻轻吹拂着，被天堂花园里的阵雨滋润着的！①

独处使霍桑获得观察世界的高度和独特视角，独处给他保持个性和精神独立的纯净环境。同样，在散文《海滨的脚印》中，霍桑在表达了独处的畸零感和对人间烟火的渴望之后，随即也意识到独处不可替代的益处：

> 我该走了，但是，我并不惋惜在孤寂中消磨掉的一天。其实，我并不是孤独的，因为大海是我的伙伴，小小的海鸟是我的朋友，风儿向我吐露它的秘密……。当我在中午时分走在拥挤的街道上时，仍然感受到这一天的影响；我因此会怀着钟爱和同情，像兄弟一般亲切地走在人群中间，但是，我却不会融入这毫无区别的人类群体里。我会具有自己的思想，自己的感情，和不被侵犯的独立人格。

这样的一个人与爱默生在《论自然》中的个人没有什么差别，大自然帮助他成就了自己的个性和独立判断能力，只有这样，在返回人群时他才不会随波逐流。寓言《喷泉中的梦幻仙子》中的叙述人说："我就像是看到过天堂，从此便失去了对人间的兴致。我退回到了自己的内心世界，那里有我的思想在呼吸，而梦幻仙子就居住在我的思想中"；"一颗平静的心能使得三伏天也变得清凉宜人。"②在《小镇唧筒的自述》（*A Rill from the Town-Pump*）中，人格化的小镇唧筒也告诉读者：

> 在你们即将发起的道德战役中，甚至在你们一生的为人处世中，你们都难以找到一个像我这样的楷模。我从来不会允许尘土、干旱、风暴和身边的任何一种灾难来破坏这口喷泉的深邃、安宁和纯净。这是我的灵魂。每当我把自己的灵魂喷洒出去，那都是为了降低地球的热度，荡涤地球的污垢。

这些故事一再涉及的一个主题就是：一个躲在隐蔽角落里修炼的不受污染的心灵在世间能发挥楷模的作用。独处不仅给霍桑超脱的观察视角，而且因独处而产生的罪责感也让霍桑的人物和他本人受益，让他们

---

① 《霍桑集：故事与小品》（上），姚乃强等译，第 578 页。
② 《霍桑集：故事与小品》（上），姚乃强等译，第 365 页，第 592 页。

对受苦的心灵多一份理解和宽容。教长的黑面纱、海斯特·白兰的通奸罪以及霍桑本人的性喜独处都决定了他们大部分时间要忍受与世隔绝的生存处境，但是同时，这种异乎寻常的命运也让他们比世人多了一份发现和对同类的同情心。戴上了黑面纱的教长发现，"在每一张脸上都有一幅黑色的面纱！"①红字让海斯特·白兰"感应到别人内心隐藏着的罪孽"，从而"心中便会油然生出一种神秘的姐妹之感"。②在《追求美的艺术家》中，"可怜的欧文体会到了那种由于一种独特的使命而与世隔绝的先知、诗人、改革家、罪犯或任何怀着人性渴望的人可能会有的感受"③。索菲亚在写给母亲的信中也说霍桑是"了解和同情人类的一切不幸"④。霍桑在独处的罪责感中体会到了犯罪心灵的煎熬，他们孤独不幸的生存状态以及他们对救赎的强烈渴望。在霍桑的葬礼上，当年那位给他们夫妇主持婚礼的詹姆斯·弗里曼·克拉克牧师也给我们证明："我认识的思想家或者作家中没有哪个人像我们的朋友这样，对神学家称作罪恶的黑暗影子有这么多的同情，在他的作品中，他似乎是所有罪人的朋友。"⑤

总之，在霍桑早期的思想和作品中，他和他的人物对"独处"都怀着一种矛盾复杂的心情，在肯定与怀疑之间努力寻找一种道德平衡。但是，由于涉世未深，霍桑在对社会生活的渴望中，对隐居的怀疑与批评的声音总是在最后占上风，《重述的故事》的大多数故事和小品文都是以入世或渴望入世而结束，把对融入生活的渴望清楚地置于隐居生活之上。

也正是霍桑在十九世纪三十年代的这种入世的渴望，让我们明白为什么当他在真正走入生活时，那个许多年来都对社会主流生活怀着美好向往的霍桑一旦失去安静、自由、思考的独立空间，他内心产生的那种焦灼与虚幻感就变得不堪忍受。外面世界的机械劳作，人与人之间冷漠麻木的关系让他明白，作为一个作家，他对人类的同情心、责任和义务感是无法通过这种苦力劳动去实现的，他需要另一种形式的生活和投

---

① 《霍桑小说全集》(1)，胡允桓译，第141页，第138页。
② 霍桑著《红字》，胡允桓译，第63—64页。
③ 《霍桑小说全集》(3)，胡允桓译，第141页，第445页。
④ Rose Hawthorne Lathrop, *Memories of Hawthorne*, p. 115.
⑤ Philip McFarland, *Hawthorne in Concord*, p. 297.

入,这种生活既不同于以往那种影子般的离群索居,也不是那种混迹于人世间、被动机械地听凭世界驱使的劳役人生,于是,康科德这个世外桃源让霍桑得以结束这种进退维谷的尴尬处境,找到了生命的真实存在感,找到了最符合他性情的文学创作途径,以作为他与世界交往的有效渠道。

霍桑对田园生活的肯定与皈依,对家庭幸福与自然万物的深切体会和艺术阐释既是他虔诚的宗教信仰的结果,也是他对那个工业现代化时代在思想和精神上的游离与超脱。从他早期的这两部文集、他的《美国笔记》和书信中,我们可以看出,霍桑对家庭生活和大自然中那些微不足道的琐碎小事不厌其烦的记述表明,这些构成了他心目中关于"真实"生活的全部内容,构成了他最珍视的生命要义。不过,霍桑的这种从平凡琐碎的家庭生活细节和大自然中寻求真实人生的态度是新一代作家亨利·詹姆斯无法欣赏的。对于迫切渴望丰富多彩的社会生活和历史文化积淀的詹姆斯而言,美国是一片贫瘠的土地,霍桑是"一个积习难改的琐碎之物的观察者",詹姆斯不得不承认,"尽管我已经认真地将它们再读一遍,但是我仍然不明白它们是怎么被写出来的——霍桑这么多年坚持写这种详细的、经常是琐碎的编年史目的何在"。①詹姆斯的困惑是一个生活在欧洲现代都市中的单身青年作家的困惑,家庭幸福、自然美景和宗教信仰已经不再是这位现代作家的关注焦点了,真正吸引詹姆斯的东西已经变成了小说艺术、社交沙龙以及城市文明了。然而,了解了霍桑的生活观之后,尤其是经历了整个二十世纪的科技发展和人类战争之后,我们必须承认,詹姆斯不明白的那种琐碎,我们明白,当温馨的家庭生活和绿色的大自然都逐渐淹没在科技文明和商业文明的烟尘中,霍桑的壁炉之火和古屋青苔永远提醒着我们,人类进步的代价太大了,太沉重了。

1843年,置身于康科德大自然和家庭幸福中的霍桑终于在象征"离群索居"生活的《奇幻大厅》这篇故事中厘清了他早年对隐居生活的一种复杂纠结的心情。奇幻大厅里到处是梦想家,科学家,白日梦者,发明家,终生住在这里的人像霍桑早期寓言中的隐居者一样是不幸的,因为他们工作在这里,染上恶习之后,对他们的实际工作和消遣都很不利;然

---

① Henry James, *Literary Criticism*, Vol. I, p. 348, pp. 349–350.

而，另一方面，"对于那些从未进入大厅的人来说，生命不过只是一半——较低的、限于尘世的那一半"①。"奇幻大厅"可以被看作霍桑小说人物所经历的独处经验的象征，它可以是红字引起的孤独岁月，是一次海滨散步，是教长的黑面纱，是小伙子布朗的森林经历，是《农牧神雕像》中的多纳泰罗犯罪后的孤独心境。这样的处境是一个远离人群和社会交往的场所，这个地方不能不来，否则，生命就处于"较低的、限于尘世的那一半"。然而，这个地方又不能久留，因为这是一个冰冷隔绝的场所，是一个让人异化、偏离人性全面发展的场所，一直待在这里，生命便被荒废了，就像霍桑很多年里想起塞勒姆的隐居岁月就觉得那是一种生命的浪费一样。理想的生存状态应该是"在偶一为之的访问中，能从这些彩绘窗户的光与影中悟出比现实世界可以传授的更加纯粹的真理"（霍桑，2002：861），像一次海边散步，或者像霍桑夫妇在康科德的田园生活，这种经历不必持续一生，但是它们足以让人获得心灵的独立和超脱的观察视角，这样他们在返回人群和现实世界时就会不仅带着对同类的同情心，而且带着独立判断能力。

散文《梦醒时分》(The Haunted Mind) 中的"梦醒时分"也和"奇幻大厅"一样是一种介于现实与梦幻之间的调整状态，在这个时刻，"昨天已经消失在过去的幻影之中；明天还没有从未来中走来。你找到了一片中间地带，日常事务闯不进来；在这里，飞驰的光阴停滞不前，成为真正的现在；在这里，时间老公公认为没有人在看着他，就在路边坐下来，歇息片刻"②。同样，霍桑在康科德的生活便是他在波士顿海关生活与塞勒姆海关生活之间的驿站，"歇息片刻"正是霍桑理想的人生状态，调和了他在离群索居与现世担当之间的焦虑与犹豫，让他得以身心统一。

综合本章所述，霍桑在十九世纪三四十年代的故事、散文、笔记、书信和日记是他文学创作初期近二十年心路历程的真实写照，他预见到一个注重商业和科技发展的民族对大自然将造成的破坏，也预感到在发展进步的同时，人们将丢失对"壁炉之火"——家庭生活的重视，因此，他在三十年代的散文故事中流露出的那种对隐居生活的愧疚、怀疑心理逐渐在四

---

① 《霍桑小说全集》(3)，胡允桓译，第861页。
② 《霍桑集：故事与小品》(上)，姚乃强译，第219页。

十年代的作品中转变成一种对隐居的田园生活的歌颂，同样是一种离群索居，因为后一种生活是置身于大自然和爱情中，是在大自然中与上帝的灵犀相通，所以就避免了早年独居的阴郁孤僻，也就是那种"虚影"的生活，同时也避免了繁重劳动的束缚，即那种生活的"虚影"。在康科德的自给自足生活中，霍桑感受到的是自由、智性与家庭幸福，是贴近大自然、达到天人合一境界的崇高的虔敬心，是生活的"真实"，这一时期的作品正是这种真实感的艺术演绎。霍桑始终明白隐居生活的酬报，这也是为什么他的早期作品中对独处除了警惕和质疑之外，同时还有对这种生存状态的留恋和肯定，这种复杂矛盾的心情可以被看作是他在寻找独处与社会交往之间的一种平衡，也让我们看到了他对"虚影"的生活中所包含的"真实"成分的清醒辨别和把握。

霍桑贴近自然和家庭的生活观也许对经历了现代生活压力和焦虑的二十世纪乃至二十一世纪的美国人更有吸引力，现代美国文学评论家米利森特·贝尔（Millicent Bell）比较全面地为我们总结了霍桑对他的时代独特的贡献：

> 霍桑很清楚他与清教徒之间的区别与距离，尽管他说，"他们性格中的许多特征"已经与他的性格交织在了一起。他对他在康科德的邻居爱默生和梭罗的信条也持怀疑态度。在他的笔记中，他惯常的唯名论明显地存在于他决心规避一切阐释，只是不厌其烦地把日常琐事记录下来，这就使得他把世界完全看作它本来的样子，不需要任何额外的阐释。不过，至于那么多十九世纪中叶的人，他们正在失去灵性感受力，平淡的生活正在失去意义，这些被痛苦地感觉到了，充其量也是苦中作乐。科学观对他而言极端而贫乏，甚至有道德上的危险。①

在"平淡的生活"中追求人生的真实感，在隐居中保持灵性的感受力，以独立精神对待有着千丝万缕联系的清教传统和主宰那个时代的超验主义思想，警惕科技理性可能对人造成的道德威胁，这是霍桑从生活方式

---

① Millicent Bell, "The Obliquity of Signs: The Scarlet Letter", *The Scarlet letter and Other Writings: Authoritative Texts, Contexts, Criticism*, ed. by Leland S. Person, New York: W. W. Norton & Company, 2005, p. 454.

和思想上为深受物质文明和商业价值观困扰的美国同时代人,也是为所有现代人指出的精神出路。

如果把霍桑的生活观置于西方思想文化传统中考察,我们会发现,几个世纪以来西方思想家对幸福的理解都不同程度地影响了他;同时,他的思想又具有鲜明的时代特征和个人特色。亚里士多德强调理智活动的无功利性和自足性,"理智活动需要闲暇,在自身之外别无所求,……理智的生命就是最高的幸福"①。亚里士多德的这种幸福观在霍桑的《追求美的艺术家》里被生动地表现在欧文·沃兰德身上。沃兰德最终认识到艺术家的最高境界是"他的精神已经在现实的享受中拥有了美",因此他不再苦心孤诣地去追求世界的承认,而是成功地做到在自身之外别无所求。欧洲中世纪不谈现世的幸福,奥古斯丁只谈服务于上帝的快乐,世俗的幸福被视为罪恶。显然,霍桑的生活观是立足于现世的幸福,是对中世纪基督教弃绝今世的一种反驳。文艺复兴时期,人们以古典的幸福观为参照,在追寻现世快乐的同时,谨慎地向上帝投去尊敬的一瞥。在十八世纪启蒙运动时代,在理性与科学的激励下,人们赋予幸福新的含义,启蒙思想家相信人的幸福和美德可以通过教育和改善制度达到,人类幸福在现世可以获得。爱尔维修不仅强调人需要认识自己,自爱才能得到幸福,而且提倡把个人幸福与公共幸福联系起来,"个人要和社会中的其他成员结合,互相帮助才能实现自己的幸福,它是建立在人们对共同利益追求的基础之上的"②。霍桑从基督教的博爱精神出发,也强调人性的磁链,认为个人幸福与他人幸福之间有着密切的联系,并且,霍桑更注重洁身自爱,从现世幸福中体会永恒的意义。不同的是,霍桑把幸福更多限制在私人范围内,不谈教育与制度的改革,只讲个人心灵的不断完善,以理智与情感的完美结合去创造幸福,追求进步,避免灾难。

因此,可以说,霍桑的生活幸福观既有对古希腊思想传统以降西方幸福观的继承,又有他对传统的不断超越与扬弃,体现着一个蓬勃发展的时代,美国作家对构成现世的真实生活内容——家庭、爱情、友情的重视,也有霍桑永远坚守的一块宗教净土。在虔敬的宗教信仰与现世幸福的完美

---

① 〔古希腊〕亚里士多德著《尼各马科伦理学》,苗力田译,中国社会科学出版社,1990年版,第224页。
② 北京大学哲学系外国史教研组编译《18世纪法国哲学》,商务印书馆,1963年版,第531页。

结合中，霍桑的生活观明显是文艺复兴和启蒙运动两次文化思想革命之后，西方知识分子在人文思想和理性思维的光照下对现世幸福与宗教信仰进行平衡的结果，它避免了物我两忘的冥思，亦非世俗市井的沉迷，而是在追求精神独立的同时，又不离弃一世而过的此在，同时内心深处保持着对上帝虔敬的信仰。

第三章 霍桑的道德观:《红字》[①]

内容提要: 英国文化批评家马修·阿诺德在提到霍桑的旅英札记《我们的老家》(*Our Old Home*)时说,霍桑缺少知识分子应有的"公允态度",他在英格兰"与英国的非利士人为伍"。根据阿诺德的文化概念以及他对英国非利士人的界定,霍桑的问题在于他缺少希腊精神的那种"意识的自发性",也就是那种欲彻底弄懂事物真相的"智性冲动"。本章从探讨霍桑生活的具体历史背景入手,以阿诺德对霍桑的评价为引子,以阿诺德的几个主要文化概念(如"希伯来精神","希腊精神","严正的良知","单一的智性追求"和"健全的心智"等)为框架,深入分析了《红字》中包含的道德主题,并探讨了在思想与道德的冲突中,霍桑为何总是让思想最终隐退,以道德作为他的悲剧人物的救赎之路。

关键词: 红字 思想 道德 救赎

第一节 关于霍桑道德观的争议

1850年2月4日,霍桑在给好友赫拉西奥·布雷奇的信中谈到他的第一部长篇小说《红字》引起的反应:出版商给予盛赞,故事的结尾让他的妻子索菲亚头疼欲裂,他将此视为巨大的成功。但是,同时霍桑也认识到,"我的作品不能,且永远不能获得大多数人的同情,因此也不能指望畅销。有些人很喜欢它们,其他人对它们毫不在意,什么也读不出来"。具体讲到这个故事,霍桑告诉他的朋友,这里面有"地狱之火",他几乎不能对此投射任何"欢快的亮光"。[②]这就解释了这部小说面对各类读者时的全部命运。不过,《红字》单纯清新的风格,完整统一的结构,准确细

[①] 本章曾以《霍桑的道德救赎——以〈红字〉为例》为题发表在《国外文学》2010年第1期。在本书中,笔者已将原文第一部分"霍桑的问题"修改为"关于霍桑道德观的争议",特此说明。

[②] J. Donald Crowley, ed., *Hawthorne: the Critical Heritage*, New York: Barnes & Nobel, Inc., 1970, p.151.

腻的人物心理描写也让当时非常有名望的文学评论家杜英克（E. A. Duyckinck）惊叹："我们的文学再没有比纳撒尼尔·霍桑给这个世界带来更真实的属于美国这片土地的产物了，尽管是一种奇怪的文化。"霍桑对他所说的"地狱之火"的处理也让批评家赞赏不已，"如果艺术作品曾经以最可怕的方式表现过罪孽与不幸，那么霍桑先生在《红字》里对此的表现就是最严肃神圣，最纯洁，最富有同情心的"。

然而，该小说十分敏感的通奸主题却在当时清教文化氛围浓重的新英格兰读者圈子里引起了轩然大波，尤其是让宗教界的读者嗤之以鼻。奥利兹·布朗森虽然承认霍桑在小说中表现出来了艺术家的天分，但是对霍桑写白兰背弃她的丈夫以及她与牧师的婚外情感到十分不满，认为"作者完全不懂基督教的禁欲主义，把骄傲看成是行动的最高准则"。我们知道，"骄傲"是基督教的一大罪恶，而一位罪人（白兰）的骄傲就更是"罪上加罪"了，所以布朗森批评这本小说："这里没有任何基督教的东西，没有任何真正道德的东西。"美国新教圣公会的主教亚瑟·克里弗兰德·考克斯（Arthur Cleveland Coxe）干脆认为《红字》是不道德的，是作者为了迎合市场需要而抛弃了道德禁忌，并不无讥讽地补充道，这本小说"使我们的文学在堕落这一方面还做得真是不少"。（J. D. Crowley，1970：182–183）

我们选择霍桑的第一部长篇小说《红字》为主要文本探讨他的道德观，不仅因为这本小说曾经引起人们对霍桑的道德意识的质疑和争论，而且也因为这本小说集中表现了霍桑对清教传统（以牧师丁梅斯代尔为代表）的反思，对科技理性的质疑（以奇灵沃斯为代表），对健全理智的探索（以成熟后的白兰为代表）。更重要的是，我们发现，这本小说产生于一个动荡不安的历史背景下，它表现了作者对道德、理性、秩序的严肃关怀。小说以基督教的博爱精神和道德皈依收场，也就是让海斯特·白兰几乎像耶稣基督那样宽容地对待周围那个敌视她的世界，并最终返回那一片见证过她犯罪、赎罪、成长、成熟的土地，这正说明了霍桑明确的基督教道德指向，《红字》原本就有严肃的道德关怀。

另外，同样是霍桑的道德观这个问题，在英国文化批评家马修·阿诺德（Matthew Arnold）看来，它不仅不是一个问题，相反，霍桑过分的希伯来精神还影响了他的自由思想的发挥，或者说霍桑过分的道德意识影响了他行使知识分子的自由思想。阿诺德在其论文集《在美国的谈话》

(1912) 中批评霍桑缺少知识分子应有的"公允态度"（Disinterestedness），说霍桑在英格兰做领事的几年总是"与英国的非利士人为伍"，并补充道，"而英国的非利士人是难对付的人物"。① 根据阿诺德的文化概念以及他对英国非利士人的界定，阿诺德对霍桑的不满应该是指，他缺少"那种欲彻底弄懂事物真相的智性冲动"，即希腊精神的"意识的自发性"。本章内容主要依据阿诺德的文化概念，考察霍桑在处理思想与道德的困境时，为何最终以道德救赎作为解决问题的方案。在阿诺德的文化思想的帮助下，我们不仅发现霍桑对清教文化弊端的清算，而且也看清了霍桑对科技理性的警惕，霍桑在成熟的白兰身上寄予了健全理智的理想，不过鉴于一个骚动不安的时代背景，作者出于对传统价值观受到威胁时的担忧，所以才让白兰在"由知而行"的理性中以一个单纯的道德形象出现在小说的结尾。

在《文化与无政府状态》（1869）一书中，阿诺德明确指出："我信仰文化。"② 阿诺德所说的文化是思想与道德的有机融合，是"让天道与神的意旨通行天下"。阿诺德用"希伯来精神"命名"那种驱向行动的能量，至高无上的责任感、自我克制和勤奋，得到了最亮的光就勇往直前的热忱"，简言之，就是"道德冲动"；而用"希腊精神"命名"那种驱向思想——作为正确行动之基础的思想——的智慧，那种对于随着人的发展而形成的、新的变化着的思想组合的敏感，欲彻底弄懂这些思想并对之做出完美调适的不可遏制的冲动"，也就是"智性冲动"。阿诺德总结说："希腊精神的主导思想是意识的自发性，希伯来精神的主导则是严正的良知。"（阿诺德，2008：99）

阿诺德认为，纵观西方历史的发展，"希伯来精神和希腊精神相互更迭，人的智性冲动和道德冲动交替出现，认识事物真相的努力和通过克己自制得到平安的努力轮番登台——人的精神就是如此前行的"。然而，对阿诺德而言，这远不是人类理想的发展状况，理想的状况应该是"人的两

---

① Matthew Arnold, *Discourses in America*, London: Macmillan and Co., Limited, 1912, pp. 173-174. 具有反讽意味的是，几十年后，美国诗人 T. S. 艾略特以新批评者的审美视角指出阿诺德在思想、文化、品位上的局限性，反过来把阿诺德也归入非利士人的行列，说他"在宗教上是一个非利士人"。T. S. Eliot, "Matthew Arnold", *The Use of Poetry and the Use of Criticism*, Cambridge: Harvard University Press, 1993, p. 97.

② 〔英〕马修·阿诺德著《文化与无政府状态》（修订译本），韩敏中译，生活·读书·新知三联书店，2008 年版，第 4 页。

大自然动力——希伯来精神和希腊精神——将不再分离对立,而是两股力合成一股,思想走正道,行动强有力,如此推动着人类走向完善"。而文化正是因为结合了人性的双重需要——对代表智性的希腊精神与代表道德的希伯来精神的需要,所以才能成为救治他那个时代疾病的良方。

阿诺德以他的文化思想为标准,对英国当时的时代疾病——发展健康的体魄、工业和自由主义——给予诊断,继而指出英国社会因为只强调希伯来精神所造成的弊端。阿诺德把英国中产阶级称作"僵硬而乖张地对抗光明及光明之子"的"非利士人",而对于来自英国中产阶级的美国人,阿诺德认为,"他们将非利士人的偏颇也搬到美国去了,只会十分狭隘地看待人的精神领域和那唯一不可少的事。从缅因州到佛罗里达,再从佛罗里达到缅因州,全美国上下无处不盛行希伯来风气"。(阿诺德,2000:197-198)因此,阿诺德断言,"美国缺乏的恰是正确的文化观念"。在阿诺德看来,美国缺少正确的文化观念始于那些清教先辈们:

> 清教徒虽因德行而得到丰厚的报偿,但他理想中的完美却仍然是狭隘的、有缺憾的……清教的前辈父老移居海外,业绩昭彰。尽管如此,让我们想象一下莎士比亚或维吉尔伴随他们远渡重洋会是怎样的情景。莎士比亚和维吉尔是美好与光明之典范,代表着人性中最富有人情的一切;倘若他们伴随着清教老前辈们航海,会发现这些旅伴是多么乏味!单是这点就足以判断清教徒和他们那完美的标准是怎么回事了。

"狭隘""乏味""小家子气"是阿诺德在这本文化论著中对清教徒的描写词,并且清教主义(Puritanism)对美国的毒害在阿诺德看来尤甚于英国,"从心智活动、文化和整体性方面看,美国做得还很不够,而不是超过了我们大家"。

根据阿诺德对美国清教文化的态度,他批评霍桑与非利士人为伍也就不奇怪了,阿诺德的言外之意应该是,出身于美国清教文化背景下的霍桑像他的大多数国人一样"缺少的恰是正确的文化观念"。然而,如果我们分析《红字》中呈现的道德主题就会惊讶地发现,比阿诺德年长18岁的霍桑在比《文化与无政府状态》早出版19年的《红字》中早已经完成了他对清教文化狭隘的人性观以及单一的智性追求的清算,让他的女主人公海斯特·白兰在"由知而行"的实践中完成道德与智性的统一,实现了

"最优秀的自我"。只是由于霍桑对智性的一贯怀疑以及对他所处的那个激进的改革时代的谨慎态度,他才最终以基督教的道德救赎作为解决问题的出路,而不是像阿诺德那样提倡道德与智性融合的文化处方去医治时代的疾病。

第二节 "严正的良知"

《红字》的历史背景是十七世纪殖民地时期的新英格兰,故事发生在清教氛围浓厚的塞勒姆小镇。十七世纪新英格兰的清教徒们继承了加尔文教的神学观,在人与神的关系问题中,他们都像加尔文(John Calvin)一样相信上帝的绝对权威以及人性的彻底堕落,人对自己的恶性无能为力,人只有蒙神恩才能得救。加尔文在自己的书中明确阐释他对人—神关系的理解:"人一切的机能因本性的堕落都已受损,甚至他一切的行为都受混乱和不节制的影响","当人稍微放纵自己的情欲时,人心有多容易偏离神……同时,人的罪和软弱警告我们要警醒并聆听神的声音;也教导我们:信心若非受真道的支持,就不能长存","当一个人深深地知罪,畏惧神,并仰望神的良善——神在基督里的怜悯、恩典和救恩——他就会重新振奋并获得勇气,就如出死入生那般。"[①] 因此,人在生活中的一切活动都应该与救赎联系起来,都应该是通向神恩的正道,正如中国学者张晶所说:"在17世纪清教徒的世界里,救赎已成为人生存的唯一方式。"[②]

《红字》的开始,读者首先看到的是一扇锈迹斑斑、狰狞阴森的监狱大门。站在这所监狱前面的是"一群身穿暗色长袍、头戴灰色尖顶高帽、蓄着胡须的男人"[③]。一个森严压抑、保守拘谨、单调乏味的清教世界通过这种灰暗色调和特殊建筑清楚地呈现给读者一隅。站在这座监狱前面的审判者是这个封闭的新英格兰小镇政教合一的权威。作为清教权威的最高体现,贝灵汉总督亲自坐镇。小说对这个人物的描写无处不透露出霍桑一

[①] 〔法〕约翰·加尔文著《基督徒的生活》,钱曜诚等译,孙毅选编,生活·读书·新知三联书店,2011年版,第70、45、60页。

[②] 张晶:《从宗教哲学视角解析霍桑作品中的清教主义观》,《外语教学》2005年第5期,第83页。

[③] 霍桑著《红字》,胡允桓译,人民文学出版社,1991年版,第32页。本章中有关《红字》的引文均出自胡允桓先生译本。

贯对清教文化喜忧参半的矛盾心理：

> 他椅子后面站着四个持戟的警卫充当仗义。他帽子上插着一只黑色羽毛，大氅上绣着花边，里面衬着的是黑丝绒紧身衣。他是一位年长的绅士，皱纹中印下了他的艰苦的经历。他出任这一地区的首脑和代表很适当，因为这一殖民地的起源和发展及其现状，并非取决于青春的冲动，而有赖于成年的严厉和老练，以及老年的权谋和手腕；他们所以能成就颇多，恰恰因为他们的幻想和希望有限。

在上面这一段对贝灵汉总督的描写中，"黑色"的装束和他身边"持戟的警卫"凸显了清教文化的正统威严，而"严厉""老练""权谋""手腕"这些词体现出叙述人对待清教徒模棱两可的态度。叙述人一方面像阿诺德一样，认为这些素质应该是清教徒的正能量，是那些漂洋过海的清教祖先们"业绩昭彰"的基本保证，因为这些能力他们才"成就颇多"，但同时，这些品质也让他们"幻想和希望有限"，也就是他们缺少阿诺德所说的莎士比亚和维吉尔们"最富有人情味的一切"——美好与光明。《红字》叙述人对待清教文化的这种矛盾态度也应该是霍桑对待自己的清教祖先们的态度的另一种表达。

在《海关》这篇序言中，霍桑现身说法，对霍桑家族的清教权威们也进行了类似的矛盾描写，既称他们是"残忍的迫害狂"，又欣赏他们曾经创下的丰功伟绩。可见，在评判清教先辈们的功过是非时，霍桑和阿诺德一样既肯定了他们因其坚韧、执着的品德而取得的辉煌成就，又批评了清教徒狭隘的人性观。对霍桑而言，这种清教传统的狭隘性表现在那些清教祖先对异端（比如对教友派教徒、巫师、唯信仰论者等）的残酷迫害上。霍桑的短篇小说《欢乐山的五朔节花柱》（*The Maypole of Merry Mount*）和《温顺男孩》书写的都是清教徒的刻板严厉，以及他们残酷迫害异教徒的狂热行为。这样，《红字》的开始用监狱、刑台和严厉的清教权威形象把早期清教徒们缺乏仁慈与温情的不足刻画得入木三分，也隐隐透露出他们对"理性"与"秩序"的要求的合理性。

如果贝灵汉总督和他所代表的清教权威把迫害和惩罚的矛头指向外界那些思想行为越轨的罪人，那么另一位清教文化的重要代表人物——丁梅斯代尔牧师就因为其"对罪恶清醒的意识"，并表现出清教徒"严正的良知"，则把惩罚的利剑指向自己，最终摧毁了自己的身心。小说对牧师的描写一开始就暗示清教徒过度虔诚的宗教信仰带来的自虐倾向：

> 丁梅斯代尔先生是一个地道的牧师，一个真正的笃信宗教的人，他有高度发达的虔诚情感和有力推动自身沿着信仰的道路前进的心境，而且会随着时间的流逝日渐深入。无论在何种社会形态中，他都不会是那种所谓有自由见解的人。他总要感到周围有一种信仰的压力时才能心平气和，这种信仰既支撑着他，又将他禁闭在其铁笼之中。

面对上帝，清教徒过于谦卑屈从的宗教情感不但没有给牧师带来安慰和幸福，没有带来生活的信心和勇气，反而成为他的"铁笼"，成为他的精神和思想的锁链，让他在没有这种"压力"的时候就无法"心平气和"，这种自虐倾向决定了牧师接下来的"向罪而死"的命运。在仅仅因为一次爱欲的释放就感觉到自己"对上帝和人类都虚伪"的亚瑟·丁梅斯代尔看来，宗教和道德的世界只是一个非上帝即撒旦、非善即恶、非天使即恶魔的二元对立的领域，绝对没有任何中间道路可供选择。人性的复杂，世界的复杂，道德层面的复杂性都不在他的考虑之列。因此，一旦他与白兰有了私情，哪怕只是一次越轨的行为，他也会"将滔天之罪的痛苦与徒劳无益的悔恨纠缠在一起，形成死结"。（霍桑，1991：113-114）

叙述人告诉我们，犯罪后的世界对于牧师而言只剩下一个"严酷而伤感的真理"——"罪孽一旦在人的灵魂中造成一种罅隙，今世便万难弥合。"尽管海斯特·白兰在林中劝他："你在他们中间确实做着好事！"尽管他周围的信徒们的确都在承受着他布道的鼓励和恩惠，但是，牧师深刻的悔罪意识仍然没有丝毫的松动，他丝毫不肯原谅自己，仍然病态地坚信："像我这样一个灵魂已经毁灭的人，又能为拯救他人的灵魂做出什么有效之举呢？"牧师的悔恨不留余地，一切努力的余地和救赎的希望都被他的冰冷苛刻的道德要求简单化为一种彻底的绝望，他对白兰说："一切全是虚伪！——全是虚空！——全是死亡。"从牧师身上我们可以看出，在一个真正虔诚的清教徒那里，人在命运尤其是在罪恶面前的一切主观能动性被彻底否定和抹杀，正如牧师所承认的："上帝的裁判正落在我身上，那力量太强大了，我挣扎不动了！"这种对罪恶的清醒意识，对上帝权威的绝对畏惧与顺从让牧师主动放弃了与白兰远走高飞的计划，宁愿选择临终前的公开忏悔，"上帝已经在我眼前表明了他的意愿，我现在就照着去做"。

在谈到希伯来文化的罪恶感时，阿诺德写道："有件事在挫败人们的所有努力啊"，"这件事就是罪恶。与希腊文化相比，希伯来文化中罪孽所占的空间实在太大了。阻止人们实现完美的障碍充斥着整个场景，背景中的完美显得渺远，似飘起又飞卷而去。"（阿诺德，2008：104）丁梅斯代尔牧师的情况正是这样。他的罪恶感和临终忏悔不仅毁灭了他的宝贵生命，辜负了那些虔敬追随他的信众，而且他以纯粹的理性和感情麻木冷漠更深刻地伤害和抛弃了一直深爱着他的白兰和女儿珠儿。因此，对于他临终前的问题"这样做（指他选择公开忏悔之后死去。笔者注）比起我们在树林中所梦想的不是更好吗？"白兰的回答是："'我不知道！我不知道！'她匆匆地回答说。'是更好吗？是吧；这样我们就可以一起死去，还有小珠儿陪着我们！'"此刻，白兰的震惊和绝望无以复加，牧师的问话如晴天霹雳，击碎了她人生残存的最后一点梦想，白兰的回答是困惑，是绝望，更是怨愤：难道这就是她宁愿付出生命的代价换来的爱情回报吗？她忍辱负重、痴心眷恋并挺身保护的情人难道应该以这种方式酬劳她的真挚情感吗？此刻，生活对痴情的白兰显示出它最深刻、最恶毒的反讽来。牧师的选择是清教良知发展到极端的杀伤性后果，是一柄双刃剑，刺伤的是白兰母女，更是他自己。

阿诺德分析清教徒的弊端和悲剧时说："他（指清教徒。笔者注）是希伯来精神的受害者，那种培育严正的良知而不是意识的自发性的倾向损害了他。他所亟须的是更为开阔的人性观念。"（阿诺德，2008：119）这两句话似乎是阿诺德在对症下药，专门针对牧师的过度信仰疾病开出的良方。牧师正是因为缺少"开阔的人性观念"，所以才在一次的道德犯罪之后感觉到覆水难收，成为希伯来文化"严正的良知"的牺牲品，毁灭了自己，也给他的爱人和女儿带来了深重的灾难。"严正的良知"意识扼杀了牧师对更加开阔的世界和价值观的追求，使他怀疑通过自身的努力可以洗刷罪孽（尽管他的努力已经有很好的收效），他只能被动屈从地听凭上帝对一个罪人的裁决。而同样是犯罪，白兰却通过自身的努力将象征耻辱的"通奸"（Adultery）符号转化，提升为"天使"（Angel）、"能干"（Able）的代名词。

从丁梅斯代尔不妥协的悔罪意识和悲剧命运可以看出，霍桑对自己出身于的清教传统，尤其是清教"严正的良知"的弊端是有清醒认识的，因此，我们可以说，在批判清教狭隘的人性观时，霍桑和阿诺德可谓是异曲同工。

第三节 单一的智性追求

与牧师过分严厉的道德冲动形成强烈对照的是，奇灵沃斯过分热衷于智性追求，为此不惜付出任何代价，包括自己和他人的生命。在对待知识和智性的态度上，阿诺德把"好奇"分为两种，一种是希腊精神所代表的"追求思之本属，追求如实看清事物之本相而获得的愉悦"；另一种便是它的反面，一种病态的智性活动，它是一种"盲目而病态的头脑发热"。阿诺德说："人有可能狂热地只追求光明，只跟随推动我们走向光明的本能，盲目地与严厉的道德良心作对，盲目反对驱使我们具备良知的本能，乃至到走火如魔的地步。……这种狂热带着自己的印记：它少了点儒雅之气；因为缺少儒雅，它最终咎由自取，找不到光明。"（阿诺德，2008：116）我们用阿诺德对智性误入歧途的认识和描写来审视白兰的丈夫奇灵沃斯这个人物再合适不过。

奇灵沃斯在挖掘"谁是隐蔽的罪人"这个问题时，身上体现出来的正是病态的好奇心。他只跟随追逐事实真相的本能，最终走向道德良心的反面，由受害者（作为丈夫受到侮辱）变成了真正的罪人。故事的叙述人首先对奇灵沃斯从事的职业表示道德上的质疑：

>   医生们并不具备促使其他人漂洋过海的那种宗教热情。他们在深入钻研人体内部时，可能把更高明、更微妙的能力表现在物质上，错综复杂的人体结构令人惊诧，似乎其内部包含着全部生命，具备足够的艺术，从而对生命的存在丧失了精神方面的看法。

奇灵沃斯只注重工具理性，丢失了对生命存在的精神关怀，正是智性活动与道德关怀的分离才导致奇灵沃斯人格的分裂，让他在嫉妒和复仇的毒汁深渊里万劫不复。奇灵沃斯无疑是智性的化身："从他身上可以看出广博精深的知识修养，以及浩渺无际的自由观念。"可见，他与牧师在思想自由上刚好站在对立面。然而，遗憾的是，他的"知识修养"和"自由观念"因为缺乏对"全部生命"的关照，所以没有让他产生阿诺德所说的那种"追求美好与光明"的道德冲动，而是错把黑暗当成了光明。叙述人告诉我们：

他只向往真理，简直把问题看得既不包含人类的情感，也不卷入个人的委屈，完全如几何学中抽象的线和形一般。但在他着手进行这一调查的过程中，一种可怕的迷惑力，一种尽管依然平衡、却是猛烈的必然性紧紧地将这位老人攫在自己的掌握之中，而且在他未完成它的全部旨意之前，绝不肯将他放松。

我们清楚地看到，这种既不关心"人类的情感"，也不顾及"个人的委屈"的真理追求，最终让奇灵沃斯变成一个冷血动物，他病态的好奇心在理智的寒光中扭曲变形，将他自己的人性冰封冻结，将他的周围世界变成一块寸草不生的道德盐碱地。他不仅处心积虑地抓住每一个折磨牧师的机会，旁击侧敲地激发他本已强烈的悔罪感，而且更重要的是，他自己彻底变成了智性激情的奴隶。奇灵沃斯病态的智性冲动和恶魔般的复仇心理，就像丁梅斯代尔病态的宗教激情和悔罪狂热一样，最终把他们俘获，将他们健康的心灵甚至肉体玩弄于股掌之上，乃至蹂躏致死。奇灵沃斯的对手是牧师，而牧师的对手是自己的良心，他们在精神崩溃、生命毁灭之前是绝不肯善罢甘休，放过自己的对手的。在霍桑的小说中，这种智性的狂人并不少见，石人理查、拉帕西尼医生、艾尔默博士和伊桑·布兰德都是奇灵沃斯的同类，当然他们也都面临同样的命运。叙述人对奇灵沃斯的悲剧发出感叹：

> 老罗杰·奇灵沃斯是一个显而易见的实例，证明人只要甘心从事魔鬼的勾当，经过相当一段时间，就可以靠他本人的智能将自身变成魔鬼。这个闷闷不乐的人之所以发生了这一变化，就是由于他在七年的时间里全力以赴地剖析一颗充满痛苦的心灵并从中取乐，甚至还要对他正剖析并观察着的剧烈痛苦幸灾乐祸地火上浇油。

可见，智性活动与精神关怀的分离不仅让奇灵沃斯践踏了他人的灵魂，从外貌到内心变成了恶魔一样的怪物，而且他自己也成为直接的受害者，从复仇的一刻起，他就完全失去了心灵的宁静。[①]事实上，奇灵沃斯作为一个学者，因为只顾及自己的科学研究而不考虑他人的精神需要，他的

---

① 关于霍桑笔下的那些智性活动与情感分离的悲剧人物，吴兰香在《霍桑与现代科学观——读〈拉帕西尼的女儿〉》一文中也有不少讨论，载《外国文学评论》2006年第4期，第60—66页。

情感冷漠正是导致白兰婚外情的主要原因。因此,小说的叙述人以他们的不幸婚姻为例,对那些情感麻木的丈夫们敲响了警钟:

> 让那些只赢得女人首肯婚约但没有同时赢得她们内心最深处的激情的男人们发抖吧!他们会像罗杰·奇灵沃斯一样遭到不幸的:因为当某种比他们更有力的接触唤醒她们全部的感觉时,即使是他们认为让女人感觉温暖而平静的现实满足,那种坚如磐石的幸福形象,也会一概被否定。

白兰与奇灵沃斯的婚姻大厦便在这种只有婚约没有激情的脆弱基础之上摇摇欲坠,因此一旦温柔细腻的牧师唤醒了白兰的爱情意识,那种不牢固的婚姻纽带便戛然断裂。白兰的婚姻不幸和感情出轨提醒我们,在一个张扬科技理性、工具理性的时代,假如一个人的情感和精神需要受到过度压抑和忽视,那么这个社会的发展必然会为这种顾此失彼的偏颇付出沉重的代价,就像奇灵沃斯必然要为他对情感的忽视付出巨大的代价一样。在阿诺德和霍桑各自的时代,英美社会正经历如火如荼的工业现代化进程,发展了一百多年的科技理性已经逐渐呈现它的种种弊端,查尔斯·L. 桑福德(Charles L. Sanford)在论述十九世纪中叶美国文化的困境时告诉我们:

> 1840年欧洲的工业革命很快波及美国,这种社会革命使美国政党产生分歧并逐渐恶化,也使得美国人把欧洲式的贵族制度与英国城市与工业的罪恶以及新兴的实业资本家的罪恶联系起来。美国从一个简单的农业国家逐渐转型为一个复杂的以城市与工业为主的国家,这种转型对美国的国家特征以及道德理想产生了巨大震撼:对于一个期盼复兴的美国民族来说,物质进步究竟是对美德的报偿从而使他们进入科技的天堂,还是一种衰败征兆,从而使他们走向腐化的欧洲模式?[①]

奇灵沃斯的悲剧命运和婚姻失败便是对桑福德最后提出的这个问题最好的回答。而且在霍桑早期的作品中,我们也不难找到这个问题的答案,

---

[①] Charles L. Sanford, "Classics of American Reform Literature", *American Quarterly* 3, 1958, pp. 287-296.

物质进步和科技发展是道德理想的最大威胁，也正是对这个问题的严肃思考让霍桑认识到单一的智性追求的危险，让他对科技理性存有本能的戒备，让他笔下的科学家形象都多少带些偏执狂想症。同样，阿诺德也批判现代文明是一种工具文明，一种机械文明和物质文明，阿诺德警告他的时代："对机械工具的信仰乃是纠缠我们的一大危险。"显然，机械文明丢失的是对情感的体察与关怀，因此，阿诺德下面的一段话看起来很接近《红字》的叙述人对奇灵沃斯这一类丈夫的警告：

> 在爱情和婚姻关系中，……如果对细腻微妙的感情差异和精细的同情麻木不仁，自己则尽兴行个人之事，除了受到一点机械的外部律令的限制外，对个人行动不讲限度，不加管束；如果为了满足普通自我而这样下去，便会真正使他的精神生活和思想生活越走越窄，自由越来越少。

阿诺德的这一段文字刚好解释了奇灵沃斯在自己与白兰的这桩不幸的婚姻中应负的责任——他因为专注于"普通自我"的智性追求而对白兰的丰富情感缺少基本的关心和体贴，也解释了他在对牧师进行隐秘的精神迫害和复仇时"不讲限度，不加管束"的病态智性行为。奇灵沃斯之所以在婚姻中把白兰只当作温暖自己的工具不在乎对方的情感需要，在复仇中像蛀虫一样逐渐腐蚀牧师的心理机制，完全是为了满足"普通自我"的需要，所以他的精神生活和思想生活便"越走越窄"。他将自己的生死与这种激情紧密联系在一起，最终失去自由，并践踏了他人的灵魂，虽然没有触犯王法，却违背了天理。可见，在一个工业化进程逐渐加剧的时代，呼唤知识与精神、思想与道德的均衡发展成为霍桑和阿诺德的共同诉求。

第四节 健全的理智

与牧师单一的宗教热情和医生病态的智性追求相比，成熟后的白兰体现着思想与道德的高度统一，是阿诺德所说的"健全理智"的化身。在这本小说中，白兰是唯一不断发展变化的形象，白兰的形象是由"情欲"向"思想"再向"道德"逐渐转化的过程，乃至最后达到道德与思想的完美融合。最初，白兰自由激进的思想让她蔑视陈规陋习，大胆追求爱情，因而犯下了不被社会允许的通奸罪。在长达七年"耻辱、绝望、孤寂"的岁月中,"她的生活,在很大程度上已经从情和欲变成了思想"。(霍桑,1991:64)白兰在犯罪后的思想是斑驳复杂的,既有阿诺德所说的欲彻底弄清事物真相的"智性冲动",也混杂着霍桑一直警觉和排斥的激进的、具有破坏性的自由思想。希腊精神的智性冲动让白兰发现"别人内心隐藏着的罪孽。……表面的贞洁不过是骗人的伪装,如果把一处处真情全都暴露在光天化日之下,除海斯特·白兰之外,好多人的胸前也都会有红字闪烁"。这种思想甚至使"她心中升腾起涉及全人类女性的同样阴郁的问题:即便女性是最幸福的,那么人的生存有价值吗?"这些非同一般的洞察与疑问表明,白兰是一个清醒的、独立思考的个体,具有阿诺德所说的希腊精神中那种"意识的自发性"。正是因为她身上具有的希腊精神使她能够"让思想自由地作用于习以为常的观念"(阿诺德,2008:131),白兰才能对她周围的世界和人群有这些意外的发现,能对全部女性的命运和整个人类的生存价值提出大胆的设问。这时候的白兰不但超越了自身利益和悲喜的关怀,而且也超越了传统习俗,超越了普通人的见识,表现出了一个思考者的独立精神。

白兰正是以这种激进思想和自由精神为处于精神炼狱中的牧师筹划一条求生之路的,"这世界是那么狭小吗?"白兰问牧师:"难道这个天地就只在那边那个小镇的范围之内吗?……只消走很短的一段路,就可以把你从使你万分苦恼的世界带到你仍可以享受到幸福的地方!"白兰的思想就是这样自由地作用于法律和传统习俗之上,表现出开阔的人性观和人生观:"未来还是充满尝试和成功的。还有幸福有待你去享有!还有好事要你去做!把你虚伪的生活变成真实的生活吧。"这一番劝导甚至说是诱导让我们看到白兰那种不拘泥于既定规则的自由思想一直以来带给她的精神支撑,当然,还有带给她的痛苦和惩罚。

叙述人告诉我们,白兰独立不羁的思想让她"徘徊在道德的荒野","让她安静也让她悲伤"。七年的悔罪生活并没有让白兰屈服,"在过去这些年中,她以陌生人的目光看待人类的风俗制度,以及由教士和立法者所建立的一切"。因此,当叙述人赞扬说:"海斯特·白兰天生具有勇敢和活跃的气质",白兰在思考问题的高度上,"对牧师来说简直难以企及"。如果我们了解霍桑对自由、激进思想的一贯态度,如果我们想到牧师最后并没有听从她高明的劝导,而且白兰的出逃计划还受到她丈夫的直接阻碍,我们会感到叙述人的赞许中有明显的反讽意味。

既然白兰的激进思想被现实否定了,她行动的计划因为不符合社会的道德准则而受挫,叙述人在一番暗含讥讽的表扬之后紧接着就给她提出了切实可行的建议:"一个女人无论如何运用她的思想也无法解决这些问题。或许只有一条出路才能解决这些问题:如果她的同情心占了上风,这些问题便迎刃而解了。"故事后来的发展告诉我们,以往那种活跃甚至有些过激的个人主义思想给白兰带来了沉重的精神磨难,只有道德的显现才最终把白兰与那个敌对的世界联系起来,并最终获得了它的接纳与尊敬,这句话也暗示了小说为什么必然要以白兰的道德皈依为故事的终结。

白兰对道德的坚守表现在她作为母亲和情人的担当意识,"她的思想热情,因为她成了母亲,得以在教育孩子之中宣泄出去",她不顾个人的安危和孤独,一直默默关注牧师的身心健康。她的道德力量还表现在她对周围敌视她但需要她帮助的人们慷慨无私的奉献,她在"忍受难以言喻的痛苦"时表现出的坚韧与自我克制,她以刺绣为谋生手段的刚强自立,她的"含辛茹苦、自我奉献以及对他人的体贴入微"最终让白兰成为道德的化身,让那象征耻辱的红字成为"一种引人哀伤、令人望而生畏又肃然起敬的标志"。白兰的思想从最初只关注个人的情感需要,在经历磨难之后,她的社会道德意识开始觉醒,她开始关注他人的需要,这个转变恰好体现了阿诺德所说的希伯来精神的"那种驱向行动的能量,至高无上的责任感、自我克制和勤奋,得到了最亮的光就勇往直前的热忱"。

由此可知,白兰一方面以希腊精神那种"驱向思想"的智慧对清教冰冷僵死的教条以及不合理的社会制度进行大胆质疑,在精神上避免像牧师那样成为固化条规的牺牲品;另一方面,面对一个不能理解、不能原谅她的世界,白兰又表现得克己、忍耐,以基督般的宽容与奉献达到与周围世界的和谐相处。美国学者萨克凡·伯克维奇(Sacvan Bercovitch)认为,白兰在《红字》的结尾返回塞勒姆镇这个举动化解了一切矛盾与对立,体现着个体与社会、思想与道德的最终和解。① 在七年漫长的赎罪过程中,白兰因为具有希腊精神的那种让思想"作为正确行动之基础"的智慧,她

---

① Sacvan Bercovitch, "The Return of Hester Prynne", *The Rites of Assent: Transformations in the Symbolic Construction of America*, New York: Routledge, Chapman and Hall, Inc., 1993, p. 245.

才能逐渐克服"好斗的精神，狂野、挑战的情绪，任性的脾气"，也就是那个自然人的白兰逐渐蜕变成社会人的白兰，像阿诺德所说的，在"由知而行"（阿诺德，2008：215）中选择了道德的归宿，从而获得了社会的尊敬，甚至最终成为周围女性邻居的榜样和生活顾问，在她们感情遭遇挫折或者生活不幸的时候给予她们有效的抚慰和引导。

　　成熟后的白兰身上体现出来的希腊精神与希伯来精神的结合，那种"由知而行"的理性与道德的高度统一是牧师所不具备的，也是她的丈夫奇灵沃斯所没有的，所以她才能超越个人的一切苦难，让生命释放出璀璨的亮光来照亮她周围女性同伴黑暗的世界。在变幻多舛的命运面前，白兰表现出来的那种冷静敏锐的辨别力和批判精神是她置身其中的那个清教社会所缺少的，也是霍桑为这个社会的健康发展引进的一股清新的思想空气。叙述人说，在刺绣和针线活方面，"海斯特却是填补了原先的一项空白"。我们何尝不可以说，白兰更为塞勒姆镇保守、拘谨、狭隘、灰暗的希伯来精神增添了重要的独立思想的色彩。小说在开始时，监狱门口杂草丛生、灰暗荒僻的角落里盛开着一丛鲜艳的野玫瑰；故事的结束，白兰的墓碑上有这个世界送给她的墓志铭，"一片墨黑的土地上，一个血红的 A 字"。那一丛鲜艳的野玫瑰和血红的 A 字在周围暗淡的世界里呈现出来的炫目红色都清楚地点明了白兰给这个保守乏味的清教世界带来的思想活力和精神色彩，这活力和色彩便是她独有的希腊精神的体现。①

第五节　道德救赎

　　《红字》的故事集中在白兰七年悔罪的生活上，白兰大胆激进的自由思想因为一开始就使她作出超越社会道德规范的错误选择，让她犯了通奸罪，造成了恶劣的社会影响，所以她必须接受最严厉的惩罚，在受难中获得灵魂的净化与道德救赎：

---

① 另外，珠儿作为一个不可忽视的人物也可以被看作是白兰长期单调灰暗的希伯来精神生活的平衡与调剂。实际上，她就是白兰的希腊精神的最生动的外化，"作为悬在母亲不安的心口上的一颗宝石，珠儿以她那跳动的精神，暴露了从海斯特眉磐石般的平静中谁也发现不了的内心感情"。（霍桑著《红字》，胡允桓译，人民文学出版社，1991 年版，第 179 页。）

每天都有每天的考验，然而，在忍受难以言喻的痛苦这一点上又都是一样的。遥远的未来时日，仍有要她承载的重荷，需要她一步一步挨下去，终身背负着，永远不得抛却；日复一日，年复一年，都将在耻辱的堆积上再叠加层层苦难。她将在长年累月之中放弃她的个性，成为布道师和道学家指指点点的对象，借以形象具体地说明女性的脆弱和罪孽的情欲。

耻辱、绝望和孤独是白兰为她的个性和狂放不羁的独立思想付出的惨痛代价。七年之后，满怀出逃希望的白兰本以为自由和成功就在眼前，却等来了牧师对他们精神解放的死刑判决书，牧师临终时清楚地告诉白兰，他们的罪孽使他们无论是现在还是未来希望以任何形式的结合都是痴心妄想：

法律，我们破坏了！这里的罪孽，如此可怕地被揭示了！——你就只想着这些好了！我怕！我怕啊！或许是，我们曾一度忘却了我们的上帝，我们曾一度互相冒犯了各自灵魂的尊严，因此，我们希望今后能够重逢，在永恒和纯洁中结为一体，恐怕是徒劳的了。

牧师选择留下来公开忏悔，而不是与白兰一起远走高飞，这个决定是对白兰的自由思想的又一次讽刺、嘲弄与否定。从白兰在七年中彻底的孤独、没有一丝温暖和鼓励的感情生活来看，这惩罚不仅是那些清教权威和牧师施加给白兰的，而且也是她的作者有意为之的。正如女权主义批评家路易斯·狄瑟佛（Louise Deasalvo）所说："霍桑与他的祖先们站在一起，如此执着地寻找异端并粉碎它们。"[1] 霍桑的妻子索菲亚在看完《红字》的最后一章时"头疼欲裂"，她写信告诉姐姐玛丽，"我不知道你怎么看这部小说。它很有力量，其中所蕴含的寓意如霹雳一样可怕和令人震惊，它向我们证明不容违犯的律法"[2]。

社会的法律不容践踏，这是丁梅斯代尔牧师和索菲亚共同认识到的铁定事实，从根本上讲，也是霍桑希望他的读者明白的生活准则，是一个健康有序发展的文明社会的道德底线，它不容人们为了自己盲目原始的激情

---

[1] 转引自陈晓兰《女权主义批评者眼中的纳撒尼尔·霍桑》，《外国文学研究》1995年第3期，第47页。

[2] Horatio Bridge, *Personal Recollections of Nathaniel Hawthorne*, p. 112.

冲动去轻易突破。在这个作者明确称为"浪漫传奇"（故事的副标题是"一个浪漫传奇"）的故事中，白兰本可以像她自己在林中劝说牧师远走高飞那样，有多种人生的出路和选择，尤其是在小说的最后，当她的女儿珠儿已经长大成人，远嫁欧洲有了自己幸福的家庭时，当这个清教社会中哪怕是最严厉的清教权威也不会再强迫她佩戴红字的时候，白兰完全可以选择留在欧洲女儿的身边，不回到塞勒姆小镇，更不用继续佩戴红字。但是，她还是回来了。白兰的归来表明了理性秩序的必要性，社会法律的必要性，也说明人类自由意志的有限性，像伯克维奇所说的，"在经历了与世界的长期搏斗之后，她学会了如何约束自己"①。"学会约束自己"是一个文明社会中的人应该具备的基本道德素养。

在霍桑的大部分小说中，当自由思想遭遇道德信仰，自由思想必定让路，这是《农牧神雕像》中肯甫在质疑亚当堕落的教育意义时对希尔达虔敬的宗教信仰的让步（第六章"霍桑的人性观"中有详细讨论），也是《红字》中牧师偶尔出现的自由思想被奇灵沃斯所及时扼杀。在不堪忍受的精神重负下，丁梅斯代尔也曾试图超越清教二元对立的世界观，为自己的欺瞒行为进行脆弱地辩解：

> 我们能不能这样假设呢？——他们（指那些没有公开忏悔的罪人。笔者注）尽管有着负罪感，然而，却保持着对上帝的荣光和人类的福祉的热情，他们畏缩不前，不肯把自己的阴暗和污秽展现在人们眼前；因为，如此这般一来，是做不出任何善举的，而且，以往的邪恶也无法通过改过来赎罪。

令人同情的是，牧师这一点昙花一现的自由思想的火花立即被监督在身边别有用心的医生斥责为"自欺"，于是强大而不妥协的悔罪意识继续统摄了他。牧师更是对自己的自由思想不妥协，不让步。在森林中，白兰向他筹划的出逃计划也曾让他感觉到"一线阳光"，有过片刻的精神解脱，然而，"迷惘中的牧师"在这之后很快就意识到了放纵自己思想的可怕后果，这种自由的思想除了让他产生邪恶的冲动，想要去亵渎路上遇到的每一个虔敬纯洁的教徒之外，不能帮助他解决任何道德的困惑。在他意识到

---

① 萨克凡·伯克维奇：《惯于赞同：美国象征建构的转化》，钱满素等译编，上海译文出版社，2006年版，第189页。

自由思想的巨大破坏性之后，他主动选择了放弃出逃的计划，觉得"那种知识真让人哭笑不得！"（霍桑，1991：174）所以，我们可以说，即便不是奇灵沃斯出面阻挠他和白兰的出逃计划，牧师也不可能如白兰所愿随她返回英格兰，他选择临终前向公众忏悔是他的清教徒宗教热忱的必然结果。在小说的最后一章，叙述人总结牧师的痛苦教训时告诉读者："要诚实！要诚实！一定要诚实！"牧师以他的生命和海斯特的幸福为代价实现了他对"诚实"的道德献祭。

实际上，牧师排除一切自由思想的可能性，自始至终选择彻底深刻的忏悔，他的悔罪在小说中所占比例之大让亨利·詹姆斯在评论《红字》的时候不得不说："海斯特·白兰在这个故事中实际上处于次要地位；她在第一幕之后，实际上变成了一个配角；这个故事不是以她为中心。作者把那盏适时移动着的灯笼的冰冷、稀薄的光线最经常地投注在她那负疚的爱人身上……"[1]换句话说，牧师过重的悔罪意识转移了读者的注意力。但是，这种安排却有着作者明确的道德指向，正如索菲亚对这本小说的反应，律法不容违犯。

正是因为法律和秩序不容践踏这个严肃的教训，牧师临终时，珠儿亲吻了父亲，叙述人告诉我们："当她的泪水滴在她父亲的面颊上时，那泪水如同在发誓：她将在人类的忧喜之中长大成人，她绝不与这世界争斗，而要在这世上作一个女人。对于她的母亲，珠儿作为痛苦的使者也完成了自己的使命。"珠儿曾被社会看作是"罪恶的情欲泛滥的后果"，她继承了母亲"好斗的精神""任性的脾气"以及"那种狂野、绝望和挑战的情绪"。由于她们母女特殊的境遇，她从小就"对一个同自己作对的世界有着坚定的认识，而且猛烈地训练自己的实力，以便在肯定会有的争斗中确保自己获胜"。然而，在故事的最后，读者却被告知，"她那狂野而多彩的天性已经被软化和驯服，从而得以享受一个女人文雅的幸福"。珠儿将不与世界争斗，她长大后将成为一个驯服的女人，因而也比她母亲生活得幸福。她无论是作为痛苦的使者还是道德的使者，都是她母亲有缺憾的生命很大的补足。

小说的道德倾向还表现在，即便是奇灵沃斯这样冰冷理性的复仇恶魔也在死前摒弃前嫌，把一笔数目可观的财产遗留给白兰的女儿小珠儿，从

---

[1] Henry James, *Literary Criticism*, Vol. I, p. 403.

而化解了他们之间的一切恩怨，完成了道德的皈依。

　　从《红字》的四个主人公最终的共同道德归宿看，霍桑虽然和阿诺德一样对清教狭隘的人性观（以牧师为代表）以及病态的智性追求（以奇灵沃斯为代表）都提出了批评，并且在小说中也让白兰对不公平的社会制度大胆地提出质疑和批判，但是，他却没有让白兰的自由思想超越社会法律的规范，也没有僭越基督教的道德底线，或者说，一旦这种思想与基督教的道德观发生冲突，霍桑必然让思想（或迟或早）隐退，让道德浮出水面，就像赎罪期间的白兰掩藏起她火山一样的激情，在世人面前表现出来的仍然是隐忍和对他人的无私关爱。霍桑在小说中之所以如此封杀自由激进的思想，对失之毫厘的法律和秩序的破坏者实施最严厉的惩罚，让所有的主人公最终都实现道德上的皈依，大致有三方面的原因。

　　第一，虽然霍桑自己是一个自由而深刻的思想者，但是，他总是谨慎地把自己思想的领域限制在基督教信仰的框架内，他因为对上帝的敬畏和对人类有限性的承认，一直都对人类没有节制的智性追求保持警惕。在智慧与道德的权衡中，霍桑明显表现出对后者的偏爱，道德被看作是正确行使智慧的基本保证，因为他认为一个人的智慧"可能完全与本性的升华无关，而一个人的价值，他作为上帝之创造的价值正根据其道德以及纯洁来衡量"①。他的小说中因为道德缺失而智性破产的许多例子（如拉帕西尼医生、艾尔默博士、伊桑·布兰德、卡芬代尔）足可以说明这一点。在霍桑的最后一部小说《农牧神雕像》中，当美国的雕塑家肯甬开始怀疑是否因为亚当的堕落才换来人类心智的提升时，他的这种挑战基督教伦理的大胆设想立即遭到虔诚的清教徒——女主人公希尔达的严厉批评。于是，肯甬（像丁梅斯代尔一样）毫不犹豫地抛弃了那一点零星的违背基督教伦理的思想火花，立即向基督教的信仰靠拢。在散文《生活的行列》中，霍桑仍然一如既往地否定智慧较之道德的优越性：

　　　　我思考得越久，就越不满意那种在高智能的基础上将人分门别类的主意。充其量，那不过是人人共有的天赋的一种较高的发展。尤其可能的是，看起来天分最深刻、最真切地超过其他伙伴的人，无非是

---

① Julian Hawthorne, *Nathaniel Hawthorne and His Wife: A Biography*, Vol. I, p.42.

表达技巧高人一筹罢了；他偶尔抛出隐含着真理的机锋，其实是每个人的灵魂虽然难以言传、却能深刻感受得到的。因此，我们虽然容忍智慧结伴前进，却会怀疑他们这种特殊的关系会不会随着行列一走出今世的圈子便会立即消失。①

言外之意，较之上帝的无限智慧，人的这点有限的才智平庸而易失，都局限在人所能理解的范围之内，唯有造物主的智慧深奥且永恒，人在表达技巧上的高超只是一种巧智，不值得夸耀，更不应该成为人目空一切的骄傲本钱。

霍桑有意识地贬低思想，崇尚道德的第二个原因是，在欧洲的政治革命冲击美国的社会秩序和传统价值观的特殊时期，在一个改革运动频繁发生的年代，霍桑对激进活跃的自由思想始终持警惕和批评态度。谈到政治革命对霍桑的那个时代美国思想的冲击，伯克维奇告诉我们：

> 欧洲1848年最有害的异端邪说是在家庭方面。那些激进分子直捣社会秩序和精神价值的中心，宣扬"废除家庭，砸烂炉边社交圈"。他们所寻求的就是"解放妇女，使她们从男子中独立出来"，从而"按她自己的感情行事"，并且"明确规定通奸无罪。"这种"所有的旧的法律，所有古老的道德都由此而取消"的异端邪说似乎在美国积聚了最多的力量。②

对于欧洲激荡不安的革命浪潮对美国传统价值观的冲击，霍桑显然没有无动于衷。他在一篇传记性散文《哈钦森夫人》（Mrs. Hutchinson）的开头就明确表示对所处时代正在走出家庭的女性的不满，强烈抵制当时在欧洲妇女运动影响下正在兴起的美国妇女运动，把它称作"不正确的煽动"，希望"它没有到来之前便完蛋"。③在社会改革方面，霍桑称自己曾亲自参与其中的布鲁克农场乌托邦改革实验是"艰苦而不切实际的试验"。（霍桑，1991：序言17）霍桑指责废奴主义者"像法国的恐怖分子"，说"他们喜欢混乱"，"他们会把宪法撕成碎片"，并且把"一个国家肢解成意志

---

① 《霍桑小说全集》（3），胡允桓译，第360页。
② 萨克凡·伯克维奇著《惯于赞同：美国象征建构的转化》，上海译文出版社，2006年版，第207页，第211页。
③ 《霍桑集：故事与小品》（上），姚乃强等译，第20－27页。

各异的部分，而上天是在历经从最初的移民拓荒到后来的美国革命长达近两百年的奇迹之后才建立起这个国家的"①。霍桑在对以上这些社会变革活动和政治运动的冷眼旁观和批判质疑中表现出他对和平和秩序的热爱：法律和秩序的建立需要艰苦漫长的历程，而激进冒险的改革与革命会让人类的努力和文明成果功亏一篑。

了解了霍桑对他的时代这些社会运动的态度及其动因，我们就不难理解为什么《红字》的叙述人说，如果白兰那些压抑起来的"自由思想"被那些清教权威们知道，他们"一定会认为那比红字烙印所代表的罪恶还要致命"。自由思想比通奸罪还要可怕，这不能不说是霍桑在一个革命与改革运动都十分活跃的特殊时代对传统价值观和社会秩序可能遭受破坏时表现出来的深刻忧虑。霍桑虽然不赞同清教狭隘的人性观，不赞成他们冰冷刻板的弃世态度，但是他似乎也并不反对他的清教祖先们对理性和秩序的热爱与维护，并且愿意在这方面与他们并肩作战。

在笔者看来，霍桑主张道德救赎的第三个重要原因是，他了解当时美国读者的基督教伦理禁忌。1850 年初，《红字》还有三章没有写完，霍桑就给出版商詹姆斯·菲尔兹（James Thomas Fields）写信说，"《红字》写的是一个相当敏感的主题（指通奸。笔者注），但是我处理的方式似乎不会在这个问题上引起反对"②。这说明霍桑在冒险写一个通奸主题时是充分考虑到当时那个清教社会的伦理敏感性的。果不其然，小说发表后，因其道德的严肃性——小说表现出来的对牧师这个悔罪者的深刻同情和对白兰这个道德皈依者的高度赞赏，立即获得了当时一位很有社会影响力的一神教牧师和教育家的赞赏，这位神职人员发现，"在几个拥有洞察心灵事实的天才美国作家中，霍桑先生独占鳌头。我们相信他的思想最罕见的品质就是那种把精神的律令追溯到人性的力量。他用上帝的观点看待心灵、人生和自然"，"他沿着精神法律的轨迹进入最黑暗或最荒芜的景象而不迷失对上帝的信仰，或对人类的爱"。不管白兰这个人物身上有多少欠缺，但是"她严肃地尊重她与社会的道德联系"③。可见，霍桑对通奸罪这个十分敏感的文学素材的处理的确是很成功的，因为它没有触及基督教的道

---

① 转引自萨克凡·伯克维奇《惯于赞同：美国象征建构的转化》，第 211 页。
② Joel Myerson, ed., *Selected Letters of Nathaniel Hawthorne*, pp. 140 – 141.
③ Amory Dwight Mayo, "Hawthorne as a religious novelist", *The Critical Heritage*, pp. 219 – 220, p. 223.

德底线，获得了宗教和教育界有识之士的认可。

　　总结本章可以看出，霍桑不是没有认识到清教文化的狭隘人性观的弊端，他也明白"意识的自发性"有必要挣脱不合理的传统习俗的禁锢。然而，他之所以在小说中让女主人公经历一番思想与道德的挣扎之后，最终让基督教的道德意识和道德行为占了上风，并且让道德成为白兰和其他三位人物的救赎之路，包含着他对他的那个时代正在受到各种激进政治思想和运动威胁的社会秩序和传统价值观的关心和忧虑。同时，我们也应该承认，霍桑本人站在讲求改革、强调对立的时代主流意识之外，他让自己健康的思想自由地作用于各种花样翻新的时代思潮，强调个人与社会的和谐相处，思想与道德的同步发展，他本人不正是希腊精神与希伯来精神相结合的最佳范例吗？所以，霍桑其实不是阿诺德批评他的"与非利士人为伍"，像米利森特·贝尔所说的，他其实一直都与他的清教文化传统保持着清醒的距离。

第四章　霍桑的历史观：《七个尖角阁的宅邸》

内容提要：霍桑的历史观是矛盾复杂的，这种复杂性体现在，一方面，他清楚地意识到历史的重负，像他的时代大多数超验主义者一样，渴望摆脱历史的负担，轻松前行；另一方面，他又清楚地知道历史是无法回避、无法摆脱的存在，它影响着现在，渗透进未来，生活必须要以这腐朽为营养生出希望来。《七个尖角阁的宅邸》描写的正是历史与现实的这种纠葛。祖辈的罪恶阴影，道德良心上的负担，残余的贵族意识，被沉重的过去荒废了的人生等等，这些都成为当前生活的枷锁，需要反省，需要用健康、向上的因素去化解，当前的生活必须以历史的废墟作为肥沃的土壤，在其上开出艳丽的新生花朵。弗比这个代表着自食其力、同情与爱情的力量像一缕阳光照射进古老家族的历史阴霾中，成为过去与现在和解、过去向现在输送健康营养的催化剂。

关键词：历史　罪恶　救赎　新生

第一节　品钦家族的遗产

霍桑在其短篇小说《艾里斯·多恩的申诉》中写道："我们是一个注重眼前的民族，对于过去的事情缺乏真心实意的兴趣。"① 然而，对于霍桑自己，历史永远是不可背弃的存在，与当前生活有着千丝万缕的联系，我们必须严肃认真地对待历史，否则后患无穷。在《艾里斯·多恩的申诉》这个讲述1892年塞勒姆驱巫案（The Salem Witchcraft Trials）的历史故事中，霍桑给我们描述了人类良心污点惊悚的一幕：

> 走在这些受害人后面的是那些良心受到谴责的人，一帮可怜的罪人。其中有恶棍，他们就以这种方式对自己的敌人实行了报复；有卑鄙小人，他们胆小怕事，结果葬送了自己的朋友；有狂人，他们胡言

---

① 《霍桑集：故事与小品》（上），姚乃强等译，第225页。

乱语,跟这片土地上的其他疯子遥相呼应;还有孩子,他们玩了一种游戏,连小魔鬼看了也要眼红,因为这种游戏使一个时代丢尽了脸,使一个民族的手上沾满了鲜血。①

对霍桑而言,这种血腥的历史与教训是不应该不经过反思就被轻易遗忘的,而且即便人类选择遗忘这种不愉快的过去,它也还会像那缠绕在古宅建筑周围的藤蔓和杂草,野火烧不尽,春风吹又生,生活的现在永远伴随着过去的影响。霍桑的许多故事都建立在这个新生民族不太遥远的历史上,记住祖先犯下的错误就像牢记他们的功绩一样,为的是让今天的人们更明智地过好眼前的生活,避免重复历史的罪孽。因此,在这个故事的结尾,霍桑写道:"在我们的祖先为了一个神圣的事业而洒下鲜血的那个山顶上,我们修筑了一个纪念碑。在这里,也应该用石头竖起一块庄严肃穆的纪念碑,悲哀地纪念上一代人犯下的错误,在人心还有弱点,有可能继续犯罪的时候不再感到沮丧。"可见,纪念碑的意义不仅在于记载历史的辉煌,还在于警醒后人不再重复祖先的错误,更在于它给难免犯错的后人改正错误的勇气,不要像丁梅斯代尔那样一旦有错,便陷入万劫不复的精神地狱。

霍桑的第二部长篇小说《七个尖角阁的宅邸》(1851,以下简称《宅邸》)同样以1892年的塞勒姆驱巫案为历史背景,它不只是一个"现在与过去达成和解"的故事,②还深入探讨了历史对现在的影响,以及如何健康有效地拯救历史、利用历史,化历史的腐朽为现在的营养,让当前的生活过得更健康、更美好。在《宅邸》的前言中,霍桑就开宗明义地指出这本小说的道德寓意:

  一代人的恶行会延续到其后代,这种恶行尽管可以一时得逞,却会成为难以驾驭的真正危害,如果这本罗曼史可以卓有成效地说服人

---

① 这里说的孩子们的游戏指的是,当时塞勒姆镇一些生病发烧的孩子们为了引起大人们的注意,或者甚至仅仅是为了好玩,他们在幻觉中指控邻居或者父母是女巫,从而使这些被指控的人受到审讯,甚至有些因巫士罪被绞死。〔英〕罗宾·布里吉斯(Robin Briggs)著《与巫为邻》,雷鹏、高永宏译,北京大学出版社,2005年版,第44、47、81页。
② 当时的新英格兰文化批评家詹姆斯·罗素·洛威尔对这本小说的评价是,"我觉得这个讲故事人的真正目的是要让现在与过去和解"。Julian Hawthorne, *Nathaniel Hawthorne and His Wife*, Vol. I , pp. 390 – 391.

类,哪怕实际上只说服了某一个人,认识到攫取不义之财的黄金或地产的罪恶,其报应会落到不幸的后代头上,将他们压垮致残,直到那聚敛起来的财富物归原主,笔者也就聊以自慰了。①

在本书的导论部分我们已经说过,1810-1865年正是美国经济突飞猛进发展的一个重要阶段。不过,这种发展是以印第安人背井离乡失去土地甚至惨遭杀害为代价的,也是以蓄奴制从弗吉尼亚扩展到得克萨斯为前提。作为一个具有强烈历史意识的作家,霍桑在这部小说中处理的正是这种民族良心的负疚感。品钦家族居住在新英格兰小镇的一座古宅中,这座有着七个尖角阁的宅邸建造在一个历史的诅咒上。这片土地的真正主人是马修·莫尔,他像土著印第安人一样,"辛勤劳作,在原始森林中开辟出来的家园和宅基"为有权有势的品钦上校所觊觎,在"两位并不势均力敌的对手间的这场争执"中,莫尔被指控犯巫术罪处死,而品钦上校就是送莫尔上断头台的帮凶,他"从死人僵硬的手指中抢走了地契"。莫尔临死前对品钦上校发出诅咒,"上帝将令他饮血!"(霍桑,2000:8)这让我们重新思考那场以捍卫上帝与真理为借口的驱巫事件背后不可言说的经济动机,发现它不只是一次冠冕堂皇的宗教和道德惩戒运动,而且其中还夹杂着肮脏丑恶的财产争夺战,正如历史学家梅萨在《科顿·马瑟对隐形世界的向往》中所写的那样:

> 我们让人类惯有的防御之墙开了这么大一个口子,以至于魔鬼在我们体内爆发,引诱我们的灵魂,折磨我们的身体,玷污我们的信誉,让我们去占有邻居的财产,它让我们显出真实的狂暴,好像那隐形的世界正在具体化,这一切的目的是为了让我们陷入困苦的境地。②

人类防御之墙的道德缺口正是霍桑在《宅邸》中通过品钦家族的发家和衰落过程清算的一笔殖民地历史的民族良心债。品钦家族的宅邸"建立在不平静的坟墓之上"③,时时提醒着这个家族的后代,他们的先人所犯下的罪孽及恶劣影响。事实上,品钦家族的悲剧从这栋奢华的巨宅落成第

---

① 《霍桑小说全集》(3),胡允桓译,第4页。
② 〔英〕罗宾·布里吉斯著《与巫为邻》,雷鹏、高永宏译,北京大学出版社,2005年版,第103页。
③ 《霍桑小说全集》(3),胡允桓译,第9页。

一天就开始了。在汇集了当地各界名流政要的庆宴上,这栋房子的奠基人品钦上校,"这位铁石心肠的清教徒,这个毫不仁慈的迫害狂,这个心狠手辣的人,已经死了!"这种神秘的死亡成为莫尔诅咒的第一次应验。品钦的后代在上校死后除了继承一笔丰厚的物质财产之外,同时还继承了三笔精神遗产:第一笔是莫尔发出的诅咒对这个家族的不利影响;第二笔遗产就是品钦家族的贵族特权意识;第三笔遗产是品钦法官从上一辈继承下来的虚伪、残暴、贪婪的家族品性。

莫尔对品钦家族的诅咒像一块巨石压在品钦家族后代的良心和命运上,"老马修·莫尔从他自己的年代一路走到遥远的后世,把沉重的步履踏到品钦家一个个后人的良心上",使这个家族逐渐走向衰亡。如今,品钦家所剩无几的后人生不如死,海波吉巴小姐将自己与世隔绝,"实际上与死无异",而苟延残喘的克利福德"是另一位死去并早已埋葬的人"。叙述人问道:"这栋房产的每一位继承人虽然意识到了错误但并未纠正,这是否加重了其先人当初的罪责呢?假定如此,这样表达是否更为准确:品钦家族是否继承了比财产更大的不幸呢?"可见,缺乏悔罪意识是品钦家族一路衰败下来的根本原因,而挂在墙上的品钦上校的画像则成为这个家族挥之不去的罪恶阴影的象征与见证,"那副严厉呆板的面孔似乎象征着一种邪恶的影响……以致美好的思想或意图无发迸发出来,在那里盛开繁茂"。罪恶需要根除,历史需要净化。每当这栋房子中发生悲剧时,"那位老清教徒的面孔——老上校正从脏污的镜框和黯淡的画布中像个凶神恶煞的鬼魂似的垂眼看着这场面"。在这一栋古宅中,"历史"无论是作为可见的上校肖像,还是作为一个无形的符咒,都环绕着现实生活中的品钦后代。

贵族特权意识是美国人需要清除的一个历史阴影,是霍桑作为一位美国作家借品钦家族荒唐落伍的贵族特权意识对欧洲等级制度的清算与扬弃。品钦家族的人一代又一代空怀"门第显赫的荒唐幻想,……它使得家族中最穷的成员也觉得自己继承了高贵的血统……从根本上说,其效果是徒增懒散和依赖之心,而减少了自食其力的信念,一味等待梦想的实现"。正是这种荒唐的贵族梦让爱丽丝·品钦的父亲允许马修·莫尔的后代对女儿爱丽丝实施巫术催眠,原因是"她父亲牺牲了自己可怜的孩子去满足一个非分的欲望,妄想得到以平方英里而不是以英亩计量的大片土地"。结果是在以后许多年里,爱丽丝的精神被木匠马修·莫尔的巫术控制,最后忧郁而死，为了满足她父亲的贵族虚荣心而死。

陈旧过时的贵族意识让海波吉巴兄妹虽然没有干出先人们那些罪恶的勾当，但由于这种意识根深蒂固又不合时宜，它就变得像堂吉诃德的悲剧那样滑稽可笑。海波吉巴因为生活窘迫不得不经营一家小店铺，这种谋生手段在美国这片土地上本来是再自然不过的事，却让这个满脑子贵族优越感的品钦后代尴尬得几乎发疯。当听到第一次店铃响起，有顾客上门，她没有开店人通常的激动兴奋，而是"立刻惊得她浑身每一根神经都焦虑不安地震荡着。大难临头了！她的第一位顾客就在门口！"这时候，她屈辱地想到："现在没什么淑女了，只有一个没有头衔的海波吉巴·品钦，一个被人遗忘的老姑娘，一个小店的老板娘！"她"开始担心，这个店铺会从道义和宗教上证明她的破产，而不能对她暂时的福祉做出哪怕是最基本的贡献"。自食其力被认为是一种道德与宗教的破产，这恐怕在一般的美国人看来是再荒唐不过的贵族思想了。她第一次从顾客手里接过钱时不由想，"完啦！那枚铜币地道的铜臭再休想从她的掌心上洗掉了"。她的哥哥克利福德在听说自己家竟然做起了小生意时，第一个反应也是："我们穷到这种地步了吗，海波吉巴？"作为贵族的后代，他们把"用我们的双手来挣我们的生计"看作是奇耻大辱。莫尔的后人霍尔格雷渥把品钦家族的贵族特权意识与他们的罪恶联系在一起，认为前者正是后者的根源：

  就在其屋顶之下，历经三个世纪之久，始终存在着经久不衰的良心自责，一种不断破灭的希望，亲族之间的争斗，各式各样的不幸，莫名其妙的死亡，心底阴暗的猜忌，难以启齿的耻辱——这全部或几乎种种灾难，我都能追溯到那个老清教徒要培育和赋予一个家族的奢望。培育一个家族！这样的一个念头从根本上就是人类铸就的最大错误和危害。

正是"培育一个家族"的野心铸成道德良心的大错，这种雄心不仅让品钦上校诬害了莫尔从而为这个家族招致世代诅咒，让整个家族陷入三个世纪的各种灾难中不能自拔，而且让爱丽丝·品钦的父亲拿女儿的精神和生命去赌注，去冒险。小说用品钦家的鸡幽默地讽刺了这种过时的贵族意识是多么荒谬可笑，"这些鸡都是纯种的，是品钦家世代相继的传家宝"，当初这些鸡的祖先"足有火鸡那么大，肉味鲜美，完全适合充当王公贵人

的佳肴",然而,经过几代的退化:

> 如今的母鸡也就比鸽子大不了多少,而且有一种萎靡不振的怪模样,行动时如同痛风病,不管怎么咯咯地叫,总有一种昏睡和阴郁的调子。显然,这一品种和其他许多高贵的品种一样,由于过分严格地重视其纯种的原因已经退化了。这类披羽之族①长期倨傲地存在,从其故作伤感的姿态看,当前的这一代似乎已经有些警觉。毫无疑问,它们生存下来,而且不时地产下一个蛋,卵一只雏鸡,并不是为了自身的什么乐趣,而是唯恐世界上会彻底失去一度如此受人尊敬的禽种。

这些鸡与品钦家族当前的一代人海波吉巴兄妹的精神状态何其相似!那种执拗、过时、荒唐的贵族意识借鸡被刻画得入木三分,难怪这些鸡在弗比看来,"与她那可敬的亲属之间有一种大体上的相似"。

不仅品钦家的贵族特权意识在新一代品钦人身上延续,而且,品钦家族的罪恶行为在新一代的品钦法官身上也在惊人地重复着:"导致罪行的那些弱点缺陷、不良感情、卑劣倾向和道德病症仍在世代相传,其延续过程远比人类制定的财产和头衔继承法所谋求的要牢靠得多";"法官和他的祖先在智力和道德上的近似,看来至少和他们在外貌和神采上的相仿同样强烈。"小说对品钦上校和品钦法官在诸多方面都进行了详细的对比,强调没有悔罪觉悟的人只能让罪恶一代又一代地延续下去:

> 那位清教徒对财富贪得无厌,而这位法官据说也在铁拳般地攫取财富时表现得不择手段;那位祖先用慈善的外衣包裹着他的残酷,用亲切的言行掩饰他的粗野,从而使人们以为他有真诚热心的本性,使得他用男人气概隐藏那不达目的誓不罢休的凶狠,而这位后辈,则依照一个更美好时代的需要,把他那面善心狠的阴险升华为慈祥宽厚的微笑;……那位清教徒在家中是位蛮横的家长,先后娶过三房妻室,把她们一个接一个心碎地送进坟墓。……这位法官只娶过一位妻子……而这位夫人在蜜月中就遭受毒打……那位清教徒是个大胆、专横、无情、狡猾的人,他心机深藏不露,而行动起来执着追求,既不

---

① "披羽之族"映射贵族,因为旧时贵族衣着华丽,头戴羽饰。

知疲倦，也不讲良心；他欺凌弱小，而且当有利于他的目的时，则极尽所能地击败强者。至于这位法官在多大程度上与他相似，我们故事的进一步发展会揭示出来。

甚至就连这两个人的死也有着惊人的相似，品钦法官坐在他先人暴死的那把椅子里神秘地死去，结束了这个家族罪恶的历史。

小说用留言传闻的真实颠覆了伪造的官方历史，揭露了政治历史话语的虚伪性。在品钦上校的葬礼上，牧师把他描绘成"手持竖琴，坐在天国戴冠的唱诗仙班中间"，"他的名垂一页的青史也把他的坚毅和正直的人格标榜得无以复加"，而今日的品钦法官的公众形象也被描述为"勇敢忠诚、久经考验的代表"。然而，"除了这些公众目睹、刀刻、口说、笔写的冷漠、空洞的官方历史记载之外"，还有对这两位人物的"日常的私下议论"，并且"都是活灵活现，有根有据的"，"而最难捉摸的莫过于一个人准备印制的肖像与在他背后悄悄传递的铅笔速写之间的巨大差异了"。小说用人性中普遍存在的恶的倾向抹平了贵族与平民之间的差距，揭穿了等级、尊严和地位的人为因素和危害性：

  既然世界上存在着邪恶，而且居于高位的人也会和下等人一样拥有一份邪恶，倾向于更大胆思考的人就会从这一发现中引申出一种严峻的领悟……等级、尊严与地位无非都是一些虚幻，因为他们只一味重视受尊重的权利，而感觉不到这个世界已经一头栽进混乱的泥坑。

在悉数品钦家族的良心负担、贵族意识和罪恶遗传之后，叙述人借莫尔的后代霍尔格雷渥之口为这个濒临灭亡的家族指出走出绝境的疗法，"事实上，最长每隔半个世纪，一个家族就该融入广大而微贱的人群中去，将其祖先的一切全都忘却。人类的血统，为了保持其新鲜，应该在暗流中涌动，如同来自地下管道传送一样"。

弗比·品钦正是"一个家族"与"微贱人群"结合的新生代，是亚瑟·品钦与一位平民女子所生的孩子，她既有平民的纯朴善良又有贵族的高贵典雅，也就是"具有能够走在地面上的踏实和能够升天的精神"。小说在强调品钦上校与法官身上的罪恶遗传时，同时强调这些邪恶"在弗比身上没有出现"，原因是"她在乡下出生和居住，对大多数家族传统所知甚少，而在这栋有七个尖角阁的宅邸里，那传统如同蜘蛛网和烟垢般在墙角和壁炉周围环绕着"。弗比这个品钦家的血脉与平民结合的新生代注定将成为品钦家族新生的希望和拯救的力量。

第二节 作为救赎的劳动

在《宅邸》中,海波吉巴是品钦家族贵族特权意识的牺牲品,从外表到内心都是一位"充当家族荣誉不屈形象的衰朽的淑女"。叙述人对她略带讽刺的描述暗示了她亟待蜕变的必要,"她身穿窸窣作响的破旧丝绸衣服,心中可笑地深深怀念着悠久的血统以及对那一大片领地模糊的权力,在造诣方面,她可能忘不了曾经正规拨动过拨弦古钢琴,跳过小步舞,还在她的样品上刺绣古老的织锦花样"。

在生活的窘境中,这位美国的孔乙己试图抓住贵族的"高傲"作为最后一块遮羞布,在无比困窘落魄的境地,她还不忘对房客霍尔格雷渥悲壮地宣布:"我生来就是一位淑女,而且始终像淑女似的生活着;不管在任何拮据的情况下,始终都是淑女!"而堂侄女弗比出色的小主妇的能力,那种布置家、擦洗灰尘的能力虽然也得到了海波吉巴的赞扬,但是,她的贵族偏见却让她把这种赞扬变成一种鄙视,让她在受惠于弗比的生活能力的同时还带着优越感不屑地说:"不过这种本领一定来自你母亲的遗传。我从来不晓得哪个姓品钦的人有这方面的才干。"叙述人对这种近乎可笑的虚荣心予以及时的挖苦:"人们对自己的欠缺甚至比对自己已有的才能还要虚荣,海波吉巴在说到品钦家的人在实用的目的上一无所能时就是这样。她视之为一种遗传品性,或许言之成理,但不幸的是,这是一种病态的品性,往往产生于那些高踞于社会表层之上的家庭。"品钦家族正是空怀一腔不切实际的贵族虚荣心,好逸恶劳,所以才沦落在今天这种家徒四壁的境地,海波吉巴不但不思悔改,而且还不肯承认弗比的健康遗传——自食其力的意识和能力。

霍尔格雷渥对海波吉巴"淑女"观念的劝导听起来更像是一个民族的声音,是美国这个新生的民主国家对欧洲贵族特权意识的讨伐:

今天,旧时代结束,新时代开始了。在此之前,您的血管里的生命之血已经逐渐变冷了,因为您高高在上,墨守高贵的圈子,而外部世界却为了这样那样的必需而奋斗着。从今以后,您至少有了为一个目的而做出健康而自然的努力的意识，有了为人类的团结奋斗尽自己一份力量——无论大小——的意识。这就是成功——人人都会遇到的成功！

具有典型美国超验个人主义思想的霍尔格雷渥告诉海波吉巴，"绅士淑女这样的名号在这个世界以往的历史上有一种含义，有这种头衔的人拥有想要或不想要的特权。在当今——尤其是未来社会的条件下，这种头衔意味的不是特权，而是束缚！"

海波吉巴陈旧过时的贵族意识注定在窘迫的现实面前不堪一击，自食其力的新生活让她重新思考生命的意义。在经历了最初做小店主的屈辱、尴尬与挣扎之后，海波吉巴逐渐放下她那不必要的高傲姿态，体会到一种融入人群、自食其力的生命快感，"自从她的谋划（开商店。笔者注）逐渐成形以来，那种在睡眠或阴郁的白日梦中始终折磨着她的忧心和疑虑竟然化为乌有。她确实体味到了她的崭新位置，便不再受恐惧的干扰了"。有时，她甚至感受到"充满青春愉悦的激动"，叙述人说："那是历经她生活中长期麻木乏味的与世隔绝之后，从外界吸进的新鲜又具有活力的空气。"于是，叙述人直接歌颂诚实的劳动可以使人获得新生的奇效，"这种作用实在彻底！这种力量实在神奇，我们前所未闻！就在海波吉巴有生以来伸出手去自食其力的时候，多年来为她深知的最健康的闪光，如今在最危急的关头突然呈现了"。这让我们想起霍桑第一次参加工作时的自豪感，在波士顿海关紧张疲惫的日子里，他除了因为不能精神自主地思考创作而烦恼之外，也一定像海波吉巴一样，平生第一次呼吸到了自食其力的生活带给他的这种"新鲜又具有活力的空气"。

当自食其力的行为消解了海波吉巴的贵族特权意识之后，那一枚她曾经视为奇耻大辱和道德及信仰堕落象征的铜板"已经证明是个香气四溢的驱邪物，完全值得用黄金铸就，佩戴在她的心坎"。尝到了自食其力的甜头的海波吉巴甚至鄙视起那些不劳而获的贵族小姐来，"上天作证，为了什么美好的目的那个女人才活着呢？难道为了她那双手掌保持洁白纤秀就要让整个世界受苦受难吗？"这时候的海波吉巴才真正意识到了剥削阶级的罪恶。

海波吉巴对劳动的认可让她从残余的欧洲贵族意识的体现者蜕变为美国新生价值观的代表。爱默生曾在他的演讲稿《天生的贵族》中说："人类不应该纵容享有特权而又不予回报的家伙。……当天才们变得懒惰而放荡，不是为他微贱的伙伴肩负起圣人、预言家或者激励者的职责，而是置他们自己的名声于不顾，不可思议地挥霍无度……不负责任地活着就是下流。"①思想转变之后的海波吉巴正是以这种视角来反观特权阶级的过错，诚实的劳动帮助海波吉巴挣脱了历史的泥沼。

海波吉巴的贵族特权意识的松动为她欣赏和接受弗比这种健康的新生力量作了很好的思想准备。与海波吉巴这位阴郁、冷漠、高傲、没有实际生活能力的堂姑相比，弗比"具有天生的务实、管理的禀赋"，她快乐的天性，她那神奇的持家能力很快就让这个久已荒废、死气沉沉、灰尘遍布的老宅内外变得条理而洁净，弗比身上体现出来的持家能力决定了她有化腐朽为新生的力量，她成为这个家族摆脱霉烂历史的救赎，是罪恶累累的品钦家族这个历史废墟上开出的一朵艳丽的奇葩。小说借植物与土壤的关系类比历史对现在的影响：

> 肥沃的黑土是由长久以来的腐殖质提供营养的：诸如落叶、花瓣和到处蔓生的野生植物的茎梗和种壳，它们在死后腐烂比在阳光下招摇更有用途。逝去的岁月的邪恶在这种莠草丛生的环境中（犹如社会道德沦丧的泛滥）自然会重新蔓延，因为杂草总是植根于人类居所的周围。不过，弗比看得出，只消在园中花费逐日系统的精心劳作，这种蔓延是可以遏制的。

最后一句双关语点出弗比在改良这个家族的生存环境中所发挥的特殊作用。初来古宅时，海波吉巴对弗比说，这个阴森恐怖遭受诅咒的宅院不适合她这样的年轻人居住，这里的阁楼破旧漏雨又渗雪，自己是一个沉闷孤独的老妇人，脾气不好，精神更糟，"我没法让你生活愉快，我也供不起你面包"。然而，弗比这个生活的创造者却说："我不是作为一个品钦家的人长大的，在新英格兰乡村，一个女孩子擅长很多事情。"（霍桑，2000：62）她不需要别人供养，她有自力更生的能力。

在海波吉巴的眼中，弗比的"乐观向上"和"自得其乐"，给"清教徒的那种执着的旧有素质"，"又织进了金线"。弗比的生命活力给严厉刻板而阴郁的品钦家族输入的是一股健康清新的空气：

---

① 爱默生著《英国人的特性》，张其贵等译，中国社会科学出版社，2008年版，第180页。

弗比生性快活，很快就毫不费力地成为她那两个孤凄伙伴的日常舒适——如果不是日常生活——的绝对要素。自从她在七个尖角阁的宅邸出现以来，那里的尘垢和脏污似乎都已经消失不见了。……她轻快的脚步如同掠过花园小径的清风，飘来飘去，把一切污垢一扫而光。自从死亡多年前造访这里以来，便在原本孤零零的房间阴沉的家具上投下暗影，并在不止一间卧室里留下了沉重窒息的气味，——这一切统统在洒遍宅邸空气中的一颗年轻、清新和完全健康的心灵的纯净影响下无能为力了。

弗比成为这座散发着死亡气息的古宅的希望。弗比不仅有乐观健康的性格，更有实际的生存能力——持家能力和经营商店的能力。正是弗比这股健康力量逐渐引导海波吉巴兄妹走出思想与精神的迷雾，走出了历史的阴影。另外，通过弗比，霍桑也歌颂了家务劳动的重要性、女性美好的影响力以及美国人务实求真、平民意识的健康要素，"把漫长而辛劳的一天生活——而且是花费在很容易令人轻视和厌恶的贱业上——过得这么快活，甚至可爱，这都是由于她那自发的优雅，使家务职责看上去就像是从她的性格中开放出来的鲜花。因此，当她操持家务时，辛苦也就焕发出轻松灵动的魅力"。弗比的这些美德完全是霍桑从他的妻子索菲亚身上发现的女性持家的神奇能力，并带着神圣之意对此加以歌颂。

弗比对劳动的擅长和热爱逐渐颠覆了海波吉巴陈腐的贵族观念，让她去掉了对自食其力者的鄙视，也让她以前固守的"淑女"观念站不住脚了：

> 至于弗比不是一位淑女，或者说，她是不是一位淑女，大概是难以确定的，不过，对任何健全公正的头脑来说，恐怕很少想过要去判断。……与其讨论弗比有无资格跻身淑女之列，不如将她视作女性优雅和实际能力相结合的典范，设若社会上有这样一个等级，也就不存在淑女了。

海波吉巴从瞧不起劳动、瞧不起自食其力的生活方式到真心赞赏弗比的美德，承认自己的欠缺，完成了她思想意识的质变，这是她命运改变的前提条件。只有诚实的劳动才是一个人在这个世界上安身立命的根本，只有经历磨难才能让一个人同情理解众生的疾苦,这也是霍桑自己的人生体验。我们知道,为了生计和家庭责任,霍桑的一生多次放弃写作,在海关和农场从事各种体力劳动。1839年7月3日,在波士顿海关工作时,霍桑写给未婚妻索菲亚的信一方面抱怨这种艰苦的体力活让人精神麻木,但同时也承认这种艰苦的劳作对他的重要意义:"从此以后,我就有权把辛劳的人类称作我的同伴,也知道如何同情他们了,明白了我也是日出而起,忍受正午的骄阳烤灼,直到傍晚才拖着沉重的脚步回家,也许在此后的岁月里,我在这里获得的体会将会以真理和智慧的形式流注笔端。"[①]霍桑决心让辛苦的劳动具有道德的感召力,艰苦的生活体验是霍桑对劳动者产生敬意和同情心的源泉。

1849年,霍桑在丢失塞勒姆海关的工作之后,希里亚德(George Stillman Hillard)在朋友圈子里为霍桑筹措1500美元用以缓解他们全家在经济上的燃眉之急。很多年后,在归还了这笔钱并写给这位赞助人的感谢信中,霍桑表达了他终生恪守的做人原则,"除非一个人坚强而且有能力,把他的能力用于美好的目的,否则他就无权生活在这个世界上……一个人在允许自己享受朋友们的慷慨时,留住自尊的唯一办法就是把这份慷慨当作一种激励,去尽最大努力,这样他才可能不再需要他们的帮助"。自立自强是霍桑这位美国作家坚信的人的立身之本。

霍桑的另一个短篇小说《村里的大叔》的结尾再次强调自食其力的重要意义,"这才是真理。健康的思想,宁静的心灵,幸福生活的前景,对天国最美好的憧憬,这些都产生于纯洁温暖的感情、谦卑的愿望以及为了某个有益的目标而进行的诚实劳动中"[②]。霍桑一生的努力便是对这个真理的最佳实践。他的女主人公海波吉巴思想的转变过程也体现了这样一种人生价值观:吃苦劳作在形成健全人格的过程中所发挥的不可或缺的作用,叙述人告诉我们:

在我们可怜的老海波吉巴身上确有一些高尚、慷慨和高贵的秉性!或者说——情况很可能恰恰如此——她由于贫困而丰富,由于哀伤而成熟,由于她生活中强烈而孤独的感情而升华了,因此才被赋予了崇高的品德,这在所谓的幸福环境中是绝不可能成为她的性格的。

---

① Joel Myerson, ed., *Selected Letters of Nathaniel Hawthorne*, p.58.
② 《霍桑集:故事与小品》(上),姚乃强等译,第250页。根据英语原文对引文略有改动。

通往天堂之路必须经过地狱和炼狱之门,这是霍桑小说中的一个重要的基督教原型主题。贫穷让海波吉巴学会自立,让她懂得以往那种无忧无虑、养尊处优的贵族生活所无法给予她的生命意义,体会到精神升华的喜悦,这与爱默生在《年轻的美国人》(1844)中批评贵族制度的弊端一样,都表明了欧美价值观之间的冲突与对照,以及美国价值观对过往历史的校正:

> 包含着法律与教养规则的贵族制度,致使普通阶级的生活恶化。它是否能够补偿骄傲的普通人受到伤害的感情,这很难说——只要想想看,一个华而不实的纨绔子弟,凭着他神秘的贵族头衔就足以让普通人手脚麻木,使他丧失作为人的自尊自信;而这样一个小贵族自己也是被从更高一级的圈子里无情驱除的竞争者——因为在那层层压制的等级制度里,角逐游戏是没有止境的。①

在《宅邸》中,霍尔格雷渥在反传统、反贵族体制等方面都可以被看作是爱默生的超验主义思想的代言人,他分析批判海波吉巴陈腐的贵族观念,从思想上代表了拥有独立自主价值观的美国民主社会对欧洲特权阶级的扬弃,正如弗比在行动上所表现出来的自食其力的健康活力是美国人求真务实的代表。虽然霍桑与爱默生在思想的很多方面都相去甚远,但作为美国人,他们在面对贵族制的弊端和民主制的优越性时却有着许多近似的看法。海波吉巴表现出来的品钦家族荒谬过时的贵族特权意识最终在自食其力的诚实劳动中消失了,她获得了新生,体验到生命的真正意义和快乐,这正是霍桑与他的同时代美国思想家们在赞扬美国这个新生民族的民主价值观优于欧洲陈腐的贵族观念时的契合点,也是美国对欧洲历史渣滓的扬弃。

第三节 作为救赎的同情心

如果"自食其力"是霍桑借弗比的持家能力和经营管理能力送给没落的品钦家族得以新生的良方,从隐喻的层面象征了美国民主价值观对欧洲

---

① 《爱默生集:论文与讲演录》(上),赵一凡等译,生活·读书·新知三联书店,1993年版,第249页。

贵族特权制的超越与胜利,那么"同情心"就是霍桑从另一个隐喻的层面送给冰冷、严厉的清教文化传统使其得以新生的另一剂良药。《宅邸》中的弗比和其他几位亲朋给予海波吉巴的哥哥克利福德的同情心把他从精神的死亡线上拉了回来,让他重新燃起生活的希望。克利福德得以新生需要的"同情心"可以被看作是霍桑呼唤一种务实、严厉的清教文化应该给予艺术家的同情、包容和理解。克利福德像他的妹妹海波吉巴一样,也是从历史的废墟中走出来的不幸者,是作恶多端的品钦家族中难得的具有悔罪意识和审美气质的人,是一个值得同情、尊重和保护的角色。如果海波吉巴因为特权意识应该为自己的贫穷落魄负一定责任的话,那么克利福德就完全是无辜遭族人陷害的牺牲品,叙述人说他是一位"遭过雷击的伊甸园中的亚当",如今"生活的场景,激情的场面,智慧、幽默和怜悯对克利福德来说,都已抛却殆尽,甚或比这更糟"。(霍桑,2000:122)

克利福德是这个家族唯一有着悔罪意识的后代,他曾建议把这个家族的不义之财归还给它的合法主人莫尔的后代。然而,他的这种良知的觉醒却让他的堂弟品钦法官恨之入骨,并最终诬陷他杀死了自己的叔父,把他送进监狱直至暮年才被释放出来。克利福德成为这个家族冷酷阴谋的牺牲品,几十年的牢狱之灾几乎摧毁了他的身心,剥夺了他享受幸福生活的权利和机会。从外表看,他像妹妹海波吉巴一样拥有历经沧桑的没落贵族形象:"他身穿一件褪色的旧式锦缎晨衣,蓄着几乎全白了的非同一般的长发","这个可怜的弃儿既然曾被抛弃,被遗忘,被丢给某个好以恶作剧为乐的魔鬼充当玩物,原是可以谅解的,上帝已经对他垂怜,但愿一般人也能对他仁爱。""他所需要的只是少数几个人的爱,而不是许多素不相识的人的赞美乃至尊敬。"历经冤屈和折磨,风烛残年的克利福德需要仁爱与尊敬,这是小说为克利福德规定的角色——一个需要同情心和尊敬的角色。

如前面我们谈到过的,对霍桑而言,磨难与操劳往往是生活不可或缺的内容,因为它使人感悟生命、体恤同类必备的生活经历,所以克利福德被剥夺了儿童期至暮年之间的这一段人生操劳期,也就被剥夺了体验真实生活的权利。虽然老年才从监狱出来的克利福德在妹妹和弗比的保护照顾下,在大部分时间里都过着无忧无虑的生活,但是,他的生命却是空洞而苍白的,"他没有任何需要操心的负担,没有吞噬着所有人生命的那些因前途安排而生的困扰和机遇,也就没有在为此操劳奔波之后随之而来的悔之莫及的心理"。也就是说，因为他没有生命的这些真实体验，所以他的心智只能停留在两个极端：要么他的回忆停留在无忧无虑的童年，要么他的情绪落入绝望麻木的暮年，他没有机会体验那种"日常生活中出现的震惊"，他的生命是"黑夜的月色和黎明的晨霭交织在一起，如同罩袍般包裹着他，他也紧紧地用它阻挡现实的穿过"。在这种生不如死的精神麻木状态中，克利福德仅存的审美能力让他可以从弗比身上体现出来的生命活力中最大限度地汲取生的希望，同时，弗比这一方对堂叔主动的关怀与体恤也是他得以走出阴影的强大促动力。就是在这种给予与汲取同情心的良性互动中，克利福德逐渐获得了精神复苏，燃起了生活的希望。

霍桑对克利福德的审美气质赞赏有加，体现出他对人类文明成果的充分肯定，也因此，霍桑超越了一般读者印象中纯粹民主党人的身份，成为一个超越党派和国界的人类文明的追求者和拥护者。像他的作者霍桑一样，天生具有诗人气质的克利福德对于生活的希望因为感受到了来自弗比这股健康的生命力和同情心而复苏，这不仅是霍桑一贯的人道主义的要求，而且也体现着他对欧洲贵族文化（注意，不是政治意义上的欧洲贵族专制体制）的某种认同心，似乎霍桑对贵族制作为一种政治体制的不满与他对贵族文化的认同并不矛盾。与当时大多数美国人一味强调美国民主、平民的优越性不同，霍桑在他的许多故事中表现出对贵族文化和民主文化的甄别与取舍：他不仅赞美像弗比那样的平民的纯朴健康的美德，而且也注重像克利福德那样的贵族的优雅气质；他不仅痛恨贵族阶级（如海波吉巴）的特权意识，而且也憎恨民主社会中无知民众的鲁莽与破坏力（如导言最后一部分提到的克利福德俯瞰的那一群游行队伍）。以霍桑的短篇小说《地球大燔祭》（*Earth's Holocaust*）和《我的亲戚毛利少校》（*My Kinsman, Major Molineux*）为例，我们可以更清楚地看到，霍桑欣赏的是一切美好、健康、精致优雅的东西，不管它们来自哪个国家，哪种体制，只要它是文明的东西，都是他赞赏欢呼的。

在《地球大燔祭》中，当一大群平民百姓把英国贵族的特许状扔进火堆焚烧时，旁边一位"仪态庄重"的贵族喊道：

> 你们都做了些什么呀？这火销毁的可是那些标志着你们脱离野蛮状态的一切，或者说销毁的是能够防止你们倒退到野蛮状态的一切。

第四章 霍桑的历史观：《七个尖角阁的宅邸》

我们这些特权阶层的人，就是使古代的骑士精神、儒雅慷慨的思想、高尚纯洁、优柔典雅的生活方式，使这一切生生不灭、代代相传的那批人！在抛弃贵族的同时，也就抛弃了诗人、画家、雕刻家——抛弃了一切优美的艺术；因为我们是他们的庇护人，给他们创造了得以繁荣的环境。废弃了这些象征尊贵威严的种种标志，社会不仅丧失了优雅，还丧失了稳定。①

作者借贵族之口提醒读者的是："优雅"和"稳定"是人类脱离野蛮状态之后得以享受的文明成果，它们不应该连同人们对贵族体制的蔑视一起化为灰烬。这位贵族的申辩与呼吁被人群的哄闹声淹没，这种暴民群起哄闹、毁灭典雅与尊贵的不文明场面同样可以在《我的亲戚毛利少校》中见到。一个叫罗宾的年轻人从乡下来到波士顿，寻找投靠他久已崇拜的远亲毛利少校。罗宾心中装着少校威严崇高的形象，他也相信每个人都对他的这位贵族亲戚怀有同样的敬意。出乎预料的是，他满街遇到的那些小商贩和手工业者要么只对他的钱包感兴趣，要么对他的询问报以"粗野的嘲笑声"。②

当罗宾最终见到这位贵族亲戚时，毛利少校正被一伙暴民羞辱，"罗宾眼睛的正前方停着一辆敞篷二轮马车，那里火炬燃烧得最明亮，月亮照耀得如同白昼，就在那上面坐着他的亲戚毛利少校，全身涂满柏油并粘上羽毛！"这个时刻不仅宣布了罗宾多年来贵族梦想的破灭，而且也象征着一种无政府状态下暴民的胜利。小说着重描写了毛利少校在这种羞辱中的克制与尊严，"他的全身因激动而不停地颤抖，尽管在蒙受如此巨大屈辱的情况下，他还保持着自尊，努力想制止住颤抖"。与受难中的上校表现出来的冷静理智、高贵克制形成鲜明对比的是，那人群、火炬与乱哄哄的喧闹声演示着民主体制下群氓的猖獗、野蛮与暴乱：

> 声音的海洋波涛汹涌，这时出现了瞬间的宁静。领头人打了个手势，游行队伍继续前进。他们向前走去，像一群魔鬼簇拥着某个死去的权贵，对他嘲笑戏弄，他虽然不再有权有势，但是在痛苦中仍保持着威严。他们继续向前走去，行进在虚假的壮观、无聊的鼓噪、狂乱

---

① 《霍桑集：故事与小品》（下），姚乃强等译，第 1035 页。
② 《霍桑集：故事与小品》（上），姚乃强等译，第 1035 页。

的欢乐之中,他们的每一步都在踩踏着老人的心。喧闹过后,只留下一条静静的街道。

从上一段引文的用词中,读者可以清楚地看出叙述人的情感倾向。在这里,我们丝毫不见平民的可爱之处,叙述人反复强调遭受侮辱的少校"保持着威严"倒令我们肃然起敬。故事的结束似乎是典型的美国民主社会"自助"观念的胜利:幻灭的罗宾打算返回故里,但是,一位绅士却挽留他,"留下来跟我们在一起,因为你是个精明的小伙子,我想没有你亲戚毛利少校的帮助,说不定,你也会出人头地的!"这样的故事结尾使一些评论家认为,这是美国民主制对于英国贵族制的胜利。美国学者 Q. D. 里维斯(Q. D. Leavis)就说,应该给这个故事一个副标题叫"美国的成年"(America Comes of Age),因为罗宾代表的是年轻的美国,他明白摆脱英国政治专制的必要,因为参加嘲笑他的叔叔——那位被侮辱的保皇派的父亲形象而走向成年。①这样的说法也许适用于罗宾沿途遇到的那些城里人,因为他们对少校的确非常蔑视和抵触,但是仔细阅读故事,我们可以知道,罗宾对这位贵族少校叔叔的感情绝非如此,他既没有和别人一起嘲笑他的叔叔,更没有加入那个侮辱他叔叔的游行队伍,而只是一个惊诧不已的旁观者。

整个故事给人印象最深的不是小说美国式的结尾,而是那位虽受辱却仍然保持高度自制和贵族尊严的毛利少校以及罗宾强烈的失落感,还有那一群踩踏少校的暴民。所以,这个故事的寓意就不简单是一首美国民主战胜欧洲贵族的凯旋曲,毛利少校与克利福德一样,他们的贵族形象虽然有些褪色与落魄,但是他们被剥夺的东西恰是现代人在大刀阔斧的革命与改革中丢失了的优雅与文明,正如《地球大燔祭》中那位贵族惋惜大火烧毁的人类文明成果。

如果海波吉巴代表品钦特权意识的苟延残喘,并最终将这种陈旧的贵族意识融化在弗比所代表的健康诚实的劳动中,那么,她的哥哥克利福德身上就更多体现着霍桑一向重视的那种贵族的优雅与审美倾向,是我们需要继承和保护的一笔遗产。事实上,他也是一个非常接近霍桑本人气质的人物:

---

① Q. D. Leavis, "Hawthorne As Poet", *Nathaniel Hawthorne's Tales: Authoritative Texts, Background, Criticism*, pp. 366–371.

他（指克利福德。笔者注）的生活就是追求美；他的全部抱负都趋向于此，他听凭自己的躯干和器官都与之和谐，使自身的发展也随之美好起来。这样一个人与哀伤、与争斗、与牺牲都是无关的；谈到牺牲，是以难以计数的多种多样的方式等候着那些以身心、意志和良知同世界一战的人。对这种英雄品德来说，自我牺牲乃是这个世界所能馈赠的最丰盛的报酬；而对我们面前这个人来说，只能是一种悲哀，而且遭遇越不幸，那悲哀也就是越强烈。他无权成为烈士；看他如此适合享乐，而对其他目标又如此虚弱，依我之见，所有慷慨、坚强和高贵的精神随时都会让位给小小的自得其乐——希望的想法在其心目中如此不屑一顾，完全可以抛下不管——如果我们这粗暴的地球上刮起凛冽的寒风，这样一个人是难以承受的。①

在霍桑的小说中，具有审美气质的人身上都缺少通常意义上的英雄气概，因为对于他的那些有着诗人气质的人物来说，英雄情怀往往孕育着鲁莽与暴力，这种尚武倾向只是蒙昧时代人们解决冲突与矛盾的简单粗暴的方法，远不是文明人的修养与素质所应欣赏和追求的，或者说文明人应该是远离了自然人（The Natural Man）的暴力嗜血倾向的理智人，应该有更高层次的智性与审美追求。在《福谷传奇》中，诗人卡芬代尔就有一段类似的自省和自我剖白：

在人类争斗的这场混战中，假若有什么理由值得一个明智的人为之而死，而我的死又有价值，那么——当然，只要这一努力并没有包含不合理的麻烦——我想我还是有勇气奉献我的生命的。比如，如果科苏特在离我住所不远处摆下争取匈牙利权利的战场，而且挑选一个风和日丽的上午，在早饭后开战，迈尔斯·卡芬代尔就甘当他的部下，对着平端的刺刀，来一次勇敢的冲锋。超出那一步，我就难以保证自己了。②

古希腊的英雄往往是为荣誉甘愿牺牲一切甚至包括生命去冒险，而现代诗人卡芬代尔却在英雄行为面前附加了这么多琐碎的条件，如此斤斤计

---

① 《霍桑小说全集》（3），胡允桓译，第90页。
② 《霍桑小说全集》（2），胡允桓译，第435页。

较，这本身就已经说明了他自己身上毫无传统的英雄气质可言，也暗示他身上没有那种盲目冲动的破坏力，对于他，生命本身的重要远胜于空幻的荣誉追求。像他的人物卡芬代尔和克利福德一样，霍桑自己也曾明确表示，他的人生信念不是去追求驰骋疆场的英雄业绩，而仅仅是"快乐地活着"，别无他求。①

避开与世界的争斗，快乐地活着享受自然的馈赠，这是霍桑和他的艺术家们的人生信条，是霍桑在一个商业竞争、科技统治生活的时代为自己保留的精神家园。前面我们已经说过，弗比具有两大美德——脚踏实地和高尚精神。弗比用诚实的劳动感化、拯救了海波吉巴，用"升天的精神"，也就是高尚的品德帮助了克利福德重新燃起生活的希望。克利福德的唯美倾向注定，他会对弗比的高尚精神格外敏感，及时做出回应。克利福德对弗比的欣赏不由让人想到霍桑对妻子索菲亚的感激②，很大程度上，克利福德可以说是霍桑内心世界与审美要求的自画像：

> 他（指克利福德。笔者注）多么善于吮吸欢乐明快的色彩和光束啊。……这个世界从来就不需要他；但是，既然他已经呼吸了，就该永远吸进最芳香的夏日空气。关于倾向于唯独以美为养料的生命，同样的困惑也会不可避免地萦绕着我们，让他们在世上的命运尽可能地减少痛苦吧。

这是对爱与同情心的呼唤，小说第九章的标题是"克利福德和弗比"，集中描写弗比在克利福德生活中的拯救作用。对于克利福德，"弗比是不可或缺的"，"他所需要的一切通常是弗比的存在，在他衰朽的生命附近有她清新的朝气。确实，她天生热情洋溢，精力充沛，难有完全安静、不动声色的时刻，仿佛一口永不停歇地冒着涟漪、发着乐声的喷泉。""对于克利福德来说，这少女本性中的真实、单纯和绝对亲切，同她拥有的一切一样，都具有强大的魅力。"（霍桑，2000：117）虽然海波吉巴也尽其所能

---

① 详见本书第二章"霍桑的生活观"第三节关于霍桑人生信念的引文："与世界的争斗——人与人之间的争斗——从一帮贪婪的竞争者手中攫取生计的普遍努力的痛苦——这一切似乎对我像一场梦。我要做的就是快乐地活着；无论生活的根本是什么，快乐就像从天堂降下的露珠一样自然来到。这是——至少，真正是——我的信念。" Claude M. Simpson, ed., *The American Notebook* (1835–53), p.332.

② 事实上，霍桑在给妻子的信中多次称她为"我最亲爱的弗比"或者"我的鸽子"。

去满足哥哥的物质和精神需要，但是她从内到外的衰朽丑陋却让她成为克利福德"痛苦的源泉"，而弗比这个堂侄女的美却是全面的，从内到外透出的健康成为这位不幸者生命中的希望与光亮，给了他以前不曾有过的家的感觉：

> 对他（克利福德）来说，这个最欢快地操持家务的小小身影，正是把他带回有呼吸的世界所需要的。脱离普通事物轨道四处漂泊或遭到驱逐的人们，即使身处更好的环境，也别无所求，只想被引领回来。他们在孤独中战栗，如同身处高山绝顶之上或城堡地牢之中。如今，弗比的出现，在她的周围造就了一个家——正是那些被遗弃的、坐牢的或当权的人，那些被人类踩在脚下，搁在一旁或捧得高高的可怜虫，出自本能所苦苦追求的——一个家！她是真实的！握着她的手，你会感到有些东西，一种温柔的东西，一种实实在在、暖暖和和的东西；而只要你感觉到那只手的把握，尽管那手很柔软，你仍然会确信：你在人性的整个同情链条中有你自己牢牢的一个位置。这个世界就不再是一个梦幻。

可见，弗比的快乐与持家，当然还有她的年轻、美丽与善良，这一切汇成的一种健康的生命活力最终让克利福德这个大半生脱离生活轨道的流浪者结束了孤苦无依的漂泊生活，找到了"家"这个温暖而实在的避风港。这也是霍桑自己幼年丧父、新婚岁月中初尝"我自己的家"时的骄傲、幸福与感激，霍桑的妻子索菲亚在霍桑失去塞勒姆海关的工作后勇敢地挑起生活的重担，用自己的绘画卖钱养家，拿出自己有限的积蓄贴补家用，支持丈夫安心写作，索菲亚的生活能力使她成为弗比的原型，弗比以"同情"医治克利福德遭受生活的雷电袭击的心灵正如索菲亚对处于困境中的霍桑的抚慰，因此，霍桑才能如此真实、细腻地写出克利福德对弗比的审美赞赏来：

> 他把弗比当作一篇甘美而简单的故事一样阅读；他把她当作一首描写家务的诗篇一样聆听，仿佛上帝为了补偿他凄凉阴惨的命运，便允诺某个最怜悯他的天使来把鸣啭的歌声传遍宅子。对他来说，她不是一个真实的存在，而是对他以往在世上一切缺憾的诠释，给他醍醐灌顶的温馨；因此，这一十足的象征或生动画面几乎具有真实的舒适。

虽然叙述人不断强调克利福德的审美能力让他最大限度地吸纳了来自弗比的健康活力，但是，克利福德从生不如死的颓废状态到精神的复苏主要还是靠弗比这一方"活跃而健全的悟性"对他的细心周到的体恤和治疗：

> 他的头脑和经历中无论有什么病态的内容，她并不在意；从而通过看似漫不经心，实际上她的全部行为都因有上天指导而随心所欲不逾规的做法，保持他们的交往健康无害。……弗比却能把更纯净的空气提供给她的病人。这种空气不是她用野花的香气——因为野的东西不符合她的禀性——而是靠花园中的玫瑰、石竹和其他香花的芬芳酿成的，这些花卉都是人类与自然合作，经过一个又一个夏季、一个又一个世纪才培育出来的。弗比在与同克利福德的关系上，就是这样一朵花卉，而他从她那里吸入的就是这种愉悦。

纯粹自然的东西没有去掉粗粝和野性，纯粹人工的东西又缺少永恒的神性，所以，只有"人类与自然合作"的成果才是霍桑一直都崇尚的至美景致，这也是霍桑的其他作品在描写景物时不断强调的审美效果。弗比被比喻成这样一朵花卉，足见其天性的善良与后天的理解力相得益彰的素质，同情和宽容成为克利福德这样一个精神和意志力都几乎被打垮的人真正的救赎力量。同情的力量不仅来自弗比，也同时来自他身边的亲朋好友，"在这喜气洋洋的夏日黄昏时分，又有一小圈心地善良的人的同情，恐怕像克利福德这样易于动情的人自然会变得生气勃勃，随时对周围人的谈话准备呼应"。

就这样，被亲人和朋友的同情唤醒并燃起生活热情的克利福德终于喊出："我要我的幸福！"然而，对于这个临近暮年的人来说，他"已经半疯半痴，几乎和所有人一样被毁弃了"。他的幸福又意味着什么呢？叙述人用类似霍桑本人的幸福观解释道：

> 命运是不会为你储备幸福的，除非你把忠心耿耿的海波吉巴在其中的住所当作安居的家宅，把与弗比共度的漫长的夏日午后，与凡纳大叔和那位达盖尔派摄影师共聚的礼拜日茶会都称作幸福！为什么不呢？即使不是这件事本身，也相去无几，而且尤其如此，因为正是那种虚无缥缈的品性才使一切消失的过去近似内省了。因此，当你还可

能的时候，就抓住它吧！① 不要咕哝，——不要盘问，——但一定要充分利用吧！

往者已逝，抓住眼前的生活，幸福就在身边，在不起眼的日常琐事中，在亲人、家宅和邻里的友情中去品味生活中的细枝末节，过好眼前的每一刻，这便是克利福德所能抓住的幸福。弗比以及周围这个小圈子中有限的几个亲人朋友的同情与呵护让克利福德的生活热情死灰复燃，他终于从历史的废墟中艰难地挣扎出来，进入眼前的现实生活，"处于再生和康复状态"。因此，我们可以说，弗比和她身边这三位宽容、富有同情心的亲友保护和拯救的不仅仅是克利福德所代表的贵族文明的审美气质，而且也是霍桑希望美国这个有着严厉刻板清教传统的商业社会能够给予高雅文化的关怀与尊重。

第四节 作为救赎的爱情

《宅邸》中第三位需要救赎的人是霍尔格雷渥，也就是那位饮恨含冤而死的马修·莫尔的后人。他出身贫寒，学校教育有限，却是良知与自由精神的化身。他最大的特点就是不循规蹈矩，但心地善良而高尚的品格让他区别于他的那些饮恨含辱的祖先们。叙述人交代，他"虽然历尽沧桑，却始终没有失去自我"，虽然因为生计的需要不断变换职业，"却从未违背内心的本性，而是始终不忘良知"。"他的性格的真正价值在于他内心力量的深邃良知"，与弗比这个"害怕一切出格行为的人"相比，"他对既定现实缺乏尊重"，"他过于心平气和地冷眼旁观"，所以，"除非有时她事先有准备地认为他言之有理，否则总是使她感到不安，而且他似乎把她周围的一切都搅乱了。"（霍桑，2000：148）

与前面两位明显需要弗比去救助和治疗的老人不同，在霍尔格雷渥与弗比这两个性情迥异的年轻人的关系中，开始阶段，霍尔格雷渥似乎更具有人生阅历与智性上的优势。他作为房客暂时居住在七个尖角阁的宅邸

---

① 亨利·詹姆斯在他的最后一部小说《使节》（1903）中，让他的美国中年主人公斯特勒切先生对在巴黎的美国年轻人查德提出忠告，"尽可能地生活吧——不这样就错了。具体干什么并不要紧，只要你拥有生活。如果你连这个都没有，那你还有什么呢？"我们可以看出霍桑在小说中这句抓住生活的话对詹姆斯的影响。

里,成为海波吉巴落伍的贵族思想的见证人与批评者,也是她的精神支柱和安慰者,小说用隐喻描写这位莫尔的后代因为对品钦家人的同情将给这个家族带来生的希望,"霍尔格雷渥在一座尖角顶的阁楼上一个五斗橱里发现了这种豆种,他种下了几粒为了实验这些陈年老种还有没有活的胚芽,实验的结果是长出了一排茂盛的瓜蔓,早早地爬满了高高的架杆,从上到下盘满了红花"。豆种象征霍尔格雷渥的宽容精神、克利福德的悔罪意识以及弗比的乐观、勤劳所孕育的新生希望,是埋藏在品钦家的老宅中由莫尔后人发现的希望。霍尔格雷渥开始是被当作典型的美国年轻人描写的,他的激进又开阔的心胸代表着美国人的朝气与活力:"他个人的雄心深藏不露,……在他为人类谋福利的高尚热情以及由此而产生的无论什么鲁莽草率行为的岁月中;在他的忠于信仰与不信宗教中,在他拥有的一切和缺乏的一切中——,这位艺术家都是以作为他的乡土上许多同伴的代表傲然挺立的。"

然而,随着他与弗比交往的深入,他对自己思想的自负开始松动,他发现人是永远猜不透的谜,他逐渐放弃自己不可靠的智性游戏,转而依赖弗比"女性直觉的同情心"去解决生活中深奥莫测的难题:

> 这个世界多么稀奇古怪,不可思议!我越观察,就越困惑,于是我开始怀疑,一个人的痴迷能否说明他很智慧。男人也罢,女人也罢,乃至孩子,实在都奇怪之极,谁也没把握真正了解他们;谁也无法根据他现在看到的他们的情况来揣摩他们过去的样子。品钦法官!克利福德!他们是多么复杂的谜——极其复杂!它需要少女般直觉的同情心才能猜透。像我这样仅仅是一个旁观者,非常自然会误入歧途的。

霍尔格雷渥对自己的认知能力与判断力的怀疑,以及他对女性的直觉同情心的信任,注定他将是另一个接受弗比积极影响的人物。作为受害人老马修·莫尔的后代,霍尔格雷渥不仅继承了祖先的催眠术,也继承了祖先遗留下来的对品钦家族的报复心理,这种感情就像品钦家族的贵族意识一样成为渗透进当下生活的毒素和历史梦魇:

> 他们的伙伴或者想与他们深交的人会逐渐觉察到莫尔家的人周围有一个保护圈,尽管它们表面上坦诚可见,外人休想跨进那神圣或者

符咒般的封圈一步。或许正是由于这样一种说不清道不明的古怪，他们与世人的帮助隔绝，以致生活永远是那么不幸。

对于这个沉重的过去，霍尔格雷渥既厌恨又无奈，他渴望砸碎历史的枷锁，甩掉那令人窒息的过去的尸体。霍尔格雷渥希望七个尖角阁这样的古宅"用火来净化——净化到只留下灰烬！"因为对他而言，"这栋宅子是那个可厌可憎的过去及其全部恶劣影响的表现"。① 正如他告诉弗比的，他住进七个尖角阁的老宅来，"是为了更好地懂得如何恨它"。于是，他把品钦、莫尔两家的往事写成一部传奇准备在杂志上发表，这个故事中套的故事便构成小说第十三章的全部内容，讲的是老马修·莫尔的儿子如何用催眠术对品钦家实施报复。木匠马修·莫尔利用品钦家贪婪的贵族意识，用催眠术"把一个女性纤小的灵魂粗暴地掌握着"，"对她加以低劣卑鄙的戏弄"，最终把爱丽丝·品钦折磨致死。

正当弗比专心阅读霍尔格雷渥编写的这个品钦与莫尔两家冤冤相报的历史故事时，这位会催眠术的莫尔后代也发现了他对弗比实施报复的机会，"显然，只消他的手掌一挥，表现出相应的意志力，他就能完全控制弗比那似是自由与贞洁的精神；他能对这个善良、纯洁和质朴的孩子施展出影响，和他那传说中木匠对命运不济的爱丽丝的所作所为同样危险甚至恶毒"。

然而，就在这个可以报复的时刻，霍尔格雷渥"尊重他人个性的非凡而高贵的品德"帮助他抵御了"控制人类灵魂的机会"和"成为一个少女命运的主宰"这个极大的诱惑，"因为他不准自己把锁链再绕紧一环，否则他施予弗比的咒语将无可解救"。霍尔格雷渥身上那种高尚的品德制止了他的邪恶报复欲念，也让他从此摆脱了莫尔家延续了三个世纪的历史梦魇。

---

① 同样，《农牧神雕像》中的肯甬在看到罗马的古老破旧的建筑时也生出类似的想法，"所有的城镇都应该建得每隔五十年便可被大火烧光或自然衰朽。否则，那些老房子就会成为藏污纳垢、歹毒出没的世袭之地，只能站在……设想一下我们久远的代代子孙仍然住在我们生活过的同一个屋檐下，无疑是美好的，而且极其符合我们的某些天性。不过，当人们一味要建筑坚不可摧的住宅时，他们或他们的孩子就招致了与西比尔获得凄惨的永生这一恩赏时相类似的不幸。因此，我们尽可以建造几乎不朽的住房，但是我们却无法防止其变老、发霉、可憎，充满死尸气味、鬼魂和谋杀的血污"。（霍桑著《玉石人像》，胡允桓译，第 272 - 273 页。）

霍尔格雷渥没有实施报复行为，不仅是因为他本人高尚的天性，更是弗比善良纯真的性格对他的影响，他对弗比承认，"你当真克制了我，我亲爱的弗比小姐！"成功抑制了世代沿袭的邪恶报复冲动的霍尔格雷渥似乎逃脱了历史的魔掌，有一种获得新生的愉悦与轻松感。夏日的夜晚，"白昼的酷热过后，空气变得甘甜清凉……几点如许的清新洒到人心的各个角落，重新赋予其青春，并和永葆青春的自然和谐相通。我们这位艺术家刚好就是一个接受这种复活效应的人，"依靠良知摆脱了历史重负的霍尔格雷渥终于意识到，"由于他过早地投身到人与人的残酷斗争之中，有时甚至忘记了——他仍是多么年轻"。今夜的月光之所以美丽是因为霍尔格雷渥作为莫尔的后代第一次把可以控制别人的特权转化成一种爱情，化解了莫尔家三个世纪以来的怨恨，懂得尊重他人的生存权利。在精神上摆脱了几个世纪以来的仇恨与抱负心的莫尔人发现一个完全不同的世界，"我们生活在一个多么美好的世界上啊！多么好，又多么美啊！没有丝毫真正的衰朽或年迈，又是多么年轻啊！"意识到自己处于恋爱中的霍尔格雷渥像霍桑当年对未婚妻那样深情抒怀，表达他对生命的全新体验：

> 我们的第一次青春毫无价值，因为没等我们意识到就已经失去了。……第二次青春的感觉，那就是处于恋爱中从内心的欢愉喷涌而出的……对于逝去第一次青春的无忧无虑和肤浅的欢乐这种自我哀婉（像你目前这样）和重新获得青春时这种深沉的幸福——比我们失去的要深刻丰富得多——对灵魂的发展是必不可少的。在某种情况下，这两种状态几乎同时到来，在一次神秘的激情中交织着哀伤与狂喜。

被爱情滋养了心智的霍尔格雷渥发现弗比远比自己优秀，也发现她是这个没落家族真正的救星，"无论这栋宅子里存在着什么健康、舒适和自然的生活，都体现在你个人身上"。他也发现，海波吉巴和克利福德这两个与死亡相差无几的人全靠弗比才得以生存。不再自负的霍尔格雷渥承认自己"有点病态"，"我的头脑和几乎所有人一样有些偏见，只有你不同"，"你毕竟是个热爱世界上所有人的人！"弗比的爱心撼动了她的家人和仇人。

小说在结束时，品钦法官在这所房子中的意外死亡和海波吉巴兄妹的外逃把这座古宅的阴森恐怖气氛推向高潮。从乡村度假归来的弗比和霍尔格雷渥在这个地狱般的环境中相遇，这一刻，两个年轻人——这片宅基地合法的拥有人老莫尔的后代和从死人手里抢夺地产的品钦上校的后代以他们的爱情驱散了历史的阴影，化解了两个家庭世代的仇恨，霍尔格雷渥在这个非常的时刻，真诚地向弗比表达他的爱情，承认并感激弗比在改变他的世界观、人生观方面发挥的关键作用："这个世界看上去陌生、野蛮、邪恶、敌对；我以往的生活是那样的孤凄沉闷；我的未来又是无形的晦暗，我只有将其铸成晦暗的形状！可是，弗比，你跨过了门限；你随身带来了希望、温暖和欢乐！那黑暗的时刻顿时变成了幸福的时刻。我不能不说一句就听凭它过去。我爱你！"

爱情让曾经激进、虚无、颓废的霍尔格雷渥发生了质的改变，那个曾经把历史看作僵尸、把家宅视为锁链的年轻人如今甘愿接受它的约束："幸福的人不可避免地把自己禁锢在古老的限制之内。因为我有一种预感：我的命运就是伐木、树篱——到时候甚至要为下一代建造住宅——简言之，让自己遵从法律和社会的和平实践。你的沉静要比我的骚动不安倾向更加有力。"此刻，叙述人对爱情的神奇力量高放赞歌，爱情把腐朽的历史转化成沃土，生的希望在上面开出鲜艳的花朵：

> 正是在这充满了疑惧的时刻，一件奇迹出现了，没有这样一个奇迹，每个人的生存只是一片虚空。① 这种使一切事物都变得真实、美好和神圣的幸福，在这对青年男女的周围熠熠生辉。他们感受不到哀伤和古老。他们把人间重新变成了伊甸园，而他们自己则是住在园中的那两个人类始祖。离他们那么近的死人被忘得一干二净。在这样独特的时刻，就不存在死亡；因为永恒重新显示并以其神圣的氛围拥抱了一切。

爱情拯救了两个家庭，爱情让有限的生命变得神圣而永恒。《宅邸》是霍桑对一段背负着历史罪恶的家族的清算，品钦法官作为这个家族目前唯一的一个不可救药的罪人在小说的最后像他有罪的祖先品钦上校一样神秘地死亡，甚至就连他的独生子也在从欧洲回国的汽船上死于霍乱，这就切断了这个家族一切罪恶的阴影与可能。克利福德、海波吉巴、弗比成为

---

① 这让我们想起霍桑在给索菲亚的信（第二章第一节）中所说的，"事实上，我们只是影子——我们没有被赋予真正的生活，我们周围一切似乎最真实的存在只是梦中最稀薄的东西——直到心被打动"。可见，只有经历爱情的人才懂得真爱的救赎作用。

品钦家的财产的直接继承人,叙述人说:"经由她(弗比),那位与财富和一切传统不共戴天的敌人——那位狂热的改革家——霍尔格雷渥也沾了光!"这就恰好应验了小说的序言中那个道德寓意:"攫取不义之财的黄金或地产的罪恶的报应会落到不幸的后代头上,将他们压垮致残,直到那聚敛起来的财富物归原主。"霍尔格雷渥不仅重新获得了本应属于他的祖产,而且更重要的是,他赢得了爱情,化解了积怨,剔除了激进狂野的政治思想,获得了心智的成熟。因此,我们有理由认为,这个幸福的大结局并非E. M. 福斯特(E. M. Forster)和罗伊·R. 梅尔(Roy R. Male)所说的,因为"最后几页跌入软弱无力的闹剧",是霍桑创作的"失败"。①这个结局是作者有意安排的自然收场,圆满完成了作者的初衷。霍尔格雷渥与弗比的结合也实现了F. O. 马蒂森所说的"心"与"脑"的平衡,"因为那位达盖尔派摄像师通过'这个奇迹(指爱情。笔者注)……没有它,人的存在只是一片虚空'了解到,他的那种窥探分析永远也不能把握通过情感洞察力获得的全部真理。这个发现让他成为一个完整的人,让他避免成为霍林斯华斯那样铁石心肠的人"。②爱情和婚姻让两个有着世仇的家族最终达成和解,让莫尔的财产物归原主,也治愈了霍尔格雷渥的政治狂想症,让他从超验主义思想的云端降落到幸福生活的地面。

第五节 霍桑家族的救赎与民族救赎

霍桑曾经在第三部短篇小说集《雪人及其他重述的故事》(*The Snow-Image, and Other Twice-Told Tales*, 1851)的序言中说:"简略谈及自己表面的习惯、住所、通常交往的人物,以及其他完全摆在表面上的东西,……这些东西把这个人掩藏起来,并非暴露出来。你必须从非常不同的角度,通过所有他所虚构的人物(无论好坏)去探索他的性格本质。"③在总结把握霍桑的历史观之前,我们不妨遵循霍桑的指引,从他的各色虚构人物身上去探索作者性格的总体特征,了解他的思想导向。在所有的文学作品中,《宅邸》之所以得到作者的偏爱,被霍桑看作"比《红字》更

---

① Roy R. Male, *Hawthorne's Tragic Vision*, New York: W. W. Norton & Company, Inc. , 1964, p. 137.
② F. O. Matthiessen, *American Renaissance*, pp. 377 – 378.
③ 《霍桑集:故事与小品》(下),姚乃强等译,第1323页。

具有我的思想特色,我写起来更合适,更自然"①,就是因为这本小说从许多方面都表达了作者本人对生活的体验以及他的性格特征,是他为摆脱家族史和民族史的沉重负担而作的努力,是他作为作家、作为清教徒的后代以及作为美国人对他的职业、家族和民族历史发展所作的反思与超越。

的确,我们在《宅邸》的大部分人物身上都可以找到作者本人的影子:海波吉巴兄妹那种令人窒息的与世隔绝的生活,克利福德的唯美倾向和艺术家气质,霍尔格雷渥的沉思与怀疑精神,弗比朴素的人生哲学,凡纳大叔的田园情愫,等等,都表现出霍桑本人的人生体验与性格特点,因此霍桑才能从真情实感出发创造出小说中那种真实感人的氛围。以下我们可以从三个层面来看作者在这本小说中融入的历史因素和自传成分,以便更好地了解霍桑的历史观。

首先,《宅邸》可以被看作是霍桑对自己的家族历史,尤其是对自己的清教祖先与自己之间的复杂关系的一种反思与梳理,是他自己作为作家在价值观和处世方式上与清教祖先相违背时的一种自我辩解。像他的作者霍桑一样,克利福德作为一个有审美气质和艺术天赋的人,与品钦家族的务实精神格格不入。品钦上校的罪行以及品钦法官对待克利福德这种诗人气质鄙视不屑的态度都让我们不由想起霍桑曾经提到的自己的清教祖先:霍桑上校是塞勒姆第一代移民,是一名德高望重的行政官,他的儿子霍桑法官曾经参与1692年的塞勒姆驱巫案。在《红字》的序言《海关》中,霍桑谈到他作为一名作家对那些曾经在宗教界和政界叱咤风云的清教祖先们的复杂感情:

> 经过漫长的岁月之后,在我们家族长满了年深日久青苔的古老树干的顶端粗枝上,居然长出了我这样一个不肖子孙。我的这两位板着面孔、穿着黑褐色袍服的清教祖先,无疑定会认为这是对他们罪孽的充分报应。我从来没有我的祖先认为值得称道的目标;如果我在家庭范围之外的生活曾经是成功而辉煌的话,我的任何成功即使不被他们视为奇耻大辱,也毫无价值可言。"他是个什么货色?"我的祖辈的一个灰影对另一个嘀咕着。"一个写故事的作家!这算是什么样的营生?——在他的时代和他那一代人中,这算是为上帝争光、为人类谋

---

① Horatio Bridge, *Personal Recollections of Nathaniel Hawthorne*, pp. 139–141.

福的什么方式？哼，这个败家子完全会成为一个浪荡鬼！"这就是我和我的祖先们隔着时间的海湾交换的赞语！不过，让他们随心所欲地嘲笑我吧，他们的强烈本性已经和我的秉性纠缠在一起了。①

这段话包含的感情复杂性表现在两个方面：一方面，他站在他的那些清教祖先们的角度，用他们清教徒务实求真的标准来观察审视自己的文学理想和人生选择，猜想他的先人们会把这种无法带来世俗名利的职业看作是这个家族的"奇耻大辱"，是违背上帝意愿、家道中落的一种表现，甚至是对他们曾经犯下的良心罪的惩罚和报应；另一方面，霍桑又深深地意识到，他的祖先们的许多阴郁严苛的秉性脾气已经与他的气质"纠缠在一起了"，是他难以摆脱的历史梦魇。同时，我们也可以从这一段文字里感觉到，在那个文学不被重视的清教社会里，霍桑作为作家面临的无形的家庭和社会压力，这也是他在《海关》中表达的一种自嘲，"对一个梦想在文学上取得声望并以此跻身世界名流之列的人来说，从他的追求获得承认的狭窄圈子里退开一步，看看在圈外他的成就和他的目标是多么微不足道，倒是一个绝好的教训——尽管常常是一粒苦果"。霍桑作为一位作家，像克利福德一样具有强烈的唯美倾向，不重视世俗功利，而看重精神与美的永恒价值，这是他在价值观上与他的祖先们的疏离。在这片把世俗成功看作是上帝恩惠与上帝选民标志的土地上，霍桑在面对清教祖先时的这些内心坦言让我们感到，他把自己从祖先的价值观中剥离出来时所经历的内心挣扎。

其次，《宅邸》可以被看作是霍桑为摆脱自己家族罪孽梦魇的一种努力。霍桑在《海关》中写到他的这两位有社会成就的清教祖先时掺杂着骄傲与批评的矛盾情感：

> 他携带着《圣经》与佩剑……如同一尊正义与和平之神那样身躯高大——我强调他比我强。……他具备清教徒的一切品性，无论正邪。他还是个残忍的迫害狂，辉格派将他记入他们的历史，叙述了亲眼目睹他严惩他们教派一位妇女的事件；人们担心其邪恶的影响会比他善举的记录持续的时间更长，尽管他做过许多好事。他的儿子也承袭了他这种迫害精神，在牺牲巫士的行径中十分惹人瞩目，以致人们

---

① 霍桑著《红字》，胡允桓译，第5—6页。

说巫士的血会在他的身上留下污迹。确实,那个污迹之深,如果埋在宪章街墓地中他的老朽骨还没有全部化作尘埃的话,上面定会依旧保留着!我不知道我的这两位先祖是否考虑过忏悔和哀告上天宽恕他们的酷刑;或者他们如今是否在另一个世界里,在酷刑的沉重后果下呻吟。无论如何,我当前身为作家,作为他们的后人,特此代他们蒙受耻辱,并祈求从今以后洗刷掉他们招致的任何诅咒——据我所闻,有家族消沉和式微的现状可见,多年之前确曾有过这一说法。①

他的祖先"具有清教徒的一切品性,无论正邪"清楚地说明了霍桑对他的清教祖先功过是非的客观评价。一方面,他们虔诚的宗教信仰和高大威武的形象,他们曾经创下的丰功伟业,他们的理性以及对秩序的热爱和维护都让他感到无上的光荣与骄傲;另一方面,像品钦家族的后代克利福德兄妹因他们的祖先罪恶蒙羞,并受到命运的诅咒一样,霍桑对自己的祖先是否有过悔罪意识表示怀疑,并多少感到霍桑家族的消沉和式微与这些祖先们的罪恶行径有某种关系,是一种报应和惩罚,就像品钦家族的衰落。可见,品钦家的诅咒和克利福德的良心愧疚正是霍桑自己深深意识到的笼罩在霍桑家族头上的历史阴影,甚至我们发现在描写两家祖先的用词上都有出奇的相似,品钦上校这位清教军人兼行政官是"这位铁石心肠的清教徒,这个毫无仁慈的迫害狂,这个心狠手辣的人"②,而霍桑自己的先人也"是个残忍的迫害狂",他们迫害巫士留下的良心污点,他们的后代因之受罚都有着惊人的相似,所以品钦家族黑暗沉重的历史可以被看作是霍桑为清除自己家族的良心罪所作的努力。

最后,《宅邸》可以被看作是霍桑关于美国民族在发展过程中曾经犯下的良心罪恶的一种反思。欧洲移民来到美洲大陆,面对一片荒野和印第安人。美洲大陆是土著人世代居住的家园,他们才是这片土地的天然主人,正如老马修·莫尔才是尖角阁这片宅基地的合法拥有者一样。然而,白人殖民者的到来让他们从此失去了自己作为主人的生存尊严。白人利用狡猾的经商诡计,利用先进的武器获得的权利,用法律和契约的形式不仅强占了这个弱势群体的领地,而且还不断地削弱他们的语言和文化。十九世纪的前五十年,也就是霍桑生活的时代,正是美国政府进行大规模西进扩张的

---

① 霍桑著《红字》序言,胡允桓译,第5-6页。
② 《霍桑小说全集》(3),胡允桓译,第14页。

时期，数以万计的印第安人家园被毁，大批印第安人从东部被强行赶往荒僻的西部，在流亡途中成千上万的土著人死去。这期间，白人与印第安人之间的战争此起彼伏，双方的仇杀与相互洗劫时常发生。然而，白人与印第安人之间的战争正像品钦上校与莫尔之间的比拼一样，是一种"并非势均力敌"的较量，最终白人殖民者以绝对权势从那些印第安死人手里抢夺过这片土地的地契，就像品钦上校抢走莫尔的地产。在这样的历史背景下，作为一位敏感而具有良知的作家，霍桑绝对不会无视美国这个民族在发展壮大的过程中所背负的道德良心债。品钦上校与马修·莫尔之间的仇怨正是这段美国白人征服印第安人的不光彩交往史的隐性写照。

霍桑在《海关》中对美国民族的象征"鹰"的描写就暗示了这个新生国家残忍强暴的一面：

> 由于这只不愉快的猛禽特有的习惯性的坏脾气，从它利喙犀目的凶相和通常是残忍的表现看，它似是对温顺的居民预示着灾祸；尤其警告着对自己的安全十分在意的全体市民，谨防有人闯入其羽翼遮蔽下的建筑物。然而，尽管它凶相毕露，此时此刻却有许多人在这只联邦之鹰的羽翼下寻求庇护；我斗胆想象，在这只鹰的胸中具备一个鸭绒枕所有的一切柔软舒适。不过，即使在它心情最佳的时候也毫无伟大的温情，而且或迟或早——早比迟更经常——它会带着爪子的抓痕，利喙的啄伤，或它那倒钩造成的流脓的创口，振翅飞离窝巢。[①]

正是意识到了无论是自己的家族，还是自己的国家，在实现理想、开拓前进的过程中一路上血迹斑斑，都犯下了不可饶恕的良心罪孽，霍桑才在自己的作品中反复涉及"历史"这个话题，反思如何从家族和民族的双重罪孽感的阴影中走出来，轻松前行，就像那只象征美国的猛禽，那只怀柔情带着抓痕的鹰，它迟早会飞离巢穴，获得新生。在《海关》的最后，霍桑还写道：

> 一个家庭与其出生及埋葬的那片土地之间的联系，在人类与乡土之间创造了一种亲情纽带，这与那地方任何迷人的景色或道德的环境毫无关联。这不是爱，而是一种本能。……业已变得不健康的联系最

---

① 霍桑著《红字》序言，胡允桓译，第 2 页。

终会被切断。人类的本性将不会就此兴旺，恰如一株土豆在同一块营养耗尽的土地中过久地一代接一代种了又种。我的子女都是在别处出生的，只要他们的命运尚未脱离我的掌握，他们就会植根于不熟悉的土地之中。

也就是说，当亲情的纽带变成一种本能，无法孕育出真爱的种子，这种不健康的联系就应该尽早被切断。面对家族史和民族史中丑陋的一面，霍桑像鲁迅一样希望他的后代有新的生活，一种不同于父辈的生活。渴望摆脱历史的沉重负担，寻求生命的新意与超脱，这正是《宅邸》表达的全部寓意：品钦家族不健康的贵族血液为了得以新生就必须输入弗比及其母亲平民的新鲜血液。也正是为了摆脱先人的罪恶阴影，霍桑不再重复祖先的职业去做行政官或者法官，而是彻底改行做了作家，甚至还在他的姓氏中加进 E，由原来的 Hawthorn 变为 Hawthorne，从姓氏到职业都焕然一新，并在以后的许多年里，努力走出自己与世隔绝的生活，离开封闭的塞勒姆小镇，甚至离开他的祖国，走向欧洲去寻求他与这个世界更健康的联系，去外面广阔的天地里汲取生命的阳光雨露，以便消除根植于他思想与精神深处的那种腐朽与阴郁，实现生命的推陈出新。

通过以上三个方面讨论霍桑本人的生活与《宅邸》中的人物和事件之间的关系，我们可以看出：对霍桑而言，走向新生的最佳途径就是要深刻反思自己的历史（无论是个人家族史还是民族历史），继承历史的宝贵遗产（比如他的清教祖先留下的对理性与秩序的热爱，对公众事务的关心），剔除历史的滞重，让生命和命运在这种批判性的继承和流动更新过程中获得希望与活力。

第六节 螺旋形发展的人类历史

霍桑在《宅邸》中通过三个不同的视角探讨了人们对历史的发展与演变的不同认识，从中我们可以甄别出作者本人乐观进化的历史观。首先是霍尔格雷渥年轻时激进的历史观，这在很大程度上代表了超验主义者反传统的历史观；其次是叙述人所表达的上帝主宰一切的基督教历史观，在某种程度上表达了霍桑的清教祖先们在上帝面前被动屈从的历史观；最后是克利福德乐观进化的历史观。通过本章第五节的分析，可以说，克利福德对历史进步（History Progress）的看法最接近霍桑本人的历史观，克利福德这个虚构人物可以被看作是霍桑在表达对历史发展的信心时的代言人。

年轻时的霍尔格雷渥面对历史和传统时完全是一种典型的美国人激进狂放的抵触态度，具有极大的革命性和破坏性，他的声音听起来非常接近爱默生超验主义的反传统声音，他对弗比说："我们并非注定要永远在老路上爬行……在当今，远比以往任何时候都更应该把布满青苔、已经衰朽的过去扳倒，把那些失去生命的机构从前进的道路上清除，把它们的死尸埋葬，使一切都重新开始。"①然而，他没有意识到的是，就在他说这些话的时候，他自己还没有完全抹去莫尔家三个世纪对品钦家的仇恨与报复心，历史本来就深深扎根在他的意识和潜意识中。在谈到对"过去"的感觉时，霍尔格雷渥说：

> 它如同一个巨大的尸体一般压在现在的身上！事实上，这种情况就如同一位年轻的巨人正在被迫把他的全部力气浪费在搬运早已死去的他的祖父老巨人的尸体上，那是只需埋掉就完事了的。好好想一下吧，你会吃惊地看到我们是以往时代怎样的奴隶吧！

显然，稍有常识的人都知道，历史决不是"只需埋掉就完事"这么简单。对"过去"恨之入骨的霍尔格雷渥希望那些议会大厦，州、市政府大楼，教堂以及住宅"每隔二十年左右都倒塌一次才好"。（霍桑，2000：154）霍尔格雷渥对过去的仇恨不仅是莫尔家的仇恨情绪的世代延续，而且还体现着美国这个新生民族对欧洲传统的厌烦。像大多数年轻的美国人一样，霍尔格雷渥相信，自己要想从这个废墟上站起来，就必须砸碎"过去"这个铁锁链。

从小说开始时霍尔格雷渥激烈的反传统思想到小说的最后，他心甘情愿接受弗比的影响，改变自己以往的过激想法，与历史达成和解，其中有着霍桑关于历史发展独到的见解。叙述人对霍尔格雷渥激进的历史观的评价可以被看作是霍桑对超验主义反传统思想的某种对话与反驳：

> 他的错误在于：他认为当今的时代比起任何过去的或将来的时代都更注定会看到，古旧之褴褛袍服要被一套新装所取代，而不是靠补

---

① 《霍桑小说全集》（3），胡允桓译，第150页。

缀来逐渐更新。……随着时间更沉重地落在他的肩头，他早期的信念必然会由于阅历而得以完善，他的情感也就会不那么生硬突兀地改变了。他依然会对人类日益光明的前景充满信心，或许还会益发热爱他们；因为他已经认识到了一个人单枪匹马的无能为力；而他走向生活时所产生的那种崇高信念，也就会在他结束生活时变得低微得多，因为他终究明白了，人们尽了最大努力也只能取得梦幻般的效果，而上帝才是现实世界唯一的创造者。

显然，叙述人关于上帝创造历史的思想与霍尔格雷渥激进的历史观是站在两个极端，前者完全否认人在历史过程中的创造性作用，后者过于张扬人在历史进程中的能动性。虽然叙述人也提到一个更美好世纪的到来需要逐渐改良，是"靠补缀来逐渐更新"的，但是他指出人的努力徒劳无益，"上帝是现实世界唯一的创造者"，在历史的发展进程中完全否认了人可以有所作为。

小说中那个意大利小伙子的手摇风琴和桃花木匣子再好不过地象征了"上帝才是现实世界唯一的创造者"这个基督教的世界观和历史观：

> 那个意大利小伙子转动一个曲柄；嘿，瞧吧！每一个小人都开始最奇怪地动作起来。鞋匠做起一只鞋子；铁匠打着他的铁器；士兵挥舞着闪亮的刺刀；贵妇举起扇子扇出微风；快乐的单身汉用嘴对着酒瓶子开怀畅饮；一位学者怀着对知识的渴求摊开了书本，还对着书页来回摆着头。……我们这些凡夫俗子无论操何种职业，有何乐趣——严肃也罢，琐碎也罢——全都是按照同一个曲调舞之蹈之，尽管我们的行为令人捧腹，最终将一事无成。就这种状况最醒目的方面而论，当音乐终止，所有的人都立刻从最为放肆的生活变得呆若木鸡，成了昏死的醉鬼。……一切全都分毫不爽地回到他们那么可笑地操劳、享乐、积累金币和谋求智慧之前的状态。

像意大利小伙子对这些木偶的操纵，在人类历史的发展演变中，上帝是唯一的操纵者，人类只能徒劳地听凭命运的摆布，人的生命无论有多大成就都将最终归于原点，归于沉寂，一切为功名利禄操劳的心机及其结果就像那个意大利小伙子手中摆布的提线木偶一样身不由己，徒劳无益，唯有上帝的主宰最神圣伟大，这是典型的加尔文教的人生观和历史观。如果我们把这段小插曲看作是上帝与人类之间关系的寓言，那么这最多只是反映了霍桑的清教徒祖先们秉承的加尔文教的命定论。另外，该故事的叙述人之所以在这里淡化人类努力的成效，目的不在表达一种虚无悲观的历史观，而是为了警告那里像品钦上校那样具有贪婪攫取之心的世人，物质利益远没有宝贵的生命和道德良心重要。面对脆弱的、由上帝掌控命运的人类，霍桑和他的叙述人并非悲观无奈，他们通过海波吉巴兄妹的重生启示我们：只要我们具有对同类的同情心，珍惜亲情、友谊与爱情，享受眼前的美好生活，就像克利福德虽然无法把握他的过去和未来，但仍然可以最大限度地享受眼前的幸福时刻。

霍尔格雷渥代表美国这个新生民族对欧洲政治体制的质疑与反抗，但是他的激进的历史观也是需要谨慎对待的。叙述人预言霍尔格雷渥激进的思想将随着时间的推移而发生变化，获得爱情之后的霍尔格雷渥改变的也正是早年这种激进的反传统、反历史的极端个人主义思想，成熟后的他甘愿让自己沉浸在爱情和家庭的温暖怀抱里，对历史多一分理解与接纳。

像叙述人冷眼旁观霍尔格雷渥的激进思想一样，霍桑对爱默生的超验主义思想也一直持怀疑态度，在《古屋青苔》的序言中，霍桑提到爱默生这位康科德邻居时称他为"一位伟大的、见解独到的'思想家'"，那醒目的引号表明霍桑对爱默生超验主义思想的质疑。在康科德过着田园牧歌般幸福生活的霍桑从思想上与爱默生的思想保持距离，他像爱情中的霍尔格雷渥一样因为获得了幸福而变得沉静且保守。

《宅邸》中的主要人物之所以能从历史的废墟中走出来，既不是像年轻时期的霍尔格雷渥倡导的完全抛弃历史和传统的结果，更不是像叙述人相信的那样完全靠神力实现奇迹般的救赎，而是由弗比这个现实生活中的女子，以现世的劳动、友情、爱情和同情心对过去进行"补缀"更新的结果。品钦家族的血脉进化便是在人在命运面前积极努力的结果，既不完全抛弃，也要有鉴别地继承创新。海波吉巴兄妹靠的是逐渐改变自己落伍的贵族意识，并保存自己的审美气质，在他人的同情和帮助下才能从历史的阴影中走到阳光下。所以，从这个意义上讲，克利福德的历史观更能概括《宅邸》中品钦家族的历史发展轨迹，并且根据我们在第五部分对霍桑个人历史和民族历史的了解，克利福德的历史观也更符合霍桑乐观进化的历史观。克利福德对火车上偶然遇到的旅伴表达他对历史的看法：

人类的一切进步就是一个圆，或者用更准确美妙的比喻，是一个上升的螺旋形。当我们自认为在笔直地前进，每走一步都达到了一个全新的境界时，我们实际上却回到了好久以前尝试并放弃了的东西，只是我们如今发现这些东西对其理想而论已经升华了、精炼了，完善了。过去无非是现在与未来粗糙而肤浅的预言。

由此可知，在死里逃生的克利福德看来，历史的发展是在一种不断扬弃传统中不合理的成分（比如剔除品钦家族的冷酷高傲的贵族意识），保留其合理的内容（末世贵族克利福德表现出来的审美能力是不能一笔勾销的贵族文明遗产，是需要珍惜和继承的文明传统），并不断地补充进健康新鲜的血液（比如弗比的自食其力和高尚品德）才能改良，才能进化，就像霍桑告诉我们的，他的子女们需要一片陌生的土地才能更好地成长，同时他们又继承了祖传的严谨道德意识。

通过《海关》中霍桑对自己家族史和民族史的反思回顾，通过小说《宅邸》中的几个背负历史重担的人物的蜕变，我们可以看出，霍桑的历史观是在充分认识到人在创造历史时所具有的主观能动性，正如弗比与霍尔格雷渥用自己的努力把品钦家族罪恶、腐朽的历史以及莫尔家怀恨的过去进行提炼和升华，使之脱胎换骨，获得新生。

小说中有很多处用比喻和象征很好地表达了这种吐故纳新的历史进化过程。第四章的结尾，弗比从乡下来到这座阴森的祖宅，她的到来成为这个家族的拯救。在她到来的次日清晨，叙述人对花园中一丛玫瑰的描写预示了这个家族新生的希望：

> 这丛玫瑰是弗比的高曾祖姑爱丽丝·品钦亲手培植的，当时只考虑到这里的土壤是小块花圃，如今却由于近一百年的腐殖质而变得肥沃了。尽管长在旧土上，玫瑰花却毅然向它们的造物主散发着清新的芳香；而且其纯净与妖媚也不减当年，当那股芬芳飘过窗口时，弗比的青春气息就与之交融了。

初到古宅的弗比，住在一座阴森霉烂的屋子里，与两个沉闷腐朽的老人相伴，如果没有很强的自身免疫能力，她很快便会像她的亲戚们一样萎谢，所以她需要时常出去呼吸一点新鲜空气。于是，郊区的散步、岸边的海风，乡间的空气，阅读《圣经》，出席形而上学或哲学的讲座，欣赏音乐会，去集市采购，给自己买一条缎带，对母亲和家乡的思念，"除非有这些精神药物治疗，否则我们很快就会发现可怜的弗比变瘦了，脸色挂上了不健康的苍白"。

从弗比接触到的这些健康因素，我们可以看出弗比的再生能力来自虔诚的基督教信仰，来自大自然的熏陶，来自古宅之外的世界各种健康因素的培育，所以，历史的进化不仅需要遗传基因的更新（品钦的贵族血液与弗比母亲的平民血液的结合），还需要健康适宜的自然环境和社会交往因素的熏陶，更需要宗教对人精神的沐浴和提升，这是霍桑的大部分故事带给读者的一贯启示。

从以上对《宅邸》的人物分析看，该小说不仅讲了一个家族道德进化的故事，①霍桑也并非"对他的时代的智性运动几乎无动于衷"，②《宅邸》还包含着更为复杂的关于家族进化和民族进化的思考，是霍桑为自己的家族以及他的民族走出历史阴影、获得新生开出的良方，表现了霍桑与他的超验主义同代人不同的历史观。虽然这部小说比达尔文的《物种起源》(1859) 早发表八年，但是，我们却发现霍桑已经明显具有达尔文的进化意识。达尔文的"物竞天择，适者生存"的原则同样适用于《宅邸》中的人物：在一个变化了的时代和民主国家，如果海波吉巴不及时调整她过时的贵族意识，接受自食其力的劳动生活，如果克利福德不及时保持自己知足常乐的生活态度，忘记过去的屈辱，融入眼前的幸福生活，如果霍尔格雷渥不及时清除自己的世仇积怨，他们就都无法从历史的沼泽中脱身出来，更谈不上新生了。

弗比不仅体现了霍桑对于女性的纯洁、拯救力量一贯寄予的希望，是他对他的那个时代的女权运动和新女性的不同理解与艺术塑造，③而且弗比也成为一段罪恶累累的家族史和家族精神遗传疾病的愈合与拯救力量。弗

---

① 罗伊·R. 梅尔（Roy R. Male）在 *Hawthorne's Tragic Vision* 这本书中认为，与爱默生对他的时代科技进步充满热情不同（梅尔提示，这一点可以对比霍桑的笔记与爱默生笔记的不同就会明白，霍桑的笔记充满对大自然的欣赏以及对上帝造物的感悟与感激，而爱默生的日记却大多记载着自己改革社会的热情以及对歌德思想与达尔文进化论的积极响应），霍桑在《宅邸》中表现的是一种道德的进化，而不是达尔文意义上的进化。Roy R. Male, *Hawthorne's Tragic Vision*, p. 137.
② 奥斯汀·沃伦（Austin Warren）认为，霍桑"对他的时代的智性运动几乎无动于衷"。(Austin Warren, ed., *Hawthorne: Representative Selections*, New York: American Book Company, 1934, p. xi.)
③ 关于霍桑的女性观详见本书第七章。

比体现出来的道德、乐观、宗教、理性以及勤俭持家的能力使她对品钦与莫尔两家都产生了健康的影响,她用这些美德把一段阴暗霉烂的家族史和几个深陷历史沼泽的人物都带到了阳光普照的当前世界进行消毒救治。

综上所述,我们可以总结说,霍桑的历史观兼有基督教的道德升华论(通往天堂之路必须经过地狱和炼狱之门)和在他之后产生的达尔文物种进化论的双重认识。在霍桑看来,历史的发展不是对过去的彻底否定与抛弃,更不是对过去简单机械的重复,而是以自食其力、同情心和爱情为拯救措施,对过去进行扬弃和优化组合的结果,这是霍桑力图摆脱个人(霍桑选择作家这个职业愧对祖先)、家族(霍桑的祖先曾经犯下的宗教迫害罪)和民族(对印第安人征战掠夺的良心污点)的历史负担和负疚感,从而得以轻松前行的一种文学上的努力与表达。霍桑因为强调人在这个救赎过程中的自主性,人在历史发展过程中的能动作用,让他摆脱了清教传统中面对救赎时人的被动屈从的卑微无助感,让我们看到了一个生活在十九世纪上半叶美国社会的霍桑,社会的发展与乐观情绪带给他对人的极大信心,正是这一点把他和他的清教祖先们区别开来。

第五章　霍桑的进步观：《福谷传奇》①

内容提要：霍桑生活的时代充满了各种社会改革运动，宗教信仰也开始松动，通灵术和催眠术的盛行破坏着人们对上帝的虔敬信仰。《福谷传奇》作为霍桑唯一的一部以现实题材为背景的小说，描写的正是一个改革发展和价值观混乱的时代，人们如何在智力热情和改革热情中迷失的故事。然而，对霍桑而言，社会的进步归根结底是人心的改善，任何打着"改革"或"宗教"幌子施意志霸权的行为只能造成新的精神奴役。人心的不断完善，人在理智与情感之间保持的平衡将会让社会避免许多不必要的灾难，社会的进步因此才成为可能。

关键词：进步观　福谷传奇　精神奴役　人心的完善

第一节　以往评论中的几个问题

英国现实主义作家萨克雷用"一部没有英雄的小说"作为《名利场》的副标题，重在批评一个物质文明的时代，人们世俗欲望的膨胀对人性的扭曲，似乎无人能够幸免。"一部没有英雄的小说"同样也可以用来描述霍桑的第三部长篇小说《福谷传奇》（1852，以下简称《福谷》）：小说的叙述人、诗人卡芬代尔显得有些玩世不恭，以极端的智性游戏为乐，缺少严肃的人生态度和追求目标；社会改革家霍林斯华斯刚愎自用，改造犯人的热情让他走火入魔，害人害己；女权主义者齐诺比亚表里不一，对人对事缺少起码的严肃真诚态度；齐诺比亚同父异母的妹妹普里西拉毫无主见，依赖性强，几乎像影子一样不真实。另外两个次要人物维斯塔维尔特和普里西拉的父亲老穆迪更是缺少做人的基本自尊。正如1852年10月英国《西敏寺评论》（*Westminster Review*）上的一篇没有署名的文章所指出的，卡芬代尔"永远追逐着不同寻常的东西；从所厌恶的而不是从喜欢的

---

① 本章曾以《理智与情感的结合：从〈福谷传奇〉看霍桑对进步的信念》为题发表在《外语研究》2011年第2期。

东西中发现意义,这种分析功能的对象都是病态之人……齐诺比亚,普里西拉,霍林斯华斯,卡芬代尔——全都不健全"。①

《福谷》是霍桑的四部长篇小说中唯一以第一人称叙述的小说,也是他唯一以时代问题为创作题材的小说。1851年7月24日,霍桑在给朋友威廉·B. 帕克(William B. Pike)的信中谈到《福谷》的写作计划时说:"当我再写另一部传奇故事的时候,我会把这个团体作为主题,写一写我在布鲁克农场的经验和观察。"②由于霍桑在这封信中袒露了《福谷》的写作动机,詹姆斯·梅娄(James R. Mellow)就有理由相信,霍桑"自己正在危险地涉足现实"③。(Mellow,1980:393)另外,霍桑在小说中的两处暗示也让《福谷》具有强烈的现实感:第一处是,叙述人生病期间阅读的是爱默生、卡莱尔(Thomas Carlyle)和超验主义杂志《日晷》;第二处是,叙述人卡芬代尔在收到朋友玛格丽特·福勒的来信时,突然发现身边的普里西拉的侧影酷似福勒小姐。小说中提到的这两个真实人物爱默生和福勒自然把读者的注意力转移到作者的布鲁克农场经历以及他与超验主义者之间的关系上。

《福谷》发表于1852年,同年8月9日,索菲亚的母亲在给索菲亚和孩子们的来信中说:"我们都在读《福谷传奇》。我很有兴趣看到它在不同的大脑中引起的不同反应。有人(玛丽④算一个)说,'这是霍桑写的最棒的书。'另一个人说,'我不懂';另一个人说,'我觉得我没有任何兴趣';另一个人称,'还有比这更精美的东西吗!'我还没有看到任何评论。"⑤从这封信中,我们可以看出,这本小说一开始就在读者中引起了完全不同的反应,这也是后来评论家对这本小说褒贬不一的一个先兆。早期的英美读者对这本小说的批评主要集中在伦理、政治和艺术审美三个方面。

早期的评论首先是对该小说在伦理道德上的质疑。1852年7月的一篇评论文章写道:"霍桑是一个精细的精神解剖者,手中拿着解剖刀和探头,

---

① J. Donald Crowley, ed., *The Critical Heritage*, p. 260.
② 转引自 James R. Mellow, *Nathaniel Hawthorne in His Times*, Boston: Houghton, Mifflin and Company, 1980, p. 387。
③ James R. Mellow, *Nathaniel Hawthorne in His Times*, p. 387.
④ 索菲亚姐妹三人,伊丽莎白·皮伯迪是老大,玛丽是老二,索菲亚最小。
⑤ Julian Hawthorne, *Nathaniel Hawthorne and His Wife: A Biography*, Vol. I, p. 458.

最精微地展示人心的构造,就像日常的外科医生那样,更加经常且好奇地展示疾病而不是健康。"① 另一篇有类似观点的文章来自英国《西敏寺评论》,认为该小说违背了艺术的愉悦功能,缺乏人文关怀,只展示了"畸形的美":

> 艺术的目的是推进美——不仅是感官的美,还有道德和精神的美。它的主要使命应该是一种快乐,而不是痛苦;但是,我们的解剖者把他的主人公搬到福谷,他可以不受干扰地对他们进行劈砍,通过塑造畸形的美为自己在艺术上清理出一条新路!他可以给你医院的诗,解剖室里的诗;但是我们宁愿不要它。艺术有它的道德目的需要完成;它的使命是一种怜悯,而不是悲惨。作品中的现实只应是突出光明的理想,使未来充满希望。

鉴于此,该评论认为,《福谷》的最大问题是"缺少道德的真诚",霍桑应该利用自己在布鲁克农场对共产主义生活的体验与观察,"为大千世界提供一种切实可行的东西"。同年10月发表在《南方季刊评论》(Southern Quarterly Review)上的另一篇看似艺术评论的文章实在也是对该小说的一种伦理要求,"这些瑕疵主要在于这部作品的形式和思想以及人物塑造不充分,"主要因为"齐诺比亚的自杀是不必要的,霍桑应该让她皈依婚姻——这种情况下最佳的治疗方案——从她的错误方式中,让她做母亲,安排一个有一大堆孩子的好前景"。②

另一类政治批评认为霍桑的政治思想落后,缺乏普世关怀。1852年11月,《美国辉格评论》上一篇未署名的文章写道:

> 霍桑抛弃了所有关于人类成功和进步的想法。他所有的人物似乎都被他们自己邪恶的本性所压垮,他们无法保持平衡,更不能在世界的前进中找到自己的位置……遗憾的是,霍桑一开始就没有更多的普世关怀。遗憾的是,他向我们展示的本性如此阴云笼罩,与世隔绝,他可能在渴求人类好奇的时候就被这种忧郁所折磨。

具体到这本小说,该文章认为:"《福谷》比霍桑以往的任何一部小

---

① J. Donald Crowley, ed., The Critical Heritage, p. 250.
② J. Donald Crowley, ed., The Critical Heritage, pp. 358–359.

说都更缺乏这种生动的关爱，他的男人凶暴，疯狂，厌恶人类，他的女人不像女人，可怕，不幸。"

这些不满的声音从一个侧面解释了为什么《福谷》的出版没有引起很大的社会反响，而只比《福谷》早出版几周的《汤姆叔叔的小屋》在第一周就卖出了几千册，年底卖出数万册，在三个月之内，这位六个孩子的母亲斯托夫人就足足赚了一万美元。相比之下，《福谷》的销售令人失望，霍桑的美国出版人詹姆斯·菲尔兹在给一位伦敦文学沙龙的女主人、霍桑的热情崇拜者玛丽·拉塞尔·密特福德（Mary Russell Mitford）的信中抱怨说："我希望霍桑再也不要给我们福谷这类东西了。"①

当然，赞扬这本小说的声音虽然不占主流，却也一直没有间断过。霍桑的塞勒姆同乡威廉·B. 帕克写信给霍桑，认为《福谷》比其他小说都写得好，尤其赞赏这本小说的心理价值：

> 在这本书中，像在《红字》中一样，你挖掘得很深，——你深入心灵郁闷的寂静中，打开那些赋予行动复杂性的深层动机，创造那种被称作思想状态的东西；那些思想状况是无法用我们自己或他人的逻辑或说理去抹杀的。……人无疑是人的深层东西的最深刻的存在，……你展示了这些东西是如何发生的，打开那些无声、无形、内在的促发行动的原初因素，这些因素产生的结果对那些对心灵的深度了解肤浅的人是奇怪的。……你向我们展示了这些深度存在，它们如何通过不同领域发生作用，直到它们到达表层，成为可见的行动。这样，人们奇怪的行动与每个自我就天衣无缝地一致了——那个有深度的自我。②

这篇评论可以说完全接受了小说对人物行为背后的心理动机的成功剖白，并将此视为小说的艺术成功，也解释了其他评论为何无法理解小说人物的心理深度描写。所以霍桑的儿子朱利安·霍桑（Julian Hawthorne）认为，霍桑的这位老乡"比任何人都更了解霍桑"。1852 年 9 月的一篇评论对《福谷》体现出的艺术价值和细微的辨别力也给予了高度评价：

---

① James R. Mellow, *Nathaniel Hawthorne in His Times*, p. 403.
② Julian Hawthorne, *Nathaniel Hawthorne and His Wife: A Biography*, Vol. I, pp. 444–447.

那种恬静的幽默，温和的讽刺都毫无愤世嫉俗的因素，对人物的分析，追踪那些造成外在活动和内心发展的更深层的动机，对真理清醒的认识，总之，那种在思想和生活中辨别什么是真正精神的东西，什么是一贯自诩为灵性的东西实在是辨别病态现象的智慧——这一切都是我们的作家作为大师的标志。①

除了以上这些早期的伦理、政治和审美褒贬不一的评论之外，长期以来，对这本小说争论最多的莫过于两个问题：第一，霍桑与他的那个充满改革运动的时代之间到底是一种什么关系；第二，霍桑与他的叙述人之间到底有多少差别。关于霍桑与他的时代之间的关系，在他的时代，英美评论家就有完全不同的看法。英国评论家倾向于认为，霍桑不赞成他的那个时代与改革，有意识地与他的时代保持距离；而美国评论家则认为霍桑对他的时代表现出过分的关心，尤其是对改革运动表现出过分的抵触情绪。比如，英国批评家理查·豪尔特·哈顿就把霍桑叫作"新英格兰的幽灵"，重在强调"霍桑作为一个作家，习惯让自己与日常生活和当下事情保持距离"。②爱德华·蒂斯在《麦克米兰杂志》1852年7月的一期文章中说，"霍桑思想的主旨，他的想象力"，让他"完全与这个时代的热情脱节"，"霍桑的整个性格让他从所有损耗人的大型活动中退缩。他敏锐的智性帮助他辨别所有改革者们的弱点、虚荣和庸俗。他发现他们做的事是好的；他敬佩他无法仿效的那种全身心的投入；但是，奇怪的是不知为什么他不喜欢那些大众躁动的枝节"。（Mellow，1980：581）

美国评论家的反应却是："作者对诸如布鲁克农场那样的实验表现出太多的关心。"英国批评家对霍桑超脱于时代之上的做法如果不是赞赏，起码也是中立的态度，但是，同时期的美国批评家就对霍桑的政治态度很不满。就连霍桑的朋友乔治·威廉·柯蒂斯，这位废奴运动的主要代言人，也挖苦道："他的天才让他孤立，让他超脱于大众的利益之上。他致力于研究人的某些方面，却根本不在乎人；流行在他的同伴们中的集体感情的浪潮打不到他的身上，他无动于衷。"布朗森·阿尔科特则认为，"霍桑对他的慈善家和改革者一直都很严厉"。③

---

① J. Donald Crowley, ed., *The Critical Heritage*, p. 352.
② James R. Mellow, *Nathaniel Hawthorne in His Times*, p. 581.
③ J. Donald Crowley, ed., *The Critical Heritage*, p. 265.

美国批评家的这种不满一直持续到现代，亨利·詹姆斯在评论《福谷》时认为，霍桑"对他周围的社会那种一贯的不信任和怀疑态度"是他作品的"薄弱环节"。①现代美国学者迈克尔·达维特·贝尔（Michael Dwight Bell）认为："在《福谷传奇》中，霍桑充分表达了他对超验主义的怀疑与不赞成态度。"② A. N. 考尔（A. N. Kaul）则认为，"霍林斯华斯对犯罪的狂热关注与十九世纪清教徒对罪的全神贯注是一回事。如果卡芬代尔证明十九世纪美国理想主义的无能，那么霍林斯华斯就象征当一项充满幻想的计划被纳入无情的个人利己主义以及令人窒息的力量时总是非常可怕的"。考尔借此总结说，"霍桑作为这些充满希望的美国岁月中一位真正有远见的人，同样反对改革热情"③。

对于第二个问题，也就是霍桑与他的叙述人之间的关系，因为这是霍桑四部小说中唯一的一部使用第一人称叙述的小说，"我"让很多读者在霍桑和卡芬代尔之间直接画等号，把叙述人在小说中对一切问题所发表的看法都视同作者本人的观点。英国现代作家和文学评论家 D. H. 劳伦斯（D. H. Lawrence）干脆就把卡芬代尔"姑且说是霍桑吧"④。劳伦斯在他的那本影响深远的《美国经典文学研究》文集中，就这样用等号抹去了艺术与现实、虚构人物与创作者之间的距离。⑤詹姆斯·梅娄甚至认为，在霍林斯华斯对卡芬代尔的那句恳求"不要抛弃我！"中有麦尔维尔对霍桑同性恋倾向的邀请，甚至也有霍桑对此不无敏感的回应：

> 当时，在霍桑的生活中与一位大约"三十岁"的男子的关系可以为霍林斯华斯这个人物提供更深层的心理动机。霍桑——有意或者无意地——感觉到了麦尔维尔的求爱中那种性的迫切吗？他在自己的态度中是不是也感觉到了某种回应呢？似乎某种新近的经验让他探究霍

---

① Henry James, *Literary Criticism*, Vol. I, p. 422, p. 434.
② 埃默里·埃利奥特主编《哥伦比亚美国文学史》，朱通伯等译，第 346 页。
③ A. N. Kaul, "The Blithedale Romance", *Hawthorne: A Collection of Critical Essays*, Englewood Cliffs: Prentice-Hall, Inc., 1966, p. 160.
④ 无论《美国经典文学研究》在美国文学研究史上占有多么重要的位置，无论他对麦尔维尔的《白鲸》的阐释多么具有神启的智慧和洞察力，在面对霍桑的作品和思想时，劳伦斯显得武断而肤浅，他以绝对大男子主义的傲慢以及对灵肉统一的要求得出结论说，"哦，海斯特，你是一个魔鬼！"而小珠儿也是个"小恶魔"。（〔英〕D. H. 劳伦斯著《劳伦斯论美国名著》，黑马译，上海三联书店，2006 年版，第 91 页，第 100 页。）
⑤ 〔英〕D. H. 劳伦斯著《劳伦斯论美国名著》，黑马译，第 109 – 112 页。

林斯华斯与卡芬代尔之间的关系,使之不仅仅只是一种社会思想的冲突。①

对于这本在叙述上扑朔迷离、在人物关系上错综复杂的小说,本章通过分析福谷事业和几个主要人物的形象,重在对上述两个在批评界引起较多争议的问题重新思考,以此研究霍桑的政治思想,具体集中在以下几个方面:霍桑是反对改革运动本身,还是反对许多人以改革为借口,把个人意志凌驾于人类的同情心之上,实施对他人的精神霸权?霍桑与叙述人卡芬代尔之间的距离到底有多远?他对社会进步是否抱有一定的信念?如果有,这信念到底在哪里?

第二节　福谷的事业

霍桑与他的叙述人在性格和对待改革事业的态度上的确存在着很多相似之处,这就难怪有那么多批评家和读者直接把卡芬代尔的观点强加在霍桑的头上。从讨论他们性格与对待改革态度的异同入手,可以帮助我们更好地辨别福谷事业失败的真正原因。卡芬代尔和霍桑一样性喜独处,热爱思考,具有很强的反思能力和自我批评意识。卡芬代尔说:"我虽然喜欢与人相聚,却生来需要这种偶然的独处,……除非重新进一步退入自我沟通的内心世界,我便失去了我个性中最美好的部分。"②霍桑在笔记中也时常担心,"如果一个人被迫总是生活在社会的闷热中,再不能把自己沐浴在独处的清凉中,那他该怎么办呢?"③

在散文《海滨的脚印》中,霍桑写道:"每当我心中对独处的渴望变得实在难熬时,我就被吸引到了海滨……一心只想从海滨、大海和天空获得一整天的乐趣,让我的心灵和它们交流,和幻想、回忆或者想象中的现实进行交流。……再见吧,繁忙的人世!请让我从给你的束缚中得到自由,……直到我在回家的路上,灯火照亮我因大海而激动得发红的脸庞。"④霍桑的这种及时从繁忙世界中撤退独自逍遥,恰似卡芬代尔从

---

① James R. Mellow, *Nathaniel Hawthorne in His Times*, p. 400.
② 《霍桑小说全集》(2),胡允桓译,第 302 页。
③ Henry James, *Literary Criticism*, Vol. Ⅰ, p. 388.
④ 《霍桑集:故事与小品》(上),姚乃强等译,第 649–650 页。

福谷事业的喧嚣中退避波士顿所获得的那份暂时清静。

亨利·詹姆斯在总结霍桑和他的叙述人之间在性格特征上的相同点时还发现，卡芬代尔和霍桑一样生性多思多疑，注重观察和分析，想象力丰富，兼有诗人和批评家的气质，"简言之，他们的激情微薄，想象力活跃，他们的幸福不在于做，而在于想——一半是诗人，一半是批评家，完全是一个观察者"①。

正是因为两人在性格气质上的近似，卡芬代尔对福谷事业的态度从某种程度上也反映了霍桑对布鲁克农场的观点。正如布朗森在1852年10月的那篇评论中所说，"作者在迈尔斯·卡芬代尔身上赋予了很多实际上也是他自己的想法"②。这主要是指他们对待各自身边的改革运动的态度。

霍桑参与其中的布鲁克农场实验活动与卡芬代尔参加的福谷改革都是基于法国空想社会主义思想家傅立叶的理想社会模式的试验。空想社会主义又称乌托邦社会主义（Utopian Socialism），产生于十六世纪托马斯·莫尔的《乌托邦》一书，盛行于十九世纪初期的西欧，在十九世纪三四十年代发展到顶峰。空想社会主义者对资本主义的社会制度、政治制度和道德观念产生怀疑，进行批判。欧文抨击资本主义私有制，认为私有制是一切阶级之间纷争的根源。傅立叶认为雇佣劳动制度是"恢复奴隶制度"，资本主义的工厂是"温和的监狱"。空想社会主义者提倡平等、共有的社会主义制度，认为理想的社会应该建立在人类的理性和正义的基础之上，并要求废除资本主义私有制。

霍桑与卡芬代尔都对自己身边的这种空想社会主义政治改革运动抱怀疑态度，但是，这种怀疑并非否定：他们虽然都对改革者自身的素质和改革目的保持警惕，但还是充分肯定了社会改革运动的美好愿望，正如亨利·詹姆斯所说，"霍桑对这项改革是有兴趣的，尽管他不像他的同伴那样多少都是些超验主义者，废奴主义者或者傅立叶的信仰者，但是，他作为一个慷慨且没有拖累的年轻人，是愿意在一项合情合理的计划中助一臂之力，以便帮助人们比一般人更和睦地相处"。③所以，霍桑虽然在《海关》中把布鲁克农场的改革活动叫作"艰苦而不切实际的实验"，但是，在《福谷》的序言中却认为，这是自己"个人生活中最浪漫的一页"。

---

① Henry James, *Literary Criticism*, p. 419.
② J. Donald Crowley, ed., *The Critical Heritage*, p. 265.
③ Henry James, *Literary Criticism*, p. 380.

而卡芬代尔则带着明显的怀疑与挑剔向读者介绍了福谷的事业，"我们的目的——当然是宏伟的，而且与其宏伟成比例的，无疑也是荒谬的——就是放弃我们至今已有的一切，为了向人类展示一种不同于人类社会迄今为止基于虚伪和残酷的准则所管理的生活模式"①。这种妄自尊大、厚今薄古的改革态度本身就反映了改革者们在智力与道德两方面存在的欠缺。在到达福谷的当天晚上，卡芬代尔就敏锐地觉察到这项改革事业潜在的道德危机：

> 在我们告别了那个贪婪、争斗、追求自我的世界之后，最先提出的一个问题应该涉及如何在外面那些野蛮人自己耕种的土地上胜过他们。……我们处于一种新的敌对关系而不是新的兄弟情谊的地位。……我们这少数几个人相互之间的紧密团结，必然不可避免地会造成我们同其他人的疏远。

这些本来要通过体力劳动与农民建立兄弟情谊的改革者们却与农民之间形成了"新的敌对关系"，叙述人用"野蛮人"这个词称呼农民着意反讽，暗示作为知识分子的改革者们在智性和社会地位上的优越感和虚荣心。实际上，那些被改革者们看作"野蛮人"的农民都是一些像塞拉斯·福斯特这样待人真诚、理性务实、纯朴善良的劳动者，在道德和生活常识上远胜于这些自认为前来帮助他们改变命运的知识分子。在当天的晚饭桌上，卡芬代尔再次感觉到这些知识分子存在的人格缺陷：

> 我们这些有高度教养的人（我认为我们可以这样看待自己）觉得似乎已经在迈向博爱盛世的路途上有了些成就。不过，实际上，我们是和我们粗鲁的伙伴同身共济；降尊纡贵地要比接受恩赐容易得多。我不禁扪心自问：我们当中的一些人——齐诺比亚不在其内——是否会平静地在这些好人中间入席，心中想的只是出于必要而不是自愿选择。

叙述人以此暗示：知识分子的自视甚高将会使这些改革者们误入歧途，改革如果不从消灭改革者自己的虚荣心开始，便没有希望。然而，除

---

① 《霍桑小说全集》（2），胡允桓译，第240页。

了卡芬代尔，又有几个改革者了解并且敢于承认这些潜藏在自己人性中的弱点呢？叙述人来到福谷的第一夜就遭遇暴风雪，这无疑也成为这项事业不祥的预兆和象征，"暴风雪在夜晚显得益发狰狞。似乎为了我们特殊的利益而生发起——一个冷酷、孤凄、靠不住的幽灵的象征不可避免地萦绕在脑际，在这项冒险事业的前夕，警告我们返回到普通生活圈子之内"。小说进一步用双关语暗示这项事业前途的黯淡，当叙述人希望他们闪亮的窗口能给一个在暴风雪中夜行的人带来鼓舞和希望时，那位言语不多但一切都从常识出发的农民塞拉斯·福斯特却说，"那些灌木的火苗只会持续一两分钟"，这句话在叙述人听来一语双关，"至于他这番话是否暗示我们的道德之光也很短促，我就说不好了"。这段对话出现在小说的第四章，也是叙述人初到福谷与农民兄弟的第一次接触，明显预示了在故事的进程中，改革者们将会暴露诸多人性的弱点，暗示改革事业潜在的危机。

福谷的事业不仅因为改革者们根深蒂固的虚荣心让他们无法如愿地与农民兄弟和睦相处，而且就连"我们这少数几个人相互之间的紧密团结"最终也证明是不可能的。小说中的四个主人公中有三个都是极端的利己主义者，他们各怀目的，相互猜疑利用，最终不得不分道扬镳。改革者内部的不团结扭曲了改革活动的理论初衷，正如 A. N. 考尔所说的，"对福谷社会的批评不在于改革者与周围环境形成的敌对关系，而在于这个团体内部缺少应有的团结，在于它理论上的分歧，也就是说，一方面强调相互同情，另一方面又实际上是一种新的敌对关系，相互猜疑"①。可见，人与人之间的友爱、相互信任以及同情心的消失才是这一项事业真正的失败，也是卡芬代尔怀疑改革事业的根本原因。

导致福谷事业失败的第三个原因在于体力劳动与脑力劳动之间的冲突。这同样也是霍桑自己在布鲁克农场的切身感受。②严格地讲，霍桑对布鲁克农场并没有卡芬代尔那么多的失望与批评，布鲁克农场的发起人和主要持股人乔治·里普利也没有卡芬代尔的朋友霍林斯华斯那种精神霸权和改革狂热，文学总是对生活进行加工提炼的结果，使事件与人物形象更具有鲜明的戏剧性特征。1841 年 7 月 18 日，霍桑在波士顿写给一位热心农

---

① A. N. Kaul, "The Blithedale Romance", *Hawthorne: A Collection of Critical Essays*, p. 161.
② 脑力劳动与体力劳动的冲突是霍桑在波士顿海关和布鲁克农场的体力消耗中无法继续进行思考和文学创作的忧虑。（详见本书第二章第二节）

庄改革的青年大卫·迈克①的信中提到这位布鲁克农场改革运动的发起人时说，"我们从没有把他看作是一个主人，或者雇主，而是我们的劳动同伴，他没有权利指示我们干任何事情，就像我们不该指示他做什么"②。可见，布鲁克农场的实验活动还是有人与人之间的平等相待和大家的真诚努力。霍桑只是觉得这个农庄的资金匮乏，所以前景不容乐观，而他自己离开布鲁克农场前的一段时间里，一周付4美元的食宿费不用干活，主要也是觉得体力劳动与写作思考无法同时进行。③

像霍桑一样，《福谷》中的卡芬代尔也充分认识到沉重的体力劳动对精神生活的不利影响，"我们新生活方式的危险并不在于我们不能成为有实际能力的农夫，而在于我们可能不再有别的专长"④；"我们时常辛勤耕种翻了又翻的土地，却从未化作思想。反之，我们的思想却迅速成了土块。我们的体力劳动毫无象征，只是在暮色降临之际使我们的脑力懒散。智力活动与任何大量的体力锻炼绝不相容"。正如卡芬代尔对齐诺比亚所说的，"彭斯从来不在晒草的时候编歌，他当农民时就不是诗人，而当诗人时就不是农夫"。"看到在这些渴望皈依的人的想象中，我们在自己的生活和劳动周围洒下了什么样的辉煌，实在荒唐（至少对我是如此，因为我的热情已经随着日复一日辛勤劳动的汗水不知不觉地消耗殆尽了），因此也绝对可笑。……我绝少看到这些皈依者由于在七月份的骄阳下奋力劳动了一刻钟，汗水打湿了衬衫领子，而热情不减的。"这些思想几乎与霍桑在书信中告诉索菲亚和编辑，他无法思考与写作的苦恼如出一辙。事实证明，霍桑无论是在海关的两次工作期间，还是在利物浦担任美国领事的岁月里，除了笔记和游记之外都没有任何虚构的文学作品出现，这让他坚决相信体力劳动与脑力劳动相冲相克。

然而，无论是霍桑，还是卡芬代尔，虽然他们总是能透过改革活动虚夸的外表看出这些改革活动本质上存在的问题，但是，他们都充分肯定了人类试图改变平庸现实的美好愿望以及为此所作的努力。卡芬代尔说，

---

① 一位耶鲁的法学毕业生，曾在1841年9月29日签署协约加入布鲁克农场，但并没有真正成为其一员。
② Joel Myetson, ed., *Selected Letters of Nathaniel Hawthorne*, Columbus: Ohio State University Press, 2002, pp. 89-90.
③ 详见本书第二章"霍桑的生活观"中霍桑在布鲁克农场写给索菲亚的信中对体力劳动销蚀脑力劳动的抱怨。
④ 《霍桑小说全集》(2)，胡允桓译，第280页。

"在这里,我在挥汗如雨中挣得了面包并借以果腹,我才有权理直气壮地立在大地上,与一切劳动的儿子成为伙伴。我完全可以跪下去,用我的胸膛抵住这片土地。造就我躯体的红土对那些碾碎的犁沟似乎比对世上任何别的地方的细土都显得更亲切"。人应该自立自强,靠诚实的劳动挣得在这个世界上的生存权,这也是我们在前面已经讨论过的,霍桑始终坚持的人生信条。在小说的结尾,叙述人反思自己参与福谷改革的整个过程,作如下总结:

> 追随一个人的梦想直到其自然完成,只要那幻想值得拥有,哪怕肯定只能以失败告终,我们终归要承认,这种做法即使不算神圣,也说不上不够明智。失败又有何妨?可能根本触摸不到的最虚无的碎片也会具备一种在任何可行计划的最沉重的现实中无法埋没的价值。那可不是思维的渣滓。因此,无论我有何懊悔,我一度怀着足够的信念和力量所形成的对世界命运的慷慨希冀——是的!——以及将心中所想付诸实现的举动,决不能归于我的罪孽和蠢行之列;……

由此可知,对于卡芬代尔来说,改革运动的意义在于,它体现了一个人的精神力量和美好希冀,这是人类社会向前发展不可缺少的内在动力。上面这段引文与霍桑在另一篇寓言故事《奇幻大厅》中对精神力量的肯定十分相似。"奇幻大厅"象征着人类因为不满于粗鄙的现实生活而进行的智性创造,大厅中充满了不计其数的改革家,有来自科学界、政界和宗教界的人士。《奇幻大厅》中的叙述人"我"对改革持怀疑否定态度,"如果改革家们真正了解这个对他们性命攸关的星球,他们就必然不再经过彩绘窗户向外探望。然而,他们不仅采用这种方式,而且还错把那当作最白洁的阳光"。[①]这段话明显是在讽刺批评改革家们盲目陶醉于自己的改革行动,错把幻想当现实。然而,紧接着作者就马上借叙述人的朋友之口及时矫正了这种彻底否定奇幻大厅的极端认识,指出奇幻大厅在人们生活中自有它不可替代的价值:

> 站在这座奇幻大厅里,我们看到人类的智力,甚至在受到地球限

[①] 《霍桑集:故事与小品》(上),姚乃强等译,第863页。

制的情况下，也还能够在创造环境方面产生什么东西来，虽然我们把这些东西称作朦胧、虚幻的，但是和现实生活中我们周围的那些东西比较起来，并不见得更朦胧虚幻。那么请不要怀疑，如果人类在永恒无限的生命中已经怀有种种渴望，那么，人的那种与肉体脱离了的精神，也可以为自己重新创造时间和世界，满足大家的独特享受。但是，我怀疑，我们是否还愿意把那样一种可怜的景象一再反复地重演出来。

这就说明问题的关键不在于人类是否应该拥有美好愿望，而在于人类应该如何更好地对待自己的美好愿望。智性和精神的创造固然重要，但是，如果我们"把那样一种可怜的景象一再反复地重演出来"，也就是说，如果我们仅仅迷恋于这种幻想本身，而抛弃了实际生活和面对现实的理性判断，那么另一个极端就必然造成新的罪恶。因此，这篇寓言的结尾清楚地概括了该故事（也是霍桑所有以社会改革为主题的故事）的主旨："为了对现实生活中的粗鄙赋予精神上的意义，也为了向我们预示'理念即一切'这种状况，让我们对仅仅偶一为之的这次访问感到满足吧。"霍桑希望说明的是，"奇幻大厅"这个精神世界的象征处所，人们不能不去，否则就无法摆脱"现实生活中的粗鄙"，但是也不能永远停留在那里，否则就会被那些所谓真理的光彩晃得无法睁开眼睛，也就"看不见茫茫宇宙中的任何东西"。因此，最健康的精神活动应该是"对仅仅偶一为之的这次访问感到满足"，也就是，人类的改革活动应该兼顾精神活动与生活的实际需要。

简言之，无论是霍桑，还是他的叙述人卡芬代尔，他们对改革活动本身并没有根本的抵触情绪，尤其是他们并不反对人们改良社会的美好愿望以及这种活动体现出来的精神力量，他们甚至认为这是社会进步不可缺少的动力。他们真正质疑的是这种以体力劳动为改变社会的方式是否是一种行之有效的改革途径，他们更怀疑改革者自身的人性弱点，他们的虚荣心和利己心是否能防止他们不再"把那样一种可怜的景象一再反复地重演出来"。改革者自身的道德和人格欠缺不仅让他们与农民兄弟——他们力图要帮助的对象形成新的敌对关系，而且改革者内部也因为这些人性的弱点不可避免地形成了新的专制和奴役关系。

第三节　智性的破产

前面说过，早期的评论总是把霍桑与他的叙述人卡芬代尔混为一谈，就像1852年10月发表在英国杂志《西敏寺评论》上的那篇文章所说，"迈尔斯·卡芬代尔源于作者自己……主要是一种孤立的倾向——主导功能是分析"，并补充说，"可怜的迈尔斯·卡芬代尔！……开始的时候他嘲笑别人，结束的时候，他嘲笑自己！"①从卡芬代尔开始时的"嘲笑别人"到最终"嘲笑自己"，正体现出霍桑逐渐把自己与他的叙述人分离开来的叙述技巧，小说结束时叙述人"嘲笑自己"是霍桑对那些迷醉于智力观察游戏的人的反讽，当然其中不排斥有自我警惕的成分，但是显然作者本人从来没有走向这个极端。

《福谷》可以被看作是卡芬代尔智性破产的故事，并且这是一种有着叙述人清醒意识的智性破产。如前所述，虽然卡芬代尔与霍桑都对乌托邦试验改革有清醒的认识，对体力劳动提升精神境界持怀疑态度，都意识到不被他人理解的孤独（霍桑曾经说起周围的人群，"我同情他们，而不是他们同情我"。卡芬代尔也说，"在熙熙攘攘的人群中，我总有一种孤独感"），但是，他们却有着更多的不同。比如，对于卡芬代尔的感情冷漠，他的知识分子的虚荣心和优越感，作者都是带着怀疑与反讽去描写的。卡芬代尔拒绝老穆迪的求援，但却为了满足自己病态的好奇心，冷酷地探究老穆迪个人生活的隐私；在初到福谷的那个暴风雨的夜晚，他们向农民问候遭到对方的冷遇，卡芬代尔思忖道："这个乡巴佬！他懂得狂风怒号，却没有智力理解我们这兄弟般的欢快语调。这个行路人对我们热诚同情的不甚了然，成为我们要改造世界的艰巨任务的无数标志之一。"②这些描写中使用的反讽戏谑的口气一下子拉开了叙述人与作者之间的距离。

在讨论霍桑的生活观时，我们了解到"真实而智慧地生活"是霍桑给自己规定的人生目标，而卡芬代尔的人生使命却是，"在别人的生命中生活，并试图——通过慷慨的同情心，通过微妙的直觉和记载不值载入史册的琐事，通过把我的人道精神加倍发扬，给予上帝指定的我的伙伴——获

---

① J. Donald Crowley, ed., *The Critical Heritage*, p. 260.
② 《霍桑小说全集》（2），胡允桓译，第234页。

得甚至不为他们自己所知的隐秘的秘密"。卡芬代尔的生活目标就像霍林斯华斯的慈善雄心，以及福谷事业的初衷一样，他们都认为自己是带着"慷慨的同情心"开始这项似乎很神圣的公众事业。但是，在行动的过程中，他们由于过分相信自己的能力，最终与美好的愿望背道而驰，完全失去了人性的温暖与慈悲。

对于卡芬代尔贪得无厌的好奇心，作者通过另一个人物齐诺比亚来颠覆和揭露他，以此提醒读者小心：这样一个叙述人给我们讲述的故事和描绘的人物是否可靠。齐诺比亚多次警告卡芬代尔："先生，你出于无聊和开心如此糟蹋人类的真诚情感是危险的。"当叙述人为自己辩解说，"我不过是履行一种说不清的职责感"时，齐诺比亚犀利地驳斥他：

> 好一个"职责"的陈腐借口！……偏执，自大，蛮横的好奇，爱管闲事的脾气，基于一知半解的无情指责，对别人的良知或明智的歪曲怀疑，极端无礼地把上帝撇在一边，把自己放到那个令人敬畏的地方——你的所谓职责就是从这些和其他同样不幸的动机中来的！不过，要当心，先生！你正是自以为有犀利的目光却是蒙着眼睛走进这些事情里的。

就像奇灵沃斯无休止地探寻牧师丁梅斯代尔的内心隐秘，卡芬代尔的智性活动僭越了上帝的位置，伤害了同类的尊严，因而他就不可能对他接触的人和事有明智的判断，不可能发现事情的真相。齐诺比亚对卡芬代尔的这种病态的好奇心如此不留情面的批驳是霍桑自己作为一个生活观察者的道德警醒，也正是这种对智性活动的谨慎态度让霍桑没有误入卡芬代尔的歧途，而是在所有作品中时时呼唤人类同情心的磁链，把一个人能得到世界的接纳与同情，并同时能与这种同情与理解相呼应看作是人生的最大幸福。霍桑与他的叙述人的最大不同在于，在观察生活时，前者是知难而退，后者是明知故犯。卡芬代尔清楚地告诉我们："我认为，把我们自己全身心地投入研究单个的男男女女，并非健康的思维活动。如果检验的对象是一个人自己，其结果一望而知必然是心灵的病态行为。"但是，他并没有因为知道这是一种病态的行为而停止这种痴迷的探究。

他深知"探究普里西拉'少女的神秘'是一种不敬行为"，但又说，"我不能抵御那种要瞥一眼她未开的花蕾的冲动"。这种冲动与奇灵沃斯医生痴迷于探究谁是那个隐秘的罪人，《伊桑·布兰德》中的主人公对"不可饶恕之罪"的狂热追究一样，都超越了智性活动所允许的伦理范畴，最终变成一种冷酷自私的伤害甚至谋杀行为。所以，霍桑的传记作家詹姆斯·梅娄说，卡芬代尔作为一个叙述者，"从某种程度上说，是一个愚钝且碍手碍脚的观察者"[①]。他的愚钝和碍手碍脚表现在，他被自己情不自禁的智性冲动所迷惑，无法为读者提供客观正确的观察视角，他在行使判断力时并不比他不满意的那些人物高明多少。

卡芬代尔对人物的观察虽然敏锐细腻，但因为是出于自私的动机就做不到客观准确，因此他经由自己的判断而开始的行动往往也都是失败的。比如，当他看到普里西拉开心的样子时，便心生嫉妒，竭力向她灌输人生的苦难意识，"这么高兴有什么用，有什么意义？"希望打消她的幸福念头，"普里西拉，在这样一个世界上如此兴高采烈，我委实看不出有什么明智的地方。……我们美好的目标是达不到的，人们从来都得不到他们所追求的好东西"。但是，一向没有主见的普里西拉在他的面前却表现出少有的自信，表现出自己完全不同的世界观，也是对他别有用心的劝告的驳斥："这是一个人人都对我好、我也喜欢每个人的世界。我的心在我的身体里不停地舞动，你看到我所做的一切蠢事都只是我心的活动。要是我的心不让我情绪低落，我又怎么会不高兴呢？"

卡芬代尔发现普里西拉爱上霍林斯华斯，明明是自己心生嫉妒，却冠冕堂皇地给自己的行为赋予高尚的动机，要"设法把普里西拉从她们女性易于拜倒在圣哲和英雄脚下的那种个人崇拜中拯救出来"，"至少把普里西拉从这出注定是悲剧结局的大灾难中解救出来"。卡芬代尔的智慧之所以没有帮助他正确地认识世界（更不用说改变世界），完全在于他缺少知识分子应有的公允态度，因而也不可能产生对他人的同情心，他的动机、言语与实际行为之间存在着很大的差距。所以卡芬代尔虽然对普里西拉的处境判断比较到位，但是，对这种缺少利他动机的劝阻，优柔寡断的普里西拉再次表现出少有的果断拒绝："你说的我一个字都不相信。"小说让毫无主见的普里西拉拒绝接受卡芬代尔的劝告，充分说明了他自以为是的智性活动的破产，所以卡芬代尔只好悲叹道："我花费了几乎七年的世俗生活才积存起来的甜蜜（指他对世界和生活的发现。笔者注），我在这里交给了普里西拉，而她居然拒绝接受！"最具反讽意味的是，在小说的结尾，

---

① James R. Mellow, *Nathaniel Hawthorne in His Times*, p.393.

这个一向以明智和反思能力为骄傲的人竟恍然大悟,原来自己一直都深爱着普里西拉竟不自知!而普里西拉钟爱的人却是霍林斯华斯,他将没有任何机会赢得她的爱,这个出人意料更出乎卡芬代尔本人预料的结局是对他不健康的智性活动的绝妙讽刺和彻底否定。

卡芬代尔对齐诺比亚的私生活更是穷追不舍,只是为了一己好奇心的私欲,竭力要挖掘出其中的隐秘来。然而,这种费尽心机的研究又有什么结果呢?除了不断得到后者的挖苦讽刺,嘲笑他的动机不纯、能力有限之外,卡芬代尔对自己的疑惑没有得到任何答案:

> 几个月来,我听任自己心灵和想象闲散驰骋的那些事情:齐诺比亚的全部人格和经历;她和维斯塔维尔特神秘交往的本质;她后来倾向于霍林斯华斯的目的和他对她相应的想法;最后她对那个针对普里西拉的阴谋了解的程度,以及那阴谋的最终真正目标。像以往一样,我对以上诸点只能做出我自己的推测。

而卡芬代尔"自己的推测"无非是挂一漏十的主观判断。在波士顿的旅馆中,他似乎突然从敞开的窗口窥见齐诺比亚神秘的私生活,她与维斯塔维尔特的特殊关系,然而,这种偷窥的行为被齐诺比亚及时发现,后者断然拉下窗帘的举动从实际和象征两个层面结束了卡芬代尔对她的窥视,宣布了这种病态的智性活动的破产。

现代心理学家埃里希·弗罗姆(Eric Fromm)在《爱的艺术》一书中说,人天生的欲望是希望了解秘密,探求秘密的方式如果走入极端,便成了"施虐狂",即"折磨他,强迫他在苦难中泄露自己的隐私。这种对他人进而对自己秘密的渴望,隐含着暴虐和破坏的深层动机"。施虐狂的动机是要了解秘密,但"却和从前一样一无所知。我已经把生命撕扯得一块一块的,但我所做的不过是破坏生命而已"[①]。卡芬代尔对他人的秘密的病态好奇带给他的正是这种施虐狂者的徒劳感,他在进行智性活动时显然不懂得尊重、关心他人的感受,支配和利用他人才是卡芬代尔真正的智性兴趣。

与霍桑小说中其他那些冷血自负、走火入魔的智性探索者(比如奇灵

---

① 埃里希·弗罗姆著《爱的艺术》,赵正国译,国际文化出版公司,2008年版,第27-30页。

沃斯，伊桑·布兰德，拉帕西尼医生，艾尔默博士等）不同的是，卡芬代尔一直都对这种病态的智性活动给他人造成的伤害以及对自己人性的扭曲有着非常清醒的认识（其他人物似乎都不太自知），但是他仍然听凭自己继续堕落下去："介于本能和使我怀着思考的兴致窥视他人的情感及冲动的智慧之间的那种冷漠倾向，看来已经深深地使我的心缺乏人情了"；"将我那已经倦怠了的同情心耗费在与我无涉的事情和对我并不在意的人身上。这对我的神经是个刺激……在我费尽力气摆脱他们……之后，又发现这同样的几个人在我面前列成阵势，并把他们的问题以比先前更难解决的形式展现给我，实在令人绝望之极"。这些反思让我们知道，卡芬代尔分明知道这种探秘既无意义，也无成功的希望，更让自己丧失同情心，但是他就像一个赌徒无法抵御赌场的诱惑，这种欲罢不能的智性激情对他的人性形成了极大的束缚和扭曲："当我们打算甩掉原本是丝制的束带时，它却立即变成了铁打的镣铐。我们的灵魂终归不是我们自己的……霍林斯华斯，齐诺比亚，普里西拉！这三个人已经把我的生命吸进他们的生命之中。"他这种明知故犯的智性错误造成的道德滑坡比起那些不知道后果的罪人更不可饶恕。

至此，卡芬代尔的智力游戏不仅搅扰了观察对象的身心安宁，而且更直接破坏了他自己享受眼前美好生活的心情，在这种牢狱般的阴暗绝望中，鲜花、青草、溪流、小鱼和河蟹，美丽的大自然都不能吸引他的注意力，无法带给他生活的乐趣，他被那唯一痴迷的智性恶魔牢牢地控制着，只为知道事情的真相，了解每个人物命运的结局，这种身不由己让他本人也成了智力活动的受害者：

> 不——我决不能流连忘返，我渴望弄清我的故事的全部结局，并且抱着这唯一的目的返回福谷，我应该像一个心情平和的博物学家似的看待这一切景色。然而，却不知为何，在我全部的同情和担心中，不时地却有一股野性的振奋穿透我的周身。……我悄声自语，如果我把自己同那些站在自己的圈子里的人的激情、错误和不幸联系过紧，甚至迈进那个圈子，我就成了闯入者，就会有我难以预料的风险，那是既伤心又有害的。

诗人因为过度的智性活动不能正确行使上天慈悲的旨意，不仅卡芬代尔在深刻的灵魂拷问中向我们证明了这一点，而且在霍桑的另一个寓言故事《巨石人面》(*The Great Stone Face*) 中，我们也看到类似的明示：因为思想与行动的分离，诗人被排除在与巨石人面——真、善、美的凝聚体——的人间化身之外，就像柏拉图把诗人排除在理想国之外，而憨厚朴实、身心统一的农民厄内斯特才是巨石人面的真正体现者。在这个寓言中，那位被误以为是真善美化身的诗人有一段类似卡芬代尔的剖白，解释自己不具备巨石人面资格的原因：

> 我的生活，亲爱的厄内斯特，与我的思想大相径庭。我曾有过伟大的梦想，但也仅仅是梦想而已，因为我始终……——对真善美缺乏信念，人们却认为我自己所说的已经使自然界和人类生活的真善美更加显而易见了。那么，你这位真与善的纯粹追求者，为什么要希望在我身上找到远处那上天的形象呢？①

叙述人最终把"巨石人面"的人间对应者这个荣誉给了厄内斯特，其主要原因是，"他的言词具有强大的感染力，因为他的言词与他的思想一致；他的思想具有深刻的现实性，因为他的思想与他一贯的生活合拍。那不仅仅是这位布道人发出的声音，那是生命的语言，因为其中融入了一个拥有善行和神圣之爱的生命"。可见，行动与思想的分离，或者说，生活与思想的分离是造成诗人异化的根源，让他无法带着坚定的信念在生活中实践真善美，因此也担当不起"人类楷模"这个荣誉称号。

通过分析卡芬代尔徒劳的智性游戏，可以看出，在霍桑的许多故事中，"言词""思想"与"生活"的高度统一成为知识分子理想人格的标志，无论是以多么冠冕堂皇的理由分割三者，都会招致人性的扭曲异化，让人丧失最基本的美德——对同类的同情心。卡芬代尔的智性破产，正如他自己意识到的那样，从根本上讲，是因为他在满足自己好奇心的过程中逐渐丧失了对同伴的尊重与体恤，像奇灵沃斯一样，冷酷地把他人作为无生命的剖析研究对象对待。这正是霍桑与他的叙述人之间的根本不同，是霍桑以叙述人的教训进行的自我警惕，并向读者揭示极端的智性活动之罪及其危害所在。一句话，卡芬代尔之罪在于不健康的智性活动中心灵的异化。

---

① 《霍桑小说全集》(4)，胡允桓译，第 420 页。

第四节 齐诺比亚之死

《福谷》中的另一个主要人物齐诺比亚也是历来霍桑研究者们争论不休、探讨不尽的一个话题,谈论最多的是这个人物与霍桑在布鲁克农场的旧相识、美国早期妇女运动的先驱之一玛格丽特·福勒之间的关系以及齐诺比亚的死因。詹姆斯·梅娄曾说,"玛格丽特·福勒的精神盘旋在他对齐诺比亚的刻画中,持续不断,很难让人忘怀"。① 梅娄讨论齐诺比亚与福勒之间的关系重在说明霍桑对女权主义者福勒的不屑态度。梅娄认为,霍林斯华斯对齐诺比亚的女权思想嗤之以鼻,这正是霍桑对待他身边那些事业心强的女性的态度,"作为伊丽莎白·皮伯迪和玛格丽特·福勒的观察者,霍桑发现有事业心的女性都有某种无情"。②

《福谷》写在玛格丽特·福勒死后不久。在实际生活中,霍桑的确对福勒的女权思想有过微词,这一点我们在前面霍桑的生活观中已经有所讨论。亨利·詹姆斯曾就霍桑对福勒不满的原因有过这样的分析,"他赞赏古老的理想、闲荡的步伐和低沉的语调——这使他无法同情那些所谓的进步女性"。③

毋庸置疑,齐诺比亚与玛格丽特·福勒在很多方面的确有相似之处,比如,她们都有比较高的才智和学识,都有模棱两可的婚姻状况,她们爱上的那个人从智力和品味上都远没有她们本人优秀,④她们都有明确的女权思想,都积极参与社会改革运动,都是溺水而死,甚至她们在生活中都喜欢在胸口插一朵鲜花,等等。但是,她们之间还有更多的不同,就像霍桑与他的叙述人之间存在着根本的品德差异。比如,齐诺比亚出众的美貌和复杂传奇的身世就不是相貌平平、一帆风顺的福勒所能比的,齐诺比亚是

---

① James R. Mellow, *Nathaniel Hawthorne in His Times*, p. 401.
② 《霍桑小说全集》(2),胡允桓译,第261页。
③ Henry James, *Literary Criticism*, Vol. I, p. 379.
④ 玛格丽特·福勒的那位令人生疑的意大利丈夫奥索里在霍桑看来,"他(奥索里)几乎不可能有任何玛格丽特的鉴赏力;让人难以理解的是,她在这个粗鲁无礼的人、这桩没有智性火花的婚姻中发现了什么吸引力——她这个总是对智性不足表示极大冷嘲热讽的人"。而齐诺比亚深爱的霍林斯华斯更是一个文化水平不高的铁匠,她们的爱情都让人觉得很不值得,而她们却甘愿为这个在别人眼里毫无价值的选择赴死,这一点在霍桑和他的叙述人看来正好体现了女性的弱点——盲目的感情付出。转引自 James R. Mellow, *Nathaniel Hawthorne in His Times*, p. 495。

作者对生活的提炼加工，是一个更加具有性格力量的艺术形象，正如亨利·詹姆斯所说，"原型只是提供一些迹象，而作家对自己的素材根据需要进行处理，赋予这幅图画新的含义"①。简言之，玛格丽特·福勒是上帝的作品，而齐诺比亚才是霍桑的艺术创造。

像霍桑曾经在给索菲亚的信中借福勒的母牛讽刺福勒作为女性难免渴望男性呵护的本性一样，卡芬代尔也怀疑，齐诺比亚的女权思想并非超越自我的人道主义关怀，而是源于个人情感不幸的发泄和复仇。齐诺比亚慷慨激昂、义愤填膺地声讨这个世界对妇女的不公："迄今为止，全世界还没有一位妇女能有一次机会把她的全部心情和她的思想都说出来。整个社会巨大的不信任和不赞成，如同两只巨手卡住我们的喉咙一样窒息了我们！"②而卡芬代尔在这一番冠冕堂皇的演说词中却只是看到了一个情感受挫的女子变相的情绪发泄：

> 维斯塔维尔特教授对齐诺比亚的激情无动于衷……一个女人的多少厄运才把她和这样一个男人锁铐在一起啊！……她终会发现她的真正女性的内涵在他身上绝无回应。她最深沉的吁请得不到呼应。她哭得越甚，他越是一声不吭。……当她的女性激情不可避免地受挫之后，接踵而来的便是她在生活中更多公开场合十分明显地表现出偏激和不驯的个性。

因此，卡芬代尔十分不屑地告诉我们，女权主义者大多都"不是天生的改革家，只是由于意外不幸的压力才变成改革家的"。卡芬代尔把齐诺比亚的女权思想简单地归因于个人情感的不幸，这就消解了齐诺比亚女权思想的深刻性与严肃性，抹杀了女性不幸的历史原因和社会根源，这也从一个方面证明他作为叙述人在认知判断上的不可靠。不过，齐诺比亚的情感不幸的确是她自杀的直接原因。

关于齐诺比亚自杀的原因，小说中的人物和霍桑的研究者都有不同的说法。小说中的人物维斯塔维尔特认为，霍林斯华斯是齐诺比亚悲剧的始作俑者，他在葬礼上告诉卡芬代尔，齐诺比亚是"为了那边那个满

---

① Henry James, *Literary Criticism*, Vol. I, p. 420.
② 《霍桑小说全集》（2），胡允桓译，第 328 – 329 页。

脑子梦想的慈善家自溺身亡!"①维斯塔维尔特的想法也是不少中国学者的看法,"为获得金钱资助,他不惜利用她的感情,并直接导致其自杀的悲剧"②,"因为霍林斯华斯的欲望使后者误入歧途,最终导致其跳河自杀"③。

然而,在叙述人看来,齐诺比亚的死并没有维斯塔维尔特教授分析、想象的那么简单。根据卡芬代尔的观察,齐诺比亚应该是感情不幸又突然失去财富而死,是霍林斯华斯与维斯塔维尔特共同造成了她的感情不幸,是她的父亲突然改变主意,把遗产留给普里西拉,齐诺比亚才变得一贫如洗。卡芬代尔对维斯塔维尔特说:"一切都令她失望了:世俗观念中的幸运——她的财富,失去了;心灵上的幸运——她的爱,也失去了。何况她还负着一个秘密的重担,其实质你是再清楚不过的了。"最后一句话清楚地点明维斯塔维尔特对齐诺比亚的死也负有不可推卸的责任,"我早就认为你是齐诺比亚的邪恶命运……那种联系恐怕只有死才能断开"。在叙述人看来,齐诺比亚的感情不幸要比她的失恋复杂得多,是维斯塔维尔特和霍林斯华斯共同造成了她的绝望与人生噩梦,她对世界的厌倦,对男性的失望。就像齐诺比亚在自杀前告诉卡芬代尔的,"早在遇到他(这里指霍林斯华斯。笔者注)之前就已毁掉的一颗悲惨不幸、伤痕累累的心,还有无可奈何地与一个恶棍纠缠在一起的这条命!他抛弃我倒是做了件好事。感谢上帝,他这么做了!"

霍桑同时代的美国评论家奥利兹·布朗森虽然也发现了齐诺比亚之死的经济原因,相信"不是因为她失去情人,而是因为她失去了财产,因为有了财产,她就可以满足自己的品味或者说满足自己的虚荣心"。但是,奥利兹·布朗森真正想说的是,霍桑安排齐诺比亚的自杀是小说的失败,"让男女主人公自杀一直都是一个作者在道德和审美上的双重失误"④。这样的判断既忽略了女主人公个人性格的缺陷造成的不幸命运,也表现出一种对文学的简单伦理强求,似乎认为小说中设置自杀不符合基督教伦理。不过,突然失去财产的确让齐诺比亚在她与霍林斯华斯的关系中变得很被动。

---

① 《霍桑小说全集》(2),胡允桓译,第430页。
② 载《外国语》2009年第6期,第81页。
③ 载《外国文学研究》2009年第6期,第92页,第94页。
④ J. Donald Crowley, ed., *The Critical Heritage*, p. 266.

除了以上感情纠结和经济损失两方面的原因导致齐诺比亚自杀之外，我们还可以补充说，齐诺比亚所生存的男权社会，她那个同父异母的妹妹普里西拉以及她本人的性格缺陷也都是导致她自杀的不可或缺的因素。就社会原因而论，齐诺比亚自己对这个男权社会的声讨给了我们最好的证明：

> 在生活的战场上，落在一个男人钢盔上的一次打击，若是落到一个女人身上，肯定要打到心上，因为她不佩戴胸甲，她的明智本是要躲避冲突的，或者也可以是这样：整个宇宙，无论她那些女人还是你们这些男人，还有上天，或者命运，等等，都要联合起来对付有一丝脱离常规的妇女。是啊，不仅如此（现在我可能就有这种下场了），由于失之毫厘，她也就差之千里，从此再也见不到这个世界的本来面目了。

齐诺比亚的性别政治观无可厚非，因为那的确是当时乃至之前很多代妇女遭遇的实际问题。男尊女卑的思想剥夺了女性平等发展的机会，有多少女性在强权粗暴的丈夫的蹂躏下含冤而死，就像品钦家几代妻子遭受丈夫的虐待而死。又有多少女性像海斯特·白兰一样因为家境落魄，被迫嫁给年老体衰又情感麻木的男人葬送了自己的青春与情感。作为妇女运动的先行者，齐诺比亚在社会上遇到的来自男性世界的仇恨与打击便可想而知了，甚至就连她为之呼吁的女性同胞也难免对她的激进思想产生误解。齐诺比亚的女权思想在一个男权社会里过早的觉醒，难免让她怀才不遇，处处受挫，让她对置身其中的社会失去信心，对生活失去希望。

另外，齐诺比亚的自杀也与同父异母的妹妹普里西拉有直接关系。普里西拉表面上看起来对齐诺比亚百依百顺，敬奉有加，实际上却无意识地成了齐诺比亚自杀的帮凶。从感情上看，普里西拉因为其恭顺、单纯的性格赢得了霍林斯华斯的好感，抢走了齐诺比亚的爱情。从经济角度看，普里西拉的父亲因为对小女儿的偏爱最终决定剥夺长女齐诺比亚的继承权，把财产全部转移给了普里西拉，这正是霍林斯华斯转而爱普里西拉的根本原因，这一点可以从他与齐诺比亚的对话中得到证明。齐诺比亚告诉霍林斯华斯，"不过三天前我得知了那奇怪的事实，威胁着使我一贫如洗；我猜，你知道这件事至少要早一天"。当齐诺比亚问霍林斯华斯是否爱普里西拉时,后者的回答是:"若是你早一点问我这个问题,我当时就会告诉你——'不!'我对普里西拉的感情如同一位兄长。""那你现在的回答是什么?""我确实爱她!"绝望的齐诺比亚终于撕破了霍林斯华斯伪装的面具,告诉他,自己是"一个仅仅在浮财上有点变化的人",而对方却是"一个冷酷无情、以一己之私贯穿始终的一架机器!"这一段对话告诉我们,是这两个女人经济地位的突然转化决定了霍林斯华斯的爱情取舍。

我们还可以从齐诺比亚自身的性格弱点中寻找她自杀的必然性。齐诺比亚的性格缺陷几乎和她的美貌与才智一样醒目。由于她从小由叔叔带大,叙述人告诉我们,"无论一个男人多么严厉,多么明智,也不能教育好一个女孩子",因此,她"任性骄纵,奢侈靡费,不够深沉,缺乏纯洁完美的情趣"。她虽然"热心而慷慨",却"感情用事,自作主张,蛮不讲理"。齐诺比亚这样的个性自然不容于十九世纪早期美国的清教社会(一个崇拜妇德、提倡妇德的社会),因此霍林斯华斯选择温顺可爱的普里西拉自然也在情理之中了。齐诺比亚的个性也让我们想起霍桑对从小失去母亲教育的玛格丽特·福勒的人格的不满。玛格丽特·福勒死后,旅居意大利的霍桑了解到她当年在意大利时那桩可疑的婚姻,非常不客气地在日记中批评这位昔日的女性朋友:

> 她是一个女人,非常想尝试一切,从各方面丰富自己的经验;她本性也是坚强而粗糙的,对此,她尽力加以弥补,费了九牛二虎之力,但是,当然,只是表面上有所变化。这就是谜底所在……因为——至少这是我本人的感觉——玛格丽特在那些认识她的人的心目中和思想上都没有留下任何有关她诚实和纯洁的证明。她是一个大骗子;当然,很有天赋,也很有道德的真实性,否则的话,也不会成为这么了不起的骗子。但是,她身上满是借来的品质,她用来装点自己,却没有在她那里扎根。①

霍桑对福勒的性格、人品的贬斥与卡芬代尔对齐诺比亚性格的审视非常相似。这就难怪那么多人把齐诺比亚视同玛格丽特·福勒,而卡芬代尔也被看作是霍桑的代言人。但是,无论福勒与齐诺比亚有多少相似的地

---

① 转引自 James R. Mellow, *Nathaniel Hawthorne in His Times*, p. 494。

方，起码她们的死因完全不同，齐诺比亚是自杀，而福勒则是意外的沉船事故。在齐诺比亚自杀这件事上，我们还有必要提到历来被评论家忽略的另一个生活原型，那就是新英格兰一位女教师玛莎·韩特（Martha Hunt）的自杀，甚至霍桑对韩特与齐诺比亚自杀惨状的描写都非常近似。在霍桑的日记中，玛莎·韩特是一位默默忍受痛苦、孤独离开世界的无辜牺牲品，得到了他深刻的同情与悲悼。①

霍桑惋惜的是，优秀的女性在一个粗糙的生存环境中因为缺少社会的同情和理解而死，这是霍桑没有忽略的女性悲剧的社会原因，也是他在小说中给予他的那些不幸的女性人物的理解与同情，这就解释了为什么虽然齐诺比亚有诸多缺点，虽然维斯塔维尔特和霍林斯华斯都认为她生前的愤愤不平纯属女人的无理取闹，但是，读者仍然无法对这位个性鲜明、才思敏捷的女性的死无动于衷。她对爱情的渴求，她对感情的执着，她对生活的热爱以及她对霍林斯华斯的慷慨奉献都深深打动读者的同情心。因此，虽然亨利·詹姆斯也一向不怎么赞成女权主义者，但却对齐诺比亚这个人物的刻画厚爱有加，认为"《福谷传奇》中最棒的就是齐诺比亚这个人物，我觉得这是霍桑创造的最完美的人物。她比海斯特或者米丽安或者希尔达或者弗比都具体；形象更明确，作者使用了更多元的笔触"②。詹姆斯所说的"多元"应该是指霍桑把这个人物写活了，她以自己所有的优点和缺点成为小说中最真实可信的人物，不像海斯特·白兰那样明显地受到作者清教思想和道德观的规范。

通过分析齐诺比亚的死因，我们可以看到，女性的不幸命运有着非常复杂的个人和社会原因。齐诺比亚完全从女权主义的视角看女性问题，缺少了一份反躬自省，把女性的一切不幸都归因于社会的偏见和男人的自私霸道，认为自己完全是男权社会无辜的受害者。而男权主义者霍林斯华斯和维斯塔维尔特又站在另一个极端，对这两位毫无同情心的利己主义者而言，女性的不幸纯粹是她们咎由自取，是她们性格的弱点所致。相对而言，叙述人卡芬代尔对这个问题的认识还稍微客观一些，他在齐诺比亚之死中看到了经济层面的因素，女性自身的弱点，社会对

---

① 霍桑对韩特的惋惜和同情详见本书第七章"霍桑的女性观"第四节。
② Henry James, *Literary Criticism*, Vol. I, p. 420.

她们的苛待以及男性的自私倾向。①在齐诺比亚诸多自杀的原因中,我们可以看出她的自我中心,她的自私霸道,她的虚荣心使她自己在这桩悲剧中难辞其咎。因此,女性命运的改变也许就应该像白兰在《红字》的最后所意识到的那样,需要男女双方都作出调整,需要从人性的弱点改革入手。

第五节 迷失的改革者

在解读福谷改革运动的重要领导人霍林斯华斯时,我们发现弗罗姆的"施虐狂"理论很有帮助。弗罗姆在《爱的艺术》中说:"人类最深层次的需要是克服疏离感,是逃离孤独监狱的需要。"人摆脱孤独感的健康方式是以"爱"和"创造性的工作"实现与他人的联合;而不健康的表现形式是"共生性结合"(Symbiotic Union),共生性结合的积极表现形式为"施虐狂",消极表现形式是"受虐狂"。"受虐狂通过把自己变成其指导者、引导者、保护者的一部分使自己摆脱那种不可忍受的孤独感和与世隔绝感。"而"施虐者就是想通过把另一个人变成他自己的一部分而摆脱孤独和封闭感,他通过吞并他的崇拜者,从而膨胀自己、提升自己"②。仔细阅读小说,我们发现,霍林斯华斯这个人物同时兼有"受虐狂"和"施虐狂"的双重角色。

霍林斯华斯首先是一个施虐狂的角色,而他身边的两位女性明显是受虐狂。霍林斯华斯以改革为借口对他身边的朋友卡芬代尔和两位崇拜他的女性齐诺比亚和普里西拉实行意志霸权,试图把他们"变成他自己的一部分而摆脱孤独和封闭感",他所做的一切正是在"通过吞并他的崇拜者,从而膨胀自己、提升自己"。与之相对的是两位受虐狂的女性——齐诺比亚与普里西拉,她们正是通过把自己变成她们的领导者和保护者的一部分从而使自己摆脱那种不堪忍受的孤独感。霍林斯华斯与

---

① 就男性对女性的苛待这一点,有时候即便是伟大的作家也难以避免,D. H. 劳伦斯对霍桑《红字》中的海斯特·白兰就憎恶有加,说她诱惑并毁灭了牧师丁梅斯代尔,是一个塞壬(siren)的形象。劳伦斯对《福谷》中的普里西拉一样讨厌,说她是"一个依赖性很强的女裁缝,在降神会上常被人利用当招魂工具,有点像个妓女"。(〔英〕D. H. 劳伦斯著《劳伦斯论美国名著》,黑马译,第109页。)

② 埃里希·弗罗姆著《爱的艺术》,赵正国译,第14页,第22-23页。

这两位女性之间的关系显然是一种弗罗姆意义上的"共生性结合",毫无爱情可言。霍林斯华斯以改造罪犯为一个堂皇借口,而真正感兴趣的却是在朋友中建立自己绝对的权威,别人只是他用来满足自己霸权欲望的工具。正如观察最敏锐的卡芬代尔告诉我们的,"霍林斯华斯难以对一个能有自己独立观点的人付出感情,而只是对每个专注于他的人表示兴趣","在霍林斯华斯看来,人只不过是一头带辕的牛……他对我们高声叫骂,在心里暗自诅咒,过不久就会用牛鞭抽我们。"霍桑的传记作家詹姆斯·梅娄也发现,"霍林斯华斯在对待两个性别的时候准备充分利用自己的个人魅力做武器"[①]。在人际关系中,霍林斯华斯从来没有平等交往的意识,唯我独尊,唯我的需要为最重要,他曾大言不惭地威胁卡芬代尔:"你如果不和我一起向我终身伟大的目标奋进,又怎能成为我的终生朋友呢?"这个问题让他的自我中心主义者的嘴脸昭然若揭。怀疑主义者卡芬代尔对霍林斯华斯"那阴郁自欺的利己主义"[②] 一直都非常警醒,最终也是因为这个原因与他决裂。

霍林斯华斯自己也承认:"我性格中最突出之点是一种不达目的誓不罢休的不屈不挠。"正是这种"誓不罢休"和"不屈不挠"让他逐渐扭曲了本性,远离了一个美好愿望(改造罪犯)的初衷,变成一个情感麻木的权谋机器。像卡芬代尔一样,霍林斯华斯对福谷的事业一开始就表示怀疑:"我看透了这个体制。它从头到尾充满了欠缺——不可救药、该死的欠缺!——别无其他!我把它握在手中,发现什么东西都没有。其中并没有人性。"按照常理,既然他不赞成这项事业,看透了它的欠缺,就应该及时撤离,或者尽力去矫正它的偏颇。但是,霍林斯华斯并没有终止这项他已经失去信心的事业,而是继续跻身其中,另有所图。霍林斯华斯描述自己的理想:"一个用道德、智慧和勤劳的方法,靠纯洁、普通又升华的头脑的同情,还靠向其学生展示比他们生命中更有价值的生活的可能性来改造那些恶人的计划。"然而,这样一个崇高的改革目标却像他看透了的福谷体制一样,从头到尾都充满了欠缺,主要原因是,他这位领导人"没有人性",其结果必然是一场徒劳。

与一贯有自我批评意识的卡芬代尔不同,霍林斯华斯很少正视自己的

---

① James R. Mellow, *Nathaniel Hawthorne in His Times*, p. 399.
② 《霍桑小说全集》(2),胡允桓译,第293页。

私利动机,他的问题主要是通过齐诺比亚的直接揭露和卡芬代尔的冷静分析展示给读者的。在确认虚幻的爱情已无可挽回之后,齐诺比亚直面霍林斯华斯,犀利地揭穿了他慈善家外表下掩藏的全部祸心:

> 全是自私!再无其他;什么也没有,只有自我,自我,自我!……自我,自我,还是自我!……你的伪装是自欺的。看看它把你带向何方吧!首先,你把致命的一击也是欺骗性的一击指向更纯洁、更高贵的生活这一方案,那种生活本是许多高尚的灵魂创造的。其次,因为卡芬代尔无法成为你顺从的奴隶,你便无情无义地把他抛弃。你还把我也引进了你的计划,当时是希望我助你一臂之力的,现在又把我甩开了,因为我是一个断裂的工具!但是,你罪孽的最主要和最黑暗之处,则是你扼杀了你最内在的良知!——你对自己的心犯下来了致命的错误!……你胸中那颗伟大而丰富的心已经被毁掉了。

自私的改革者亵渎了一项本来应该是高尚的事业,完全以功利之心选择朋友或者将他们抛弃,正如齐诺比亚总结的那样,霍林斯华斯最根本的罪孽是他的道德良知的丧失。在霍桑的小说中,一个人良知的丧失是万恶之首,因为它会使这个人丧心病狂地"凌辱一颗神圣不可侵犯的心灵"(牧师丁梅斯代尔告诉白兰奇灵沃斯犯下的不可饶恕之罪),奇灵沃斯如此,伊桑·布兰德亦如此。如果齐诺比亚对霍林斯华斯的揭批因为个人感情的挫折有些泄愤的嫌疑,那么叙述人卡芬代尔对他的观察就更全面、更客观一些。

在卡芬代尔的眼中,霍林斯华斯的异化首在于他过分单一的目标追求。叙述人以齐诺比亚对生活的开放心态与霍林斯华斯狭隘的人生目标形成鲜明的对比,齐诺比亚告诉叙述人:"我们何必要满足于过去几个月里的简朴生活而摒弃其他一切模式呢?那种生活是不坏;但还有同样好或更好的别的生活。"卡芬代尔对此的回答是:"你对那种只能以一种模式生活的封闭之人的影射,倒使我想起了可怜的朋友霍林斯华斯。……由于他受的教育太少,竟然为他的一个念头完全牺牲了自己,尤其是只要稍微有一点常理就会明白那是完全行不通的。"

霍林斯华斯之罪正是偏执之罪,这种偏执让他逐渐脱离人性的磁链,跌入利己主义的封闭深渊。叙述人发现,"他曾教导他的博爱毫无例外地将其暖流只通过一个渠道,因此再没有多余的留给对人之爱的其他伟大的表现形式,更没有留给人际关系的滋补"。卡芬代尔认为,霍林斯华斯的狭隘在于他所受教育的有限,"假如霍林斯华斯受过的教育再多一些,他或许就不一定非跌入这个深渊不可了";这种有限的教育让他不能审时度势,及时调整自己的奋斗目标或者方法,更不知道多种选择的可能,只能偏执地不计代价地朝着一个目标前行,"他心无旁骛,只认准一个方向,他在那里苦苦思索,感到义无反顾,无疑,宇宙的全部理智和正义似乎都集中在那里了",这种偏执使他"正在迅速地变疯"。卡芬代尔从霍林斯华斯的身上发现了一切误入歧途的改革者们的普遍问题,也解释了他们施虐狂心态的深层原因:

> 那些投身于压倒一切目标的人,往往如此。这种东西并非从外界强加于他,甚至也不作为内在的动力而起作用,而是随着他们的想法和感受逐渐具体化,最终使他们变成只知那单一的原则而不知其他。当这种情况开始成为困境时,人们便会运用智慧而不是由于怯弱而去回避这些牺牲品。这种人没有心肝,没有同情,没有理智,没有良知。他们除去以己为目的之外,交不下朋友;如果你随着他们在那条可怕的狭路上迈出第一步,而未能迈出第二步,第三步,或继续走下去,他们就会毫不迟疑地将你杀死,并将你的死尸踏在脚下。

这一番洞察幽微的分析烛照出人心不易被觉察的细微异化过程,这种异化正是单一的目标追求给改革者造成的伤害,让他们在不觉中失去了理智和良知,最终使他们不仅成为冷酷残忍的施虐狂,而且也造成改革者自己的人格分裂,让他们成为自己伪信仰的受虐者:

> 他们有一个偶像,自愿为其献身,充当高级教士,并且认为把最珍贵的东西奉为牺牲乃是神圣之举;而且丝毫也不怀疑——他们内心的魔鬼实在狡猾——那尊神的面孔看来是铁板一块,他们却从中看到了慈爱,那尊神本身只不过就是个教士,其光辉只能使周围变成一片漆黑。原先的目标越高尚纯粹,被看得越大公无私,也就越不可能使这些人承认那种神般的慈爱堕入不顾一切的利己主义的过程。

第五章　霍桑的进步观：《福谷传奇》

从这个意义上说，霍林斯华斯同时兼有弗罗姆意义上的施虐狂和受虐狂的双重角色。弗罗姆说："被崇拜对象的威力变得膨胀起来，他可能是人，也可能是神。"①霍林斯华斯的改革目标最终成了他崇拜的偶像，那个"内心的魔鬼"被他奉为神明，控制他，异化他，让他在虐待他人的同时，自己也成了这个目标的"契约奴"。爱默生曾在1844年的一篇演讲《新英格兰的改革家》中对那些偏执的改革家们表达了同样的担心：

> 许多改革家……他们偏执，志大才疏。他们迷了路，在对黑暗王国的进攻中，他们倾尽全力对付的不过是些偶然的罪恶，从而失去了获胜所需要的清醒的神智和力量。我们的社会体制中一两个，甚至二十个错误应该得到纠正都没有什么了不起，至关重要的是人应当头脑清醒。②

我们真正应该担心的不是个别的社会错误，而是人的利令智昏，这是爱默生和霍桑的一个共识。爱默生的演讲似乎是专门针对霍林斯华斯这类改革者提出的警告。爱默生在同一篇演讲中进一步提醒大家："我们曾经目睹过的对制度的批评和抨击已使一件事明白无疑：当一个人不充实完善自己，而一心要使周围的事情整饬一新时，社会便一无所得；……虚伪和伪善便是让人厌恶的结果。"（爱默生，1993：655）这种批评同样适合霍林斯华斯。可见，在那个热火朝天的改革时代，爱默生与霍桑都看到了新英格兰的改革家们在改革的热情背后潜在的道德危机。1852年8月9日，索菲亚的母亲在看完《福谷》之后写信给女儿，直接怒斥布鲁克农场的改革者们：

> 在布鲁克农场，像其他地方一样，他们一开始就错了。很多人聚集在那里，豪情万丈，自私，贪婪，傲慢，喜欢着装，喜欢被认可、被仰慕、被吹捧，心胸狭窄的嫉妒在本应只为上帝和人类之爱而激动的心中痛苦不已。如此不和谐的因素结合在一起怎么能产生真正的兄弟友爱呢？我们的事业中道衰落。③

---

① 埃里希·弗罗姆著《爱的艺术》，赵正国译，第22页。
② 《爱默生集：论文与演讲录》（上），赵一凡等译，第655页。
③ Julian Hawthorne, *Nathaniel Hawthorne and His Wife: A Biography*, Vol. Ⅰ, p. 458.

我们从爱默生的演讲和索菲亚母亲的书信中可以知道，霍桑在《福谷》中描写的改革运动以及那些充满道德缺陷的改革者们并非空穴来风，并非像作者在前言中所说的，"只是想建起一个远离交通要道的舞台，得以演出他头脑中那些人物的古怪离奇的行径，而不致使他们暴露得近在咫尺，与真实生活的实际情况形成反差"。①《福谷》毕竟是有很明确的现实指涉的。霍林斯华斯作为改革运动领导人所犯的道德错误在叙述人卡芬代尔正寓意小说的主题：

> 我觉得，霍林斯华斯的性格和错误包含着这样简明的寓意：接受所谓的慈善观念并且以此为业，受其强有力的推动并时常笼统地用于社会，对于由此变得过分狂热并孤注一掷的人来说是危险的。这会毁掉或者可能毁掉这个人的心，那颗心并非是上帝试图用丰富的汁液去赋予生命以甜蜜、和蔼及温善，并无形地影响别的心灵和生命达到同样的幸福目标。我从霍林斯华斯的例子中看到了班扬那部书中这样一条令人敬畏的真理：在天堂的入口处就有一条偏僻的小路通向地狱！

说得真好！如果人类不谨慎对待人性深处的弱点，"在天堂的入口处就有一条偏僻的小路通向地狱"，这不正是该小说的三位主人公卡芬代尔、齐诺比亚和霍林斯华斯遭受的生活惩罚吗？假如福谷的事业是人类改善生存状况的天堂诱惑，那么来到这里进行改革实践的人就因为自身的弱点最终都跌入了精神的地狱。卡芬代尔对他人秘密的迷狂让他侵犯了观察对象的神圣心灵，也彻底摧毁了自己心灵的宁静。齐诺比亚对感情的盲目投入让她糟蹋了自己的心智，清醒地跌入受虐者的深渊，乃至最后不堪忍受屈辱而自杀。霍林斯华斯的控制欲望更是一座阴森可怕的牢狱，先是他身边人后是他自己成为其中的囚犯。霍桑借《福谷传奇》的改革主题，也通过其他短篇小说（比如《地球大燔祭》和《通天铁路》（*The Celestial Railroad*）等）的类似主题，对他那个时代如火如荼的各类社会改革活动以及那些有改造社会宏愿的人们表示怀疑和警惕，他似乎在用这些失败者的例子告诉读者：改革如果不从正视和改造人心这个最根本的问题出发，人类一切改革的努力都是枉然。

---

① 《霍桑小说全集》（2），胡允桓译，第 225 页。

假如霍林斯华斯因为其单一的目标追求和强烈的个人意志代表了那个时代误入歧途的社会改革者们，那么维斯塔维尔特这个"以灵魂做交易的人"就是一个纯粹恶的化身，是霍林斯华斯那种没有同情心做基础的雄心壮志发展到极端的结果，是那个急功近利的时代各种精神骗术的集中体现，"他身上除去恶毒的狞笑，没有一样是真实的"。维斯塔维尔特的催眠术作为精神鸦片对普里西拉的身心伤害远甚于霍林斯华斯对她的不利影响，它是一种渎神的伪宗教行为，在道德上更显堕落。卡芬代尔告诉我们：

> 在这种巫士的手中，人格不过是一块软蜡；罪也罢，德也罢，只是他认为适合捏出的形状而已。宗教情感无非是他可以吐出吹起的火焰或是完全可以灭掉的火星。……若是相信了这种事，人的灵魂就会当真消失了，我们现在生活中的一切甜美和纯净的东西都会堕落，人类永恒职责的概念会变得可笑，不朽也就会立即化为乌有，不值得接受了。

催眠术对基督教信仰的冲击和道德败坏在这里被清楚地揭示出来，它腐蚀着人的灵魂，抵消了虔诚的宗教情感，消解了婚姻爱情的神圣性，"罪"与"德"只不过是巫师手中随意捏搓的软蜡，成了他们行骗的伎俩与说辞，在"村中礼堂"上演的一幕催眠术表演是一个信仰危机、道德堕落时代的集中表现，就像卡芬代尔对此的评价："我们已经跌进一个邪恶时代了！"维斯塔维尔特的形象是那些迷失了的社会改革者们剥去华丽外衣之后的原形毕露，邪恶时代之所以邪恶就是因为人们已经丢失了神圣的信仰，没有了道德底线，罪恶与德性只是骗子们随意拿捏、演示的花招，人的灵魂消失之后的世界与动物世界的丛林便没有二致了。

第六节 人心的改善

十八世纪英国诗人亚历山大·蒲柏在其诗歌《人论》中说"对人类研究最透彻的莫过于人"（the proper study of mankind is man）。霍桑通过他的小说《福谷》以及其他相关的故事进一步告诉读者，对人正确的研究应该是研究人心，了解人心存在的各种弱点，才能避免错误的根源。一切错误都是从人心开始的,一切罪孽都是从人心的缺失衍生的。无视人心的瑕疵或者人性的弱点,对个人的能力过分自负,背离神圣的宗教信仰,行动必然会跌入道德的泥潭,酿成无法弥补的大错。福谷事业的失败标志着一个时代宗教信仰和道德意识的衰落,福谷的改革舞台最终变成一个虚假、自大、狭隘、偏执精神的展览,在这里,无人能够幸免道德的污点,正如 A. N. 考尔所说,"霍桑意识到,十九世纪不仅是属于那些镶着金牙的巫师和思想狭隘的改革者们的世纪,而且那些充满幻想的人(比如卡芬代尔)也有着这个时代的(偏执)精神。因此,福谷一开始就注定要失败,而且脱离现实"。①

《福谷》中没有一个正面人物,他们的心都因为利己而扭曲,尤其是三位主要人物卡芬代尔、齐诺比亚和霍林斯华斯,他们各怀心事,各行其是。卡芬代尔让我们感觉到,比起他无限留恋的"温暖的壁炉"和代表个人享受的"点燃的雪茄"来,比起他情不自禁的智性探索来,人类的命运和世界的走向显得微不足道,他走向福谷仅仅是为了去验证自己的好奇心,"无情的暴风雪"象征着福谷事业黯淡的前途,也象征着他的智性观察必将以失败而告终。

与霍林斯华斯在慈善事业上的盲目偏执以及齐诺比亚在女权思想上的狂放激情相比,卡芬代尔的思想和行为虽然比较明智审慎,但是,他的过分超脱又似乎是另一种形式的自私利己,他的怀疑精神与好奇心同样让他变得感情冷漠,让他变得虚无颓废。在小说的最后一章中,具有很强的反省自查能力的卡芬代尔最终对自己缺乏信仰的人生感到忧虑:

> 至于人类的进步嘛,让那些能够相信的人去相信吧,让那些自愿的人去尽力吧。若是我能更认真地做任何一种人,我就会更舒适些。如同霍林斯华斯有一次对我所说的,我缺乏一种目标。多么奇怪啊!他由于这种成分过多而在道德上毁灭了,而我却时常怀疑,正是缺乏这种成分,我自己的生活才空荡荡的。

可见,在《福谷》以及霍桑的其他以改革运动为主题的故事中,社会改革和慈善活动本身并非像许多批评家所说的,是霍桑批评和否定的对

---

① A. N. Kaul, "The Blithedale Romance", *Hawthorne: A Collection of Critical Essays*, p. 162.

象。霍桑和爱默生一样担心的是掩藏在冠冕堂皇的社会改革活动背后的利己主义动机,他们希望提醒读者的是,如果人们不小心对待人性的弱点,那么他们会很容易被自己认准的改革目标异化,在实施美好愿望的过程中把自己的意志置于宇宙的中心,凌驾于他人的自由之上,形成新的压迫和黑暗,产生"伪善和虚荣"这种"令人厌恶的结果"。

在《生活的行列》中,霍桑赞扬了那些真正为人类的进步和幸福作出贡献的人们,"那些把生命耗费在为人类所做的丰富而神圣的思考上的人;那些人用一定的神圣精神净化了他们周围的气氛、从而提供了美好而高尚的事情得以设想和实施的一种环境——给予这些人在人类的善人中一个崇高的位置吧"。[①]显然,霍林斯华斯、齐诺比亚和卡芬代尔都因为各自的弱点无法被归入这个善人的行列。在霍桑看来,优秀的人和有意义的思想活动的标准一定是剔除了利己的动机,遵循"以爱为压倒一切的原则",只要一个人始终在"为别人的事业而工作,人们的一举一动都有其诚挚的目的,哪怕目标狭隘,也是真正为了全宇宙的善事"。福谷中的改革者显然不明白这些道理。

在霍桑看来,这个世界需要人们以各种方式(而不是唯一的方式)释放爱心,然而,不幸的是"每一个教派都用一圈刺篱把自己的正直围绕起来",心胸狭隘是宗派产生的温床:

> 虽然心气宏大,但头脑却常常尺寸有限,以致排他地只充斥着一个观念。当一个好人长期投身于一种具体的善行——一种类型的改革——时,他就易于变得狭隘,限于他脚下的小路,想象着:除去他已插手的那件好事和最适合他自己观念的那种方式,在人间便别无其他好事可走了。其余的一切全都毫无价值。他的方案只有依靠全世界爱的力量的团结来实现,否则这个星球在宇宙中就不再值得有一个位置了。

霍桑在这里似乎想提醒我们思考这样一个问题:在这个星球上,除了爱与团结给人类带来希望之外,我们还有什么别的出路?"依靠全世界爱的力量的团结"也把霍桑与爱默生再一次区别开来,虽然霍桑与爱默生都看到了改革家们容易犯"胸襟褊狭"的通病,但是,霍桑在这种怀疑之

---

① 《霍桑小说全集》(3),胡允桓译,第362—364页。

后，以"爱"和"团结"去克服利己主义的危险，强调个人与他人的联合，也就是"人类同情心的磁链"，而爱默生却说："友谊和联合是很好的事情，……然而，别忘了一个社会永远也不可能像一个人那么宽广。"①于是，爱默生重新相信个人的力量，认为"真正的个人主义才是理想的联合沃土"。（爱默生，1993：659）

在实际生活中，霍桑对他身边的改革者们的怀疑也更多是质疑他们盲目的追潮随众心理，而不是他们真诚改善世界的愿望。对于那些从世界各地蜂拥而至的爱默生思想的追随者们，霍桑评论道："从来没有一个可怜的村庄充斥着这么多各色奇怪、着装怪异、行为古怪的人们，这些人大部分都把自己看作是改变世界命运的主要帮手，但实际上却只是一些非常令人厌烦的人"；"这些有血有肉的妖怪被一个伟大而原创的思想家的广泛影响力吸引到那里，……人们被一种新思想或者他们幻想是新的思想照亮，来到爱默生这里，就像人们发现了一束光的信息就赶快跑到马灯那里去查看它的品质和价值一样。"②霍桑真正想说的是，人类要改变不幸的命运，只需要遵循爱的原则，而不是对某一个时髦思想的趋之若鹜，在形式上装神弄鬼，标新立异，到处招摇撞骗。

虽然詹姆斯曾经说过，霍桑对爱默生的欣赏超过了爱默生对他的重视，③但是，霍桑也不愿把爱默生当作一个思想深刻的圣贤去盲目崇拜，而只是对他作为一个人的品德和诗性加以欣赏，正如卡芬代尔所说，一个人"最深邃的明智则是清楚什么时候该抵制，什么时候该顺从"④。这抵制和顺从的对象可以是外界的影响（如霍桑），也可以是内在的激情（如白兰）。一个人只有学会了平衡抵制与顺从，才能保持自己的人格独立和精神自由，才不至于沦为外界权威和自己激情的奴隶。霍桑在处理自己与爱默生的关系时正实践了自己在抵制与顺从之间的平衡，没有被围绕在爱默生周围的那一股崇拜的热潮所炫目，更没有像卡芬代尔一样迷失在旁观者

---

① 《爱默生集：论文与演讲录》（上），赵一凡等译，第657页。
② Henry James, *Literary Criticism*, Vol. I, p. 393.
③ 詹姆斯说，"霍桑对于他的那位出色的朋友'闪光'的品质的认识比他的朋友对他身上无论什么亮丽的资质的欣赏都更强烈，这些明亮的特质可能隐藏在我们的主人公作为一位'青苔'采集者这个模糊的身份中。爱默生作为一位神圣的太阳崇拜者，有可能对霍桑在黑暗中有一双猫眼一样的观察能力并不重视"。转引自 Henry James, *Literary Criticism*, Vol. I, p. 394。
④ 《霍桑小说全集》（2），胡允桓译，第233页。

自娱自乐的智性游戏中。我们知道卡芬代尔虽然能抵制霍林斯华斯的专制,没有成为他人的精神奴隶,但却顺从了自己的智性好奇的诱惑,成了病态探究狂的牺牲品。

霍桑从1844年开始构思,到1850年才写出的《伊桑·布兰德》是另一篇关于单一、执着的智性探求如何异化人性的寓言。霍桑在1844年的笔记中写道:"一个探究者追求不可饶恕之罪——他最终在自己的心中和行动中发现了它。"后来,霍桑又进一步补充道,"这种不可饶恕之罪可能是因为对人的心灵缺少爱与尊敬;结果是这位探索者敲开心灵的黑暗深处,不是带着希望或者目的使之更好,而是出于一种冷漠的哲学好奇……这难道不是心智与情感的分离吗?"① "心智与情感的分离"被布兰德叫作"不可饶恕之罪",成为这个寓言的主题,也成为霍桑其他描写智性狂人故事的主题。布兰德告诉我们这种罪的恶果,"那种罪以理智战胜人类的兄弟之情和对上帝的崇敬之感,牺牲一切来满足其强烈的要求!"②布兰德在世界上漫游寻找"不可饶恕之罪"的过程中,"曾经抱着冷漠的目的",把一个女孩子"当作心理实验的对象,使她的灵魂在实验过程中被耽搁,被吸干,或者就此湮灭了。"理智与情感分离的布兰德就像霍林斯华斯一样,逐渐走向了人性的对立面,叙述人布兰德的异化质问和感叹道:

> 知识已经够多了!而心在哪里呢?的确,心已经枯萎变硬了!心已经停止和宇宙的脉搏一起悸动了。他已经脱离了人性的磁链。他已不再是用神圣同情的钥匙开启我们共同天性的房间或囚室,以便有权分享其中一切秘密的那个兄弟了,他现在成了一个把人类看作其实验对象,终归要把男男女女都变成他的木偶,按照他研究的要求,用线牵动他们做出某种程度罪行的冷眼旁观者了。

可见,在霍桑看来,现代社会的全部问题就是知识过剩,人心枯萎。卡芬代尔对福谷的同伴们那种欲罢不能的智性好奇,霍林斯华斯强硬地要求身边人都顺从他的改革意志,恰是这些利己的行为让他们脱离了"人性的磁链",同时成为施虐狂和受虐狂,害人害己。

---

① 转引自 James R. Mellow, *Nathaniel Hawthorne in His Times*, p. 284。
② 《霍桑小说全集》(4),胡允桓译,第427页。

卡芬代尔曾说："假若哪一个有远见卓识的人只生活在改革家和进步人士中间，而不是定期返回既定的事物体系之中，从旧的立足点用新的观察角度来改进自己，那么他绝不会长期保持他的远见卓识。"①这种认识让卡芬代尔离开福谷，返回波士顿，在旅馆中冷静反思自己在福谷的经历，弥合身心的裂痕。透过旅馆的窗户，他看到一家三口相亲相爱的幸福场面，他被深深地吸引和触动："在乡下整整一个夏天，我也没有看过比在这栋时髦公寓中他们表现出来的本性更美的东西了。我以后要对他们多加留意。"这便是他所说的"既定的事物体系"，这也是霍桑一贯激赏的真实生活内容。

中国学者尚晓进评论《福谷》的论文无疑是近年来中国学界关于霍桑研究的一篇很有学术分量的文章，他通过分析乌托邦与催眠术之间的联系，发现两者都是利用对人的精神麻痹和意志控制去制造新的"奴役关系"。②不过，霍桑对乌托邦政治的颠覆不全是政治上的保守立场，还有（或者可以说更多是）基于清教"人性恶"这个传统影响之下对人性本善的信心有限，如果我们把霍桑对乌托邦的进步信念和人性本善的质疑追溯到"人性皆弱"这个根源上，也许我们会在霍桑的书信、笔记和故事中找到更多对这种假设的支持。

霍桑在《皮尔斯传》中曾写道："纵观历史，人类意志和智性从来没有完成过任何伟大的道德改革举措：世界进步的每一步，都在身后留下某种过错或疏漏，即便是最睿智的人，虽致力于此，也不能找到补救方案。"尚晓进根据这段话得出结论说：霍桑相信"人类无法超越具体的历史框架"，"任何致力于创造新世纪或重返黄金时代的努力都是虚妄的"（尚晓进，2009：84）。通过本章对《福谷》事业及其相关人物行为动机的分析，我们可以看出，对霍桑而言，人类无法超越的不仅是"具体的历史框架"，更是人自身的"人性弱点"，正像霍桑在《皮尔斯传》中被引用的这段话所提示的，霍桑对改革和进步的怀疑根植于他对人性弱点的清醒认识，以及对极端的个人意志和智力活动的怀疑，他真正想通过这个没有英雄的故事告诉读者的是：没有人文精神做铺垫的"人类意志和智性"只能让人跌入道德的虚空中，道德的瑕疵和人性的弱点才是一切改革活动应认

---

① 《霍桑小说全集》（2），胡允桓译，第347页。
② 尚晓进：《乌托邦、催眠术与田园剧：析〈福谷传奇〉中的政治思想》，《外国语》2009年第6期，第85页。

真对待和首先解决的问题。

1841年10月18日，正在布鲁克农场的霍桑写信给未婚妻索菲亚，表达对当时红极一时的催眠术和通灵术的怀疑和愤慨："我不相信，人会被提升到第七天堂或者任何一个天堂，或者他们利用这种科学的手段就获得了透视死亡之外的生活秘密。"霍桑告诉索菲亚，这些伎俩"无异于鸦片带来的幻觉"，劝她不要迷信，"还有什么比错把身体和物质的东西当作精神的东西更可悲、更用心不良的呢？还有什么比在俗世产生的看法中失去心灵对天堂的真正（尽管藏而不露）认识和意识如此悲惨呢？"索菲亚之前告诉霍桑，人们觉得她可以做催眠术的媒介，但霍桑坚决反对和制止，"你千万不要这么做，"霍桑说，"你要想知道什么是天堂，就把手伸给你丈夫，回到心灵深处去感受那些神圣的思想与感情吧。"霍桑在信中告诉索菲亚，"你要知道我对这件事的观点并非因为不相信神秘而致，而是对心灵有深刻的尊敬，就这些秘密而言，心灵了解其内在的秘密，但是，并不传达给尘世的眼睛或耳朵。让你的想象力保持圣洁——那是与天堂最真实的交流条件之一……爱是真正的磁力"①。"爱是真正的磁力"，只有从爱出发，才能对心灵有真正的尊敬，爱是人挣脱虚荣心、返回神性、接近上帝的最佳途径，这就解释了卡芬代尔为什么会被波士顿旅馆中瞥见的一家三口幸福的场景深深吸引，并认为那是最重要的生活内容。

霍桑的研究者A. N. 考尔认为，从《红字》到《福谷》存在一个美国经验的原型，那就是，这本小说的主题不是"改革"，而是"社会的重生"。这些改革者把自己比作对十七世纪清教祖先的朝觐，他们都希望让自己的行为与一个伟大而神圣的改造社会和人类的目标结合起来。②尚晓进认为，这是"一部探索乌托邦政治的寓言"。通过前面几章的讨论，我们还可以继续补充说，从《红字》到《福谷》还存在另外一个持久的主题和原型，那就是，人们是如何以冠冕堂皇的理由，口是心非地本着利己的目标在行动，逐渐走向人性的异化，失去对同类的同情心，人心的异化是霍桑小说的一个持久的主题。

《红字》中的清教祖先在惩治社会异端这个正当的理由下，无视一

---

① Joel Myerson, ed., *Selected Letters of Nathaniel Hawthorne*, pp. 96–97.
② A. N. Kaul, "The Blithedale Romance", *Hawthorne: A Collection of Critical Essays*, p. 155.

个弱女子感情的不幸，对她进行过度的惩罚，奇灵沃斯以一个遭到侮辱的丈夫实行报复的正当理由对牧师进行疯狂的精神迫害，牧师在维护纯洁信仰这个正当的理由下无视对白兰和女儿的社会责任和道德、情感义务；《七个尖角阁的宅邸》中的木匠莫尔如何在遭受冤屈就应当复仇这个正当理由下，对爱丽丝·品钦这个无辜的生命行施法术，摧毁她的健全神智；卡芬代尔在"挖掘事实"这个正当理由下，把福谷中的三个人物作为观察对象，将其置于冷漠的智性显微镜下进行无情解剖；霍林斯华斯在"慈善事业"这个正当的理由下，对身边钟爱他的两位女性不择手段地加以利用；齐诺比亚在追求女性的独立与幸福这个正当理由下，逐渐失去女性的优雅，变得歇斯底里，最终走向自杀。人性普遍存在着弱点，如果人们不谨慎地对待自己的弱点，无视个人能力的局限，那么人就会以正当的理由做出不正当的事情来。正如霍桑在小说中引用班扬的那句名言："在天堂的入口处就有一条偏僻的小路通向地狱！"归根结底，霍桑之所以向我们挑开各种改革运动以及改革者华丽的面纱，最终将探照灯聚焦在"人心"这个最根本的问题上，为的是让我们勇敢而诚实地面对人性的弱点，正视人的利己动机，以便在思想和行动中努力绕开这个陷阱。

  这一点可以在《地球大燔祭》这个同样以社会改革为背景的故事中得到说明。作者在这个寓言的开始，有意模糊故事的时间和地点，以突出主题的普遍性，"距今很远的时候——不管那是在过去还是将来，都没多大关系——这个广阔的世界挤满了陈腐的垃圾，拥挤不堪，以致居住在这个世界上的人们决计将它们付之一炬"[①]。然而，人们在这一次大燔祭中不但烧掉了那些被认为是真正"垃圾"的东西，如旧日不公平的契约、绞刑架、武器、私有财产，而且同时也烧掉了所有人类值得引以为豪的文明成果，如一切优美的艺术、神圣的宗教信仰、结婚证书、美好的爱情、骑士精神、经典名著甚至还有《圣经》，将这些人类精神赖以生存的东西全部抛入火中。

  在大燔祭的现场，有一位面色黝黑的旁观者对这种彻底的焚烧破坏行动一针见血地评论道："有一样东西，这帮自作聪明的改革家们忘了把它扔进火里去，不把它扔进火里，大火所烧掉的其他的一切根本都无

[①] 《霍桑集：故事与小品》（下），姚乃强等译，第1033页。

所谓——对,即便他们把这个地球本身烧成一片焦土也无妨!"那么,这个至关重要的东西是什么呢?这个人回答说:"那就是人心本身!"这个人代替他的作者霍桑说道,"除非他们想出某种方法净化那个污秽的渊薮,否则从它那里还会再度萌生出形形色色的错误和痛苦——还是原来的老样子,要么更加糟糕——尽管他们如此不遗余力地将这些东西付之一炬"。

换言之,如果改革不从改变人心的状况开始,那么无论改革的雄心和动作如何宏大,结果将都是徒劳。该寓言在结尾处再一次点名霍桑的大部分改革故事的主题,也是我们在本章着力阐明的观点,那就是,对霍桑而言,所有的社会问题归根结底都是一个伦理问题,是一个道德问题,人心决定着人的社会行为和政治活动,人心的改善(Improvement of Human Heart)是社会进步的关键:

> 人类为了臻于完善所做的长期不懈的努力,竟由于事情在本质上存在的一处致命的错误,到头来仅仅使自己受到恶魔的原则的嘲弄。假如真如此,那该是多么令人悲哀的事实!人心啊,人心!它只有小小的一隅,却广袤无垠,原罪存在于此,而这个外部世界中的罪恶和痛苦只不过是它的一个个范本而已。净化那个内部世界吧;那样,许许多多在外部世界作祟的罪行就会变成虚幻的阴影并自行消失,而现在它们似乎真是我们唯一看得见摸得着的实体。但是,如果我们仅仅停留在"理智"上面,并企图仅仅依靠那件不堪一击的工具去辨别纠正罪恶,那么我们所能成就的一切将是一场梦。

"净化那个内部世界"成为叙述人和霍桑对一切改革活动者的呼吁和警示。可见,霍桑批判和否定的东西并不是人们改造社会的美好愿望,他对乌托邦政治实验也没有原则上的敌视,他在许多故事中始终关注和提醒读者的是,人们在行动中对"人心"的忽视将是"致命的错误",任何忽视人性或者人心的行动,不管是公众的,还是私人的,都注定是没有根基的道德冒险,对人性的盲目乐观更是让改革者无视自身的弱点,在思想和行动上走火入魔。如何"净化"人心这个污秽的渊薮成为霍桑思考一切社会问题和人生苦难的关键,霍桑在这个问题上并不悲观失望,而是有明确的出路。《地球大燔祭》的叙述人用非常接近霍桑的声音告诉读者："在这个文明高度发达的时期，理性和仁慈的结合才组成一个必不可少的法庭。"故事中的那个年轻且富有激情的领袖也说，"让情感和理智一起在这儿倾诉吧。至于成熟啦，进步啦，就罢了——让人类永远都去做它在任何特定时期已经认识到的至高、至善、至尊的事，我确信那样做绝不会错，也没有什么不合时宜！"可见，"理性和仁慈的结合"是霍桑用以克服人性弱点，抵御人们在思想、行为上走火入魔的至理法宝。由此可知，霍桑对人类进步有着足够的信心，有独到的见解和信念，他相信从人心开始的改革，或者让理性与仁慈相结合的改革才能真正为人类谋福利。从《地球大燔祭》的叙述人开导那个为焚毁经典而痛心疾首的书呆子的一番话中，我们可以听到霍桑似曾相识的生活观和人性观：

> 难道大自然不比一本书好吗？难道人心不比任何哲学体系更加深邃吗？难道生活之中富有的启发不比过去的评论家所能用格言记下的更多吗？请别灰心丧气！时间这本书摊开在我们面前，如果我们正确地阅读它，它对于我们就是一册写有永恒真理的巨著。

"大自然""人心""生活"才是一部"写有永恒真理的巨著"①，在霍桑其他的作品中，在讨论霍桑的生活观的时候，我们已经知道，恰好是这些因素构成了霍桑所理解的"真实"生活的内容。

回到《福谷》这本小说，如果霍林斯华斯、齐诺比亚和卡芬代尔的问题——他们的人性扭曲、道德扭曲、智性扭曲以及之后行动的失败都是因为没有"净化那个内部世界"，那么如何"净化那个内部世界"将是霍桑在他的下一本小说《农牧神雕像》中书写的主题，这也是我们将在下一章讨论的主要内容。霍桑的进步观归根结底是他的人性观的一种延伸，是一种人文关怀，是一种道德观。在讨论重大的社会问题时，与大多数思想家不同，他不讲建构什么样的法律制度和社会机构才能保证人的道德完善，也不讨论通过什么样的改革运动才能让社会朝向一个更合理、更有希望的方向发展，而是把所有社会问题都归结为一个个人的问题——个人心灵的

---

① George S. Hilliard 在评论霍桑的英国笔记时说，"他不是书本的爱好者，也不是书本的学生。他随性地阅读，但是并没有号称自己有学识或者有学问。一个大图书馆对他没有什么吸引力"。霍桑的儿子朱利安也确认父亲"不是任何理论和情绪的奴隶"。Harold Bloom，*Bloom's Classic Critical Views*：*Nathaniel Hawthorne*，p. 26，p. 28.

不断改善。正如我们在第一章后两节中所讨论的那样,霍桑对一个人道德修养的关心让他反对一切战争,哪怕是一场解放奴隶的美国内战,让他只把同情心给予那些真正遭受奴役的人群,而不考虑他们的肤色和政治身份,这样的政治立场虽然为他招来了很多非议和批评,但是,霍桑一切从人的心灵和道德修养出发思考问题的方式未尝不是一种更高意义上的政治洞见。

第六章　霍桑的人性观：《农牧神雕像》

内容提要：在霍桑批评史上，学者们大多认为霍桑受加尔文教人性恶的影响，对人性和生活都持悲观阴郁态度，或者干脆说他的人性观是人性恶的翻版，他自己是一个沉闷悲观的人。本章以霍桑的最后一部小说《农牧神雕像》中几位主要人物的心灵成长为例，说明霍桑的人性观既不同于卢梭和爱默生的人性本善论，也不是加尔文教人性恶的简单复制。对霍桑而言，人性有与生俱来的弱点，容易受外界邪恶力量的诱惑和污染。脆弱的人性需要经历痛苦的洗礼，在负疚的孤独中觉醒，在友情、爱情和宗教信仰的引导下获得救赎，逐渐走向完善，人最终学会以理性控制原始欲念，成为心智健全的社会人。

关键词：自然人　社会人　霍桑　人性观

第一节　关于霍桑人性观的争议

八月的康科德，天气总是变化无常，许多个阴雨连绵的日子过后，突然有一周晴朗干爽的天气，霍桑又可以外出划船、垂钓和散步了。他在日记中欣喜地写下自己的人生感悟，"只是太阳慈悲的一个微笑，地球沉重的精神阴霾就在瞬间烟消云散了！这证明，一切阴郁只不过是一场梦，是一个影子，快乐才是实在的真理。而快乐的到来需要长期的阴云密布，让我们郁郁寡欢，悲哀沉闷；但是，一线阳光常常就足以让景色变得明快起来"[①]。"快乐的到来需要长期的阴雨密布"，这句话很好地总结了霍桑对生活的乐观态度，也包含着他一贯的基督教伦理思想，暗示通往天堂之路必然要经过地狱和炼狱的洗礼。同样的乐观思想也反映在他在1842年的另一则笔记中：

> 人心可以被比作一个大洞穴；入口处充满阳光，环绕着鲜花。但是，当你步入其中，稍稍走一段路之后，你就会发现自己被可怕的昏暗以及各种不同的怪物所包围，似乎这就是地狱本身。你迷茫，毫无

[①] Philip McFarland, *Hawthorne in Concord*, p. 54.

希望地徘徊。终于，一丝光亮照在你身上。朝它挤凑过去，你会发现自己在一个似乎可以再生之处，这个地方像入口处的鲜花、阳光一样美丽，但是这里更加完美。这就是人心或者人性的深处，明亮而且祥和；也许那里还有昏暗与可怕，但是更深处仍然是这种永恒的美丽。①

霍桑在这里描写的人心或人性的发展过程可以用阳光—黑暗—更充足的阳光来概括，与他上面所说的"快乐的到来需要长期的阴雨密布"是基于同样的对生活、对人性的一种乐观进化的信念。然而，恰是霍桑的人性观多年来成为霍桑研究者争议的一个焦点。

早在1850年，赫尔曼·麦尔维尔就在《霍桑与他的青苔》这篇评论中提到霍桑悲观阴郁的人性观，认为"他心目中的这种巨大的黑暗力量来自加尔文教人性堕落以及原罪的影响，任何思想深刻的人都难以幸免"。② 1879年，亨利·詹姆斯在他的《霍桑评传》中就这个问题反驳法国批评家埃米利·蒙太古在《悲观的浪漫传奇作家》这本书中的观点，蒙太古像麦尔维尔一样，认为霍桑继承了他的清教祖先的人性堕落、人性本恶的人性观。詹姆斯不同意这位法国评论家的看法，并说霍桑小说中出现的阴郁特色只是霍桑小说艺术创作的审美需要，与清教传统没有关系。③

研究霍桑的学者丹尼尔·玛德（Daniel Marder）在《家乡的流放者》（1984）中也引用了霍桑的那个"人心—洞穴"的比喻，但是，在玛德看来，这个比喻并不适合霍桑及其人物的情况，相反，玛德认为，霍桑及其人物的心路历程应该是一个"黑暗—阳光—黑暗"的逆向发展过程。④ 其实，玛德的这个观点早在二十世纪四十年代F.O.马蒂森的著作《美国的

---

① Claude M. Simpson, ed., *The American Notebook* (1835–53), p. 237.
② Herman Melville, "Hawthorne and His Mosses", *Nathaniel Hawthorne's Tales: Authoritative Texts, Background, Criticism*, ed. by James McIntosh, p. 341.
③ 亨利·詹姆斯在谈到霍桑与他的清教传统的关系时说："他与清教传统的关系，可以说只是智性方面的；不是道德和神学方面的。他与之嬉戏，将其用作颜料；像形而上学家们所说的，他客观地处理这种传统。他并非对这种传统感到焦虑不安，或者为它苦恼，就像通常它的那些牺牲品们那样，这些人没有想象力这个后门可以逃到墙的另一边，……"转引自 *Literary Criticism*, Vol. I, pp. 363.
④ Daniel Marder, *Exiles At Home: A Story of Literature in 19th Century American*, Lanham: University Press of America, Inc., 1984, pp. 140–141. 玛德还补充说："霍桑在最后的十年中，不断从阳光下返回黑暗中，不是他初来时的那种美国过去的黑暗中，而是欧洲过去的黑暗中。也许，在那里，这位流放者才能找到避难所。不过，事实上，他是在用一只新的美国蜡烛寻找那种浪漫传奇的黑暗。"（*Exiles At Home*, p. 206.）

文艺复兴》中就已经有了。马蒂森当时引用霍桑把人心比作洞穴的这段话,并对之加以评论:"尽管他本人被那种美丽的光辉照亮,尤其是在他结婚的最初几年里,但是他很少忘记指出,不完善的人是多么难以坚持这种观点。"① 马蒂森用霍桑的作品证明,人的思想与心灵总是无法同步,因此悲剧也就在所难免。可见,以往的霍桑研究者大多倾向于认为,霍桑的作品,从总体上讲,阴气太重,他对人性的发展进化没有足够的信心。本章乃至全书想要说明的是,我们既不否认霍桑从他的加尔文—清教文化中承受的传统影响,也要探讨他对这种传统的超越与修正,霍桑的人性观有着特定历史背景下的新内容。

1860年出版的《农牧神雕像》是霍桑的最后一部创作完整的长篇小说,也是霍桑最长的一部小说。② 如果霍桑在《福谷传奇》和其他一些短篇小说中把社会的进步归结于人心的改善,那么《农牧神雕像》就具体探讨了人心改善和进化的艰难曲折的过程,最终达到理想的境界。虽然霍桑和雪莱一样都相信要改造社会必须先改造人心,但与雪莱相信诗歌的教育作用不同③,霍桑认为,从自然人到社会人,中间的桥梁是犯罪—悔罪—净化—心智成熟,霍桑相信"罪恶"的教育作用,"罪恶"可以让一个人的心灵得到净化,从而走向成熟,而一个心智成熟的人才是人类进步、社会发展的希望和保障。

第二节 自然人:多纳泰罗与希尔达

中国学者、著名的霍桑翻译家胡允桓先生在《农牧神雕像》④(以下

---

① F. O. Matthiessen, *American Renaissance*, p. 376.
② 在霍桑的四部长篇小说中,《红字》共二十四章,《七个尖角阁的宅邸》共二十一章,《福谷传奇》共二十九章,《农牧神雕像》共五十章。
③ 在《为诗一辩》这篇经典文论中,雪莱激情地张扬诗人和诗歌的社会作用,认为诗能通过培养人的想象力提高人的德行,教人向善。在雪莱看来,要改造社会,必须先改造人心;而要改造人心,最有效的工具就是文学艺术。雪莱在《解放了的普罗米修斯》的序言中说,"我深知,非到人类的心灵能热爱、能赞美、能信仰、能希望、能容忍之时,理论的德行原则都是丢在人生大道旁的种子,徒给无心的过客践踏成尘"。他深信,诗歌艺术能唤起"高明读者的最细致的想象力以及熟识美德善行的美好理想"。
④ 霍桑的小说 *The Marble Faun* 胡允桓先生译为《玉石人像》,不过,笔者认为《农牧神雕像》可能更忠于原文,即美国雕塑家肯甬以多纳泰罗为模特,雕塑出来的一尊农牧神像。故本章主要引文虽然都出自胡允桓先生的译本,但在提到该书的书名简称时用的却是《雕像》而不是《人像》,特此说明,并向胡先生致谢、致歉。

简称《雕像》)的译本序中把霍桑的自然人与卢梭的自然人相提并论。胡允桓认为,霍桑受浪漫主义思想家卢梭的影响,在自然人与社会人之间,和卢梭一样"主张回归自然",并且认为这是该小说的主题。① 碰巧的是,霍桑也用"自然人"(The Natural Man)来称呼《雕像》中的主人公多纳泰罗,可见这位美国作家对早他一个世纪的法国思想家卢梭及其自然人并不陌生。然而,霍桑与卢梭的相似仅在于他们对自然人单纯快乐的自然状态的共识以及社会对自然人的污染这两点上。不同的是,卢梭提倡,人应该回归自然才能摈弃一切腐败和罪恶,"人一旦进入社会状态,即跌落到邪恶和苦难的深渊"②。而霍桑则用多纳泰罗这个自然人暗示,人需要由原始自然状态进入文明状态,这个进化的过程需要罪孽的洗礼,这就把霍桑的人性观与卢梭的原始复古主义人性观区别开来。

犯罪前的多纳泰罗与卢梭的自然人几无二致,他与大自然水乳交融,"阳光的闪烁,喷泉的水珠,树叶在树枝上舞蹈,林地的芬芳,新绿的萌发,古老森林的宁静与自由,全都交融在他深深的呼吸之中了"。③ 自然状态下的多纳泰罗心地单纯,自由快乐,站在霍桑所说的那个有着阳光和鲜花的入口处,"他充满了动物的活力,举止中透着欢乐,又是那样英俊,健壮,给人留下的印象是天生无所欠缺又无所吝啬的完美"。然而,从罗马这个象征着人类历史与文明的城市归来的多纳泰罗却失去了昔日的快乐,他的管家告诉美国雕塑家肯甬:"自从他从那座邪恶和不幸的城市回来就这样了。这个世界变得要么太邪恶,太聪慧哀伤了,……我这位可怜的少爷刚一沾上,就变了,毁了。"肯甬也在返回贝宁山庄园的多纳泰罗的目光中"发现了严峻而伤感的神情,这神情把那张年轻的面孔变得如同经历过三十年的烦恼"。

从自然人到社会人,人失去的是单纯与快乐,赢得的是心智的成熟,不过对卢梭而言,人的这种自我完善的能力恰是人类一切灾难的根源。④ 而霍桑没有追随卢梭的文明悲观论,而是站在了康德一边,相信人从自然

---

① 胡允桓:《自然人与社会人:人类的抉择——霍桑及其〈玉石人像〉》,霍桑著《玉石人像》,胡允桓译,第5-6页。
② 〔法〕让-雅克·卢梭《论人类不平等的起源和基础》,高煜译,广西师范大学出版社,2009年版,第49页。
③ 霍桑著《玉石人像》,胡允桓译,第63页。本章有关《农牧神雕像》的引文主要出自胡允桓先生译本,部分内容参照英语原文略有改动。
④ 〔法〕让-雅克·卢梭著《论人类不平等的起源和基础》,高煜译,第49页。

状态向社会状态转变,不仅是必要的,而且是必须的。霍桑像康德一样,认为自然人是那种没有鉴赏力或缺乏道德情感的人,他们被感官的自然所束缚,还不曾与自由之域结缘。不同的是,康德在《判断力批判》中认为"审美"(包括对美和崇高的鉴赏)使人超越自然,也就是把人从自然之域提升到自由之域[①];出身清教文化传统的霍桑却认为是"罪恶"惊醒了人的认知理性,而这种认知理性(而非康德的审美判断力)才是自然人成为社会人的必备素质。由此可知,虽然霍桑对自然人的认识受到卢梭的影响,在人需要超越自然状态进入更高级的文明阶段这一点上有康德传统思想的影子,但是,霍桑选择人性的进化(Evolution of Human Nature)经由"悔恨"这个媒介——"灵魂从悔恨和痛苦中产生第一次冲动,并竭力冲破各种感觉的束缚"[②],这种通过悔恨和痛苦脱离自然之域从而获得认知理性的认识使霍桑的思想明显带有加尔文教人性论的影响,尽管已经没有了加尔文教命定论的色彩。

霍桑对自然人多纳泰罗的描写带着欣赏与鄙视的双重矛盾情感。多纳泰罗的祖先是贝宁山土生土长的生灵,它与一个人间姑娘结合繁衍后代,产生了这个意大利古老的家族,世代过着自然人的生活。叙述人对这个家族的描述足以传递出这种矛盾复杂的情感:

> 然而,在彼时以及后来很长时间中,该家族却表现出抹不去的父系的野性血缘特征:他们是善良愉快的人种,却能做出野蛮狂暴的行为,而且从来不受社会法律的约束。他们强悍,活跃,可亲,如阳光般开朗,如旋风般激情。他们与大自然息息相通,生活得快乐幸福。

显然,多纳泰罗的族人明显具有卢梭的自然人的特征——"善良""自由""幸福";然而,"野性"和"野蛮狂暴"这些形容词的使用又让我们感觉到一种潜在的暴力威胁,明显是需要剔除和进化的原始因素。

多纳泰罗这个自然人的无知让他的那些心智发达的同伴们把他当玩物甚至动物一样看待。事实上,小说多处用动物的类比来描写多纳泰罗,正说明了他的不开化状态遭人鄙弃。多纳泰罗喜欢漂亮、聪慧的艺术家米丽

---

① 〔德〕康德著《判断力批判》,李秋零译注,中国人民大学出版社,2011年版,第174-175页。
② 霍桑著《玉石人像》,胡允桓译,第345页。

安,然而,后者却根本不把他当人对待和尊重,"他多像个孩子或者傻瓜啊!我仍然觉得我只是把多纳泰罗当作不会飞的雏鸡对待"。当希尔达认为多纳泰罗"脸上有一种青春永驻的样子"时,米丽安"轻蔑地"说:"所有智力低下的人都是那副样子",她告诉希尔达,"若是你认真琢磨一下他,你就会发现在我们这位朋友的气质中古怪地混杂着斗牛犬或别的同样凶猛的野兽的品性";米丽安觉得,"多纳泰罗像一只长毛垂耳狗那样温良驯顺,也像那些比世间男女更善解人意的宠物"。米丽安对多纳泰罗使用的称呼经常是"这孩子!这傻瓜!""他真是个又温存又漂亮的野生动物!简直像是戏耍一条小猎犬!"甚至当多纳泰罗为了米丽安的缘故仇恨并准备杀死那个跟踪她的模特儿时,米丽安认为自己抚慰他的口气和姿态"就像是在哄一条愤怒的义犬,而忠心耿耿的狗正准备对某个假想的要冒犯它的女主人的东西施行报复"。米丽安对待多纳泰罗这个自然人显然不是一个朋友,甚至不是一个人对另一个人的平等感情,而是一个文明人对野蛮人的居高临下。米丽安眼中的多纳泰罗无异于鲁滨逊眼中的星期五,米兰达(莎士比亚戏剧《暴风雨》)眼中的凯利班,是文明人对自然人表现出来的自身优越感。

　　故事中的主要观察者、美国雕塑家肯甫对处于蒙昧状态的多纳泰罗也有类似的看法。肯甫说:"用一种并不苛刻的说法,他身上有相当多的动物本性,仿佛他是在林中出生,小时候四处乱跑,始终都缺乏家教。"就连叙述人对多纳泰罗的观察也满是动物的意象,"他那种无言又无奈的恳求姿态中有一种动人之处,足以逗人发笑,就像你看到一条猎犬觉得自己有错或不体面时的那副样子会忍俊不禁一样";"他抓住米丽安的手,亲吻着,并且紧盯着她的眼睛,一言不发。她面带微笑,有些漫不经心地抚摸着他,就像对一只拦路迎接的爱犬那样";"多纳泰罗的忠心守护绝不亚于一条猎犬"。至此,多纳泰罗作为自然人在心智和道德意识两方面的不足以及周围人对他的鄙视态度就不言而喻了。

　　与多纳泰罗从外表(多纳泰罗的耳朵没有完全进化,还带有动物的毛茸茸的特征)到心智、道德都处于自然状态的情况不同,小说的另一位主人公希尔达虽然来自美国这个文明国度,具有严谨的道德意识和清教徒的虔敬情感,但是,由于人生阅历的匮乏,她在认知力和道德判断两方面也一样处于非黑即白的单纯状态,可以说是另一种意义上的自然人。"希尔达"是古时圣女的名字,她"温和、快乐,既不过分撒野,也不长时间沮丧",这位从艺术天分到个人修养几乎与多纳泰罗站在对立面的美国临摹艺术家表面看几乎是一个理想的人物,然而,仔细阅读小说,我们发现,"水至清则无鱼",希尔达因为过于完美无瑕而缺乏对罪孽的理解,缺乏对罪人的同情心。米丽安评价希尔达:"你高踞于罗马一切恶毒的气味之上,呼吸着香郁的空气,甚至在你那处女的攀升中,你超脱于我们的虚荣与情感、我们尘世灰尘及污泥之上,只有鸽子和天使做你最近的邻居。"在希尔达与多纳泰罗不谙世事的纯洁中包含着对尘世苦难与邪恶的无知,因而也就不可能产生对同类的理解与同情心,自然也就不能成为霍桑理想的现代人,他们都需要"罪恶"的洗礼从伊甸园跌落,在对"罪恶"的悔恨和受难中与人类打成一片,走向心智的成熟。

希尔达曾开玩笑说,有时候自己真希望像鸽子一样从这个塔楼的顶部飞出去,米丽安说:"噢,求你千万别试!万一证明你不够天使的资格,你就会发现罗马便道的石头很硬。而你若当真是个天使,我担心你再也不会降临到我们中间来了。"这句暗藏玄机的玩笑提醒读者,希尔达是一个人,既有人性的弱点,也有神性的一面:她不应该像一个自由落体那样卑贱地坠地毁灭,也不可能像天使那样完美无缺,与人类无缘。她需要见识人间的罪恶,体验人生的苦难,从而使她身上的清高孤傲脱落,让她的理解力、同情心和虔敬融为一体,这样她才能更好地融入人类同情心的磁链中。

作为一位艺术家,希尔达没有经过"罪恶"洗礼的单纯使她缺少深刻的艺术感知力。在欣赏圭多的名画《贝亚特里丝》① 时,天真无邪的希尔达只能在认识的两个极端之间摇摆:要么在艺术热情的驱使下,把贝亚特里丝当作"一名堕落的天使——堕落而无罪";要么在得知贝亚特里丝所犯的杀父罪时,又立即失去所有的同情心,认为贝亚特里丝"罪孽沉重","她的命运是罪有应得!"米丽安对希尔达的这种不留余地的极端认识惊呼道:"希尔达,你的天真像一柄利剑!""你的判断常常十分严峻,虽然你似乎性格温柔,心底善良。"因此米丽安对希尔达的艺术感知力表示担忧:

---

① 贝亚特里丝·钦契(1577－1599),罗马贵族妇女,一说因其残暴的生父发现她与男仆有恋情,她便与后母和兄弟合谋雇人杀死父亲。但律师却为她辩护说,是她父亲要对她乱伦,此说被教皇驳回,将她砍头。这一传说遂成为许多文学美术作品的主题,圭多·莱尼画有她的肖像,藏于罗马巴尔贝利尼宫。见霍桑著《玉石人像》,胡允桓译,第54页注①。

"像你这样天真、脆弱、纯洁的灵魂，怎么能抓得住肖像中微妙的神秘之处呢？"①

在生活中，纯洁无瑕的希尔达自然也不允许朋友有任何道德上的瑕疵，对犯错误的人缺少应有的同情心和理解力，对待他人也像对待艺术品那样缺少一种深刻复杂的辨别能力和洞察力：在发现米丽安与多纳泰罗犯罪之前，她对米丽安绝对信任，把她视为世间唯一的知己。然而，一旦发现朋友犯错，就坚决不肯原谅她，在米丽安最需要她的同情和鼓励时断然将她抛弃，把她推入绝望的深渊。被希尔达拒绝之后的米丽安痛苦地责怨她："希尔达，你太无情……你没有罪，连什么是罪的概念都没有，所以你才如此冷酷无情！作为一名天使，你是没错的。可是作为一个人，一个在凡夫俗子中的女人，你需要一点罪孽来让自己宽厚温柔一点。"米丽安对肯甬承认："当她抛弃我时，我再也没有任何条件保持女性的矜持和体面了。希尔达让我放任自流！"肯甬同样也发现，"由于上帝赋予她的无瑕材料，她注定要显得无情无义"。米丽安和肯甬的话都告诉我们"纯洁无瑕"给希尔达造成的对同伴行使同情心的障碍。小说中有一段对希尔达富有寓意的描写进一步暗示她对罪恶一无所知的潜在危险，也提示我们纯洁无瑕的自然状态并非现代人的理想状态：

> 在这座人口密集、风气腐败的城市中，无论有什么邪恶、浑浊和丑陋，她走起路来都旁若无人，甚至干脆视而不见。她完全不知道有什么恶毒之事正在与她同路而行，只不过并未冲撞她而已，她那种气势无异于无所阻挡的游逛的精灵。尽管据说是世风日下，其实，天真依旧在其自身周围建起了天堂，而且保持经久不倒。

考虑到希尔达接下来就要面对朋友的犯罪这个残酷的现实，并且即刻陷入痛苦孤独的深渊，此刻她对罪恶的这种无知就显得格外危险而且莽撞了。事实上，这个由"天真"构筑的天堂在充满罪恶的人间只能像夏天的雪人，虽然珍稀，却只能是昙花一现的美丽。

多纳泰罗的情况也是这样，他置身其中的"霉腐的罗马"，"古老的灰尘"，"阴冷的宫殿"，"窒闷的空气"，"废墟与腐朽的一代又一代古人的气味"，这些场面像"乌云一般阴沉沉地笼罩着他，而他竟不知其有多

---

① 胡允桓先生把 delicate 翻译为"小巧"，但笔者认为翻译为"脆弱"应更符合原文的意思。

浓重"。多纳泰罗对周围环境中潜在的毒害身心健康的东西的懵懂无知就决定了,他将和希尔达一样无法谨慎地避免灾难与罪恶的陷阱。自然人肯定不是人的理想状态,就像蛮荒的自然绝对不是最美的风景一样,这是霍桑小说中反复申明的观点,在《七个尖角阁的宅邸》中,古宅的花园是弗比经过人工修剪之后呈现出来的美景,《雕像》对罗马郊外风景的描述从象征的层面上体现了"无论是人的理想状态还是理想的风景都应该是人的努力对自然状态进行加工的结果"这个寓意:

> 比起英国最精致的园林景色,这些点缀着树木花卉的草地,由于疏于管理而更具有天然特色,更美丽动人,沁人肺腑。由于少有人为的干预,大自然静悄悄地在这里工作着,并在此安身立命。当然,这里仍有足够的人工河湖,从很久以前直到现在始终未断,不过只是为了防止野生植物泛滥失控,结果就形成了理想的景观,如同由诗人的头脑设计的林地风光,从而可以在随便什么地方再现类似的庭院。

罗马郊外的风景是由"人工河湖"和"树木花卉的草地"结合而成,这种大自然与人工结合形成的风景远胜于英国纯人工的最精致园林景色,正如多纳泰罗的自然纯朴需要与智力的结合才能成就一个健全的社会人,这正是在这段风景描写之前的段落中叙述人对多纳泰罗表达的期望:"多纳泰罗若与我们认为是低等物种的农牧之神联系起来(不需要可怕的中间环节),将其单纯融入他的智力,恢复一部分人类已经失去的天性,又会把他的同感共鸣夸大到多么丰富神秘的领域啊!"小说对罗马城郊的圣乐树的描写从另外一个层面暗示了古老衰朽的家族必然要经历新陈代谢的命运,单纯自然的多纳泰罗需要经历人生雷电的惊醒:

> 圣乐树苍劲古老,似乎生长多年未受惊扰,既未被雷电击倒,更没有受过斧锯的亵渎威胁。它们早已经历了梦幻般的古老技艺,只是在若干年前才因高卢人最近一次袭击罗马的城垣而处于严重的危险之中。它们似乎有生以来对长期的宁静颇为自信,才显得有些慵懒。

那些没有经历过雷电袭击、没有遭到刀劈斧砍的古树就像没有经历过罪恶的多纳泰罗,虽古朴纯真,但缺少深度和创新的锐气,缺少对罪恶的意识,需要也必将面临被外力"干预"的危险,以便完成蜕变,走向新生。甚至就连夹杂在花卉青草中的罗马废墟也不纯粹是岁月和自然力作用的结果,而"必须经历若干岁月和世代,需要生长、衰朽与人类智慧的共同合作,才能有我们如今看到的这种优雅而又有野趣的景色"。

可见,霍桑的审美观和文明要求剔除的总是丛生、蔓延的荒芜,它包括大自然的荒僻、历史的衰朽以及人性中的原始激情冲动。自然人多纳泰罗总是激情大于理智,人的动物性冲动像大自然的荒草一样蔓延,所以它需要遏制与修剪,而对于深受清教文化影响的霍桑而言,这种遏制和修剪就意味着人必定要从天真无知的自然状态跌落进尘世的苦难,经由悲剧性的崛起之后才能成为一个理想的社会人,这也是大多数西方成长励志小说中的道德寓意。

不过,在霍桑的作品中,人的成长和成熟总是包含着进退两难的困境:要成熟就必然失去单纯快乐,而纯粹的单纯快乐又无法让人体验生命的深邃博大,也许"快乐"和"纯朴"是人为成熟付出的必然代价,也是智者永远怀念、依恋的伊甸园幸福。因此,霍桑对自然人的情感是矛盾复杂的,既羡慕他们的自由快乐,又忧虑他们的莽撞无知。这也是米丽安对多纳泰罗的矛盾情感:她尽管看不上多纳泰罗的无知,但是,却羡慕他的轻松快乐。就像肯甬尽管不赞成希尔达看待人事的肤浅,却最终还是在她的单纯中寻求庇护。肯甬就这种矛盾心情解释说,"天赋高的人并不要求他们所爱的人同样智力超群。他们只赞赏自然情感的健康涌动,只赞赏真情实意、纯朴的欢乐,对钟爱的充分满足。而在米丽安的心目中,多纳泰罗具备了这一切"。肯甬对希尔达的依恋也是同样的理由,"亲爱的希尔达,这个世界麻烦太多,令人茫然!我一想到你住在那座塔楼中与白鸽和纯洁的思考为伴,高高离开我们大家,以圣母做你家中的朋友,我就感到说不出的安慰。你自己都不知道,你保持圣母神龛的灯长明,那光能够投射到多远!"

肯甬为希尔达的虔诚和纯洁所吸引,米丽安为多纳泰罗的单纯自在所迷醉,这就像《七个尖角阁的宅邸》中的霍尔格雷渥,面对人类复杂性的疑惑时求助于弗比"女性直觉的同情心"一样,这些复杂又智慧的人对纯洁、单纯和快乐的依恋提醒我们,在自然人向社会人转变的过程中,人不能丢弃快乐纯朴和同情心这些"自然情感的健康涌动",智性的发展不应该以人性的异化和幸福的丢失为代价。然而,就像在狂欢节的快乐时刻米丽安突然发现了那个神秘追随者的阴影,阿卡迪亚的黄金时代毕竟是人类已经失去的遥远记忆，人从快乐的天堂堕落进苦难的现实成为人类成长的必经阶段，这是因为人性脆弱，而魔鬼与罪恶的阴影又无处不在。

第三节 自然人的跌落

经历了七年惩罚生活的海斯特·白兰对丈夫说："红字已经使我皈依了真理，尽管那真理如烙铁一般火热，深深地烙进了我的灵魂。"① 这句话写出了人在跌落之后的收获与代价。在霍桑的小说中，有两类罪人，一类是十恶不赦、无药可救的撒旦，比如品钦上校、品钦法官、催眠师维斯塔维尔特，还有米丽安的模特儿。这类人虽然不多，但是存在着，他们犯下了滔天大罪，却始终没有丝毫的悔过之意，所以属于扁平、单维人物的一类。另一类罪人是无辜犯罪，也就是一种迫不得已的犯罪，像白兰的通奸罪、米丽安的谋杀罪、多纳泰罗的杀人罪等等，这一类人是悲剧主人公，对于他们，犯罪或者堕落只是他们生命进化的一个必不可少的过程，他们在经历跌落之后必然会有悲剧性的崛起，所以这是一种幸运的跌落。

事实上，小说一开始就不断强调多纳泰罗的动物性，暗示这种暴力倾向中潜在的犯罪可能性："他有一种强烈而温馨的吸引力，可能在冲动之下做出壮举，甚至在需要时为之而死。"叙述人对这种动物性的潜在危险所做的预言，在故事中那个陌生人出现之后很快就成为现实。多纳泰罗初次看到那个陌生人，"就对那个神秘、阴暗、散发着死亡气息的幽灵持有偏见"。叙述人强调多纳泰罗的这种情绪"很不像人类的痛恨或不喜欢，而更像低等动物有时显示出来的那种本能的、无缘无故的反感"。在多纳泰罗的本能与他的犯罪之间，叙述人总是暗示一种必然的联系，提示自然人的不足。在多纳泰罗和米丽安全身心投入的一场狂欢中，那个陌生人的突然出现给这欢乐的场面抹上了浓重的阴影，叙述人再次强调多纳泰罗对那个闯入者动物似的反应，"他龇牙咧嘴，使他有一种动物气恼时的模样，那是除去在具有最简单和粗鲁本性的人身上之外，我们很少在常人身上看到的"。

《雕像》第十八章的标题"在悬崖边缘"寓意多纳泰罗马上面临的跌落命运。这一章的开始描写了地面上曾经因为地震留下的大裂口，它象征

---

① 霍桑著《红字》，胡允桓译，第134页。

人性的罅隙，米丽安在这个裂口中发现了深刻的人生哲理："人类幸福所依托的最坚实的物质，不过是覆在洞口的一层薄壳，其真实程度也就足以撑起我们脚下的舞台幻景。用不着地震，裂缝就会开的。只要比平时的步伐稍微重一些就足以沉沦！"而天真纯洁的希尔达却根本看不见那个深洞。叙述人似乎借用米丽安的话启示我们：人性的脆弱决定了人的幸福稍纵即逝，我们怎能不学会用理性控制脆弱的人性，用谨慎呵护易失的幸福呢？于是，谨慎与理性构成我们脚下坚实的大地，给我们稳健的支撑，而多纳泰罗这个自然人并不具备这些素质，所以他的脚下就没有扎实的支撑。

在多纳泰罗的犯罪行为中，米丽安像伊甸园中的夏娃一样是罪恶的诱惑者。在悬崖边，米丽安别有用心地告诉多纳泰罗，当年那些从这里被推下悬崖的叛国者，"他们都是扰乱世界的人，他们的生命是别人的祸根。他们出于一己之私，毒害了大家共同呼吸的空气。在古罗马时代，对这种人有一种干脆的做法，就在他们得意之时，仿佛是复仇巨人之手抓住了他们，把这种背时的人抛下悬崖"。她这样说的时候也许潜意识中想起了那个追随并迫害她的人，并且进一步启发本来就对那个人怀着仇恨与厌恶的多纳泰罗，"毁掉一个活该遭此下场的罪人，无辜的人就得救了"。罪恶的阴影就像多米诺骨牌，一旦碰触，立即波及全局。米丽安的迫害者对她的伤害，她心中装着的恐惧与阴影化作语言与表情，对多纳泰罗形成的暗示与诱惑，最终给多纳泰罗足够的理由把那个迫害者推下悬崖，而这桩罪恶的目击者就是道德上纯洁无瑕的希尔达！一时之间，多纳泰罗与希尔达这两个道德上的自然人在社会人米丽安的影响下，最终失去道德的童贞，失去心灵的安宁与快乐，和她一起跌入黑暗的精神深渊。

然而，米丽安又是一个无辜的、无意识的诱惑者。在她的意识层面，她从一开始就不断地警告多纳泰罗："这意气消沉的罗马正在一点点地销蚀你，你若不是赶快回到你在托斯卡纳的葡萄园，就会和其余的人一样，在变聪明的同时逐渐沮丧下去。"即使犯罪已成事实，她对自己的动机仍然十分模糊，尤其当多纳泰罗明确告诉她，是她的意志诱使他把那个迫害者扔下悬崖时。最后的这句话像子弹似的射中了米丽安。这可能吗？她的目光曾挑动或赞成过这种行为吗？她自己也不知道。可是，天啊！回想一下刚才那触目惊心、混乱不堪的一幕，她无法否认——她仍不清楚是否就该这样——当她看到她的迫害者受到道义的惩处时，她心中确实燃起了一种狂放的兴奋。是恐惧？是狂喜？抑或两者兼而有之？无论那是一种什么心情，毕竟在多纳泰罗把他的牺牲品抛下悬崖时，它燃烧得越来越疯狂了，而且在那人的尖叫颤抖着向下落去时，燃烧得越来越疯狂了。随着那人在下面的石头上致命的一撞，她心中才产生了难言的恐惧。

米丽安在多纳泰罗的杀人过程中的整个心理活动让我们明白，人性中潜在的邪恶情绪有时甚至连他自己都难以觉察。米丽安正是在对自己潜在的激情毫无知觉（更谈不上控制）的情况下诱使多纳泰罗犯下了杀人罪。米丽安对跌入苦难的同伴不再像以前那样戏谑地称呼"小猎犬"了，而是真诚而神圣地叫他："我唯一知己的朋友！"犯罪的体验抹平了自然人与社会人之间的沟壑，让他们从此惺惺相惜，获得畅通无阻的精神交流。犯罪后的米丽安与多纳泰罗就像人类始祖的堕落，不幸的命运把他们紧紧联系在一起——由多纳泰罗亲自动手、被米丽安当场接受的罪行，如她所说，像一条巨蛇把两个人的灵魂无法拆解地联到了一起，并以其可怕的收缩力把他们扭成一个人。这要比婚姻的约束更紧密。在最初的时刻里，这一结合十分紧密，仿佛他们之间的新和谐使所有其他的联系全部消失了，他们就此从人类的链条中解放了出来。一个新的天地，一条特殊的法律单独为他俩而创立了。全世界都不能接近他们，他们是安全的！

"蛇"让我们自然联想到撒旦，联想到罪恶诱感者，联想到人类始祖对上帝的背叛。他们正是在这桩罪恶中跨过巨大的心灵阻隔彼此接近的："她紧紧地搂着他，把他紧紧地拥在她胸口，让两颗心贴在一起，直到两个人各自的恐惧和痛苦合成一种情感，一种忘乎所以的狂喜。"这是两个平等的青年人的热恋行为，再不是以前米丽安对多纳泰罗那种居高临下的蔑视。然而，不幸的是，他们的结合却是以犯罪为媒介，以"从人类的链条中解放出来"为代价，所以他们的"安全"里暗含着命运的冷酷讽刺。

在霍桑的故事中，犯罪的不可或缺、难以避免和人们对犯罪的厌恶恐惧常常纠结在一起，就像此刻米丽安与多纳泰罗犯罪后面临的处境，这便让霍桑的小说比起同类犯罪小说（比如爱伦·坡的犯罪小说）来多了一份明确的道德规范和理性指向。叙述人用反讽描写犯罪后的多纳泰罗与米丽安的心情："因为罪孽自有其销魂的时刻。违法的最主要结果就是获得了自由的快感。就此便（从底部躺着一个死人的黑暗和谐中）升腾起一种幸福或疯狂，使这对不幸的人将它想象成完全抵得上他们永远失去的昏昏然的清白。"然而，这种罪恶的兴奋解脱感很快就被良知追上，建立在谋杀之上的幸福总是脆弱易碎、不堪一击的。在霍桑的小说中，人之所以为人，就在于他有悔悟（Repentance）的能力，甚至就在犯罪的当晚，当两个杀人犯离开犯罪现场，途经希尔达的塔楼时，米丽安就已经不由自主地对楼上的那个天使高喊，"为我们祈祷吧，希尔达，我们需要！"叙述人反复强调犯罪之后人的悔悟时刻如何以最快的速度到来，并且将人的良心紧紧抓牢，以此诉求人的谨慎与理性，警告人不要轻易犯罪：

> 仅仅过了一夜，昨晚还胆大妄为的灵魂，次日上午就变得那么胆战心惊了啊！当狂喜的激情和热度退去，落进曾熊熊燃烧的烈火的死灰之中，并靠生命的物质来喂养自身时，心是多么冰冷啊！一旦缺少了促使其犯罪的疯狂冲动，罪恶的匕首就会那么无力地向前伸出，背叛他，将他抛在进退两难的尴尬境地！

犯罪带给人的悔恨与痛苦总是霍桑小说的浓墨重彩之处（比如《红字》中牧师的悔恨），肯甬见到犯罪之后的多纳泰罗，吃惊地发现，以前"那种生机勃勃的优雅而新鲜的光彩竟然从他脸上完全消失了。……他的所有青春的欢乐以及与之同在的单纯举止即使没有全部消失，也被销蚀了"。这个年轻人原是与生俱来的乐天派，如今却陷入悲观思绪的迷乱中，"仿佛在盲目地蹒跚着"。

人性的弱点使罪恶难以避免，罪恶又带来了沉重的精神惩罚，然而，由罪恶而引起的痛苦悔罪意识却架起了人与人之间理解、同情与交流的桥梁，是一个人理解生活、同情他人的必经之路，这才是罪恶的真正教育意义。霍桑的小说总是不断地告诉读者，人只有在经历了磨难甚或犯罪之后，才能理解他的同类所受的苦，才能对同类具有深切的同情心，这也是霍桑自己在波士顿海关疲惫而苦闷的日子里悟出的真理。[①] 在《雕像》中，经历过精神磨难的米丽安像她的作者一样，深知不幸与磨难的教育意

---

① 在霍桑向未婚妻索菲亚抱怨了一天的繁重体力劳动之后，他进而平衡道，"但是，从此之后，我就明白我也是日出而作，顶着正午烈日的烤灼，直到晚上才能拖着沉重的脚步回家，所以我就有权利把所有辛劳的人们称作我的同伴，也知道如何同情他们了"。（*Selected Letters of Nathaniel Hawthorne*, ed. by Joel Myerson, p. 58.）在霍桑早年的故事中，那些与人类隔绝、对同类有一颗冰冷的心的人都是他警惕批评的对象。（详见本书第二章"霍桑的生活观"第一节。）

义，因此，她对犯罪前的多纳泰罗说，"像你这样的孩子……对快乐与悲伤、对人生的光明与阴暗的纠结知道什么呢？……你无法深刻地受苦，因此，你也只能享受到一半的快乐"①。可见，痛苦与悲哀是人走向成熟的必经之路，也让艺术家更能体察、表现人生的真实感，实现与观赏者的心灵交流。艺术家圭多正是经历了巨大的不幸才使其画作《贝亚特里丝》能传达出人世间的悲哀，从而感动观赏者，"正是那种悲哀使这美丽的少女超凡脱俗，将其置于幽远深处"，②"正是这种深深的悲痛，以其重量和阴暗，使她落到了尘世，而且虽然将她置于我们无法企及之处，却让我们能够用眼睛看到她"。

霍桑不仅描写脆弱的人性容易遭到污染与诱惑，而且他也描写罪恶的传染、连带作用，以此警示人不可轻易犯罪。罪恶像罗马的瘴气和瘟疫一样，有一种难以遏制、难以根除的穿透力："天意注定，每桩罪行都会造成许多无辜者的极度痛苦，就连那唯一的罪人也难逃其劫。"这让我们想起《红字》中的丈夫奇灵沃斯的下场，想起《七个尖角阁的宅邸》中的品钦上校与品钦法官的结局，还有《雕像》中被多纳泰罗扔下悬崖的精神迫害狂，他们不仅是罪人，而且也是难逃其劫的牺牲品，罪恶连带了他们自身。

罪恶带给那些曾经信任、崇拜犯罪者的人们的伤害尤其深刻，叙述人说："我们从来不相信邪恶真的存在，直到它在我们深信和敬爱的向导或我们爱之甚笃的朋友的罪孽中成为实实在在的存在。"亲朋好友的罪恶是最大的心灵灾难，这是因为我们对他们从不设防，并且对他们心怀最神圣的期望：

> 一个朋友对我们就是各种好与真的代表和象征，他倒下之时，其影响恰似天地随他塌下，把支撑我们信仰的支柱砸得粉碎。我们无疑也被砸得伤痕累累，神智迷乱，但还是又挣扎着站起来。我们狂乱四顾，并且发现——或者我们可能从来也没有发现——原来天空并非当真塌了下来，……但那一声轰响以及由此而来的恐惧和困扰，一时之间却压倒了一切，仿佛那场大灾难把整个道德世界都卷了进去。记住

---

① Hawthorne, "The Marble Faun", *Collected Novels*, New York: Literary Classics of the United States, 1983, p. 890.
② 霍桑著《玉石人像》，胡允桓译，第 54 页。

这些事情，就让它们昭示一个有益的动机，在世俗方式的污渍中小心翼翼地行走吧！让我们反省吧：最高的路径乃是由那些仰望我们的人的纯洁理想所指点的，一旦我们走得不那么高尚，他们也许永远不会再看这么高了。①

这样的警示出现在多纳泰罗犯罪后的许多段落描写中，意在强调我们必须谨慎对待犯罪，因为那是生命中不能承受之重，它害人害己，所造成的精神伤害远大于肉体的毁灭，就像叙述人发出的感叹："每一桩罪行所摧毁的都不仅是我们自己的伊甸园！"希尔达也承认："当天下有一个罪人时，每个无辜的人都要感到他的无辜受到那桩罪孽的折磨。米丽安，你的行为使整个天空都昏暗了！"悔罪的痛苦以及罪恶的连带作用都警告我们，在生活中，我们必须小心谨慎地行走，不要轻易犯罪。亲眼目睹了犯罪全过程的希尔达从此跌入精神的苦难中，叙述人对此评论道：

> 年轻而纯洁的人们，在深切体会到某位自己最信任的朋友的罪过之前，是不易体会痛苦的真相的。他们可能提到过很多世事的邪恶，而且似乎也懂得了，但那只是难以触摸的理论，与此同时，他们敬佩得五体投地的某个人却出于天意而教会了他们这痛苦的一课。那人作恶犯罪，亚当再次沉沦。而此前开着不败花朵的天堂也又一次失去了，永远关闭了，大门口还设下了闪闪的利剑。

天堂随罪恶而去，痛苦伴罪恶降临，精神被推入万丈深渊，这是多么严厉的人生警告啊！小伙子布朗在森林中的那个见识罪恶的夜晚带给他的精神和道德冲击也有同样的效果，这正是希尔达从虚幻的道德天堂跌落到脚踏实地的罪恶人间，生命所发生的本质变化：

> 这个年轻活泼好动的灵魂此前从不晓得垂头丧气是何滋味，是世界的不真实的一面使她如此。希尔达所拥有的最充实、最富有的似乎就是米丽安的心，而这位最亲密的朋友对她却不复存在了。在米丽安消失后留下的虚空中，本质与真理，生活的完整，努力的动机，成功的欢乐，也都随她而去了。

---

① 笔者对照英语原文（*Collected Novels*，p. 1126）对本段引文略有改动。

目睹罪恶之前的希尔达曾经发现米丽安的表情与她自己正在画的贝亚特里丝"分毫不差",见证了米丽安犯罪之后的希尔达竟然发现贝亚特里丝的表情"画得和她本人的十分相似"。贝亚特里丝脸上透露出的这种表情说到底与罪恶有关,这里暗示希尔达在见证罪恶之后与米丽安有某种近似的表情。叙述人进而分析罪恶对这两个人的相同影响,米丽安的痛苦在于,"正是她深切体会到了父亲的罪孽才将自己笼罩在阴影中,这意识把她吓退到遥远的、同情不可及的地方。而希尔达的脸上之所以有同样的表情,正是由于她知晓了米丽安的罪孽"。

"难言的哀伤和罪恶的神秘阴影"不放过行走在这个世界上的任何一个人,希尔达这个天使般的人物也终于像多纳泰罗一样难逃罪恶阴影的侵蚀,可见,是"罪恶"而不是"单纯"(对世界的盲目乐观只能看到"世界的不真实的一面")教会希尔达最终懂得圭多的画中那位"命运不济的姑娘"贝亚特里丝的罪恶之下可能埋藏的无辜,罪恶与无辜可能同时存在于贝亚特里丝的身上,正如她无法把米丽安身上的美德与她的罪恶完全分开。在懂得了生活和人性的复杂性之后,希尔达发现自己与贝亚特里丝在表情上的相似,并从自己的痛苦经验中明白什么叫"无辜犯罪",从而对贝亚特里丝和米丽安都产生了深切的同情,这便是希尔达从沉重的人生一课中得到的认知收获。

第四节 孤独中的悔悟

霍桑是一个描写"孤独"的能手,但霍桑笔下的孤独决不是现代人的孤独,因为霍桑人物的孤独往往是自身错误或者弱点引起的与世隔绝,这种孤独是他的人物在回归社会之前的积极准备状态,因为他们虽然承受孤独最初的隔绝与痛苦,但都能最终在孤独中奋起,在孤独中悔悟(比如海斯特·白兰与牧师),在孤独中摒除自身的弱点,走向心智的成熟。而现代文学作品中表现的孤独(如卡夫卡作品中的孤独)一般都是社会的过错造成人的孤独异化,现代人的孤独只是通向绝望和虚无。所以霍桑笔下的孤独与现代西方文学作品中书写的孤独有着本质的区别,不可相提并论。

《雕像》像《红字》一样,最悲壮、最感人的时刻是在一个人犯罪之后的远离人群:那是一个无法与人分享、无法与人言说痛苦体验的黑暗隔绝时刻。这时候,外人只能看到他们克制而平静的表情,却无法体会翻滚激荡在他们内心深处的痛苦。在森林中,牧师对海斯特·白兰倾诉自己不能与人言说的孤独感受:"除了绝望再无其他!"① 被罪恶阴影笼罩的希尔达向天主教神父哀诉自己的孤独:

> 我是个没有母亲的女孩子,并且在意大利这里举目无亲。我只有上帝来关心我,做我最亲近的朋友。而我向你描述的那桩极其可怕的罪行,却插到了他(大写的他,指上帝。笔者注)和我之间。于是,我便在黑暗中寻找他,却遍寻不见,除去忧郁孤凄之外什么也找不到,而那桩罪行就在孤凄中藏身!我无法忍受了。把它藏在我心中,简直如同我自己犯了那桩可怕的罪孽。我变成了让自己害怕的东西,我快要疯了!

希尔达的孤独是一座监狱,将她封锁其中,让她与世界隔绝,"那孤独在节日的阳光下是一个影子,在她的眼睛和她竭力要看的绘画之间是一层薄雾。那孤独是把她关在灰色昏光之中、只让她以肮脏空气为营养的冰冷的牢房——那本是只适于关押罪犯的!她无法从中逃出去"。罪孽沉重的米丽安更是感觉到与近在咫尺的朋友肯甬隔着千山万水,遍寻不到与人沟通的出路:

> 她站在那漆黑的深渊一边,伸出手去,却永远握不到他们的手。她用力叫喊:"救命,朋友们!救命啊!"但如同她在梦中喊叫一样,她的声音会不为人所闻地消失在咫尺天涯之中。这种无法接近别人以得到人类温情、只觉得人们变得冷雾一团的孤独感,是那样无边无际又令人心寒,往往成为任何事件、不幸、罪行或特殊性格的最凄凉的后果,使人与世隔绝。米丽安的情况时常就是这样,她有一种本能的渴求,想得到友情、爱情和亲密的交谈,但被迫求助于空泛的形式,致使她内心的渴望只能靠幻影来填充。

"友情、爱情与亲密的交谈"是一个人在孤独隔绝的困境中得以解脱的最佳途径,是指引一个人在生活的汪洋大海上顺利前行的一盏灯塔,这也是《七个尖角阁的宅邸》中的一个重要启示。海波吉巴在堂兄品钦法官

---

① 霍桑著《红字》,胡允桓译,第149页。

迫害他们兄妹的时刻体验到的就是这种没有友情援助的孤立无助感:"上帝本来安排他所创造的人类互相帮助,她却顽固地拒绝了这种支持。如今,她和克利福德就要成为他们亲族中的敌人的案上肉了,她尝到了摒弃援助的惩罚滋味。"① 人与人之间的相互帮助才是人的自然生存状态,人为的自我孤立或者因为罪孽感而与世隔绝,都是人不堪忍受的痛苦异化状态。

就在米丽安发现肯甫的雕塑《克里奥佩特拉》揭示了她内心深处的秘密,准备向肯甫坦言自己的隐秘痛苦时,她敏感地意识到肯甫可能不愿意知道真相,于是,朋友之间的信任顿时烟消云散,米丽安觉得"我那深红色的宝玉——血一般的红——价值连城,不能存放在一个陌生人的盒子里"。② 可见,人与人之间的信任是多么艰难,甚至在最要好的朋友之间也难以敞开心扉,释放内心的痛苦负担,米丽安背负的罪恶将她远远地与友情、人群隔开,把她放置在一个隔绝的精神炼狱中。

在霍桑的小说中,"隔绝"不仅是罪人与人群之间的隔绝,而且也是罪人与大自然的隔绝。犯罪之前,多纳泰罗与大自然融为一体,能听懂鸟兽的语言,能用独特的声音随时呼唤鸟兽来到身边。犯罪之后,多纳泰罗发现,大自然的花草虫鸟都远离了他,似乎对他的罪孽充满惊恐,"整个自然界都退避我,在我面前发抖!我生活在诅咒之中,像一团烈火包围着我!没有一个清白的东西能够来到我身边"。多纳泰罗讲给肯甫的那个家族故事——骑士与水仙姑娘的悲剧爱情故事,形象地说明了罪孽与纯洁的大自然水火不容,肯甫从这个故事中得出寓意:"在一切平常的焦虑和哀伤中,可以依靠与大自然的一种习惯性交流得到慰藉和可亲的力量;而另一方面,大自然那温和的影响,在粗鲁的激情面前却显得力不从心,而在罪孽可怕的发烧或寒颤中则完全无能为力了。"粗鲁的激情,沉重的罪恶,是大自然也畏惧躲避的东西,就像肯甫劝慰多纳泰罗的,"我们所有的人,随着我们长大,便失去了与大自然亲近的某些东西。这是我们为经验付出的代价"。

孤独让人绝望,孤独更是一个心灵成长的驿站,这是霍桑的人物区别于现代文学孤独者的关键所在,因为霍桑的人物在孤独中没有走向虚空,

---

① 《霍桑小说全集》(2),胡允桓译,第 203 – 204 页。
② 霍桑著《玉石人像》,胡允桓译,第 113 – 115 页。

而是获得了心灵的净化、生活的启示和艺术感受力。处于孤独隔绝状态的希尔达，"在目前对精神启示的渴求中"，发现了索多玛（1477－1549，意大利画家）的救世主画像中"造成最震撼人心的一个效果就是那种孤独感。你看到基督在天上和人间都遭到了摒弃，他内心的绝望使他发出了人类从未发出的最伤心的呼声：'您为什么抛弃了我？'不过，即使在这种极度悲哀之中，他仍然充满神性"。经历了孤独的痛苦体验的希尔达发现："索多玛在这幅无与伦比的绘画里，比有史以来的任何神学家都更好地协调了上天与人间的关系，将上帝与因受难而愤怒的人性集于一身。"孤独让希尔达能走进艺术家和耶稣基督的情感世界，与其他受难者产生情感的深刻共鸣，也对艺术多了一份更深层的辨别力："以前，她把共鸣深深注入一幅图画，似乎仍留有一定的深度难以测知；如今却相反，她的感官能够像钢钻一样穿透画布，发现那不过是一堆颜料堆在空虚之上。并非她把一切艺术都贬斥得不值，而是艺术失去了其奉献精神。"同样，在希尔达从肯甫的生活中突然消失的日子里，在失望孤独的心境中，肯甫突然发现了以前不曾看出的雕塑作品《拉奥孔》中蕴藏的艺术魅力，"是他那罕见的沉重心情才使他对那件作品的可怕的壮丽与哀伤的寓意如此敏感"。痛苦永远都是霍桑人物的智慧催化剂，带来的都是积极向上的力量。

在霍桑的犯罪故事中，悲剧性的罪人都能在这种暂时的隔绝状态中严肃反思，把文明社会的虚假面具看穿，心中升腾起更接近上帝律例的良知的法律。在孤独无援的境地，米丽安领悟道："人们所谓的正义主要都是些表面文章，……在人间的法庭面前，我是不能得到公正的审判的。"她的犯罪让她明白或者怀疑，贝亚特里丝也可能像她一样是无辜犯罪，却没有得到公平的审判，贝亚特里丝的死有可能是冤枉的。海斯特·白兰也是在隔绝的时刻感悟到"人间的法律并非我心中的法律"，发现"那红字赋予她一种新的体验。……那字母让她感应到别人内心隐藏着的罪孽……表面的贞洁不过是骗人的伪装，如果把一处处真情全都暴露在光天化日之下，不仅海斯特·白兰，好多人的胸前都会有红字闪烁的"[①]。可见，霍桑的人物不是在孤独状态中迷失或者异化，而是在孤独中痛定思痛，走向心智的成熟，达到心智与情感的统一。

当希尔达明白自己既不能出卖朋友，也就是，向罗马法庭控告杀人的

---

① 《霍桑小说全集》（2），胡允桓译，第71页。

米丽安和多纳泰罗,又不能告诉肯甬他们的犯罪时,那种孤独感几乎将她压垮,但也赋予了她前所未有的理解力和历史洞察力,"啊!我现在总算理解了过去几代人的罪孽怎么会为后世创下一种负罪的环境"。

犯罪后,罪人在孤独中的悔悟让他们变得心智成熟,获得一份深刻的感知力,也让他们在道德上成熟,对遭受磨难的其他人产生深刻的同情心,就像米丽安可以"用她的同感探查"多纳泰罗心中的剧痛,就像他们这两个罪人从此对古往今来所有的谋杀犯一下子都充满了理解与同情,那些杀害恺撒的高尚而伤心的兄弟们,"他们所有的人,还有许多世人从未想到过的男男女女,由于我们刚才的行为而成了我们的兄弟姐妹!"犯罪让他们远离了一个正常的世界和人群,却使他们发现了另一个在正常生存状态中容易被忽略的人群,让他们站在另一批人的行列里,成了众多罪犯的同情者和代言人:

> 想起来真可怕:一次个别的错误行为融进了大量的人类罪行,从而使我们——仅牵挂着我们自己孤立的小罪孽的人——为全人类的罪孽负疚。如此说来,米丽安和她的恋人并非孤立的一对,而是由成千上万罪人构成的团体中的两人,彼此之间都要望而生畏,不寒而栗的。

作为艺术家,心中装着罪恶,熟悉罪恶,并在罪恶的阴影中浸泡,米丽安因此对艺术多了一份常人没有的感悟力和判断力。在加布遣会教堂评论圭多的那一幅正义战胜邪恶的画作时,米丽安挑剔圭多不该把与魔鬼打交道的天使描绘得那么镇静,因为她懂得魔鬼的威力,她明白罪恶的毁灭性力量会把战胜罪恶的人首先毁掉,或者至少,那个大天使应该在这场搏斗中浑身是血,精疲力竭,"这场搏斗绝不该像圭多笔下那个整洁的大天使所感到的那样,是一场儿戏"。

从多纳泰罗、米丽安、希尔达在犯罪或见证罪恶后所经受的精神磨难以及他们对这种痛苦的道德反抗与反思中,我们可以看出,霍桑不仅了解罪恶的教育意义,而且也深谙悲剧艺术的奥秘,他像德国古典美学家、诗人席勒一样懂得"受苦"唤起的"激情"在艺术表现中的审美价值。席勒曾就"激情"与"痛苦"在悲剧艺术中的重要性有过精辟的论述。席勒把"激情"界定为"人为的不幸",也就是悲剧诗人为了调动人的"崇高感"而构想出来的一个重要因素,席勒认为"激情是不可避免的命运之移植,借助于这种移植,命运就剥夺了自己的险恶,而命运的功绩就被引向人的强大方面。"① 由此可见,"激情"被移植进悲剧中是为了"借以逼视人的灵魂深度的命运。没有深刻而强烈的感性的痛苦,便无从产生激情",而激情的产生是为了"成全人的道德境界",从"忍受痛苦中寻找人性的荣誉"。② 对席勒而言,人由"痛苦"到对痛苦的"道德反抗"正体现出人性的崇高与伟大。

在一切激情的情况下,感受必须是由痛苦引起兴趣的,而精神必须是由自由引起兴趣的。如果激情的表现缺乏对受苦的自然描写,那么它就没有美学的力量,而我们的心就始终是冷漠的。如果它缺乏道德禀赋,那么哪怕是在具备感性力量的情况下,它也不可能是激情的。而我们的感觉不可避免地被激怒。受苦的人永远应该由一切精神的自由显露出来,主动的或者能够达到主动性的精神永远应该由一切人类的痛苦显露出来。③

可见,即便是从审美的角度看,"痛苦"也是人获得精神自主的必备条件。不过,需要注意的是,作为一名把生活置于艺术之上的基督教作家,霍桑对"受苦"首先怀着提升心智的道德期望,用受难使他的自然人具备较高的心智,获得道德感和羞耻心,这是肯甬在多纳泰罗身上发现的变化:

> 雕塑家认定,自从他们在罗马结识以来,由于某种神秘的原因,年轻伯爵的单纯中已经注入了一个灵魂。如今,他显示出深刻得多的感受力,一种开始应对高级话题的智性,尽管是用一种虚弱而孩子气的方式。他也表现出更明确、更高尚的个性,不过,是在悲伤与痛苦中发展而来的,并且惊恐地意识到促使其产生的磨难。每个人的一生,无论升华成真理,或深入现实,都必须经历类似的变化。④

正如前面所说,人的成熟总是无法与单纯快乐的情绪并存,肯甬发现多纳泰罗新近获得的智性能力时,他的心情是悲喜交织的:一方面,他为

---

① 〔德〕席勒:《秀美与尊严:席勒艺术和美学文集》,张玉能译,文化艺术出版社,1996年版,第212页。
② 章安祺、黄克剑、杨慧林著《西方文艺理论史》,中国人民大学出版社,2007年版,第268页。
③ 〔德〕席勒:《秀美与尊严:席勒艺术和美学文集》,张玉能译,第159页。
④ Hawthorne, *Collected Novels*, p. 1070.

多纳泰罗获得了更高尚、更明确的个性感到高兴,承认痛苦与跌落的必要,因为"即使孩子的母亲也担心,他会永远单纯下去";另一方面,他又惋惜这个自然人失去的单纯快乐,希望这笔宝贵的幸福财富能伴随人的一生,"我们把单纯保持得越久,并将其进一步坚持到未来的生活中,其价值就越大"。①

《雕像》通过描写多纳泰罗纯朴、快乐的家族和先人,似乎在呼唤人类失去的黄金时代,像多纳泰罗的管家托马索所说、被肯甬认可的那样,"这个世界如今令人伤心了!"这时候,肯甬像卢梭一样,为人在现代社会失去的单纯快乐而悲哀,质疑科技发展与进步在多大程度上是人类真正需要的:

> 一度宜人的大地上,曾令前代人高兴的花朵如何一代又一代地产生得更少了呢?……人类正在远远地超出我们自己的童年,以致竟然对再享受幸福加以轻蔑了。一个单纯而快乐的人,在这些会把他的野性未退的欢乐视为羞耻的圣贤而阴郁的人们中间只能感到无存身之地。目前确立的人间事务的整个体系有意排除了快乐幸福的心灵。就连孩子都会训斥那个胆敢努力把生活和世界看作是快乐的地方和机会(我们会很自然地认为这个人就是这么想的)的倒霉蛋。

在我们今天,在生活中要求有目标、有目的是铁的定律。这样的定律使我们都成了追求进步的一项复杂计划的一部分,其结果只能使我们到达一个比我们出生时更冷酷、更可怕的境地……我们要把一切都变得十全十美的决心过于强烈了,反倒使一切都乱了套。

启蒙运动以来,科技理性和工业文明让单纯快乐的生活越来越没有存身之地,"快乐幸福的心灵"的丢失是现代人为科技进步带来的生活便利所付出的沉重代价,因此,肯甬才对这种得不偿失的进步提出质疑。不过,虽然肯甬对现代文明持怀疑态度,但是,他并不怀疑人在命运面前的能动性,这在很大程度上代表了霍桑乐观进取的人生观。事实上,《雕像》的一个重要主题就是十九世纪的美国人乐观入世的人生观对清教传统和加尔文教命定论的超越。面对人类失去的单纯快乐的黄金时代,身份模糊的

---

① 霍桑著《玉石人像》,胡允桓译,第 226 页。

米丽安代表传统，秉持被动悲观的人生观。在肯甬的雕塑室里，米丽安思忖道："如同这些胸像闭锁在大理石中一样，我们每个人的命运也存在于时间的石灰石之中。我们自以为命运是自己雕出来的，但其最终的外形是先于我们的一切行动的。"这与《七个尖角阁的宅邸》中叙述人所说的"人们尽了最大努力也只能取得梦幻般的效果，而上帝才是现实世界的唯一创造者"十分相似，都体现着加尔文教命定论的悲观和屈从。

然而，在《雕像》中，霍桑的美国主人公肯甬和希尔达却不承认自己的命运早已被注定，他们相信通过个人的努力可以改变命运，获得做人的尊严，人在挫折与磨难中可以感悟生命的价值，让自己从心智上获得成熟，达到理智与感情的统一，成就比较完善的自我。肯甬和希尔达的乐观入世态度对多纳泰罗和米丽安这两位欧洲青年的悲观思想进行了及时的矫正，最终，这两个人也学会以积极的心态面对和反思人类的罪恶历史，以人类曾经有过的单纯快乐时代为鼓励，重新思考和塑造属于现代人的阿卡迪亚式生活，在爱情与友情中获得精神的新生。就像希尔达在听到米丽安以地裂为隐喻发表的人类幸福易失的阴郁观点之后反驳她的："在我看来，没有什么地裂，我们脚下也没有什么可怕的空洞，除非是我们心中的邪恶要挖掘出一个。若是这样一个地裂，我们就用美好的思想和行为在上面搭起一座桥，平平稳稳地走到对面去。""美好的思想和行为"是希尔达为"邪恶"这个造成人心地裂的隐患开出的药方。

在孤独中悔悟和成长是霍桑让他的人物体现出来的乐观入世的人生观的最好表现。《雕像》的故事背景设在意大利古都罗马，这是一个历史文化重镇，也是人类罪恶的集结地，昔日古战场上的惨杀，竞技场上的人兽比拼和无数伤亡事故，十字架上留下无数殉教者的鲜血，一部分人的生命与痛苦曾经给另一部分人带来娱乐与消遣，在这里积淀的人类罪行与悲惨历史应该让人对自己这个物种少一份自鸣得意，多一份警醒与谨慎。在多纳泰罗犯罪的那个晚上，叙述人几乎把罗马的罪恶史悉数回顾了一遍，为的是提醒读者：只要人性有弱点，犯罪和堕落就在所难免，关键是人类是否能够像故事中的人物一样在犯罪后的孤独中进行深刻悔悟，实现悲剧性的崛起。

第五节　心灵的救赎

面对由于人性弱点而无法避免的不幸命运，叙述人发现，意大利人的苦行救赎和美国人的慈善行为都不足以把人从痛苦的精神灾难中解救出来：

> 一个意大利人除去向无处不在的求乞穷人施舍之外，绝少梦想到当什么慈善家，而且也从来想不到除赎罪苦行、朝拜进香和神龛献祭之外，还有更适当的向上天赎罪的方式。或许，他们这套体系也有其道德上的优越性。无论如何，他们都不会像我们那样，（像我们自己更为精力充沛的慈善心很容易做的那样）以分担上帝的旨意，并好心帮助实现其否则就无法实现的计划而感到自豪。①

这既是在批评意大利人不切实际的赎罪方式，也是在讽刺美国人盲目的慈善行为。考虑到这本小说的创作时间是 1860 年，美国国内尤其是北方的废奴运动正如火如荼，而霍桑又一贯反对废奴运动，我们就不难理解他在提到美国的慈善家时言语之间暗含的讥讽了。对霍桑而言，友情、爱情、虔敬的宗教信仰才是帮助人类脱离精神苦难的最佳途径。

肯甬作为小说中另外三位主人公的知心朋友，扮演的是友情救赎的使者角色。在多纳泰罗孤独痛苦的时刻，肯甬是他唯一的知心朋友，不仅明察他的痛苦，还积极为他出谋划策，帮助他走出精神迷雾。当多纳泰罗选择在苦修中获得道德和精神的解脱时，肯甬坚决反对并且提醒他："生活是如此丰富多彩，温馨灿烂！越出其范围，便只有阴森冰冷了！"肯甬为多纳泰罗提出的具体救赎建议是以"大地"充当忏悔的"密室"，以"为人类做出善举"作为"祈祷"的最好方式。

友情的体贴与关爱让多纳泰罗逐渐摆脱了悔罪的绝望，获得精神的复苏，在肯甬的启发下，多纳泰罗"初次想到为人类的福祉而活着的念头时，他那种被悲哀部分掩盖了的原初的美又在精神升华中返回了。这位农牧神在漆黑的深渊中找到了一个灵魂，与之共同奋争，奔向上天的光明"。肯甬的劝导恢复了多纳泰罗美好心灵的原貌，痛苦的反思让多纳泰罗具有

---

① 笔者对照英语原文（Collected Novels，p.1075）对本段引文略有改动。

了思想的深度，这正是本章开始时我们引用的那个霍桑的"心灵—花园"的比喻，肯甫成为多纳泰罗步入其中的那个深暗阴沉的隧道中的一盏指路明灯，通过不断的鼓励和启发，使他逐渐完成心灵的升华：

> 相信我吧，你不知道你在精神成长中需要什么，你只一味谋求把你的灵魂永远保持在悔恨自责的有害状态中。你应该走出那阴暗的峡谷，在那里滞留太久会有无尽的危险。我们若是坐下来而不是束起腰带继续前进，会吸进那里有毒的空气的。你现在需要的不是垂头丧气，不是懒散苦恼，而是振作！难道在你年轻的生命中始终有个不可改变的邪恶吗？那就用美好把邪恶挤出去，不然它就会赖在那里腐蚀发霉，那毒素会污染你从事美好工作的能力的！

肯甫的劝导与希尔达曾经对米丽安所说的用"美好的思想和行为"消灭心灵的裂口都出自同一个信念，那就是，人在面对灾难和罪恶时可以表现出人的主动性，可以不让自己被灾难和罪恶压垮。试想假如小伙子布朗在森林归来之后，有像肯甫这样的朋友劝解，他还会抑郁而死吗？肯甫的友情和耐心启发劝解让多纳泰罗摆脱了用苦修赎罪的念头："他的头脑已经觉醒，他的内心虽然充满痛苦，但已不再麻木了。"不过，肯甫更明白，多纳泰罗觉醒后的心灵和大脑需要女性更温柔细致的精神营养与安慰，这时候，爱情成为不可取代的另一帖疗伤良药，肯甫自己承认：

> 我不想扮演多纳泰罗所需要的向导和顾问的角色，因为——且不提其他难点，我是个男人，而在男人与男人之间总有一道不可逾越的鸿沟，他们绝难互相抓牢对方的手。因此，男人所需要的亲切帮助和心理支撑，绝少来自同性别的男人，而是来自女性——他的母亲，姐妹或妻子。

叙述人也说："她——那个最不幸的人，那个哄他走入邪恶的人，还可以引导他到达比他沦落前的境界还要高的天真无邪。"罪恶虽然破坏了多纳泰罗单纯快乐的心境，但也唤起了米丽安对他真挚而谦卑的爱情，"这位骄傲而独立的女性固执地把自己置于从属的地位，将她的生命系于一个人的气恼或眷顾的偶然性之上，而那个人不久之前还只被看作是一时的玩物，……既然她对他爱到如此程度，不消说，多纳泰罗身上自有一种力量值得她尊重和挚爱"。这种令人尊敬和挚爱的力量就是多纳泰罗在严肃的精神探索中凝聚起来的智性深度,在艰苦的克己和痛苦的悔悟中获得的人格魅力。正是这种力量唤起了米丽安的爱情、同情和牺牲精神,"米丽安也默不作声,竭力把她的全部心灵融进同情,将其全部慷慨奉赠给他,哪怕只有一时的兴奋作用"。米丽安告诉多纳泰罗:"把你的心放在我身上休息吧,最亲爱的!让我来承担那全部重量吧,我完全能够承受得住,因为我是个女人,而且我还爱着你!……我要求的一切只是请你接受这全部的自我牺牲(但对我的伟大的爱而言,就根本不是牺牲了),我正是以这一自我牺牲来驱除你因为我而招致的邪恶!"当肯甫来到贝宁山,发现这里的氛围单调、阴沉而忧郁时,他脱口而出,"一张女性的面孔会让这里多么生色添辉啊!"

看着两个有情人历经磨难之后终成眷属,肯甫像一个神甫对登上婚姻殿堂的新婚夫妇进行布道一样,对米丽安和多纳泰罗说出他们对彼此负有的神圣责任:

> 在这件事上,和其他一切事情一样,也包括着绝对真理,……这里的这个人已经开始受到一场可怕而不幸的教育,这已经把他——并通过你的作用——带出了一个蛮荒而又快乐的境地,那种境地在一定范围内给予了他在世上其他地方不可得到的欢乐。就他而言,你已经招来了你不可推卸的责任。而多纳泰罗,这里的这个人是上天指定与你的命运密切相关的。我们的世俗生活借以告示我们另一种状态之存在的那一神秘过程,已经由她为你开创了。她天生多情又才华横溢,有启迪的力量,磁力般的影响,有良好的感知,这一切都通过理智和宗教的方式发挥了出来,这正是你的情况所需要的。她拥有你所要求的一切,而且以全身心的自我奉献来让你获益。因此,你们两人之间的黏合力是真实的,而且——除去由于上天的作用——是永远不可拆解的。

这段话听起来又像是上帝对伊甸园中刚刚被创造出来的夏娃和亚当发出的训谕,肯甫像上帝一样,规定着亚当和夏娃的责任角色,因此两个情人都不由自主地感叹:"他道出了实情!"在肯甫的这番神圣话语的激励下,多纳泰罗的内心发生着戏剧性的变化,"他的外貌不由自主地体现出一种尊严,由于他内在的自我在一个时期中发生的变化,这种尊严便升华了他原有的美。他是个人，胸中翻腾着严肃的深思"。肯甬的话对于多纳泰罗是思想和道德的双重启迪。

虽然肯甬把女性的角色和爱情置于拯救多纳泰罗最重要的位置，但是，我们不能忘记的是，是肯甬这位朋友在多纳泰罗最黑暗无助的时候启发他远离精神的牢狱，是他这位真挚的朋友在两个年轻罪人中间穿针引线，循循善诱，帮助两个人恢复了本已存在的好感，使他们恢复了做人的自信，给他们出谋划策寻求最佳的见面场所。友情——这个霍桑一贯称作"人类同情心的磁链"被紧紧抓牢在肯甬的手中，他把它抛给处于炼狱中的两个受苦的罪人，并及时地把他们从堕落的深渊拉了上来。

肯甬作为一个米丽安称之为"情趣高雅""感觉细腻"的朋友，他在帮助两个犯罪朋友和维护希尔达的快乐心情中始终表现出对朋友的尊重、宽容、体恤与理解，并且他也有能力化解朋友间不必要的误会与忌恨。肯甬以他慷慨的友情拯救了米丽安与希尔达之间的友情，拯救了米丽安与多纳泰罗的爱情，也拯救了陷入绝望深渊的罪人米丽安与多纳泰罗。重新获得爱情和做人自信的米丽安无限感激地对肯甬说："我们信任你。"多纳泰罗也对肯甬说："你是真诚正直的。"在他们重归于好，离开肯甬时，米丽安再次感激地对他说："再见，真正的朋友！"可见，友情对处于炼狱中的罪人发挥着至关重要的道德和思想引领作用，这也是霍桑人生体验的艺术表达。

这本小说创作前不久，霍桑在罗马经历大女儿乌娜病重时刻的阴霾与绝望，他的终生好友、美国前总统富兰克林·皮尔斯及时来意大利陪他旅行散心，帮他分忧解愁，就像肯甬陪同多纳泰罗漫游罗马郊外，霍桑本人深刻体会到了友情在人生关键时刻带给他的精神支撑，所以他才能写出肯甬对多纳泰罗的友情是多么及时和有效，也因此，肯甬带着多纳泰罗在意大利漫游的日子读起来总有霍桑对皮尔斯感激的回忆。

同样，希尔达对米丽安的感情转变也是在肯甬的启发和帮助下完成的。肯甬以最大的耐心和爱心劝说希尔达需要透过问题的表面，全面考虑一个人行为背后的复杂动机和感情因素：

啊，希尔达，你不知道，因为你不可能从你自己的心里想出来——你心里有的只是纯净和正直——在邪恶的东西里可能混合有什么好东西。如果你从她（米丽安。笔者注）自己的观点，或者从任何侧面的观点来看待她的行为，无论多么大的罪行，可能终究看来并不那么确定无疑是罪孽。米丽安的情况如此，多纳泰罗的情况亦如此。他们或许是我们所说的可怕罪孽里的合伙。不过，我要向你承认，当我想到推动他们向前的起因，动机，感情，那突如其来的环境的巧合，当时情况的紧急，以及双方各自都毫不考虑自己，我并不很清楚该如何将它与人们称作英雄主义的许多表现区别开来。

在肯甬的劝解前后，希尔达判若两人。之前，希尔达对任何事情都是秉持二元对立的观点："我相信，对与错只有一个。而且我不明白——愿上帝让我永远也别明白，这两件事迥然不同怎么会互相混淆。无疑是两个道德上的死敌——对与错，怎么会在同一个行为中相提并论。"叙述人对此评价说，"她是透过她本人的诚实正直、冰清玉洁的媒介来看待这一问题"。肯甬以超脱的姿态观察希尔达狭隘的世界观和人性观，并认识到这种观点可能带来的危险结果，"那可真得为可怜的人性哀叹了！"肯甬担心的是，希尔达"如此温柔的同情心怎么会和钢刃的冷酷无情同时并存。你不需要怜悯，因此也就不懂得如何来显示怜悯"，"若是由你所肯定的这种可怕的善恶混杂——在我看来比纯粹的邪恶还要令人震惊——那就不仅恶有害，善也会变得有毒了"。

经过肯甬上面一番话的劝解，希尔达二元对立的世界观和狭隘的人性观开始松动，她"开始痛苦地怀疑"米丽安"是否并没有犯错"，希尔达对罪人的同情和体恤之心逐渐被唤醒，她开始反思"除去米丽安的罪孽或无辜这个单一的问题之外，就没有其他情况需要考虑了吗？""还有谁比沾上罪孽的不幸人更需要无罪者的温馨救援呢！难道因为在意我们的袍服不要沾上污点就拒绝把有罪的人搂在我们心口的一己之私，为了保持我们自己无瑕这一理由，就不惜关闭他们最安全的避难所，听凭他们继续遭难吗？"可见，肯甬在希尔达的思想觉悟中，像他救助多纳泰罗一样，发挥着劝导、催化的重要作用。

另一方面，肯甬本人也承受着希尔达的爱情救赎和帮助，希尔达的爱情让肯甬像多纳泰罗获得米丽安的爱情一样获得了生活的希望。在失去希尔达消息的日子里，肯甬失魂落魄，"以前，肯甬似乎要把他的生命刻到大理石中去，现在，他茫然地抓着石头，却觉得如同握着水汽"。这时候，肯甬发现了他与希尔达之间彼此需要、缺一不可的纽带关系。可以说，肯甬和希尔达的帮助是相互的,他们之间不仅有友情的相互鼓励,更有恋人的相互依赖。如果肯甬对希尔达的帮助是智性上的启迪——他以多元认识论消解了希尔达二元对立的世界观和狭隘的人性观,他以丰富的人生阅历弥补了希尔达生活经验的不足,那么希尔达对肯甬的帮助就更多是一种宗教宽容精神和道德净化作用。肯甬作为一个美国清教徒,宗教视野非常狭隘,他对天主教和天主教修士们怀有根深蒂固的偏见与厌恶,这妨碍了他公正的判断力。他严肃地责备希尔达作为一个清教徒的女儿却走进忏悔室,希尔达反驳道:

> 我不太清楚我是什么教徒,我有很多信仰,而天主教似乎有很多好处。如果我在天主教那里找到了我所需要的且在别处找不到的东西,我为什么不该成为天主教徒呢?我对着这个教会了解得越多,我对其适合人类弱点一切需要的丰富性就越不明白。假如天主教士们能够再多一些人性,超脱一切谬误,纯洁无邪,这一教会该是什么样子啊!

可见,希尔达的宗教观以人文关怀而不是以宗派成见为出发点(正如霍桑在鉴别人类文明时以优雅审美而不是以政治制度为衡量标准),被希尔达的宽广胸襟所感动的肯甬最后不得不改变态度:"其实我心里并不像嘴里说的那样老大不敬。"望着塔楼上的希尔达,肯甬衷心佩服希尔达高高在上的精神境界,情不自禁地感叹:"多么高高在我之上啊!多么高不可攀啊!啊,但愿我能把自己抬高到她那境地!哦,但愿抱这样的希望不是罪孽——我若是可以把她拉下来,坐到人间的壁炉旁,该有多好啊!"

肯甬对罗马,甚至对整个意大利的认识都过于悲观阴暗,他带着美国人自负、挑剔的眼光贬斥一个古老的民族,他需要希尔达对待天主教的那种宽容之心来重新认识这个城市,这个国家,乃至这个文明。肯甬和希尔达像霍桑与索菲亚的关系一样,他们成为灵犀相通的心灵朋友,任何一方的缺失都会让生活显得极不完美:"两个相通又不相同的智力结合起来,在读诗时相互推敲,在观赏绘画或雕塑时彼此切磋。即使没有说出一字评语,双方的见解也会奇妙地加深,领悟也会拓宽。结果,一件天才之作的内在之谜,本来只藏在一个人心中的,往往揭示给两个人。"这让我们想起新婚不久的索菲亚写给朋友的信中所披露的他们夫妇的智性交流生活,他们在一起品赏莎士比亚作品时的智性收获。霍桑和他的艺术家人物总是把生活置于艺术之上,所以希尔达从肯甬的生活中突然消失让他感觉百无聊赖:"由于失望的冷寂,甚至他怀疑他所献身的艺术本身就是冰冷的。"

在霍桑的小说中,除了友谊和爱情,女性作为母亲的美好影响力也是霍桑充分肯定的苦难人生的避风港。海斯特·白兰的思想热情"因为她成了母亲,得以在教育孩子之中宣泄出来"①,从而获得了精神和道德的救赎,希尔达在罗马孤立无援的日子里,能想到的也是自己的母亲:

> 这个重负把我压垮了!知道这样一桩罪行,还要存在心里,简直像是犯罪。它不停地在我心中敲打着,威胁着,恳求着,坚持要跳出来!噢,我的母亲,我的母亲!要是她还活在人世,我就要漂洋过海去告诉她这件昏黑的秘密,像我小时候把一切小小的不痛快都说给她听一样。可是我孑然一身——只有我自己!②

珠儿作为女儿在白兰的生活中担任"精神使者"和"痛苦使者"的双重角色,叙述人在白兰屈辱、绝望的时刻问道:"她(指珠儿)难道就不能承担起她的使命,把冷冷地藏在她母亲心中、从而把那颗心变成坟墓的忧伤扫荡干净吗?——并帮助母亲克制那一度十分狂野、至今仍未死去或入睡,而只是禁锢在同一颗坟墓般的心中的激情呢?"③我们不能忘记的还有,白兰在新英格兰示众时那个痛苦、羞辱和无助的时刻,她的精神支柱也是她在英格兰的家,尤其是她的母亲:"她也看到了母亲的面孔,那种无微不至和牵肠挂肚的爱的表情,时时在她脑海中萦绕,即使在母亲去世之后,仍在女儿的人生道路上经常留下温馨回忆的告诫。"无论是女儿,还是母亲,这种在绝望时刻对女性、对母爱的诉求给人的精神带来极大的温暖、抚慰和鼓励。

与大多数犯罪小说不同,霍桑的犯罪小说不在于书写罪孽本身,而在于书写罪孽对人心灵产生的影响,探索人如何通过罪孽使自己从高傲自负的盲目中清醒过来,正视人性的弱点,并通过个人的努力洗刷自己的心灵,从而在心智上获得升华。肯甬从多纳泰罗的情况中认识到,"每个人的一生,无论升华成真理或深入到现实,都要经历一个类似的转变"④。

---

① 霍桑著《红字》,胡允桓译,第127页。
② 霍桑著《玉石人像》,胡允桓译,第190-191页。
③ 霍桑著《红字》,胡允桓译,第140页。
④ 霍桑著《玉石人像》,胡允桓译,第238页。

遗憾的是，许多人在意识到无论是自己的罪孽还是他人的瑕疵这个事实之后，要么像好人小伙子布朗一样悲观、屈从地停留在宿命的幻灭中，要么像品钦法官那样，不知悔改，继续作恶，像肯甬所说的，"更经常的则是，那哀伤并未教给我们应该铭记的教训"。1863 年 11 月 6 日，霍桑在给一位朋友的信中再次点明《雕像》的主题："真正的寓意是，没有一个人可以免于罪恶与耻辱，直到通过神圣的帮助彻底洗刷了自己的心灵——我们很少有人会努力去做，尽管很多人觉得自己已经尽的那点肤浅不完善的职责就很不错了。"①

"通过神圣的帮助"不仅指通过友情、亲情和爱情的帮助获得救赎，更是指人在困难的处境中，在精神上对宗教的信赖与依托。被孤独折磨的希尔达跪倒在天主教的圣坛前，哭着说出自己的祷告时，"她并不知道是对谁——是米迦勒，圣母，还是天父；她也不知道是为什么——那只是一种模糊不清的渴望，但愿以此来稍微减轻她灵魂上的重负"。②被罪恶和因罪恶造成的孤独隔绝折磨得几近发疯的米丽安告诉她的朋友，"希尔达，我的虔信宗教的希尔达，我宁肯献出我所有的一切和我的希望——乃至我的生命，那该多自由啊——来换取片刻你对上帝的那种虔信！你猜不透我对宗教的需要"。

正是出于对上帝的绝对信任和依赖，希尔达在遍寻世上无人可以诉说心事的孤独中来到圣彼得大教堂的忏悔室，把满腹的心事寄托于她所信赖的上帝。正如她告诉神父的，她的忏悔不是为了得到凡人的宽恕，而是为了获得上帝的体恤。当希尔达告别忏悔室的时候，她的心灵沐浴在神光中，感到无限轻松和解脱：

> 无论如何，这位伤心的姑娘已经从进入忏悔室时被痛苦所浸透，变成了走出来时受到宗教慰藉的明媚柔嫩的形象。仿佛她是众多天使中的一员，本来在阳光照射的穹顶深处翱翔，此时却落到了地面上。的确，我们时常看到由于内心喜悦连外形（在这方面能力远不及希尔达的人）都变美了的现象，这说明天使是如何将他们的美带到人间。这种美从人们的幸福中生发出来，并因此不朽而长存。

---

① Joel Myerson, ed., *Selected Letters of Nathaniel Hawthorne*, p. 256.
② 霍桑著《玉石人像》，胡允桓译，第 318 页。

宗教对希尔达的疗效用她自己的话说就是："这挽救了我的理性，并且让我很高兴。"希尔达对天主教的认识是基于一种理性、自由的鉴别取舍，而不是盲目的宗教狂热和迷信，她虽然坚定地对那个给她赐福的神父说："我是一个清教徒的女儿"，但是她的清教徒立场并不妨碍她欣赏天主教人性化的一面，就像她看到绘画大师的圣画时，既能欣赏他们的精湛艺术，也能鉴别出圣母像背后凡俗的模特儿，因此并不会把这些模特儿等同于圣母本身。她向天主教的神父忏悔，但是并不接受他们的救赎承诺，因为作为一个清教徒的后代，她明白救赎只能来自上帝，正如她自己说的"我是不会向一个凡人要求赦免的！"同样，希尔达对那位劝她皈依的神父的态度也表现出明智的鉴别力：她既能看到神父的善意和真诚，也能发现他出于职业习惯的狡猾。

在希尔达宗教精神的启发引导下，肯甬能更好地理解基督教的抚慰和救赎作用。透过教堂的绘画玻璃窗，肯甬看到了"天庭的慈爱"，而异教徒的多纳泰罗却发现那只"是愤怒，不是慈爱！"肯甬向多纳泰罗讲解基督教带给人的精神慰藉：

> 这一切最有力地表明了宗教真理和神圣故事的不同侧面：从温暖的里面看是信仰，而从更冷漠可怕的外面看又是一副样子。基督信仰是一座大教堂，装着绘有上天图画的窗户。站在外面，你看不到荣光，而且也不可能想象出有任何荣光；站在里面，每一道光线则都显示了一种难言的灿烂和谐。

肯甬刻意安排多纳泰罗与米丽安在佩鲁贾广场的尤里乌斯三世教皇的铜像下相会，也是为了让这两个罪人得到"我们的基督教文明"的熏染，得到那尊教皇铜像的祝福，这些努力让多纳泰罗最终承认："我感到那赐福降临到了我的灵魂上。"也正是在这座铜像的脚下，多纳泰罗作为一个心智健全的人对米丽安的爱情复苏了，他对米丽安那一声伤心而温柔的呼唤，告诉了米丽安无比重要的事情，而最主要的是他仍然爱她。他俩共同犯罪的感觉虽然震晕了但并未摧毁他情感的生命力，因为那是不可摧毁的。那语调还表明一种变得深沉的性格，显示出一种生机勃勃的智慧，以及来自伤心懊悔的精神教益。如今，他不再是一个野孩子，不再是好嬉闹的动物本性的生灵、林中的农牧神，而是有情感、有智慧的人。

在肯甬这位朋友的精心安排下，宗教的力量和爱情的奇迹在这个象征基督教文明的铜像前融为一体，成为米丽安与多纳泰罗这两个罪人的救生圈，他们借此得以游离悔恨绝望的苦海。

同样，希尔达的虔诚信仰也成为肯甬思想迷惘时刻的避风港。米丽安关于罪恶的教育意义的看法影响了肯甬，他开始困惑："是不是亚当的堕落使我们能够最终升到一个比他的天堂更要高得多的天堂呢？"希尔达对这种渎神的思想立即坚决地予以驳斥："这太可怕了，你若是真这么想，我会为你哭的。你难道看不出，你的信条不仅对一切宗教感情、而且对道德法则是多么大的嘲弄吗？你的信条是如何废除和抹煞了最深地写在我们中间的那些上天的条律吗？你使我感到无比震惊！"面对希尔达理性而虔诚的宗教情感，肯甬马上放弃自己超越基督教框架的假设，无条件地向希尔达的虔敬靠拢，正如海斯特·白兰在一个思想狂乱的时刻向做母亲的天职求助，他们都借助于一种最能被常人接受的理性方式向自己那种不安分守己、离经叛道的异端思想告别，这是虔诚信仰上帝的霍桑对他的人物在宗教和情感上的约束。肯甬向希尔达解释自己在思想和信仰上出现游离状态的原因时说：

> 我从来没有相信过那种观点！但人的思维是漫无边际的，何况我的生活和工作是那么孤独，既没有北极星在上，也没有茅屋小窗的灯火在下给我引路。如果你是我的向导，我的顾问，我的知心朋友，有着如同上天的袍服笼罩着你的公正无私的智慧，一切就都会好了。噢，希尔达，指引我回家吧！

这就是霍桑的人物，他们决不愿意长时间徘徊在宗教、思想和道德的荒野，"北极星在上"象征信仰，"茅屋小窗的灯火"象征家庭；宗教信仰和家庭温暖是他们人生的指路明灯，正如霍桑在家庭幸福时觉得爱默生的思想成为多余的点缀。① 霍桑的人物无论多么聪明，多么自立，最终也一定是在家庭的幸福中找到生命的最好归宿：

> 希尔达从她那座古塔中搬了下来，在丈夫的壁炉的火光中，她本人作为家庭中的圣徒受到供奉和崇拜。既然生活本身有如此多的人性

---

① 《霍桑集：故事与小品》（下），姚乃强等译，第 1312 – 1313 页。

承诺,他们便决定返回自己的祖国,因为当我们在国外住得太久时,岁月就难免有一种寂寥感,在这种情况下,我们就把现实生活推迟,直到我们再次呼吸到家乡的空气的那一未来时刻。

这里,在爱情、亲情、友情以及宗教信仰之外,"美国"似乎也被指定为一条救赎途径,让那些在欧洲文化传统中打转找不到方向的人物(如多纳泰罗和米丽安)在走投无路时获得希望。意大利这个充满罪恶历史的国家是不利于有罪的多纳泰罗获得救赎的,因此肯甬建议多纳泰罗,"你应该跟我到我的祖国去,在那片幸运的土地上,每一代人只消承受起自身的罪孽和哀苦。在这里,似乎以往的一切疲惫和消沉都堆积到了当今的背上。若是我在这里经受什么沉重的灾难——恐怕在这种消极力量的影响下,就很难挺身抵挡了"。①

与肯甬和希尔达这些虔诚的美国清教徒相信民主和上帝不同,米丽安没有宗教信仰,更没有民主观念,她只是相信"主持正义的明君会明察秋毫的",对此,肯甬这个来自民主国家的公民却反驳道:"对王家的职权居然抱这样的想法!"希尔达这个美国人也有同样的宗教信念:"不,我绝不会谋求人世间的国王协助的。"

处于孤独中的希尔达仍在罗马宫殿的艺术馆中滞留,抱着一线希望要找回她的心灵共鸣,然而,她在那里只能感觉到罪行与惩罚。于是,像创作这部小说的作者霍桑一样,希尔达在"耗去了她多年青春生命的长期客居他乡的生活中,她才第一次开始懂得流亡的痛苦"。希尔达开始思念家乡,想念阔别的亲人,对于她这个漂泊异乡的游子,美国的一草一木和每一张熟悉的面孔都构成了生活最真实的内容。故事的结束,异教徒的米丽安与多纳泰罗在爱情与友情中获得了做人的信心和心灵复苏,而希尔达与肯甬则回到了自己的家乡,在他们渴望的家庭幸福中感受生命的意义。爱情、友情、亲情、虔诚的宗教信仰,甚至美国都帮助挽救了处于精神危机中的四位主人公,让不幸跌落罪恶深渊的灵魂获得了升华,让人性与智性在他们心中同时觉醒,人的心灵最终获得了救赎。

---

① 霍桑小说中的这些细节在亨利·詹姆斯的小说中也可以看到影响。在《美国人》中,美国人克里斯托弗·纽曼也建议法国青年瓦伦丁到美国去寻求新的发展机会,希望把自己美国人的价值观灌输到这位欧洲青年人的思想中,可惜他们都没有成功。

第六节　人性的进化

多纳泰罗经历了犯罪以及贝宁山的悔悟之后，在肯甫的帮助下，赢得了米丽安的爱情，又在肯甫的启发下把悔罪的意识转变为对众生的慈爱，完成了人性的进化发展。这时候，肯甫以多纳泰罗为模特儿的胸像自然也发生了根本的改变，希尔达评价多纳泰罗的胸像："它给人一种增长了智力与道德感的印象。多纳泰罗的脸原来表现出极大的真诚、快乐的生机和享乐的能力。但在这里，他已经被填充进了灵魂，虽然还是农牧神，但已经向一个高级阶段进化了。"

理智和心灵上的欠缺需要悔罪意识的痛苦荡涤，其前提条件是：一个坚强的心灵不会被罪孽和痛苦压垮，不会被黑暗吞没。① 多纳泰罗的灵魂因为不屈服于黑暗和哀伤而获得了做人的尊严，成熟后的多纳泰罗既有过去的单纯快乐又有如今的深沉智慧，是思想与道德的完美结合，这位农牧神的变化是通过肯甫的视角被表现出来的："如今，幸福之花重新开放。嬉笑发自他的内心，火光般地闪耀在他的行动中，与深邃的同情和严肃的思考交相辉映，甚至紧密融合。"这种变化在对罪恶深有体会的米丽安看来更是罪孽教育的一种结果，或者说正面利用罪孽的收获：

> 他转了一圈，如同天上地下的许多事情一样，如今又回到了他原先的自己，不过已增添了从痛苦的经历中赢得的一种无可估量的进步。……那罪行——连接他和我的罪行——会不会是在奇特的伪装下的福分呢？会不会是一种教育方式，把单纯而不完美的天性带到一种在其惩戒下定难企及的情感和理智的高度上呢？

所以，米丽安总结说："罪孽确是已经成为教育理智和灵魂最有效的工具了。"肯甫向希尔达转述米丽安关于罪恶的教育意义的观点，也是这本小说主题的点睛之笔："他犯下了滔天大罪，他的懊悔啃啮并且惊醒了他的灵魂，……发展了我们从未想要的上千种高级能力、道德和智力。"

通过《雕像》的四位主人公的心路历程（海斯特·白兰与霍尔格雷

---

① 《宅邸》中的霍尔格雷渥也是因为"曾经有过极大的哀痛，他的心灵由此变得十分庄严神圣"。《霍桑小说全集》（3），胡允桓译，第149页。

渥也都有类似的心理发展变化),我们可以看出,霍桑的人性观既有别于清教传统的人性本恶,或者人性彻底堕落的观点,也不同于爱默生的人性本善论,霍桑更不主张现代社会的文明人像卢梭所希望的那样返回或者停留在自然人的状态。霍桑固然受加尔文教人性恶的影响,甚至他的人物有时候也会发出类似的疑问①,但是,这种影响对于生活在一个乐观进取、蓬勃发展的时代的霍桑而言,已经变成了"人性皆有弱点"的新认识,或者更准确地说,在霍桑的作品中人性的本质被表现为:人性有与生俱来的弱点,而不是有与生俱来的罪孽,人是因为这种弱点才犯罪,犯罪之后的人可以通过自身的努力实现悲剧性的崛起,重获失去的天堂。这就把霍桑的人性观与加尔文教命定、静止的人性观区别开来。事实上,"人性脆弱"正是《红字》主题思想的点睛之笔,该小说第一章的最后一句话说,这是一个"人性脆弱、人生悲哀的故事"。在"人性脆弱"而不是"人性堕落"这个前提下,霍桑相信脆弱的人性不仅易受黑暗力量的诱惑、玷污和伤害,而且更有希望经历黑暗和孤独的悔悟时刻之后达到人性发展的更高级阶段,正如肯甬从多纳泰罗居住的贝宁山塔顶得到的启示:"你的塔楼像许多罪恶灵魂的精神经历:通过艰苦的奋斗,可以向上,最终直抵上天的光辉和纯净的空气!"

  站在贝宁山塔楼顶部的肯甬帮助他的作者霍桑表达了一个生活在超验主义时代的美国基督徒对人和上帝共同具有的乐观而坚定的信念:"可怜的人类精神只不过攀上了稍微超出普通地面的高度,就得以看到上帝眷顾人类的开阔景象,我们应该怎样大受鼓舞而信赖上天啊!他所做的一切都无比正确,他的意志无所不能!"这句话刚好用来呼应本章开始时援引的霍桑的两则笔记,他始终乐观地相信,并通过多纳泰罗的实际经验让读者相信:阳光总在风雨后,人的心灵成长历程应该是"阳光—黑暗—更充足的阳光"这样一个曲折发展的进化过程。

  从霍桑的人性观看,他的宗教思想与清教主义已经有了明显的区别。清教主义为人设置的进退两难的困境在霍桑的作品中已经被一种乐观向上

---

① 比如,肯甬问多纳泰罗:"难道有谁的心中没有藏着罪孽吗?"即便是肯甬这样说,他的目的也不是在强调人性之恶,而是在提醒人,既然每个人都有犯罪,就不必过分地被自己已有的罪恶压垮摧毁,而应该在罪恶中追求重生,像他向多纳泰罗申述的那样,"为了上帝的缘故,不要让我们为此拖累了我们的精神,使我们虚弱,难以飞升!"《玉石人像》,胡允桓译,第231页。

的人性信念所取代。清教主义要求人要毕生寻求上帝的救赎,但是又告诉他,除了他的罪恶,他本人对救赎无能为力。清教主义让人把一切希望和信任都寄托于耶稣基督,但是又告诉他,基督将会彻底抛弃他,除非上帝在他出生之前就已经事先规定了他的救赎。清教主义要求人克制罪恶,但又告诉他无论如何他还是罪恶深重。清教主义教导人要以上帝神圣王国的形象改革这个世界,但又教导他世上的罪恶是无可救药,在所难免的。清教主义要求人尽其所能干好并分担上帝指派给他在世上的一切善事,但又告诉他,他必须喜欢自己的工作和娱乐,不过要三心二意地去喜欢,因为他需要全身心地侍奉上帝。① 清教主义给人规定的这种进退两难的困境和不确定性实际上完全剥夺了人在改变自己命运中的主动参与权,让人处于被动屈从的绝望状态。在新大陆经历了一百多年从殖民地到美国建国这个历程,在人已经充分认识到自己有能力带着上帝的信仰向令人不满的宗主国和专制制度宣布独立,在政治和经济上取得了举世瞩目的成就之时,美国人已经有理由相信,他们完全可以摆脱清教人性观这种无所适从的精神镣铐,快乐自信地进行一场自助的精神舞蹈。这便是霍桑乐观进化的人性观产生其中的历史背景,他用文学的一隅向我们展示,人在自己心灵蜕变的过程中,除了信任依赖上帝之外,还可以求助友情和爱情这些现世的力量,更可以锻炼自己坚强的意志以抵御绝望情绪的诱惑。正是这些现世的力量与上帝无限慈悲的神力的结合才帮助一颗不幸跌落的灵魂从精神的炼狱中悲剧性地崛起,这已经不是清教主义当初所相信的悲观人性论:亚当的堕落让人永劫不复,只有被动地等待上帝有限的救赎。霍桑对人性可以进化的理解和信任让他成功地处理了自己与清教传统的关系:他继承了清教传统的理性、谦卑与克制,却剔除了这个传统的阴郁、专制与冷漠。② 就是在这种批判性的继承中,霍桑表现出了新时代乐观进化的人性观。

---

① Edmund S. Morgan, *The Puritan Dilemma: The Story of John Winthrop*, Boston: Little, Brown & Company, 1958, pp. 7-8.
② 在谈到霍桑与清教祖先的关系时,朱利安·霍桑说:"他身上已经没有了先人们的那种特别致命的、独裁的性格,他们已经变成了他的智性或者想象好奇的对象,而不是道德敬畏的对象。" Harold Bloom, *Bloom's Classic Critical Views: Nathaniel Hawthorne*, New York: Infobase Publishing, 2008, p. 28.

第七章　霍桑的女性观：超越性别意识的写作[①]

内容提要：十九世纪上半叶，随着美国工业化进程的加剧和市场经济的发展，男女分工的社会格局渐成定式，"虔诚""贞洁""顺从"和"家居"的妇德受到美国社会的格外推崇。与此同时，受欧洲妇女运动的影响，新英格兰的知识女性开始提倡女权，玛格丽特·福勒的《十九世纪的妇女》以及美国第一次妇女大会的《我们的态度》都对美国社会"女性崇拜"的传统价值观提出挑战，"妇女问题"成为这个时代众多的社会问题之一。霍桑置身妇女运动比较活跃的新英格兰，他的思想与创作自然绕不开对女性问题的思考。他的女性观是矛盾复杂的，他一方面同情女性的不幸遭遇，另一方面又反对女性扮演社会角色。但是，作为作家，霍桑在他的作品中处理女性问题时并没有明显的性别偏袒，他关心的是男女双方的幸福。

关键词：霍桑　女性观　保守　复杂

第一节　霍桑时代的女性问题

十九世纪早期的新英格兰，随着资本主义经济的发展，昔日那种男耕女织、自给自足的农业经济开始衰落，市场经济的兴起让美国社会逐渐接受了男女分工不同这一观念。男人在政界和商场上打拼，成为家庭"挣面包的人"，妇女的主要责任是在家里生儿育女，为丈夫创造一个温馨舒适的避风港，让他们从竞争激烈的外面世界回家后获得身心的休整。[②] 因此，妇德在这个时代受到格外的推崇。当时美国社会推崇的四大妇德是：虔诚、贞洁、恭顺、家居（Domesticity）。其中，"虔诚"居四德之首。"妇女被认为是福音的侍女，在容易犯错误的男人生活中起着净化作用。妇女被认为天然拥有信仰、单纯、美好、自我牺牲、温柔、爱心、情感与谦恭

[①] 本章曾以《霍桑的女性观》为题刊载于《外国文学评论》2010 年第 2 期。
[②] Robert K. Martin, "Hester Prynne, C'est Moi: Nathaniel Hawthorne and the Anxieties of Gender", *The Scarlet Letter and Other Writings*, p. 513.

的美德。"而妇女的贞洁则是"对付男人翻涌的肉欲本能的永恒屏障";"恭顺"意味着妇女要服从丈夫和家庭的需要,默默地忍受不幸,服从命运的安排;"家居"指妇女被认为是丈夫的"顾问与朋友,其日常的思考就是如何减轻他的忧虑,抚平他的烦恼,提升他的快乐;她像一个守护天使一样,维护他的利益,警示他远离危险,在他经历考验时安慰他;通过她虔诚、勤奋、迷人的风度,不断努力让他变得更道德,更有用,更体面,更幸福"。①

显然,这些关于妇德的规定并不涉及妇女自身的幸福以及她们的自我价值的实现,丈夫和家庭的需要成为她们人生唯一的目标。美国妇女的这种从属地位引起当时一些知识女性的不满,玛格丽特·福勒在《十九世纪的妇女》(1845)一书中从历史和文化的角度揭示了男权社会这种不合理的现状在身心两方面给妇女造成的痛苦,倡导妇女在经济和精神上的独立,谴责社会对妇女活动范围的限制。霍桑的妻姐伊丽莎白·皮伯迪在波士顿开设的"E.P. 皮伯迪西街书店"成为福勒宣讲女权思想的主要场所。② 十九世纪三四十年代,新英格兰的一些知识女性或向杂志撰稿,或自己创办杂志宣传女性独立意识,反对父权专制,反对女人被禁锢在家庭中,提倡女性的全面发展。③

在废奴运动的各种会议和公共事务中,美国妇女更明显地感觉到来自社会各方面的歧视,她们要求女性平等的意识更加强烈。1848 年 7 月 19-20 日,美国历史上第一次由妇女主办并专题讨论妇女权利的塞尼卡福尔斯大会(Seneca Falls Convention)在纽约州召开,会议通过了由妇女运动领导人之一的伊丽莎白·斯坦顿(Elizabeth Cady Stanton)起草的《塞尼卡福尔斯宣言》,也叫《我们的态度》(Declaration of Sentiments)。该宣言巧妙地改写了美国的《独立宣言》,其中一些关键的表述如"我们相信这些不言而喻的真理:所有的男人和女人天生平等,她们拥有上帝赋予她们的生存、自由和追求幸福的不可分割的权力"成为这次妇女运动的宗旨。十九世纪早期新英格兰的这一批知识女性在唤起女性独立意识方面产生了不小

---

① "The American Woman of the Early Nineteenth Century", http://www.connerprairie.org/HistoryOnline/womrole.html.
② James R. Mellow, *Nathaniel Hawthorne in His Times*, p. 174.
③ Robert S. Levine, "Antebellum Feminists on Hawthorne: Reconsidering the Reception of *The Scarlet Letter*", *The Scarlet Letter and Other Writings*, pp. 275-290.

的社会影响，起码从话语层面上动摇了传统社会的价值观，如美国现代学者萨克凡·伯克维奇所说，"'父权主义'在斯坦顿将'独立宣言'进行改写而成的'宣言'里被颠覆了"。① 由此可见，在十九世纪三四十年代，讨论女权、提倡女权不再成为这个清教社会的禁忌。

第二节　关于霍桑女性观的争议

霍桑的女性观历来是学术界争议比较多的一个话题。他的第一部长篇小说《红字》（1850）出版后不久，一位德国读者就给作者来信说："你似乎为德国人写的这本书。法律面前人人平等——道德法律以及司法——是我的国家妇女们最大的愿望，你用艺术家的技巧阐明了这一点，以及对男人秘密动机和感情的深刻了解……妇女们在德国没有地位……"② 可见，这位德国读者把《红字》当女权主义宣传手册在读。

无独有偶，现代著名霍桑研究专家，美国著名女权主义批评家，新版《诺顿美国文学》的主编尼娜·贝姆（Nina Baym）在2004年发表的《再论霍桑的女权主义思想》一文中，开宗明义地写道："在这篇文章中，我从讨论《红字》开始，逆潮流而为，再次论证霍桑是一位女权主义作家。"③ 贝姆的这个观点实际上已经坚持了近三十年，从她的著作《霍桑生涯的形成》（1976）以及她在二十世纪七八十年代发表的许多相关文章至今，她的观点始终没有改变。

尼娜·贝姆所说的"潮流"自然是指更多评论家在这个问题上与她的意见不同。根据贝姆的介绍，由于霍桑的小说中那些超越常规的妇女都受到了严厉的惩罚，另一批学者则认为，"他与他的时代一样讨厌女人"，"他尤其对那些强悍的妇女非常严厉"，"霍桑本人就是第一个，也是最恶劣的一个反女权主义者"，霍桑的"关于妇女以及女权主义的不名誉的保守思想"成为这个阵营攻击他的主要把柄。（L. S. Person，2005：546）

近年来，国内几家主要的外国文学评论刊物虽然不时也见有刊载研究霍

---

① Sacvan Bercovitch, *The Rites of Assent: Transformations in the Symbolic Construction of America*, p. 20.
② Julian Hawthorne, *Nathaniel Hawthorne and His Wife: A Biography*, Vol. I, p. 442.
③ Nina Baym, "Revisiting Hawthorne's Feminism", *The Scarlet Letter and Other Writings*, ed. by Leland S. Person, p. 541.

桑的论文，但是关于霍桑的女性观还没有比较系统的研究，散见于一些边缘性杂志上有关这个问题的讨论似乎也没有超出国外已有的这两种观点。并且，以往这些关于霍桑的女性观的研究有两点值得我们注意：第一，这些研究秉承传统的二元认识论模式，要么认为霍桑是女权的捍卫者，要么认为他是男权的把持者；第二，这些关于霍桑的女性观的讨论基本上没有超出他的作品范围，很少涉及作家本人的生活和时代背景，往往把小说人物的思想等同于作者本人的思想，而且有断章取义之嫌。① 霍桑在生活和写作中是否有明显的性别偏袒似乎是一个值得进一步探讨的问题。

第三节 霍桑"保守的"女性观

这个时期，霍桑就生活、写作于这个妇女运动的心脏地区新英格兰，他自然不会对这一社会现象保持沉默。亨利·詹姆斯在 1879 年出版的《霍桑评传》中曾简单地提到过霍桑的女性观，詹姆斯写道："我们可以肯定地说，在女性问题上，他是保守的。"② 至于霍桑在女性问题上是如何保守又为什么保守，詹姆斯并没有交代。我们不妨回到霍桑自己的文章和生活中去寻找问题的答案。

1830 年，当时还籍籍无名的霍桑在塞勒姆的《公报》上发表了传记性文章《哈钦森夫人》，记述十七世纪殖民地时期波士顿第一位提倡宗教改革和女性平等的社会活动家安妮·哈钦森（Anne Hutchinson）③。然而，与大多数传记文章不同的是，霍桑并没有交代哈钦森夫人的主要生平事迹，而是一开始就对他自己那个时代的"公众妇女"进行抨击。在这些女性身上，作者发现了"活着的哈钦森"。霍桑写道："女性在习惯和感情方面正在逐渐发生变化，这些变化似乎通过许多妇女的头面人物正在威胁

---

① 尼娜·贝姆关于霍桑是一位女权主义作家的观点主要是通过细读他的文本获得的印象，见 Nina Baym, "Revisiting Hawthorne's Feminism", pp. 541–557。贝姆把《农牧神雕像》中女主人公之一米丽安的女权思想等同于霍桑的思想，把白兰某一个时期的激进思想看作是她及其作者的女权思想。贝姆甚至认为，霍桑意欲表现"实际上女人没有男人照样生活"的思想。

② Henry James, *Literary Criticism*, Vol. I, p. 379.

③ 安妮·哈钦森提倡激进的宗教改革，严重伤害了波士顿教堂的牧师们，被认为是一个骄傲、聪明、自以为是的宗教异端分子，最终遭到驱逐，在罗德岛家中被印第安人暗杀。Edmund S. Morgan, *The Puritan Dilemma: The Story of John Winthrop*, ed. by Oscar Handlin, Boston: Little, Brown & Company, 1958, pp. 134–154.

着我们的后代。"他明确表示:"我们不希望这样一个时期出现(企望它在没有来到之前便完蛋)",因为他担心"如果这种错误的煽动继续下去,女人们的心就会从灶前炉后转向别处"。霍桑在写到哈钦森夫人的丈夫时还不无讽刺地强调:"像大多数杰出女性的丈夫一样,我们可以说他只是他强有力的妻子的一个微不足道的附属品。"① 显然,这种阴盛阳衰的夫妻关系在霍桑看来是一种令人尴尬的道德滑坡。

如果霍桑在《哈钦森夫人》中用"我们"把自己归于那个传统社会,代表他那个时代的多数男性对女性参加社会活动表示反感,那么,霍桑拒绝妻子出版那些他认为比自己的旅欧游记更精彩的文章、禁止女儿从事文学创作就更多的是一种个人行为,这成为他反对妇女扮演社会角色的又一个明显的例证。

在一封写给威廉·D. 蒂克纳的信中,霍桑告诉这位美国出版商,"霍桑太太作为一位游记作者绝对比我更优秀。她的描写是诉诸书面最完美的画面;可惜它们未能出版;不过她和我都不想看到她的名字出现在你的那些女作家的名单中"②。在另一封给英国朋友弗朗西斯·本诺奇的信中,霍桑为妻子拒绝向《大西洋月刊》投稿开脱:"我不知道我能否容忍一个同吃共枕的文学对手;(那样的话)可能'作家们的争吵'就要添新章了。然而,在这一点上,我自己倒没什么紧张的,因为她坚决拒绝出名,只满足于做世上最好的妻子和母亲。"可见,满足于做世上最好的妻子和母亲,这不仅是霍桑的妻子索菲亚本人的愿望,③ 也是霍桑对一个理想女性的期待,更是十九世纪早期美国社会对妇女的要求。

1855 年,旅居英国的霍桑在给蒂克纳的信中不无矛盾地写道:"现

---

① 《霍桑集:故事与小品》(上),姚乃强等译,第 20 - 27 页。关于哈钦森及其宗教和女权思想更多的材料详见《安妮·哈钦森和她的女权意识》(http://lw.china-b.com/wxwh/20090211/19203_1.html),"《约翰·温斯洛普:一个清教殖民地的总督》中这样描写哈钦森:'一个性格特别温和、有很多弱点的男人,完全受他妻子的指引。'《清教的困境:约翰·温斯洛普的故事》的作者埃德蒙·S. 摩根评论道:'一个有像安妮·哈钦森那样妻子的男人,几乎不可能不受她的指导。'"可见在史书上,哈钦森夫人强硬、激进的风格是人所共识的,也是男性世界所不容的。
② James R. Mellow, *Nathaniel Hawthorne in His Times*, p. 495.
③ 索菲亚写给母亲的信也进一步证实了霍桑关于妻子甘愿隐居家庭是出于自愿:"让妇女登上演讲台,对我总是一种震惊。我认为,家庭是女人最好的活动场所。"(*The Scarlet Letter and Other Writings*, p. 635.)索菲亚在波士顿娘家写给在康科德的丈夫的信中说:"我如此幸福,因此别无所求。没有任何艺术或者美丽可以超越我的日常生活,拥有这样的丈夫和孩子,(你们是)一切艺术和美丽的典范。我实际上没有任何愿望要走出家门去寻找更好的东西。" Rose Hawthorne Lathrop, *Memories of Hawthorne*, p. 81.

第七章 霍桑的女性观：超越性别意识的写作

在，美国完全让给了一伙——一伙胡乱涂鸦的女人们。如果公众的品位被她们的垃圾作品霸占着，我就没有机会成功——即便我成功了，我也会为自己感到羞愧。"① 霍桑用"暴民"（a mob of 翻译为"一伙"）来描写女作家，用"垃圾"描写她们的作品，这些不善之词的使用足见其憎恨情绪之强烈，这就难怪霍桑会坚决反对妻子与那些女作家为伍了。十九世纪六十年代，旅欧七年回国的霍桑发现自己的小女儿罗斯有写故事的天分和热情，他对此的反应是："永远不要让我知道你在写故事！""我禁止你把这些故事写出来！"② 显然，这种态度与《哈钦森夫人》一文中反对女性在社会上抛头露面如出一辙，霍桑不希望女性介入社会生活，哪怕以写作的形式。

尼娜·贝姆在《霍桑生涯的形成》一书中曾说，霍桑的小说主题在1846年出版《古屋青苔》之后发生了变化，其中变化之一就是他对女性态度的改变。贝姆所说的改变当然是指霍桑从《哈钦森夫人》中对女性参与社会活动的反感转向支持女性反抗不公平的命运。③ 但是，从霍桑五六十年代对女作家的态度、反对妻子出版以及反对女儿的写作来看，很难说他在这个问题上的态度有所转变。

霍桑之所以这样强烈地抵制女性超越传统既定的角色，是因为他本人就是美国传统妇德的受益者。霍桑生活中最亲近的四位女性——他的母亲、两个姐妹和妻子就是那个时代典型的传统女性，她们无论天资多么聪慧，④ 都一律默默无闻，立足家庭，无私奉献，坚守妇道。霍桑四岁丧父，在那个以经商、从政、做牧师、做律师为正当职业的社会中，霍桑这个本该是全家唯一挣面包的人大学毕业后却选择了注定要受穷的文学道路，母亲默许了他的文学理想。他在大学毕业后隐居家中潜心阅读和写作的十二年中，没有受到来自母亲和姐妹的任何压力与责备。不仅如此，他的两个

---

① James R. Mellow, *Nathaniel Hawthorne in His Times*, pp. 454–455.
② Rose Hawthorne Lathrop, *Memories of Hawthorne*, p. 319.
③ Nina Baym, "Revisiting Hawthorne's Feminism", *The Scarlet Letter and Other Writings*, p. 542.
④ 尤其是霍桑的姐姐和妻子，她们都是才智很高的女性。霍桑的儿子朱利安在《霍桑和他的妻子》一书中对霍桑的姐姐伊丽莎白·霍桑的评价是："她不仅密切关注世界要闻，而且直到生命的最后，对欧美的政治人物以及政治她都是一位敏锐的、有洞察力的批评家。我说这一点是因为从纯粹智力方面看，她和她的弟弟非常相似……"（Julian Hawthorne, *Nathaniel Hawthorne and His Wife: A Biography*, Vol. I, pp. 178–179.）霍桑的两个女儿乌娜和罗斯也认为在智性上，霍桑的姐姐与霍桑不相上下，她们都是以非常崇拜敬畏的心情与姑姑通信或相处，详见 Rose Hawthorne Lathrop, *Memories of Hawthorne*, p. 355。

姐妹还许多年如一日地为不愿抛头露面的霍桑到塞勒姆镇图书馆帮他借书还书，成为他生活与精神上的得力助手。妻子索菲亚对霍桑的生活更是至关重要，他从认识她开始就认定，"你是上帝给我的恩赐，你是我灵魂的救星"。① 霍桑对未婚妻的称颂让我们想起他那个社会赋予女性的净化和救赎力量，霍桑大学时代的好友赫拉西奥·布雷奇认为，"在他的文学劳动的收获中，这个世界多亏了这位妻子对她的天才丈夫产生的恰如其分的影响"。②

由此可见，传统女性的正面影响在霍桑的个人生活中举足轻重，正是母亲、姐妹和妻子身上体现出来的传统妇德让霍桑不仅度过了一个宽松、愉快的童年和青年时代，而且还享有令许多人艳羡的美满婚姻。没有女性在家庭的留守、奉献与牺牲，也许就没有他的人生温暖与文学成就，正如霍桑的儿子朱利安告诉我们的，"如果没有她（指索菲亚。笔者注）的同情和陪伴，他在文学上取得的成就根本是不可能的"。③ 所以，当我们回头来看他严厉地批判哈钦森夫人以及后来的妇女运动领导人煽动女性从厨房走开时，当他担心写作会让妇女失去女性最美好的品德时，他对女性扮演社会角色的反对实际上表达了一个始终沐浴在传统妇德光辉中的人对女性家居重要性的依赖和认同。④

霍桑的小说大多写于 1830 – 1860 年，这三十年也是欧洲政治革命和工业革命冲击美国价值观和家庭结构的时代，根据伯克维奇在《共识的典仪》一书中的介绍：

> 事实上，所有的记载都表明（从高雅的《北美评论》到基督教福音派的《神学汇编》），欧洲 1848 年最有害的异端邪说是在家庭方面。那些激进分子直捣社会秩序和精神价值的核心，倡导"废除家庭，砸烂炉边的家庭圈子"。他们寻求的只是"解放妇女，让她们独立于男人"，从而"完全按她自己的激情行事"，并且"明确规定通

---

① James McIntosh, ed., *Nathaniel Hawthorne's Tales*, p. 301.
② Horatio Bridge, *Personal Recollections of Nathaniel Hawthorne*, p. 203.
③ Julian Hawthorne, *Nathaniel Hawthorne and His Wife: A Biography*, Vol. I, p. 37.
④ 霍桑的散文《火的崇拜》一开始就说："在社会和家庭生活中都发生了重大革命"，作者继而不安地问道："普罗米修斯从天庭盗来用以开化人类、在冬季荒凉悲伤时使人快乐的那位光明之客、那种轻快含蓄的精神哪里去了？"该散文强调的是，家的象征——壁炉之火不仅可以给家人带来温暖舒适的感觉，也会给走在外面黑暗和寒冷中的人送去光明与希望。

奸无罪"。这种"所有旧的法律,所有古老的道德都变得毫无价值"的异端邪说似乎在美国积聚了最多的力量。①

在这个呼吁变革、要求个性解放、提倡女性解放的历史背景下,在这个政治思想活跃、商品经济冲击传统价值观的时代,我们来看霍桑"保守的"女性观,或许能理解他对旧有的家庭结构和女性品德可能遭到破坏的深切忧虑。

第四节 女性情感的体察者

霍桑要求女性立足于家庭与他对女性情感的体察以及对女性不幸遭遇的同情似乎并不矛盾。英国诗人柯勒律治曾说,伟大的心灵总是雌雄同体、两性因素并存的。霍桑无论是作为一个人还是一个作家,都展示了这样一种心灵质地。从布鲁克农场开始就认识、了解霍桑的玛格丽特·福勒给婚前的索菲亚写信说:"如果我曾经见过一个人优雅温柔,能理解一位女性的心,并带着足够沉静的深度和男子汉气令她满意,那么这个人就是霍桑先生。"②

霍桑就是用这种"沉静的深度和男子汉气"去呵护、疼爱自己的妻子。在婚后给福勒的一封信中,霍桑写道:"至于索菲亚,我让她像夏日的落日一样安静。"③ 这种安静的生活包括在意识到不速之客的打扰有可能影响妻子的绘画和雕塑创作时及时替她谢绝;④ 在生活拮据辞退佣人时,他自己承担起家务劳动,为妻子节省时间和精力。⑤ 霍桑对女性的体贴不

---

① Sacvan Bercovitch, *The Rites of Assent: Transformations in the Symbolic Construction of America*, p. 220.
② Thomas R. Mitchell, *Hawthorne's Fuller Mystery*, Amherst: University of Massachusetts Press, 1998, p. 47.
③ Joel Myerson, ed., *Selected Letters of Nathaniel Hawthorne*, p. 109.
④ 在1842年8月25日给福勒的信中,霍桑客气地拒绝了福勒的妹妹和妹夫提议来霍桑家同住的想法,理由是:"我希望消除一切可能妨碍她全面发展的东西——就她的情况而言,我似乎觉得不应该有操心和劳作,而是全然的安静,幸福。……在来年秋天和冬天,她有许多关于伟大行为的想法要表现在画布和大理石上,除非她能有摆脱单调乏味的家务的自由,否则这些想法就无法付诸实施。"(Joel Myerson, ed., *Selected Letters of Nathaniel Hawthorne*, p. 105.)
⑤ 在给母亲的信中,索菲亚写道:"我们两星期都没有帮手了,霍桑先生无法写作,这比任何事都让我不安,因为他什么操心的负担和体力活都不让我干,而是坚持自己做一切。"(Joel Myerson, ed., *Selected Letters of Nathaniel Hawthorne*, p. 111.)

仅让世界多了一位幸福满足的妻子和艺术家,而且他的体察、同情之心也泽及身边的女性。

玛格丽特·福勒曾在日记中多次写下对霍桑的好印象:"我喜欢听他说哪怕是最微不足道的东西";"在一个风和日丽的下午,我们去河边,在那里一直待到日落西山。这一次,我们谈了很多。我很爱他,喜欢在这种甜美温柔的家常气氛中与他在一起";"对霍桑,我更像一个妹妹,或者他比任何人对我更像一位兄长。"① 可见,霍桑虽然有敏锐细腻的观察力,但并不像他笔下那些智性畸形发展的知识分子那样失去温暖的同情心和人情味,尤其是对女性。

在霍桑结婚三周年的纪念日,一位 21 岁的当地女教师玛莎·韩特投湖自杀,霍桑参加了搜救韩特的行动,他在日记中写道:"我觉得哪怕她有一个朋友也能救了她;但是,她却因为缺少同情而死,——因为她让自己变得高雅有教养而脱离了她原本的关系网才遭受这样一种严厉的惩罚。"② 优秀的女性在一个粗糙的生存环境中遭受不幸,这是霍桑没有忽略的社会现实,也是他在小说中同情体恤他的女性人物的社会原因。霍桑的第三部小说《福谷传奇》中的社会改革家霍林斯华斯的男权思想乍一看很像霍桑在《哈钦森夫人》中表现出来的对妇女运动的反感:

> 女人的位置是在男人身边。她们的职责是一个同情者的职责,无保留、无挑剔地信任男人;……除此之外,妇女所有的行动一向是、而且将来也永远是虚假、愚蠢、虚荣、伤害自己最美好、最神圣的品德、缺乏良好效果、产生令人难以忍受的灾难性行动! 男人没有女人是一个倒霉蛋;但是女人没有男人作为自己的主心骨,就是一个魔鬼——……真正的女人心里明白自己应当待在哪里,她们决不想越出界限,在外面漂泊流浪!③

然而,霍桑让小说的叙述人迈尔斯·卡芬代尔及时对这种极端传统的男权思想给予批评性的审视,这就使作者和霍林斯华斯的男性沙文主义思想拉开了距离:

---

① Margaret Fuller, *Women in the Nineteenth Century*, New York: W. W. Norton & Company, Inc., 1998, p. 182, p. 198, p. 202.
② James R. Mellow, *Nathaniel Hawthorne in His Times*, p. 253.
③ 《霍桑小说全集》(2),胡允桓译,第 330 – 331 页。

第七章 霍桑的女性观：超越性别意识的写作

这种蛮横无理的断言给我的印象是男性利己主义的集中表现。这种观点把男性看作是一切的中心，而剥夺了女性的灵魂以及她们难以表达和深不可测的一切，使她们只是男人的大千世界中的一个偶然。霍林斯华斯大胆地说出了他以及数百万计他那样的暴君的真实感受。

霍林斯华斯的男性利己主义者，和另一位以灵魂做交易的男人维斯塔维尔特交往。就齐诺比亚与维斯塔维尔特的关系，叙述人卡芬代尔有一番很接近作者霍桑的体恤与感叹：

> 造物主把我们一些人推进了在情感方面贫乏得如此可怜的世界里来，在这儿除了兽类的所有感觉之外，几乎没有其他感觉。在这里除了感官上的热情，没有热情；没有纯洁的温情，也没有因此而产生的体贴之心。一个女人碰到这样一个家伙时，她终会发现她的真正女性内涵在他身上绝无呼应之地。她从内心深处发出的吁请得不到回应；她喊得越恳切，他越是显得死气沉沉。

维斯塔维尔特的情感麻木以及霍林斯华斯的自私专断造成了齐诺比亚深刻的不幸感，这同样也是海斯特·白兰不幸的根源。在与奇灵沃斯的婚姻生活中，白兰只是被丈夫看作一个可供取暖的工具，"他需要在她的微笑中温暖自己，以便从他那学者的心中驱散长时间埋头书卷所积郁的寒气"。[①] 在《七个尖角阁的宅邸》中，前来海波吉巴小店购物的一位女性顾客是"一位面容苍白、脸上满是操劳的皱纹的妇女，年纪不大却形容枯槁，而且头发中已经有了缕缕灰发，仿佛别着银色发卡；这种女人你是能够一眼就认出来的，多半是被粗暴——八成是酒鬼——的丈夫折磨得半死不活，而且多半有九个孩子"。[②] 一个被围困家庭的女人的命运再没有比这个女人的生活更糟糕的了。在品钦上校的家庭生活中，"那位清教徒在家中也是位蛮横的家长，他先后娶过三房妻室，而由于夫妻关系中他表现出来的那种残忍严厉的性格，把她们一个接一个心碎地送进了坟墓"。下一代的品钦法官在这方面也没有多少改观，"主要是因为的确是品钦法官典型的大男子作风——，那位夫人在蜜月中遭受毒打，就再也没有笑过，

---

① 霍桑著《红字》，胡允桓译，第 136-137 页。
② 《霍桑小说全集》（3），胡允桓译，第 44 页。

因为她丈夫强迫她每天早晨把咖啡端到他床头,以示对她的老爷和主人的孝敬"。这些家庭妇女在家庭里的地位无异于奴隶。

在一桩与一个感情粗糙、自私霸道的男人结合的婚姻中,女人的不幸和反抗成为必然,这是《红字》中的叙述人对奇灵沃斯这类毫无人性的丈夫们发出的警告:

> 让那些只赢得女人首肯婚约但没有同时赢得她们内心深处的激情的男人们发抖吧!他们会像罗杰·奇灵沃斯一样遭到不幸的:因为当某一个比他们更有力的接触唤醒她们的全部感知时,即使是他们当作温暖的现实而要加诸女人的那种平静的满足,那种坚如磐石的幸福形象都要统统受到指责。

显然,如果要问《红字》中谁是这个悲剧的始作俑者,那么自私冷漠的奇灵沃斯便难辞其咎。因此,白兰非但不认为自己与牧师的相爱有什么过错,而且反思过去"竟然以自己的眉眼和嘴唇的微笑来迎合他(指白兰的丈夫。笔者注)的笑意,实在是她最应追悔的罪过"。白兰对丈夫的这种蔑视与反抗意识虽然不符合清教社会的道德准则,却是一个人在遭遇不公平待遇时自然的心理反应,所以才能得到读者的理解与同情。正如《福谷传奇》中的诗人卡芬代尔所说:"她们不是天生的改革家,而是非常不幸的遭遇才迫使她们成为这样的人。"① 在霍桑的小说中,女性的反抗都是迫不得已。

霍桑对女性情感的体察入微,对她们不幸的刻画入木三分,他的同时代作家朗费罗曾经说:"每一位妇女都应该因为那些有关女性的信念以及温柔、真实、可爱的观点而感激他,这些观点非常优雅地穿行在他的书页之间。"② 然而,霍桑的作品并没有停留在仅仅揭示女性的不幸遭遇上,作为一位优秀作家,他的小说更多的是关于"人性脆弱、人生悲哀"③ 的寓言,而不是性别偏袒的立场宣言。

在霍桑的小说中,那些悲剧的肇事者,比如白兰的丈夫,霍林斯华斯,艾尔默博士和拉帕西尼医生同样也是牺牲品,他们的错误意识和伤害

---

① 《霍桑小说全集》(2),胡允桓译,第 133 – 134 页。
② J. Donald Crowley, ed., *Hawthorne: The Critical Heritage*, p. 82.
③ 《红字》第一章最后一句话是"在叙述这篇人性脆弱、人生悲哀的故事的过程中……"我们可以把"人性脆弱、悲哀"看作是霍桑的大部分小说的主题,《红字》更不例外。

行为似乎是把双刃剑,在伤害女性的同时,自己也成为直接的受害者,他们的不幸同样值得我们同情和反思。那位在复仇的道路上走火入魔的奇灵沃斯在折磨对手的同时,也扼杀了自己心灵的宁静,那两位在科学试验中走火入魔的男性,艾尔默和拉帕西尼将在失去亲人的痛苦与追悔中不堪余生,那位在改革道路上走火入魔的霍林斯华斯,最终成了没有灵魂的行尸走肉,在愧疚和幻灭中了此残生。他们都成为自己的雄心和意志发展到极端的牺牲品。在描写他们的不幸时,霍桑的手法同样细腻深刻,绝少讽刺挖苦,而是充满同情和悲哀,读者在这些悲剧男性人物身上看到更多的是人性的脆弱以及因此而产生的人生悲哀。霍桑用他的小说中的这些思想行为走入极端的人物似乎在警告我们这样一个事实:任何热情,无论是女性的服从或反抗,还是男性的科学与事业抱负都应该被控制在适当的范围内,极端离悲剧与罪恶只有一步之遥。

第五节 超越性别意识的写作

弗吉尼亚·伍尔夫(Virginia Woolf)深受柯勒律治的雌雄同体理论(Androgyny Theory)的影响,她在《一个自己的房间》中警惕性别意识(Gender Conciousness)对文学创作可能的损害:

> 在心灵中,男女两性因素必须有某种协调配合,然后艺术创作才能完成。男女这两个对立的性别,必须结合成完满无缺的婚姻。如果我们意识到,作家是要把他的经历完美而充分地表达出来,他就一定敞开整个心灵。必须有自由而平静的心境。不允许有一个轮子发出吱吱嘎嘎的噪音,不允许有一道光线闪烁不定。窗帘一定要严密无缝地拉拢。那位作家,我想,他的创作经历一旦完成,他必须躺下来,让他的心灵在黑暗中庆祝它的婚礼。①

我们谈霍桑超越性别意识的写作,并非指他的写作忽略了女性问题,而是说他在处理这个问题时超越了狭隘的性别偏袒意识,像伍尔夫所说的,有意识地协调配合了男女两性因素。我们不妨以《红字》中白兰那一

---

① 〔英〕弗吉尼亚·伍尔夫著《论小说与小说家》,瞿世镜译,上海译文出版社,2009年版,第161页。

段经常被评论家引用的内心独白为例,来看霍桑是如何在小说中处理女性问题的:

> 首先,整个社会制度要彻底推翻并予以重建。其次,男人的本性,或者说由于时代沿袭的习惯而变得像本性的东西,应该从本质上加以改变。然后妇女才可能取得近乎公平合理的地位。最后,即使排除掉其他一切困难,妇女也必须首先进行一番自身的更有力的变革,才能享有这些初步改革的成果,然而,到那时,凝聚着她的女性最真实的生命精髓也许已经蒸发殆尽了。

这段独白出现在小说的中间部分,也就是第十三章(《红字》共二十四章),这是白兰在经历了整整七年的孤独、绝望和耻辱的生活之后对于女性问题所作的全部思考。如果我们孤立地看第一句话,可能就会得出结论说,白兰不满的是一个不合理的社会制度,她有激进的政治思想。单独看第二句话"男人的本性……应该从本质上加以改变",又会让人觉得白兰有激进的女权主义思想。但是,如果我们有耐心把这一段文字看完,就会理解白兰在层层深入地思考这个问题时心情是非常矛盾复杂的。在一番激烈的思想斗争之后,白兰最终认识到,除了社会制度和男性要改变之外,"妇女也必须首先进行一番自身更有力的变革"。而且,在假设了这三个前提条件之后,白兰对女性问题的解决再次表现出深深的迷茫与忧虑,因为她担心在这个艰苦而漫长的变革过程中,女性的美好天性会消失殆尽,就像她本人因为不满于一桩不幸的婚姻,大胆与牧师有了婚外情,有了私生女,遭到清教社会的严厉惩罚,结果"作为一个女性本来不可或缺的某些秉性在她身上已不复存在",所以她在这一番思考的最后不得不明智而悲哀地承认:"一个女人,无论如何运用她的思维,也无法解决这些问题。除非她的同情心能够主宰一切,这些问题便不复存在。"白兰最终把基督教忍让与同情的美德看作解决女性问题的出路,虽然有些迫不得已,但在一个清教戒律非常严格的社会中,也不失为一个切实可行的解决办法。

需要特别注意的是,这一番思考出现在小说的中间部分,是处于人生十字路口的白兰在这个问题上的内心矛盾挣扎,白兰的这些困惑在小说的结尾时已经不复存在,饱经忧患沧桑、思想上更加成熟的白兰对这个问题已经有了更具希望的答案,她对那些前来求助的受苦受难的姐妹们预言道:"到了更光明的时期,世界就会为此而成熟,……就会揭示一个新的真理,以便在双方幸福的、更可靠的基础上建立起男女之间的全部关系。"玛格丽特·福勒曾在《十九世纪的妇女》一书中勾勒过这种理想的夫妻关系:"在工作与生活中,他们是伴侣,在平等的基础之上,一起分享公共和私有的利益",这是"智性伴侣的婚姻。双方精神相通,相互信任。"①

这种在生活和精神上平等互助的夫妻关系是白兰的希望和预言,是玛格丽特·福勒的理想,却是霍桑夫妻生活的现实。朱利安在谈到父母之间平等相爱的关系时说:"她对丈夫在思想和理论方面的需要都能给予充分的满足……他的梦想在她身上得到人性化的实现。……她给什么,他都给予回应;他对她的交流从来都不会无动于衷;她对他的召唤没有得不到呼应的。……感激与认可的泉水从未在他这里枯竭。"② 霍桑对索菲亚的情感的回应刚好与我们上面引用的《福谷传奇》中那一段齐诺比亚得不到男性情感呼应的不幸形成鲜明对比。赫拉西奥·布雷奇在评价霍桑夫妇的关系时也说:"他们的婚姻是一种志趣相投、最幸福的婚姻。尽管霍桑夫人身体柔弱,她的男子汉气十足的丈夫却更加疼爱她;反过来,她给他自信、尊敬和爱情的财富。这种结合对两人来说都是最幸运的。"③ 白兰预言的那种"在双方幸福的、更可靠的基础上建立起男女之间的全部关系"正是霍桑夫妇的生活实践。不过,在霍桑的那个时代,不要说那些挣扎在贫困线上、缺乏良好教育的普通夫妻做不到心灵相通,就连爱默生这样的学者似乎也并不十分体贴女性的情感需要。④ 因此,女性问题尽管不是霍桑本人的家庭问题,却仍然是他那个时代的一个不可忽略的社会问题。这样,我们就不难理解何以霍桑的作品中不断涉及女性的不幸与反抗。

霍桑超越性别意识的文学创作使他的作品出现了丰富复杂的叙述层面。比如《红字》中的叙述人在对奇灵沃斯作为丈夫的失职进行一番警告批评之后,又立即补充道:"但海斯特早就应该对这种不公平处之泰然了。

---

① Margaret Fuller, *Women in The Nineteenth Century*, p. 46.
② Julian Hawthorne, *Nathaniel Hawthorne and His Wife: A Biography*, Vol. I, p. 41.
③ Horatio Bridge, *Personal Recollections of Nathaniel Hawthorne*, p. 97.
④ 据玛格丽特·福勒记载,她住在爱默生家时,爱默生的妻子猜疑在自己生病期间丈夫可能与福勒有过分亲密的关系,因而感情受到很大伤害,并对福勒哭诉自己的孤独,爱默生当时也在场,"但他一言不发"。福勒反省自己与爱默生的关系,认为"我虽然是他的知心朋友,但是也无济于事,他的生活在于智性而不是感情。他对我有感情,但是那是因为我催发了他的智性"。(Margaret Fuller, *Woman in the Nineteenth Century*, p. 185.)

不公平又能怎样？难道在七年漫长的岁月中，在红字的折磨下备受痛苦，还悟不出一些忏悔之意吗？"① 这又似乎在警告，即便是婚姻不幸，为了家庭的安定和道德无瑕，女性也不可轻易碰触"通奸罪"这个道德红线。对不公平的忍耐似乎成为叙述人要求白兰接受的训谕，事实证明白兰后来的生活也都是在克制和忍耐中逐渐变得成熟理智。丁梅斯代尔牧师在临终时，珠儿亲吻了父亲，叙述人写道："当她的泪水滴在她父亲的面颊上时，那泪水如同在发誓：她将在人类的忧喜中长大成人，她绝不与这世界争斗，而要在这世上作一位夫人。"② "绝不与这个世界争斗"分明是预言珠儿不要再重复母亲的命运，而要选择一条传统的循规蹈矩的女性出路，"在这世上作一位夫人"。小说的最后，珠儿"狂野而多彩的本性""可能已经被软化和驯服，从而得以享受一个女人温雅的幸福"。这就给我们一种印象，似乎在涉及女性的前途与命运时，无论这个女人是罪人（如白兰）还是艺术家（如希尔达），她的幸福的前提都必须是消除了"狂野而多彩的本性"（如珠儿），剔除了激进大胆的思想，以一个温顺且无私奉献者的角色向宗教、向家庭寻求最终的避难。

然而，这个印象似乎并不准确，因为我们分明同时发现，霍桑小说中那些被动屈从的女性和那些不服从的女性一样也下场悲惨。《胎记》中艾尔默博士的妻子乔治亚娜对丈夫说："危险对我算不了什么。当这个可恶的胎记成为你害怕和厌恶的对象时，生命就成为一种负担，我宁愿高兴地把它扔掉。"③ 乔治亚娜不怀疑丈夫要消除她脸上的胎记这个举动是否明智合理，一味顺从丈夫的意志和好恶，最终被丈夫研制出来消除胎记的药水杀死。《拉帕西尼的女儿》中的女儿贝亚特里丝同样也是父亲的科学兴趣的一个玩偶，并且为了爱情甘愿冒生命危险品尝那杯毒汁，以致成为两个老奸巨猾的科学界对手进行智性较量的牺牲品。《福谷传奇》中的普里西拉对霍林斯华斯言听计从，毫无个性，像影子一样不真实，齐诺比亚预言普里西拉日后的命运："你面临着的只有孤凄的命运，你将独自一人坐在那蛮荒无乐的心里。"④ 小说的结束正是这样一幅场景，普里西拉搀扶照料着万念俱灰的霍林斯华斯，等待他们的除了不幸别无其他。

---

① 这个叙述的声音似乎也不应该被那些认为霍桑是女权主义者的评论者所忽略。
② 霍桑著《红字》，胡允桓译，第201页。
③ James McIntosh, ed., *Nathaniel Hawthorne's Tales*, p.121.
④ 《霍桑小说全集》（2），胡允桓译，第412页。

如果这样梳理霍桑小说中的女性命运，似乎会让人感觉到他把女性置于进退两难的困境中：她们反抗不公平的命运就要遭受社会的严酷惩罚，然而假如她们听凭命运的摆布，又必然会沦为他人意志的牺牲品，霍桑小说中的叙述声音和叙述层面也因为这种进退两难的困境而变得含混不清。难怪霍桑的研究者迈克尔·达维特·贝尔说，霍桑和他的女主人公白兰一样，"也是个温和的叛逆者，对于他那个时代的文学和社会信条，他又遵守，又嘲讽地破坏"①。美国文学史家罗伯特·斯比勒也说："霍桑与社会上继承传统信念的人一起谴责海斯特，同时又表现出不仅他本人而且世上所有的人为什么一定会爱海斯特。"② 这些观察实际上都道出了霍桑在女性问题上表现出来的矛盾心情。

既然霍桑小说中绝对反抗与无条件服从的两类女性都没有好下场，那么幸福生活的希望似乎就存在于第三类女性身上。在《红字》的结尾，白兰预言一位理想女性的诞生："将来宣示真理的天使和圣徒必定是一位女性，但应是一个高尚、纯洁和美丽的女性；尤其应该是一个其聪慧并非来自忧伤而是来自飘渺的喜悦的女性；而且还应是一位通过成功地到达这一目的、经历过真实生活的考验并显示出神圣的爱将如何使我们幸福的女性！"③《七个尖角阁的宅邸》中的品钦家后代弗比和《农牧神雕像》中的女艺术家希尔达应该就属于这第三类女性，她们是既现代（智慧、独立、喜悦而坚强）又传统（高尚、纯洁、虔诚、懂得牺牲奉献的重要性）的女性，是霍桑以妻子索菲亚为生活原型创造出来的艺术形象，她们的形象已经远远超出了十九世纪美国社会对女性四德的要求，因此生活中的索菲亚和小说中的弗比与希尔达都获得了真正的幸福生活，在生活和精神上都与她们的丈夫平起平坐，彼此真正成了身心交融的伴侣。当然，这样的婚姻中，她们的丈夫也和她们一样幸福。可见，像白兰理想的那样，"双方幸福"而不是"一方幸福"（无论哪一方），这恐怕才是霍桑在涉及女性问题时真正想要读者明白的事实，也是他为解决"女性问题"找到的根本出路。

---

① 迈克尔·达维特·贝尔著《纳撒尼尔·霍桑》，见埃默里·埃利奥特主编《哥伦比亚美国文学史》，朱通伯等译，第336页。
② 罗伯特·斯比勒著《美国文学的周期》，王长荣译，上海外语教育出版社，1990年版，第69页。
③ 霍桑著《红字》，胡允桓译，第206页。

第八章　霍桑思想的传统性与现代性

内容提要：霍桑的思想是丰富复杂的，它既深深根植于西方文化思想的传统，又穿越时空的限制，表现出普世的关怀，对物质文明和商业文明中的人生幸福给予深切的人道主义的凝视。霍桑思想的传统性表现在他对西方思想传统的批判性继承，他提倡理性与感性的平衡协调，智慧与道德的同步发展，这种思想使他避免落入西方思想二元论的陷阱，具有东方思想的圆润与浑厚感。霍桑思想的现代性是在基督教信仰和理性框架之内的现代性，与西方现代主义作家笔下的现代性具有根本的不同。他对人的意识和潜意识的关注与挖掘，对工具理性和科技文明的怀疑和批判，对人性、情感和心灵的重视，他对小说技巧的不断探索都表明，霍桑的思想具有明显的现代性特质。

关键词：霍桑思想　传统性　现代性

第一节　霍桑思想的传统性

霍桑思想的最大特点就是，它既深深根植于西方思想文化的传统，又避免了它的二元对立的陷阱，讲求一种中庸、理性之美。霍桑的生活观明显带有古希腊人的理性主义与现世主义的印记，他的那句名言"真实而智慧地活着"就包含着理性与现世的双重关怀。霍桑从他的清教祖先那里继承过来的对理性与秩序的热爱把他的作品中那些理想的主人公的思想行为都严格限定在基督教的伦理框架之内，让他们剔除了原始盲目的激情，审慎理智地处理个人与周围世界的关系，自觉地将个人纳入人类同情心的范围内。同时，霍桑又非常警惕过度的理性和智性追求带给人的心灵异化和道德情感的麻木。于是，他把生活的真实锁定在家庭、友谊、爱情与虔诚的宗教信仰上，强调个人对自己的行为负责，并对他人履行义务，这就避免了心灵与思想误入道德的荒野。这种对现世幸福和宗教情感的双重要求让霍桑的作品兼有人性的温暖和神性的光辉：他的思想既有一份出世的灵性，不至于被商业文明的拜物潮流所裹挟,又有一种入世的关怀,霍桑把爱情与同情心当作神圣的使命去完成,当作通向无限和上帝的渠道,这就是把今生与永恒、幸福与信仰最好地结合起来了。

第一,霍桑对现世幸福的重视,可以追溯到古希腊思想的传统。美国史学家斯塔夫里阿诺斯(Leften Stavros Stavrianos)告诉我们:"世俗的人生观是希腊人所独有的;他们坚信,人活着最主要的事就是完满地表现此时此地人的个性。理性主义与现世主义相结合,使希腊人能够自由地、富有想象力地思考关于人类和社会的各种问题,并在伟大的文学、哲学和艺术创作中表达自己的思想和感情。"① 霍桑对现世幸福生活的重视让他的人生观带着古希腊人的生存智慧。

第二,霍桑对理性与秩序的强调不仅来自清教文化传统对他的影响,而且可以追溯到古希腊的文化思想传统。我们知道,柏拉图在他的《理想国》中贬斥激情,把人的心灵分为三个层次:情欲—信念—理性。柏拉图认为,在人的心灵中,信念和情欲只有受制于理性,人的行为才合乎正义。② 通过前面几章对霍桑作品的讨论,霍桑在这个问题上与柏拉图的思想比较接近,由白兰和多纳泰罗的例子可以看出,人的理性必须是信念和情欲的主人,是指导自然人逐渐脱离蒙昧状态、战胜情欲的诱惑、接受上帝的启示、走向德慧双全境界的一盏明灯。同时,在霍桑的伦理和美学思想中,我们也可以发现亚里士多德的"伦理德性"对他的影响。亚里士多德的伦理思想强调中庸之美,他认为每种德行都是两个极端之间的中道,比如"勇敢是懦怯与鲁莽之间的中道;磊落是放浪与猥琐之间的中道;不亢不卑是虚荣与卑贱之间的中道;机智是滑稽与粗鄙之间的中道;谦逊是羞涩与无耻之间的中道"。③ 中道之美与极端之恶是相对的,亚里士多德在《诗学》中规定,"过度和不及都属于恶,中庸才是德性。……德性就是中间性,中庸是最高的善和极端的美"④。亚里士多德的诗学思想不仅可以作为一种艺术审美的尺度,而且也可以帮助我们衡量小说人物的思想

---

① 斯塔夫里阿诺斯著《全球通史》(上),吴象婴、梁赤民译,上海社会科学院出版社,1999年版,第212页。
② 〔英〕罗素著《西方哲学史》(上),何兆武、李约瑟译,商务印书馆,1997年版,第186-187页。
③ 〔英〕罗素著《西方哲学史》(上),何兆武、李约瑟译,第226页。
④ 章安祺、黄克剑、杨慧林著《西方文艺理论史》,第36页。

行为。在霍桑的作品中，一切极端的思想与行为，无论出于多么美好的意愿（比如拉帕西尼想用科学试验保护他的女儿不受伤害，艾尔默医生想消除他妻子脸上的胎记），都是"恶"的始作俑者，是悲剧的肇事者；同样，"不及"也是霍桑人物的致命弱点，比如我们在"霍桑的女性观"中谈到的那些不能左右自己命运的女性，她们的过分软弱与另一类过分强悍的女性（比如齐诺比亚）一样都是不足取的，她们的"不及"往往是纵容他人犯罪和招致自身灾祸的诱因。中庸之美让霍桑的思想始终闪烁着理性的光辉。

　　第三，霍桑因其沉静的天性以及他当时所生活的新英格兰较好的自然环境，加之超验主义思想对他的影响，他的作品中的大自然充满了神启，他对大自然的尊崇和直觉感悟具有古希腊人热爱自然的特征，而不是像近代人那样对自然空怀一腔眷恋之情，而只把自然当作逃避文明社会的工具。德国诗人兼文艺批评家席勒曾经把希腊人对自然的情感与现代人对自然的情感加以比较，并认为希腊人对自然的热爱是一种身心和谐、内外一致的物我交融的陶醉，而近代人对自然的喜爱却是以一种观念为媒介的，也就是说，人们所喜爱的已经不是自然本身，而是这些自然之物呈现于人们观念中的东西，席勒解释说：

　　　　希腊人尚未失去人性中的自然，所以他们不会对人性外的自然感到诧异，也不会这样急切地要求那些再现自然的事物，他们是自我和谐的，而又感到生而为人之乐，所以必然觉得栖居人间犹如置身极境，并且努力使其余一切事物接近人道；而我们，不但自相矛盾，而且在人生经验中感到不快，所以惶惶不可终日，力求逃出人间，对如此丑恶的人生掉头不顾。①

　　身心和谐的希腊人与大自然之间的这种亲密融合关系正是霍桑在《古屋青苔》这个散文故事集中表现出的自然观和生活观的融合。在霍桑那里，生而为人的快乐便是这种身心和谐、人与自然无间交融的生存状态。如果卢梭在《一个孤独散步者的遐想》中表现出来的是席勒意义上的一个

---

①〔德〕席勒著《论朴素诗与感伤诗》，缪灵珠译，载章安祺编订《缪灵珠美学译文集》（2），中国人民大学出版社，1998年版，第235页。

近代人"漂泊异乡的游子对故园的怀恋"①,那么霍桑对自然的书写表现出的就是古希腊人置身自然中物我两忘的和谐状态,置身于康科德的古屋青苔之间的霍桑和他的《追求美的艺术家》中的欧文·沃兰德一样,都是在大自然的怀抱里领悟到生命的真谛,恢复了曾经被功利社会扭曲异化的感受美的灵性,在自然的怀抱里体会"生而为人的快乐",品味那种"栖居人间犹如置身极境"的幸福满足感。在康科德三年的田园生活中,他用短篇小说和散文笔记的形式记录下的正是这种人与自然的和谐相处,人成为品味造物主伟大创造的灵性存在。

第四,我们在"霍桑的生活观"中还可以看出古罗马诗人兼文论家贺拉斯的影响。贺拉斯在《诗艺》中宣扬中庸的人生哲学和闲适的田园之乐,提倡中正、适当、合宜这些与偏颇、极端相对的处世之道,而霍桑的性格倾向以及他在生活和文学创作中追求的最高境界正是这种中庸的人生哲学和闲适的田园之乐。他追求社会生活与书斋生活的平衡,在闲散的田园之乐中感悟上帝的恩赐,避免物质文明的熏染,用那些在极端理性的独木桥上走火入魔的牺牲品证明,中庸的人生哲学才是生活的"真实"状态,是幸福的源泉。

第五,在处理人与人、人与神的关系时,霍桑的思想既有加尔文教神学传统的影响,又继承了西方近代哲学思想的传统。约翰·加尔文在《基督徒的生活》中告诉我们,人在处理与他人的关系时需要克服自身的骄傲。加尔文认为,"骄傲"是万恶之首,是造成人与他人交往的障碍,也是拦阻一个人去实践"爱你的邻人"的最大问题。人要克服自己的骄傲和优越感,就需要经历十字架的考验,也就是经历自己的死亡、绝望和重生才能从精神上真正皈依上帝,理解基督受难的要义,十字架苦难的意义"在于它可以勒住人们心里傲慢的本性,操练人们的驯服与忍耐",并滤去

---

① 卢梭在《一个孤独散步者的遐想》中写道:"隐居的沉思,对自然的研究,对宇宙的观察,迫使孤独的人不断地走向万物的创造者,怀着轻微的不安去探究他所见到的一切事物的结果,和他感到的一切事物的起因。当命运把我再度抛入社会的急流时,我再也找不到任何可以片刻抚慰我心灵的东西。不管到哪里,我都怀念那愉快的悠闲生活,对唾手可得的富贵荣华毫无兴趣,甚至厌恶。"〔法〕让-雅克·卢梭著《一个孤独散步者的遐想》,巫静译,湖南文艺出版社,2010年版,第31页。在这本书中,漫步在大自然中的卢梭并没有感受到天人合一的闲适自在,而是一个满腔怨愤、受现代社会迫害者的焦虑不安,而霍桑的作品表达的却是那种物我两忘的逍遥游。

其中的渣滓，让生命得以完美。① 霍桑的小说人物也给我们提供了类似的教训，骄傲是他的人物最大的恶行，阻断了人对他人同情心的磁链，伊桑·布兰德、齐诺比亚、石人理查等这些自绝于世的骄傲之人最终都走到了人生的死角，而霍桑的另一类骄傲的人物，如白兰和米丽安，正是经历了十字架的苦难，经历了自己的跌落、绝望与重生，才最终滤去骄傲的人性渣滓，带着宽容和同情心走向人群。所以，作为清教徒的后代，霍桑像他的宗教前辈加尔文一样，用他的故事启示我们：心灵的成长是从悔改开始的。

同时，霍桑对人的有限认知力的认识和上帝的无限力量的承认具有德国古典美学的思想特征。对康德和歌德而言，"自然"是上帝的一部分，人的理解力无法与自然同高。康德相信，人只能借助他的认知理性从自然那里摄取"现象"，却永远无从问津"物自身"。"为信仰留地盘，必须限定知识"是康德信仰上帝时的道德祈向。康德把"神"限定在道德的范畴内，不让"神"与物理学与逻辑学沾边，这就分清了信仰与科学在生活中的不同作用。同样，歌德认为："知解力高攀不上自然，人只有把自己提到最高理性的高度，才可以接触到一切物理的和伦理的本原现象所出自的神。神既藏在这种本原现象背后，又借这种本原现象而显现出来。"② 康德与歌德对人的有限认知力的意识，对神的无限力量的信仰与尊重，在霍桑的小说中随处可以找到例证：那些盲目夸大并迷信人的智慧、企图超越或改写上帝的创造物的人都注定失败（艾尔默博士和拉帕西尼医生的科学试验）。

霍桑虽然受清教文化的影响，一向重视理性，但是他从来没有过分夸大理性的万能作用，没有像黑格尔那样把理性放到至高无上的地位，而是把万能的信任留给了上帝，这样人与神就可以各安其位，从而使他避免了启蒙运动的理性陷阱。霍桑清醒地认识到科技理性在人类生活中所起作用的有限性，用他的失败的科学家的例子证明，十八世纪启蒙运动的哲学命题——"一切真正的问题都是可以回答的""一切答案都是可知的"以及"一切答案都是彼此协调的"③ 只不过是人类一厢情愿的盲目自大。他似

---

① 〔法〕约翰·加尔文著《基督徒的生活》，钱曜诚等译，孙毅选编，生活·读书·新知三联书店，2011年版，第6-10页。
② 见章安祺、黄克剑、杨慧林著《西方文艺理论史》，第205-257页。
③ 以赛亚·柏林把启蒙主义的三个基本命题——"一切真正的问题都是可以回答的"，"一切答案都是可知的"，以及"一切答案都是彼此协调的"看作是"整个西方传统借以立足的三条腿"。Isaiah Berlin, *The Roots of Romanticism*, New Jersey: Princeton University Press, 1999, p. 21.

乎在利用他的那些科学狂人的失败提醒人们,物理学和化学的自然科学世界虽然已经取得了辉煌的成就,但是,它们仍然不能解答复杂的神学、伦理学和美学问题,更不能解决人的幸福问题,人的立身安命之本还需要靠情感和爱;能回答一切问题、通晓一切答案者只能是上帝。在兼顾理性、自然、道德、信仰在人们的生活中各自发挥的不可替代的作用时,霍桑秉承的是康德的思想传统。在《实践理性批判》的结论处,康德指出:"有两样东西,人们越是经常持久地对之凝神思索,它们就越是使内心充满常新而日增的惊奇和敬畏:我头上的星空和我心中的道德律。"[1] 头上的星空是自然与造物主的象征,是人对宗教与自然的敬畏感,心中的道德律肯定的是人的理性自觉的道德能力。霍桑在美国工业现代化发展的初期就预见到毫无节制的科技理性发展将带给人类的灾祸和生存危机,这种思想上的敏锐超前实属难得,所以才像康德那样强调理性与道德的均衡发展,科学与信仰的并行不悖。

然而,同时我们又发现,霍桑的思想虽然根植于清教传统和西方文化思想传统,但是又游离于这个传统的二元对立的世界观之外,他不像加尔文等清教先辈那样区分和对立善与恶,也不像柏拉图和笛卡尔那样分裂感性认识与理性认识,后者认为理性认识是"天赋观念",感性认识是虚假可疑的,只有理性认识最真实可靠。霍桑虽然也强调理性的重要性,但他同时又警惕过度的理性认识可能造成的恶果,他"对智力犯罪的谴责要严于对感情犯罪的谴责"。[2]

与清教传统的善恶观不同,霍桑的小说中虽然也描写"善"与"恶",但是,却很少强调二者之间的绝对对立,而是探讨两者之间的相互渗透和转化,正如《红字》中叙述人所说:"除去自私的念头占了上风、得以表现之外,爱总要比恨来得容易,这正是人类本性之所在。只要不遭到原有的敌意不断受到新的挑动的阻碍,恨甚至会通过悄悄渐进的过程转变成爱。"[3]《农牧神雕像》中的罪孽经由悔罪意识的转化,最终惊醒了自然人的理智,让多纳泰罗蜕变成一个心智健全的社会人。白兰也是通过自己的努力把耻辱的标志变成天使的象征。

霍桑在描写敌对的两种力量时不是为了强化这种对抗情绪,而是以超

---

[1] 〔德〕康德著《实践理性批判》,邓晓芒译,人民出版社,2003年版,第220页。
[2] 纳尔逊·曼弗雷德·布莱克著《美国社会生活与思想史》(上),第454页。
[3] 霍桑著《红字》,胡允桓译,第122-123页。

脱的姿态揭示人为的二元对立造成的危害，昭示一种明智、人道的判断是非的标准（比如《农牧神雕像》中的肯甬与希尔达关于天主教与清教的讨论所体现出来的宗教宽容精神）。在短篇小说《温顺男孩》中，叙述人对待清教和教友派的态度就是一个很好的超越二元对立的例子。在这个故事中，霍桑没有把清教徒的敌人教友派写成纯然无辜的受害者，也没有把作为迫害者的清教徒写成十恶不赦的罪人。作者很少对两个教派作是非判断，而是在两个教派相互敌视的关系中，浓墨刻画一个单纯无辜的孩子如何成为愚蠢的成年人宗教狂热的牺牲品：那个男孩的母亲被宗教狂热蒙蔽以致废弃了母亲的职责。与此同时，一对清教徒夫妇抛却宗教分歧的成见，以善良和宽容接纳异教徒的孩子，给他温暖和爱抚，体现出超越宗教狭隘宗派偏见的人性和理性的光辉。可见，霍桑在面对教派纷争时，他更多是以一个人道主义者的关怀去衡量是非曲直；在处理错综复杂的宗派分歧和人物关系时，他更多关注不健康的环境对个人，尤其是对孩子造成的不利影响。

由此可见，霍桑思想的传统特色不是与西方传统思想的简单契合，而是对西方传统思想的整合与拓展。霍桑思想中的理性与中庸之美使他既不同于西方理性主义者过度强调理性，抹杀主观、感性认识的传统，又区别于浪漫主义过分强调主观、感性认识，忽略理性认识的情感泛滥。霍桑对西方传统思想的有机整合使他避免落入西方思想二元论的圈套，从某种程度上具有东方思想的圆润与浑厚感，体现一种中庸之美的人生哲学。总之，霍桑的理性思维和宗教信仰把他的思想留在十九世纪，是他的思想传统性的最大特征。

第二节　霍桑思想的现代性

霍桑思想的现代性指的是他的思想与我们现代生活的相关性。以赛亚·柏林（Isaiah Berlin）在《柏林谈话录》中说："过去的一些思想家今天还会引起人们的兴趣，是因为他们曾经论述过跟今天相似的状况。"[①]这正是霍桑思想的现代价值。霍桑思想与我们今天所生活的现代社会之间

---

① 〔伊朗〕拉明·贾汉贝格鲁著《柏林谈话录》，杨祯钦译，译林出版社，2002年版，第58页。

的"相关性"成为许多年来霍桑研究的根本动力。成官泯在奥古斯丁的《论自由意志》的译文序中也说:"之所以特别要称奥古斯丁为第一个现代人,是因为他的性情、思想都与现代人的心灵和灵魂如此切近,他的信仰之激情以及这种激情所结的丰富的果子,对现代人仍有巨大的启示意义。"① 霍桑和奥古斯丁一样,其精神气质与思想"与现代人的心灵和灵魂如此切近",他的思想对现代人具有极大的"启示意义"。正如霍桑研究专家菲利普·麦克法兰所说:"他(指霍桑)所提到的事情也许在21世纪与我们有独特的相关性。"② 另一位学者里塔·格林(Rita K. Gollin)也说,"霍桑在他的小说中写他前面的时代,也是他的时代,而我们今天读来发现他也写了我们的时代"。③ 这种相关性最突出的表现就是,霍桑用他的作品在十九世纪成功地预言了西方文明在二十世纪和二十一世纪分崩离析的根源,那就是,如果文明的脚步不保持理性与情感之间的平衡,如果科技的发展以宗教信仰为代价,那么,这种文明必然会走向衰落。在揭示任何一方滑入极端必然会造成偏差失衡这一方面,霍桑的作品与西方现代主义文学有异曲同工之效,前者是忧虑与寓言警示,后者是幻灭与自然主义的白描。特里·伊格尔顿(Terry Eagleton)在《理论之后》中说:"现代主义反映了整个文明的崩溃。为19世纪中产阶级社会服务得如此出色的所有信仰——自由主义、民主、个人主义、科学探索、历史进步、理性的最高权威——现在都处于危机之中。"④ 霍桑的作品让我们明白,这种危机是从哪里开始的。

然而,霍桑思想的现代性又与西方现代主义文学作品体现出来的现代性有根本的不同。建立在启蒙理性基础之上的现代性是人的主体性力量的发展与展示,是"以人对'神'的反抗开始的:人把自己虚幻中观念化的超自然力量拉下了神坛,把人及其理性放在了原来上帝的位置"⑤。而霍桑却是以他对上帝的绝对信赖让他的作品避免了现代性的宗教信仰缺失,也避免了对人的主体性力量的过分夸大,这就让他的作品多了一份神

---

① 〔古罗马〕奥古斯丁著《论自由意志》,成官泯译,上海人民出版社,2005年版,第1页。
② Philip McFarland, *Hawthorne in Concord*, p. 298.
③ Rita K. Gollin, "Nathaniel Hawthorne", *The Heath Anthology of American Literature*, Vol. I, ed. by Paul Lauter, Lexington: D. C. Heath and Company, 1994, p. 2116.
④ 〔英〕特里·伊格尔顿著《理论之后》,尚正译,商务印书馆,2009年版,第63页。
⑤ 韩震著《本质范畴的重建及反思的现代性》,《新华文摘》2009年第6期。

圣的希望与温暖，少了现代主义作品冰冷的虚无幻灭意识。霍桑的作品和现代主义文学的另一个区别还在于：他的故事中没有西方现代派文学中个人与社会的尖锐对立，或者可以说，在描写个人与社会的冲突时，霍桑昭示一种变通、融入的理性选择。因此，我们谈霍桑思想的现代性主要是谈他的思想与现代生活的相关性以及他的作品与现代主义文学作品的根本不同。

首先，霍桑的怀疑精神是现代的。在一个过分注重经济、科技发展的时代，霍桑逆时代潮流而思考，强调人的心灵和精神的重要性，在物质文明的大潮中保持沉静、高尚、美丽的心灵不受物欲名利的污染，追求正直高尚的自立生活，在小说中倡导奥古斯丁所说的"善良意志"，质疑科技理性对人性的扭曲。霍桑也像奥古斯丁一样，具有敏感的气质和超常的感受力，在对上帝的尊崇中寻求最高智慧，如他的小说《农牧神雕塑》所启发的，承认人唯有从感觉世界提升到理智世界才能获得做人的尊严。美国文学批评家德·曼（Paul de Man）在《什么是现代？》（1965）一文中指出：

> 最优秀的现代作家和思想家把人的意识作为他们关注的中心，把语言作为他们探索的媒介。也许，唯一真实的对立是他们与极端客观实证主义立场之间的对立，或者他们与同样极端主观实证主义之间的对立。极端客观实证主义让有意识而自主的大脑服从于物质世界的霸权。①

德·曼所说的"有意识的大脑的自治"与前面章节中我们曾经谈到的霍桑的"精神自主"都是指人摆脱了物质世界的束缚，以自由的批判精神衡量周围的世界。在波士顿海关做计量员的机械劳作中，霍桑写给未婚妻的信中说："令人不快的生活（指那种扼杀想象力的体力劳动。笔者注）是一场梦，而精神生活才是真实。"② 霍桑重视一个人思想的独立，精神的自主，在《空中楼阁之宴》中，霍桑让他的叙述人说："如果精神自主，这些领域（指空中楼阁。笔者注）会变得比他们脚踩的大地真实上千

---

① Paul de Man, *Critical Writings, 1953–1978*, ed. by Lindsay Waters, Minneapolis: University of Minnesota Press, 1989, pp. 143–144.

② Joel Myerson, ed., *Selected Letters of Nathaniel Hawthorne*, p. 71.

倍,他们会说,'它坚实而有实体;它可以被叫做真实的东西'。"①

"精神的自主"正是霍桑和他的主人公们探索真理、克服内心迷乱的航标灯。海斯特·白兰在许多个远离社会的独处时刻,思想徘徊在道德的荒野,在人类既定的法律和风俗习惯之上探寻,以良知为判断尺度,试图寻找人间公正的律令。霍桑的两位男主人公(《七个尖角阁的宅邸》的霍尔格雷渥和《农牧神雕像》中的肯甬)像霍桑在母亲临终时刻一样,都因为这种精神的自主,几乎走到了基督教信仰的边缘,出现了信仰危机时刻,不过,幸运的是他们都被身边的女性引导,及时返回基督教的信仰中来。在《农牧神雕像》中,肯甬以自主的精神思考多纳泰罗的心灵成长之谜中包含的寓意:"是不是罪孽——我们视为宇宙间最可怕的黑暗——像伤心一样,仅仅是教育人的一个因素,我们可借以向比我们靠其他方式所能企及的更高尚、更纯洁的境界奋争呢?是不是亚当的堕落使我们能够最终升到一个比他的天堂更高得多的天堂呢?"② 尽管肯甬的这些大胆的假设被虔诚的希尔达断然拦截和否定,但是他的这种质疑却带给读者超越宗教的思考与启发。前面说过,霍桑本人也是一个虔诚的基督教徒,然而,在母亲的临终时刻,面对生与死的考验,他的思想几乎走到了怀疑造物主意图的边缘:"噢,如果我看到的就是一切,这是怎样的嘲笑啊……如果生命的尽头一无所有,那么上帝就不会让人的临终如此黑暗,凄惨;因为如果是这样,那就是魔鬼创造了我们,并衡量我们的存在,而不是上帝。……用这样一种悲惨的方式被抛出生活,投进虚无。"③

霍桑和他的两个人物都意识到自己信仰上的危机,把自己困扰混乱的思绪交给女性直觉的同情心,接受女性虔敬情感的引导,退回到基督教的认知框架中。不过,在那危机、困惑、彷徨的一瞬间,他们对人性、生活和世界的复杂性那超越基督教信仰的深刻的一瞥已经让我们看见了他们思想上现代性的萌芽,体现了现代人勇敢的精神探寻,带给读者超越宗教、超越时代的思考。这种质疑探索精神在年青一代的美国作家麦尔维尔身上表现得更加清楚、更加不妥协,这位新一代的美国作家不畏宗教的羁绊,将霍桑及其人物曾经感受到的生命困惑继续大胆地追问下去,最终跨越基

---

① 《霍桑集:故事与小品》(下),姚乃强等译,第1098页。引文对照英语原文有所改动。
② 霍桑著《玉石人像》,胡允桓译,第412页。
③ Nathaniel Hawthorne, *The American Notebooks*, ed. by Claude M. Simpson, p. 429.

督教的认知框架，是一个真正现代人对真理的探索方式，不过也走向了飘渺无依的信仰荒漠。所以，霍桑及其人物的精神探索适可而止，见好就收是不是因为他们都瞥见了上帝之外的世界是一片生命中不能承受之轻的虚无，所以就知难而退了呢？也说不定。或者说，这是他们对自主精神的最好使用，是霍桑的中庸之道最好的思想实践，因为毕竟极端之罪会让自由精神失去探索真理的锋芒，他们能迷途知返未尝不是一种思维的明智。

霍桑精神的自主性还表现在，在一个全社会都欢呼政治、经济繁荣进步的时代，他在精神气质上表现出反工业化、反现代化、反机械化的倾向。他反对这些现代文明的产物是因为它们限制和禁锢了人的精神与想象力发展的空间，这其实就是一个现代人对精神家园的敏感与维护，在散文《火的崇拜》中，它表现为作者对家居之火的神圣性的歌颂：

> 人类的发明创造正在以这样那样的方式迅速消除我们周围人类生活的绚丽多彩、诗意美好的东西。家居之火是所有这些特征的集大成者，在大多数家庭中，它似乎给我们的生活带来了力量与庄严，赋予它自然的本性与精神实质，因为是以友好的方式与我们共处，它的秘密与奇妙也就不会激起任何阴霾。①

精神自主能让霍桑对他的时代的物质进步和政治热情冷眼旁观，让他站在了超验主义的乐观人性论之外，站在了杰克逊时代的扩张意识之外，也站在了美国清教传统的狭隘人性观之外，成为这个时代具有怀疑和批判精神的旁观者。正是因为这怀疑和批评的精神让霍桑的思想穿越时空，为正在经历工业化、现代化的我们提供借鉴，霍桑因此也就成了一位永不过时的现代作家。霍桑思想中体现的这种怀疑和批判精神虽然承继的是启蒙理性的遗产，但因为没有把思考的主体置于至高无上的地位，也就自然避免了二十世纪西方现代性所面临的思想困境。②

---

① 《霍桑集：故事与小品》（下），姚乃强等译，第982页。
② 如杨淑静在《重建启蒙理性：哈贝马斯现代性难题的伦理学解决方案》一书的第一章"现代性的困境"中所写："主体的解放使反思力量获得了独立，独立的反思使人的思维不淳朴了，不淳朴的思维通过反思力量的暴力建立起了普遍性、必然性，而有了暴力，主体必然就变得不自由。主体作茧自缚，这构成了现代性自身面临的严峻挑战。"杨淑静著《重建启蒙理性：哈贝马斯现代性难题的伦理学解决方案》，中国社会科学出版社，2010年版，第72页。

除了以"精神自主"为前提的批判、怀疑精神让霍桑的思想得以超越传统与时代的束缚,触及现代社会面临的生存问题和思想困境之外,霍桑思想的现代性还表现为一种审美意识的超前性,尤其是对二十世纪许多现代主义作家提倡的小说表现技巧和主题,霍桑已经有了先知先觉,并身体力行。英国现代主义文学作家弗吉尼亚·伍尔夫在《论现代小说》(1915)一文中不满传统物质主义的写作,即那种对客观世界无关紧要的、琐碎、暂时的东西的书写,批评那种远离人物心灵和思想活动的书写,提倡一种新的心灵现实主义的书写方法,也就是现代小说的新技巧,伍尔夫认为:

> 把一个普普通通的人物在普普通通的一天中的内心活动考察一下吧。……生活是与我们的意识相始终的、包围着我们的一个半透明的封套。把这种变化多端、不可名状、难以界说的内在精神——不论它可能显得多么反常和复杂——用文字表达出来,并且尽可能少掺入一些外部的杂质,这难道不是小说家的任务吗?①

伍尔夫作为意识流小说的先驱,强调作家书写人物的精神活动的重要性,把前一代作家亨利·詹姆斯的心理现实主义发展到一个新的高度。实际上,在对人物心理活动的挖掘和书写方面,我们知道,詹姆斯师承的正是霍桑的"心理深度"②("心理深度"这个词是詹姆斯在他的《霍桑评传》中评论霍桑作品的一个用语)这个传统。霍桑的作品正是抛开了繁琐的物质外壳,透过人物的外表,向我们揭示他们的心理活动和心灵成长过程。正是在这一方面,霍桑先于现代作家亨利·詹姆斯和现代主义作家伍尔夫,开拓了小说表现的新领域。在霍桑的笔记中,我们随处可见这样的写作计划,几乎接近现代主义小说的意识流手法:"写一个梦,这个梦与一个梦的真实过程很相似,它的不连贯性,它奇怪的变化过程,这一切都被看成理所当然的;其怪异与无目的性——然而,整个过程中却有一个主导思想。到目前世界这个古老的年代为止,这一类

---

① 〔英〕弗吉尼亚·伍尔夫著《论小说与小说家》,瞿世镜译,上海译文出版社,2000年版,第7-8页。
② 关于詹姆斯对霍桑的"心理深度"的评论与继承,有兴趣的读者可参考拙著《传统与现代之间:亨利·詹姆斯的小说理论》,社会科学文献出版社,2006年版,第38-85页。

东西还从未被书写过。"① 可见,霍桑一直都在实验探索小说表现的新方法和新领域。

在弗洛伊德把人的意识分为三个层面(意识 conscious,前意识 preconscious 和潜意识 subconscious)之前的半个多世纪,霍桑就已经意识到了潜藏在人所能清晰表达出来的思想背后的那种混乱无序的潜意识状态,他在笔记中写道:

> 现在这个观察记录与我们给自己规定的领域内将要观察的浩瀚相比是多么狭隘,多么贫乏不足啊!一种清晰表达出来的思想流——与那些正流淌在想象、知性与感情这些焦虑不安的领域里的昏暗的感情、思想与联想相比,也是多么肤浅和渺小啊!……当我们明白我们能表达的多么有限,一个人如果再拿起笔来写作就是不可思议的事情了。

这让我们感觉到,霍桑已经意识到了这种"昏暗的"意识层面,只是他对此有些望洋兴叹,不知道如何用语言表达,或者说他相信人对"那些正流淌在想象、知性与感情这些焦虑不安的领域里的昏暗的感情、思想与联想"的认识太有限了,因而文学表达就难免肤浅。霍桑在散文《梦醒时分》中表达了弗洛伊德所说的我们在文明面具下压抑起来的易德(id)②,只是霍桑对这种意识尚没有一个准确的描述:

> 在你的内心深处,那里也有一个坟墓,也有一座土牢,虽然周围的光亮、音乐和欢乐会使我们忘记它们的存在,忘记藏在那里的死人,但是,有的时候,往往是在半夜,那些阴暗的地方就会敞开大门。在这种时刻,你的心灵只有被动的感觉,没有主动的力量;你的想象力就像一面镜子,把所有思想都映得生动逼真,无力加以选择或者控制;在那个时刻,你但愿自己的苦楚酣睡不醒,与之相关的悔恨

---

① Julian Hawthorne, *Nathaniel Hawthorne and His Wife*: *A Biography*, Vol. I, p. 488.
② 弗洛伊德的人格结构理论把人的人格分为三个层次,最基本的一层是"原欲"(id),中间一层为"自我"(ego),最上面一层是"超我"(super-ego)。"原欲"相当于他早期提出的潜意识,处于心灵最底层,是一种与生俱来的动物性的本能冲动,特别是性冲动。它是混乱的、毫无理性的,只知按照快乐原则(Pleasure Principle)行事,盲目地追求满足。

不要挣断锁链。①

霍桑告诉我们，在梦醒时分，我们如何与自己的潜意识面对面，如何被动无助，任其泛滥。正因此，现代学者在谈到霍桑发现的潜意识和弗洛伊德心理学之间的联系时说："像弗洛伊德一样，霍桑看到了过于压抑原欲的危险以及随后专制超我的升级，尽管他用自己的术语思考这个问题，把它看作是脑与心之间的失调。"② 心理学批评研究霍桑的《好小伙布朗》(*Young Goodman Brown*)也发现，"布朗的荒野幻想证实了弗洛伊德的理论，那就是我们压抑了的欲望会在我们的梦中表达自己，而且梦象征着愿望的满足。比弗洛伊德早一代写作的霍桑，他的敏锐足够称得上一位心理学家，他意识到了许多弗洛伊德用临床证据才能使之系统化的同样现象"③。这样的假设的确有足够的理由和说服力。

在福柯的权力话语理论（二十世纪五六十年代）产生之前的一个多世纪，霍桑就已经开始思考语言中隐含的巨大力量。他在笔记中写道："文字——当它们在字典里的时候是这么无辜和无力；对于那个知道如何运用它们的人来说，无论善恶的目的，它们都会变得多么强大有力啊。"④ 语言文字是无辜的，是中立客观的，而话语却隐含着善恶的目的，体现着使用语言者的意图导向，对于话语所包含的力量霍桑在这里已经说得足够清楚。

在贝克特的《等待戈多》(1948)演出之前的一百多年，霍桑在写作笔记中就有令人吃惊的类似灵感和写作打算，"一个故事，主要人物似乎总是快要出现在舞台上了，但是却从没有出现"⑤。

在新批评强调艺术作品的有机整体和内在审美价值，反对文学阐释超越文本的社会历史研究之前的一百年，霍桑就借他的艺术家人物沃兰德之

---

① 《霍桑集：故事与小品》(上)，姚乃强等译，第220页。F. O. 马蒂森也曾引用过上面这段话，不过他意在说明霍桑的文学创作过程，"你可以感觉到霍桑的创作过程，他对济慈描写的'否定性感受力'(Negative Capability)的那种富有想象力状态的理解，只有那种放松的懒散状态才能接受各种新鲜印象的注入"。F. O. Matthiessen, *American Renaissance*, p. 253.

② Wilfred L. Guerin, Earle Labo, Lee Morgan, Leanne C. Reesman, John R. Willingham, *A Handbook of Critical Approach to Literature*，外语教学与研究出版社，2004, p. 144。

③ *A Handbook of Critical Approach to Literature*, p. 144.

④ Julian Hawthorne, *Nathaniel Hawthorne And His Wife*: *A Biography*, Vol. I, p. 491.

⑤ Julian Hawthorne, *Nathaniel Hawthorne And His Wife*: *A Biography*, Vol. I, p. 492.

口说："对所有精美绝伦的作品的酬劳必须到其本身去寻求，在其他任何地方去寻求都徒劳无益的。"① 这种艺术本体论的思想可以说是霍桑对新批评的预言。

在西方人开始讨论"生态伦理""环境保护主义"和"生态文明"之前的一百多年，霍桑就已经意识到了由启蒙理性造成的主体暴力，也就是人类中心主义的危害，主客体二元对立的恶果，不再相信人这个主体对自然这个客体拥有绝对的统治权，他认为人和动物同为上帝的创造，应该和人一样拥有平等的生存权。霍桑在笔记中写下了他在受到一只苍蝇骚扰时的反思："这会儿，在一个房间里——在一个人类的居所里——我可以感觉到自己想把他打死；但是，在这里，我们侵占了他的地盘，他和享有这个地球和空气的所有孩子们共同拥有的地盘，我们无权把他杀死在他自己的地盘上。"② 霍桑用"他"而不是"它"来描写苍蝇，已经足以说明他对自然万物生存权的尊重，或者可以扩大为他对"他者"（the other）的尊重，这分明是一种"自己活也让别人活"（live and let live）的生态意识，也可以被理解为政治思想上的一种后殖民主义意识。

总之，霍桑在生活中提倡和坚守理性，却在艺术领域里对非理性——人的意识和潜意识层面——怀着艺术家的痴迷与探寻，对人类徒劳无益的期待（等待戈多）有超前的意识，对潜藏在语言背后的善恶力量有灵敏的警觉，对人与自然和谐相处的认识与实践都让我们感觉到：他作为一个思想家和文学艺术家，其敏锐的心灵是超越时空和民族界限的，他早在十九世纪前半叶就已经嗅出了二十世纪艺术家将要表现的现代精神气质，同时却让自己的思想与信仰有意识地停留在基督教的伦理思想框架之内，作为人类精神的最后也是最高皈依。

然而，霍桑又与二十世纪的西方现代派作家有根本的不同：在他的思想和作品中，西方传统思想中的理性主义与近代文学中的浪漫主义精神达到了和谐的统一，怀疑精神与宗教信仰得到完美的结合，对传统思想的批评性继承和对艺术的不断突破创新同步进行。他书写孤独，但是，那孤独却是为了更好地返回人群和社会的积极准备阶段，而不是现代人的孤独异

---

① 《霍桑集：故事与小品》（下），姚乃强等译，1081 页。
② Julian Hawthorne, *Nathaniel Hawthorne and His Wife: A Biography*, Vol. I, p. 500.

化；他写个人与社会的对抗，但是，那对抗的结果必然是成熟的个人修炼好自己，以一股健康的有创造性的个体力量融入社会。所以，霍桑的现代性是立足于传统理性基础之上的现代性，是他突破机械陈腐的教条框架，对人的心理健康的谨慎探索和深切关怀。

第三节 艺术与艺术家的独立

霍桑思想的现代性还表现在，他充分认识到了艺术家所需要的独立的精神空间，所以他和他的艺术家人物都努力追求一种相对超脱的生存状态，尽可能与一个价值观不同的社会保持适当的距离，给自己独立的思考空间，为自己的艺术表达开拓一个新领域。大学毕业后，霍桑避开繁忙的商业功利社会，闭门修炼整整十二个春秋，后来又在康科德田园如画的环境里生活了三年，努力把自己的文学思考置于一种适宜的自然环境中，让自己处于身心和谐、灵性超脱的状态。在大部分小说的序言中，霍桑呼唤艺术所需要的自由，希望读者能把他的故事当作传奇来读，这样做不是为了让他们相信那些子虚乌有的传奇故事，而是为了让读者学会欣赏他的想象力和对生活的再创造能力，培养读者对艺术的鉴赏能力，从而学会热爱物质之外的美，获得精神境界的提升和心智成熟。在《七个尖角阁的宅邸》的序言中，霍桑对小说与罗曼司作出区别，目的正在于此：

> 当一位作家将其作品称为"罗曼司"时，毋庸赘言，他希冀自己能够拥有从事小说写作时所无权自许的处理素材和风格上的某些宽容。小说的结构形式要求写得极尽忠实之能事，把普通人生的逼真而不是可能的历程揭示出来，而罗曼司——作为一种艺术形式，在理应严守规律的同时，难免由于偏离人类心灵的真情而犯下不可饶恕之罪——却有权表现在很大程度上是作家自己选定或创造的环境中的真谛。如果他认为恰当，还可以把画面增强亮度并加深阴影，以渲染该环境的总体色调。毫无疑问，他若想明智，就要恰到好处地运用处理所说的游离条件，把神奇作为一种清淡、精微和纤巧的调料加以融溶，而不是当成一份实实在在的菜肴奉献给公众。①

---

① 《霍桑小说全集》(3)，胡允桓译，第3页。

简言之，小说传达逼真，而罗曼司创造可能，霍桑对两种文学形式的区分重在提醒和帮助读者接受和欣赏他们熟悉的生活及文学表达之外的另一种更新奇、更富有色彩的文学形式，因为这种新的文学表达方式融入了更多的自由精神，更丰富的想象力和创造力。

霍桑的艺术思想与他的生活总是同步的。正是因为霍桑意识到他的小说创作需要适宜的氛围，在他所有忙于公务的岁月里，在内战这个现实残酷的面前，他不得不中断正常的文学创作，因为他的创造不能离现实太近，对于他这个罗曼司作家来讲，他无法在现实的强光中凝集起艺术朦胧的光晕来，唱不出夜莺婉转凄美的歌声。他需要现实与艺术之间的中间地带，他的传奇手法就像月光，像一个人的梦醒时分，经由这个媒介的中和转化，粗糙无序的现实被滤去光天化日之下的直白平庸，蒙上一层朦胧诗意的色彩，具有一种含蓄深沉的距离美。

霍桑的第二部长篇小说《七个尖角阁的宅邸》发表后，他在给同窗好友布雷奇的信中说："我觉得《七个尖角阁的宅邸》比《红字》好；但是，我不会怀疑我把主要人物精雕细琢得有些过头，无法满足流行的品味……我宁愿觉得我已经到了一种不在乎任何人对任何作品有什么看法的地步……我觉得它（指《宅邸》）比《红字》更具有我的思想特色，写起来更适合，更自然；但是，因此会更不可能让大众感兴趣。"[1] 霍桑的姐姐对这本小说的评论是："对我来说，两本书（另一本是《红字》）最大的魅力是它们似乎是带着绝对的从容和自由写成的；显然，你对大众并没有敬畏之心，而是无视它，这对多数作家都是有益的，其他人也应该这样。"[2]

可见，霍桑已经明显意识到了自己的"精雕细琢"无法满足大众口味，然而，他更知道自己"本性难改"，他用"宁愿觉得"自己已经到了一种"不在乎任何人对任何作品有什么看法的地步"表达艺术家对表达自由的强烈需求。霍桑所说的"更具有我的思想特色，我写起来更适合，更自然"与他的姐姐艾比·霍桑所说的"绝对的从容和自由"显然都没有对大众口味顾虑太多，是艺术和艺术家要求的一份自由与尊严。象征主义的起始者波德莱尔对"诗"的唯美主义界定，也许可以用来帮助我们烛照

---

[1] Horatio Bridge, *Personal Recollections of Nathaniel Hawthorne*, pp. 139–141.

[2] 转引自 Julian Hawthorne, *Hawthorne and His Wife*, Vol. I, p. 439。

霍桑对艺术独立性的那份渴求。波德莱尔认为,"诗除了自身之外并无其他目的,它不可能有其他目的,除了纯粹为写诗的快乐而写的诗之外,没有任何诗是伟大、高贵、真正无愧于诗这个称号的"。①

霍桑的思想与作品固然不同于唯美主义的艺术创作原则,但是他在许多短篇小说中都探讨了艺术生存所需要的独立空间,清楚地表明社会的实用价值标准只能扼杀艺术。《德朗的木雕人像》和《追求美的艺术家》这两个短篇小说就是这个主题的集中表现,这两个寓言故事把艺术与一个讲求功利实效的世界对立起来。木雕师傅德朗最后被他周围的功利社会所俘虏,连自己曾经亲手创作的艺术品也难以辨认和欣赏;而《追求美的艺术家》中的欧文·沃兰德的师傅正是那个扼杀艺术灵感的现实世界的集中体现。沃兰德对这位师傅绝望地喊道:"你就是我的魔鬼,你,还有这个冷酷粗俗的世界!你强加给我的那些沉闷的想法和深深的绝望是我的羁绊。不然的话,我早就完成了上天赋予我的大任了。"② 沃兰德对安妮解释他苦心孤诣创造的纯美艺术品——蝴蝶:"安妮,完全可以说它有生命,因为它把我的生命吸入到自身里面去了,在那只蝴蝶的秘密和它的美当中——它的美不仅仅是外在的,而且深深地蕴含在它的整个机体之中——体现的是一位美的艺术家独有的理智、想象力、情感乃至心灵。"

在受到安妮的赞扬时,沃兰德反思道:"这个世界,以及代表这个世界的安妮,无论怎样对他大加赞扬,都永远不能说出恰如其分的话语,也表达不出恰如其分的情感,以作为对一位艺术家的最好酬报。"这个功利的世界是艺术品的刽子手,当沃兰德制作的那只精美的蝴蝶接触到他师父彼得·霍文顿的手指时,那只蝴蝶立即失去光辉,丧失了活力,沃兰德对他们解释说:"它(蝴蝶)吸取了一种精神要素——你可以称之为磁性,随便叫什么都行。在一种怀疑和嘲笑的氛围中,它那异常精微的敏感性就会遭受煎熬,这就像那个把自己的生命灌注其中的人的灵魂受到折磨一样。"当安妮的小儿子"带着他外祖父尖利、世故的表情"把那只蝴蝶在手里捏得粉碎时,沃兰德眼见自己付出心血的创造被一种粗暴无知的力量毁灭,他平静地接受了这一切。在经过许多年对世俗的价值观抗争之后,沃兰德最终挣脱了功利社会的蔑视和束缚,获得了艺术家安然自处的精神

---

① 《再论埃德加·爱伦·坡》,见郭宏安译《波德莱尔美学论文选》,人民文学出版社,2008年版,第173–190页。
② 《霍桑集:故事与小品》(下),姚乃强等译,第1065页。

独立和自信。

霍桑自己作为一位作家的境遇也并不比沃兰德的情况好到哪里。他不满于一个重商轻文的社会和现实主义的文学创作，从而把他的故事背景移植到十七世纪殖民地时代的新英格兰，使用罗曼司和寓言的表现手法，给艺术留出更多的自由与更大的施展空间，这是他对现实世界的文学超越与浪漫化，是他在"过去"与"现在"之间找到的最美丽的链接。然而，他也清楚自己追求的这种艺术的独立性在那个时代并不受欢迎。

霍桑生活和写作的年代是一个现实主义小说兴盛的时代，[①] 查尔斯·狄更斯和巴尔扎克已经用自己的现实主义小说巨著在欧洲让"现实主义"作为一种文学创作方法深入人心。霍桑对自己采用微妙精致的罗曼司创作手法一直心存矛盾：他深知这种写作方法有其不可替代的优势，但是他也清楚自己的写作手法在那个重物质现实、喜阅读快餐的时代必然遭到冷遇。当时压倒一切的现实主义文学阅读品味让霍桑不得不生出自我怀疑和自我贬抑的情绪来，不过以他对罗曼司的自信和使用，这种自轻自贱完全可以被理解为反讽，一种对大众阅读口味的不屑。他读了英国小说家安东尼·特罗洛普的现实主义小说后说："真奇怪，我个人自己的品味完全是另一类小说，而不是我自己能写的那些。如果我见到另一个作家写的我那类小说，我相信我不会理解它们。"霍桑觉得特罗洛普的小说："结实，有实质性内容，有牛肉的力量，从浓啤酒中获得灵感，就像某个巨人从地球上掘出一大块土那么真实。"[②] 马蒂森引用霍桑对特罗洛普小说的这段评语，认为霍桑是完全赞成特罗洛普的现实主义小说，在自惭形秽。不过，就霍桑对罗曼司在表达效果上不可替代的优势而言，他在称赞特罗洛普小说的"结实"中也许还有一丝反讽的意味，在暗示读者粗鲁浅薄的重口味。马蒂森没有注意这一点反讽，反而把霍桑使用罗曼司看成一种权宜之计，将其归因于美国当时缺少"表面的细节"，也就是缺乏可供描写的现实生活，认为"这种方法软弱无力"。这样的阐释似乎让我们感到有些遗憾，因为我们知道，美国实际上从来都不缺少"现实生活"，就在霍桑创

[①] 《西方文艺理论史》（章安祺、黄克剑、杨慧林著）认为，"在大多数欧洲国家，浪漫主义自1830年以后便让位于现实主义。这首先是以司汤达的《红与黑》、狄更斯的《匹克威克外传》、果戈理的《钦差大臣》等作品的陆续出现为标志"（人民大学出版社，2007年版，第359页）。

[②] F. O. Matthiessen, *American Renaissance*, p. 256.

作浪漫传奇的同时，斯托夫人写出了《汤姆叔叔的小屋》，霍桑对罗曼司的使用完全是一位艺术家对最适合自己文学品味的一种文学形式的自由选择。

巧合的是，在霍桑去世15年后，特罗洛普也写了一篇评论霍桑的文章，虽然有些居高临下的谦辞，但也不无洞见地指出，霍桑的作品特色与他的民族文化特征之间存在着必然的联系："毫无疑问，一般来讲，美国文学的创作较之英国文学的创作更倾向于沉思——更少现实主义。在大西洋这边，我们更多处理牛肉和浓啤酒，更少处理梦境。"① 特罗洛普的话表明，他承认霍桑使用罗曼司能更好地表现美国人重"沉思"的精神气质，"梦境"是美国这个新生民族在童年时代难能可贵的理想状态，被霍桑用罗曼司的手法成功地捕捉到并表现出来了。

如果霍桑当年对特罗洛普的批评含蓄微妙到足以引起现代批评家马蒂森的误会，那么霍桑之后的亨利·詹姆斯就一针见血地把霍桑当年的闪烁之词说个明白，注重心理现实描写的詹姆斯毫不客气地指出特罗洛普小说存在的不足，说他"用一个简单的食谱写出了他那些质地结实的寻常小说"。詹姆斯觉得，特罗洛普除了是"一个好的观察者"之外，"事实上，什么也不是"，他没有挑选取舍的能力，不能正确使用小素材和大主题，结果就使得他的作品流于平庸。总之，詹姆斯认为，特罗洛普创作了大量愚蠢的书，只是"为那些不能思考的大脑准备的"②。

值得注意的是，詹姆斯在这里提出了一个非常重要的现代小说不同于传统小说的问题，那就是现代作家对读者智性的关注、期待和邀请，这也正是霍桑使用"传奇""寓言"和"含混"的创作技巧的一个目的所在，它们为读者"能思考的大脑"提供了充分的想象空间。在短篇小说《拉帕西尼的女儿》这个故事的开始，霍桑用第三人称对他自己在美国文学中的地位作了颇有自知之明的总结：

> 作为一位作家，看来他处于超验主义者（他们以不同的名称在当今文学世界中占有一定地位）和一大批以笔墨诉求社会理智和同情的人之间的一个不幸的中间位置。对于后者来说，他的作品不是过于雕

---

① Harold Bloom, *Bloom's Classic Critical Views*: *Nathaniel Hawthorne*, New York: Infobase Publishing, 2008, p. 87.
② 转引自 F. O. Matthiessen, *American Renaissance*, pp. 257 – 258 注解第 27。

凿,就是过于生僻、朦胧,并且在故事的发展模式上不切实际;对于前者而言,又显得过于通俗而不能满足他的精神和抽象要求。他必定发现自己没有读者。①

霍桑的这一番自我审视不仅交代了自己的文学作品的主要特色,而且也告诉我们他的那个时代的阅读品味。然而,不管霍桑表面上表现得是如何羡慕特罗洛普的写实手法,不管他表面上显得多么妄自菲薄,他始终坚持自己的罗曼司手法,为他的故事创造一种陌生的审美表达效果。在《艾里斯·多恩的申诉》中,他告诉我们:"我以这种离奇的笔调作这番以及下面的描述,是为了使读者置身于一种可怕的氛围之中,这样他也许能想象出这个小镇与平时不同的模样,明白这是发生在最后一幕那样的野蛮事件的合适舞台。"② 可见,霍桑始终都关注为他的故事搭建一个最合适的舞台,正如他在《福谷传奇》的序言中所说的:"只是想搭建一个远离交通要道的舞台。得以演出他头脑中那些人物的古怪离奇的行径,而不致使他们暴露得近在咫尺,与真实生活的实际情况形成反差。"③ 从小说的表现手法看,"交通要道"可以被看作是现实主义文学的隐喻,霍桑寻求的不是去描摹事无巨细的琐碎现实,而是创建一种属于艺术的独特天地,以便与现实生活"形成反差"。

在西方文学史上,再没有比唯美主义作家更强调艺术的独立性。英国唯美主义大师奥斯卡·王尔德曾说:

> 承认艺术家有独立的王国,意识到艺术世界与真正的现实世界之间、古典优雅与绝对现实之间的区别,这不仅构成了一切美的魅力的根本条件,也是一切伟大的富于想象力的作品、一切伟大的艺术创作时代的特征,是菲迪亚斯时代、也是米开朗基罗时代,是索福克勒斯时代,也是歌德时代的特征。④

王尔德的话帮助我们明白,霍桑的小说何以具有独特的审美意蕴,

---

① 《霍桑集:故事与小品》(下),姚乃强等译,第1130页。
② 《霍桑集:故事与小品》(上),姚乃强等译,第232页。
③ 《霍桑小说全集》(2),胡允桓译,第225页。
④ 〔英〕王尔德著《英国的文艺复兴》,伊飞舟译,参见赵澧、徐京安主编《唯美主义》,中国人民大学出版社,1988年版,第88页。

"富于想象力"和"独创性"正是爱伦·坡竭力推崇霍桑作品的理由所在。① 王尔德说:"商业精神及其对无价值的东西的敬仰,天生的庸俗,以及对工人阶级粗鲁的冷淡,都是我们的敌人。"② 通过《追求美的艺术家》和《德朗的木雕人像》我们可以知道,霍桑一定不会对王尔德的这句话有任何异议,霍桑的故事除了严肃的道德关怀之外,还体现出这种唯美的艺术倾向。王尔德的美学原则,"艺术除了表现它自身之外,不表现任何东西。它和思想一样,有独立的生命,而且纯粹按自己的路线发展。它在现实主义的时代不一定是现实的,在信仰的时代不一定是精神的。它通常是和时代针锋相对的,而绝非时代的产物",③ 这些概括非常符合霍桑对艺术独立性的要求,表达了艺术家渴望走出实利价值观的包围,摆脱大众品味的禁锢的一种强烈的诉求。

然而,霍桑与失去宗教信仰,艺术追求至上的唯美主义毕竟有着根本的不同,除了与唯美主义者一样都有对艺术独立和艺术家的精神独立的意识和诉求之外,霍桑深沉的宗教情感让他把上天赐予人的生活、爱情与家庭置于艺术的追求之上,使他的艺术摆脱了在商业文明威逼下走向颓废的色彩,正如他的短篇小说《追求美的艺术家》中的沃兰德没有走向艺术的象牙之塔,而是把审美的眼光投注在生活中,将审美能力应用于现实生活中对美的鉴赏上。

第四节 叙述技巧的现代特征

霍桑艺术的现代性表现在他的叙述技巧(Narrative Methodology)的现代性:他一改全知全能的单一叙述手法,使用多元视角和含混叙述手法,并且采用留白的手法,欲言又止,他相信留白带给读者的启示会比白描产生更多的审美享受;他透过血肉之躯揭示人的灵魂,又向人提出了难以解答的重大人生问题,留给读者广阔的思考空间。霍桑在叙述技巧上的试验

---

① 见爱伦·坡1842年写的关于霍桑的故事与小品集《重述的故事》的评论,*The Norton Anthology of American Literature*, Vol.1, New York: W. W. Norton and Company, 1989, pp. 1453-1455。
② 转引自苏联科学院高尔基世界文学研究所编的《英国文学史1870-1955》(上卷)第292页脚注1。
③ 〔英〕王尔德著《谎言的衰朽》,杨恒达译,见赵澧、徐京安主编《唯美主义》,第142页。

体现着他对培养读者阅读品味的格外重视,是他的艺术现代性的最高表现。

  首先,霍桑在他的故事中不再使用传统小说中万能的叙述技巧,而采用多视角叙述手法,并运用"含混"的叙述方法去模糊读者对历史和人物的清晰认识,以揭示历史、生活与真理的复杂性与多种可能性。在《红字》的开始白兰示众这一场,霍桑以不同观众的多角度透视法让白兰的形象同时兼有圣母和妖妇的成分,给读者的判断增添多种可能性。牧师丁梅斯代尔的形象含混不清,这与多视角的叙述也有直接的关系。在白兰的眼中,在医生的眼中,在信众的眼中,在他自己的眼中,牧师都完全呈现出不同的形象。正是这种多视角的描写让读者感觉到,他既可以被看作是一个最虔诚信奉上帝的圣徒,又可以被看作是一个欺骗上帝和信众的伪君子,更可以被看作是一个敢做不敢当的懦夫。霍桑的人物形象的含混性揭示了人性的复杂,这些人物的理性与情感的冲突、他们内心的挣扎、他们的自我怀疑以及他们的困惑都给读者很大的想象空间和判断余地,也为批评家提供许多阐释作品的可能性。比如,丁梅斯代尔胸口的红字,贝灵翰总督去世的那天晚上,出现在天空的红字的含义,牧师临终前的布道在听众中产生的反响都充满了模棱两可的含义,也直接引起旁观者的争议,正是这种对同一事物的不同认识甚至完全相反的观点让我们看到文学语言对生活的巨大包容性,也使文学批评显得必不可少。

  "含混"的叙述手法在《福谷传奇》中的叙述人卡芬代尔那里得到了最佳体现,他几乎像后现代主义小说中的叙述人一样清楚地告诉读者,自己是一个非常不称职、不可靠的叙述人,提醒读者在阅读中谨防蒙蔽,使用自己的判断力。在故事的进程中,卡芬代尔观察和叙述的人物许多次都突然从他的视野中消失,或者像齐诺比亚那样干脆拉上窗帘,断然拒绝他的观察,传统叙述人的那种全知全能的地位已经荡然无存。在叙述人承认自己观察能力和叙述能力有限的情况下,读者不得不用自己的想象力和人生阅历去弥补叙述留下的空白,去辨别叙述人提供的判断的可靠性,作品的意义就这样在作者的留白和读者的想象中合力完成了。霍桑的小说对读者想象力和判断力的邀请正是现代主义小说乃至后现代主义小说的普遍特征。

  如果在霍桑的前几部小说中,含混的叙述手法只是故事叙事技巧的一部分,那么,他的最后一部小说《农牧神雕像》就是作者有意布下的迷魂阵，是霍桑探索含混叙述效果的一部力作。故事从交代米丽安扑朔迷离的身世开始到最后米丽安模糊不清的归宿，叙述人都有意给出多种可能，而不是像传统小说那样直截了当地告诉读者，不留任何悬念。与前几部小说隐而不露的含混叙述手法不同，在这部小说中，作者有意让读者理解作者的良苦用心，用近似元小说的叙述方法许多次通过他的艺术家人物直接讨论"含混"这种艺术技巧的独特表达效果。希尔达说："绘画的更高明之处是能激起你的梦想，而不是仅停留于他的创造。"[1] 希尔达对肯甫说："有一类观赏者，他们共鸣的感受会帮助他们透过不完美的一团迷雾看出完美来。我认为，在读诗或看画和雕塑时，人们应该从作品中发现大大超出诗人或艺术家实际表现的东西。作品的最高价值就在于其启发性。"

正是为了这种独特的表达效果，霍桑有意识地运用含混叙述，《农牧神雕像》（简称《雕像》）中的含混叙述随处可见，给读者留下了一路的疑惑：米丽安的身份之谜，追随她的那个幽灵般的人物的身份之谜，米丽安到底犯了什么罪？那个幽灵般的人物在米丽安所犯的这桩罪恶中到底扮演了什么角色？她与那个人是因为什么原因共谋的？米丽安对那个人说："我的手上没有污迹，但那是在你的手握住它之前。"米丽安这样说是什么意思？是否暗示他们之间的合伙谋杀罪？他们杀了什么人？为什么杀人？多纳泰罗是否像农牧神一样长着树叶一样毛茸茸的动物耳朵？这一切就像被掩盖在多纳泰罗卷发下的耳朵一样，自始至终谁也弄不清楚，也找不到任何获得答案的线索。小说中提到"几年前世人都知道一个神秘而可怕的事件"到底指的是什么？米丽安与这个事件有什么关系？希尔达的失踪与米丽安有没有关系？小说最后甚至连叙述人自己提出的问题"米丽安的生活是什么样子呢？多纳泰罗又在哪里？"也没有给出答案，这种种谜团的故意设置标志着霍桑对小说叙述技巧的新试验，是霍桑注意到语言的含混性，读者参与作品意义的可能性等这些二十世纪文学批评家才开始讨论的问题，是他的小说艺术前瞻性的最好标志。

霍桑在《雕像》中通篇使用"含混"的叙述技巧，是想告诉读者小说的艺术表达是不需要像求证科学数据那样精确绝对的，因为它表现的是生活和人，而生活和人的复杂性难以测度，难以穷尽，只有用"含混"这种点到为止的做法才能启发读者，而不是把读者的想象力与判断力武断地

---

[1] 霍桑著《玉石人像》，胡允桓译，第303页。

限制在作者有限的视野和明确的表达中。这就像卡芬代尔在意识到自己无能为读者勾勒一幅清晰的故事画面、交代复杂的感情纠葛时就坦率承认自己的无能,把判断的主动权给予他观察、阐释的人物,把想象力的特权拱手让给读者。所以,霍桑才在《雕像》的最后一章中用元叙述的手法与读者直接沟通,讨论小说含混叙述的独具匠心:

> 以读者的明智,在充分看过艺术家以最佳技艺编织出来的色彩和谐、景色奇美的挂毯的正面之后,是不会坚持还要看背面的。如果对于这样鲜艳美丽、经过千辛万苦才织出的花样,善意的读者认为它物有所值而肯于接受,就不致撕开织物,抱着无聊的目的要弄清丝线是如何编织到一起的。因为,以他拙著的精明,应该早已知晓,有关人类行动和历险的任何叙述——不管我们称之为历史抑或罗曼司——肯定是一件脆弱的手制品,易于破裂而不易缝补。哪怕最普通生活的实际经历也充满永远解释不清的事件,无论就其源还是流。

每读这段话我都会感到惊诧不已,一个半世纪之前的霍桑就已经具有了新历史主义的洞察力,意识到了历史的虚构性,把历史与罗曼司相提并论,并且也意识到文学在表现生活时不可替代的优越性,那就是它对人性的复杂以及对生活的复杂的包容性,它的最高价值是"启发"而不是白描,因为只有这样,它的包容性才能得到最有效的展示。霍桑使用的传奇手法虽然不太符合他的那个时代大众读者的口味,他叙述的历史故事虽然与他的时代隔着两百年,但是,正是那一种距离感带给它的读者另一种经过艺术家筛选、处理之后的新现实——他的人物在面对罪恶时的思想和心理活动离他的时代并不遥远,甚至距离所有的时代也并不遥远,因为它是一种真实而普遍的心理反应,所有时代的读者都能理解。

在《福谷传奇》中,老穆迪经常出入其间的那个小酒馆的墙上,贴着牛排、沙丁鱼、陈奶酪、鲑鱼等的油画和工笔画,卡芬代尔对此的评价再一次让我们联想到艺术是对生活的过滤与提升:"这一切都模仿得惟妙惟肖,简直以为眼前的是真东西,然而,又具有难以尽述的理想魅力:由于取消了最油腻的东西,从而使人类的生活,哪怕是最世俗的部分,看起来也丰富而高贵，而且也温暖、欢快而充实。"① 这就是艺术提炼生活的手法，体现着亚里士多德以降的西方文论家和文学家对艺术创造力的坚定信念，也是霍桑之所以使用罗曼司而不是现实主义创作方法的最好自我辩护，用月光、用罗曼司的手法就是为了剔除现实主义文学中"最油腻的东西"，还艺术以水中月、镜中花的朦胧清丽之美。

为了模糊艺术与现实之间的界限，霍桑发现了"月光"（而不是"阳光"）这个神奇的媒介，它像罗曼司表现手法一样，能消除现实狰狞、粗糙的面目，让一切披上朦胧、神秘的光彩，正如霍尔格雷渥这位达盖尔银版法摄影师（Daguerreotypist）对弗比所说的："月光和与之呼应的人心是最伟大的改革家。而其余的一切改革，按我的想法，都将证明无法与月光相比！"② 在《雕像》中，叙述人感觉甚至过于明亮的月光也似乎会冲淡观赏者运用想象力而获得的朦胧神秘的美感，于是"星光"成为更具有表现力的媒介：

> 月光照亮了废墟一层层的看台和长草的拱门，使得这一切看起来过于清晰分明。这种纤毫毕现的明亮，带走了昏暗造成的无可估量的神秘效果，那种效果原可帮助人们的想象力建起比这剧场更宏伟的建筑，再将其化为更具诗情画意的腐朽。拜伦的著名描绘胜于现实。他用心灵之眼透过众多介入的岁月观看这里的景色，似乎不是由这明亮的月光，而是由星光朦朦胧胧地照亮这一切的。

可见，霍桑要求的艺术表达效果始终都不像现实主义手法那么清晰而准确，而是用含混的叙述手法去暗示，像现代主义作家那样有意留给读者充分参与重构作品意义的余地。在叙述人对肯甫制作的多纳泰罗胸像的描述中，我们可以看出霍桑是深谙含混艺术的表达效果的：

> 胸像放在一个木座上，尚未接近完成，周围还散落着大理石的细白粉末状的碎屑，雕像的周围还包着白色的不成形的石料。中间露出了五官，尚不够鲜明，很像一具化石的面孔——我们已从克娄巴特拉的雕像中看惯了类似的情况——带有在漫长岁月中附着在上面的沉

---

① 《霍桑小说全集》（2），胡允桓译，第 375 页。
② 《霍桑小说全集》（3），胡允桓译，第 178 页。

积物。

然而，说来奇怪，那面孔有一种表情，比起肯甬在贝宁山成功地加进泥型中的更清晰可辨。

正是这尊模糊不清的雕像给了希尔达发挥想象力和判断力的余地，她对这个雕像的理解和评价便给我们这样的证明："这雕像有一种效果，在我看着它的时候，似乎能够看出它的面貌逐渐明朗了。它给人一种增长着智力和道德感的印象。"希尔达能从这个轮廓不清的胸像中看出多纳泰罗心智的提升，作为艺术家，她自然会对这种含混的独特表现手法表示好奇，也似乎帮助霍桑提醒读者该小说的含混目的正在于此："我要问一下，这种惊人的效果是否由雕塑家的目的或技巧造成的呢？抑或这不过是胸像在大理石里成形的过程中到此为止偶然出现的效果，就像道德成长本来的过程那样？再凿上几刀就可能改变整个表情，也就破坏了它目前的价值。"对于这个艺术审美的问题，肯甬回答说："我相信你是对的。"当肯甬明白自己的半成品在希尔达那里获得了如此奇妙的表达效果时，他突然明白了艺术给读者的想象留余地的必要性："奇怪的是，这种表情正是我在泥型中没有做到的。好吧，我再也不在大理石上凿一刀了。"肯甬在希尔达的启发下甘于让自己的雕塑作品如霍桑的小说一样停留在罗曼司的朦胧美上，而不再努力去追求现实主义的准确清晰。

肯甬意识到自己的作品应该停留在这种含混表达状态才有最佳的审美效果，正如霍桑不希望读者苦苦追问他在小说叙述上的留白，不希望把小说中留下的种种模糊不清的疑点全部交待清楚，希望给艺术留下一份神秘朦胧的美，给读者的智力活动留下空间，也给生活的可能性和复杂性留下空间，从而让小说成为一种启发的艺术，而不像现实主义小说那样是一种陈述的艺术。《雕像》的叙述人告诉我们，"读者大概都熟悉托瓦尔森①的三重比喻——泥塑《生》、石膏《死》和大理石雕塑《复活》，它们似乎就是由于像摇曳的火苗一般点燃这些不完美容貌的精神而倍显成功的"。"摇曳的火苗"最生动形象地隐喻了含混叙述手法的表达效果，揭示了艺术留白的审美要求。

霍桑似乎预见到他的小说这种模糊不清的艺术表达效果必然遭到读者

---

① 阿尔伯特·巴特尔·托瓦尔森（Bertel Thorvaldsen，1770 - 1844），丹麦雕塑家，欧洲新古典主义代表人物，作品多取材于历史人物或宗教神话。

的各种误解，于是，在《雕像》的中间部分就及时插入对"不完美"或者说"未完成"这个美学问题的讨论：

> 多纳泰罗的胸像就此保持在一种未完成的状态。许多看到的人都误以为这是复制普拉克西泰尔斯的农牧神面貌的不成功尝试。千里挑一的人才意识到更多的含义，于是，就在这张神秘的面孔前长久琢磨，最后才不甘心地走开，但仍不断回头望着。那个令人感到费解的是明摆在那里的谜，灵魂成长之谜：它正在从悔恨和痛苦中产生第一次冲动，并竭力冲破感觉的外壳。恰恰是对多纳泰罗这一未完成的肖像的思考，才初次引起了我们对他的历史的兴趣，并迫使我们从肯甫的口中诱出他所知道的这位朋友的冒险经历。

多纳泰罗模糊的胸像，正如整个小说含混的叙述效果，是雕塑家和小说家有意为之，是为了揭示"更多的含义"。霍桑在《雕像》的再版后记中拒绝为了满足读者的请求对故事中的许多神秘之处作进一步说明，其目的也是想提醒读者，罗曼司与现实的距离不可以随便抹杀，因为含混叙述造成的神秘效果正是艺术所"必须的那种气氛"，"许多读者在读完前面的篇章之后，对作者提出，要求进一步阐明本故事的神秘之处。本人却不愿借此新版之际，将那些留在黑暗之中的事件和章节加以解释。"霍桑之所以不愿意这么做，是因为人们的这一需要使他敏锐地察觉到：在为这篇罗曼司创造他追求的效果所必须的那种气氛时，其成功充其量也是不完美的。

霍桑有意识地使用含混的叙述技巧，不仅在于他认识到面对无限复杂的人性与生活，语言是表达不尽的，而且也在于他明白人与人之间的交流与理解不仅要靠语言，还应该保留一份"不言之美"：留一份含蓄与沉默，也就意味着留一份想象与尊重。在《雕像》中，肯甫不仅像希尔达一样，"作为一门想象力艺术称职的专业人员，自有一种十分敏感的感觉，这使他能够捕捉到他目力所及之外的事物本质的暗示"，而且他作为小说中的主要观察者，面对他观察的对象——米丽安的身世之谜，他不像卡芬代尔穷追不舍地探究齐诺比亚的秘密那样违背了观察者的伦理道德，而是带着艺术家的审美去看待这份不确定性，带着科学家的审慎去推测可能的原因，带着道德家的同情去体恤观察对象对此的沉默。肯甫一开始就对米丽安的身份和过分敏感产生疑问，相信其中必有隐情，但是他保留着这份怀疑，既不去刨根问底地打听，也不去胡乱猜想。当他发现米丽安和多纳泰罗对刚刚死去的修士不同寻常的反应时，他的直觉告诉他："他们似乎对他的死负有责任。"肯甬隐约地感觉到多纳泰罗可能背负的罪过，但是并没有明确知道，更没有想要去深究他究竟干了什么，肯甬对多纳泰罗可能有的犯罪的推测只是帮助他更有效地劝解和安慰了自己的朋友，叙述人赞美肯甬在与多纳泰罗的谈话中这种"留白"的高明艺术：

> 一句说出来的话里往往潜藏着难以言说的魅力。一种思想可能非常清楚地呈现在头脑中，但是却难以用语言表达。甚至两个人都意识到了同一种想法，其中的一个或两个人都对此兴趣盎然；但是，只要这个想法不说出来，他们的谈话就在这个潜藏的思想之上平静地进行着，就像一条小溪在跌落河床的某种东西之上闪着亮光，喷溅出涟漪。但是，一旦说出口，就像从小溪最深处的水塘里捞出一具溺水的尸体。这条小溪虽然早已意识到了这个可怕的秘密，但仍面带微笑。①

肯甬面对米丽安和多纳泰罗的犯罪行为的不确定性时表现出来的这种谨慎与透视力让他避免像卡芬代尔那样犯知识分子穷追猛究的病态好奇和智性暴力，既为自己保留了观察者的体面，也给予观察对象充分的尊严，这正是霍桑期待他的读者面对他的艺术作品含混表达时应该具备的一份明智。面对大千世界的神秘博大，人类的语言文字总是显得苍白无力，就像肯甬向多纳泰罗解释他感受到的那种无法言说的自然之美：

> 广阔的天地展现在我的面前，我无法言说！只要开始阅读它，你就会发现它没有语言的帮助能自己解说。要把我们最好的思想诉诸文字真是大错特错。当我们升入感情与精神快乐的更高境界时，它们只能用像我们周围这些伟大的象形文字才能表达。

霍桑很早就意识到了语言有限的表达能力，他在笔记中写道："语言——人的语言——毕竟比家禽胡乱的咯咯叫声以及粗朴的自然中其他表

---

① 笔者认为这段话在胡允桓先生翻译的《玉石人像》中的译文不是很清晰准确，所以笔者依据小说的英语原文重新作了翻译。Nathaniel Hawthorne, *Collected Novels*, p. 1041.

达好不到哪里去；有时候不足以表达。"① 正是意识到了语言表述的有限性，霍桑才不断开发运用文字的寓意和象征功能，才不断借他的人物来传达含混艺术表达的必要性。十九世纪后半叶的法国象征主义文学虽然把爱伦·坡尊崇为他们的文学始祖，但是，我们可以看出，霍桑对象征的使用与爱伦·坡相比可以说是有过之而无不及。象征主义文学大师马拉美曾经说过：

> 帕尔纳派抓住一件东西就将它和盘托出，他们缺少神秘感；他们剥夺了人类智慧自信正在从事创造的精微的快乐。直陈其事，这就等于取消了诗歌四分之一的趣味，这种趣味原是要一点一点儿去领会它的。暗示，才是我们的理想。一点一滴地去复活一件东西，从而展示出一种精神状态，或者选择一件东西，通过一连串疑难的解答去揭示其中的精神状态：必须充分发挥构成象征的这种神秘作用。②

对马拉美的这种吁求，霍桑早已做得非常精到了。可见，在追求艺术表现方法和效果上，霍桑和法国象征主义诗人都懂得，由象征和含混叙述方式形成的"暗示"而不是平铺直叙让作品散发出来的那种神秘感才是艺术美的源泉，是他们共同发现的解决难以言说的自然之美和精神境界之神秘的表达方法。

第五节　传统性与现代性的有机融合

如果爱默生以其浪漫主义的个人主义思想成为一个超验主义时代的代言人，那么霍桑就以他对生活和人性复杂性的认识用文学的形式揭示了现代人的精神需要以及应对工业化、商业化竞争压力的策略。本·琼生（Ben Jonson）曾经用诗歌称赞莎士比亚："你不属于一个时代，你属于所有的时代"；莎士比亚在一首十四行诗的最后说："只要人们还会呼吸，能用眼看/这首诗就不会消失，你就会因此而永生。"我们也可以说，只要人类还有精神的需要和对心灵的关怀，霍桑的思想就永远不会过时。他的思

---

① Nathaniel Hawthorne, *The American Notebooks* (1835 – 53), ed. by Claude M. Simpson, p. 294.
② 〔法〕马拉美著《谈文学运动》，闻家驷译，见黄晋凯、张秉真、杨恒达主编《象征主义·意象派》，第42页。

想不属于一个时代,而属于所有的时代。

霍桑思想的传统性表现在他对西方文化传统中那些比较贴近人类精神需要的东西的信仰、呼吁和保留。美国现代学者 A. T. 鲁宾斯坦（A. T. Rubistein）曾经这样评价霍桑："他是我们19世纪伟大作家中民主意识仅次于惠特曼的开明人士,但他在世界观和政治信仰方面也是最保守的作家。"① 通过前面几章对霍桑作品的细读和对霍桑思想的讨论,我们可以看出,"保守"与"开明"这些词在政治和经济领域中的含义与在人文社科领域中的含义是非常不同的:在前者,"保守"意味着落后,发展才意味着"进步",而人文社科领域中的"保守"并非一个贬义词,尤其是世界观和政治信仰方面的保守更具有复杂的内涵,"保守"在霍桑这里更多是指他的理性思想与怀旧意识,在一个工业文明逐渐吞没大自然,熄灭炉边之火,结束人与人之间平等、真诚的交往关系的时代,霍桑所提倡和留恋的大自然、家庭温暖以及人与人之间的同情心的磁链永远也不会过时。弗吉尼亚·伍尔夫有一段评论哈代的文字用在霍桑身上也一样合适:"哈代给予我们的不是关于某时某地的写照。这是世界和人类命运展现在一种强烈的想象力、一种深刻诗意的天才和一颗温柔而富于人性的心灵面前时所显示出来的幻想。"② 霍桑思想的理性之光,他所坚守的人文精神和宗教信仰都是迷失在商业文明和科技文明中的现代人需要的精神家园,也是迷失在现代主义和后现代主义抽象的语词概念之间的现代学者迫切需要的心智救赎。

霍桑思想的现代性从根本上区别于二十世纪西方现代派文学的现代性。首先,霍桑自始至终都是一个虔诚的基督教作家,其作品带着明显的清教传统的理性印记,霍桑的道德观在基督教伦理的范畴之内,他像他的人物肯甬一样,有意识地不让自己的思想超越这个雷池一步。其次,虽然霍桑的人物具有一种现代人的敏感内省的心灵,人物的复杂深奥、变幻莫测的内心世界一直都是他关注的对象,他是描写阴暗心理和孤独的大师,但是他的人物的孤独与现代作家笔下的孤独有着本质的区别。现代作家笔下的孤独多是外部社会、客观原因造成的个人与社会的疏离与人性异化,表现为一个无辜的个人对敌意、邪恶的外部世界甚至对自身的彻底幻灭,

---

① Annette T. Rubinstein, *American Literature: Root and Flower*, 外语教学与研究出版社, 1988, p. 807。

② 〔英〕弗吉尼亚·伍尔夫著《论小说与小说家》, 瞿世镜译, 第204页。

而霍桑笔下人物的孤独多半是自身错误造成的，这种隔绝状态往往是社会依据法规对犯错误的人给予适当惩罚的结果。"孤独"是霍桑的人物走向新生的必经之路，是他们幡然悔悟的必经阶段，经由"孤独"，他们获得精神的净化和心智的提升，摆脱人性的弱点，维持理智与情感的平衡。霍桑小说中的"孤独"是在一个有上帝、有正义的世界里，不完美的个人经受惩罚获得对世界更成熟、更理性的认识，它是人在成熟之前的一种积极准备状态，所以霍桑人物的孤独具有一种悲剧美的意味。而现代人的孤独却是在一个没有上帝的冷漠无望的世界中，人与人之间的精神隔绝，是一种卑贱的受苦，是失望的个人从令人不满的社会中一种无奈的撤退。现代作家描写生存的孤独状态是为了彰显一种社会批判意识，强化社会与个人之间的对立；而霍桑揭示人的孤独是为了警醒充满人性弱点的人类要谨慎对待自己的欲望和抱负，要不断克服人性的弱点，抑制混乱、狂野的激情，以理性的姿态更好地融入社会。

从这个意义上讲，霍桑是传统意义上的现代作家，他对上帝的信仰，他对理性的坚守，他对秩序的要求，他对公共利益的关心，他对家居生活的信念都充分说明：十九世纪上半叶的美国社会与100年后的西方社会有着根本的不同，而文学作为反映现实的一面镜子，必然也带着他那个时代的特色。西方现代主义作家笔下表现的幻灭感不属于霍桑，因为他所生活的时代还不具备产生现代主义感情的历史文化土壤。

所以，我们研究霍桑的现代性，决不能拿一套现代主义甚或后现代主义的批评术语去生拉硬扯地解读霍桑作品的意义，而是要思考霍桑敏锐的超前意识，比如他像现代作家一样对人物心理活动的格外关注和灵敏洞察，以及有意识地使用"多元""含混"和"留白"等这些现代小说的叙述技巧，彰显语言的有限性、生活的复杂性和文学的包容性。我们在阅读文学作品时，文学批评理论固然能带给我们新的视野与更多发现，但是，我们要小心对待的是，每一种理论的产生都有其特殊的时代背景，是理论家针对具体的学理问题提出的具体解决办法，没有放诸四海而皆准的文学批评理论。

霍桑因为其对罗曼司和寓言的使用，因为他反对工业文明和科技理性，因为他呼唤情感与想象力，强调田园与自然之美，一直被归于浪漫主义作家之列。然而，仔细阅读他的作品我们不难发现，霍桑的思想与创作其实与同时期的浪漫主义文学还是有许多不同，甚至可以说是有不少反浪漫主义的因素存在于他的浪漫主义文学中。霍桑的反浪漫主义主要表现在他的理性倾向上，具体讲，当浪漫主义作家强调个人独具一格的重要性时，当浪漫主义作家把个人的"自由"和"权利"视为终极的追求目标，并相信通过艺术可以实现这种目标时，当浪漫主义作家无限夸大主体的认知能力以及艺术能改变世界的神奇作用时，[1] 霍桑却像古典主义者那样强调"仿古"（正像希尔达对文艺复兴大师们的那些杰作的临摹）的重要意义，他又像现实主义作家一样，提倡个人与社会之间的健康联系，他又像自然主义作家那样强调个人是环境和遗传的产物，他又像启蒙主义者那样强调理性和批判怀疑精神的重要性，他又像基督教神学家那样强调神的全知全能，人的认识能力的有限性，他又像现代主义作家那样关注人的意识层面的混乱无序，像后现代主义作家那样察觉语言的能指与所指之间的距离。因此，可以总结说，霍桑作为一位浪漫主义文学家，他的思想与作品已经远远超出了浪漫主义文学的那些普遍特征，具有了一切文学形式的各种特征，我们很难用一个"主义"来概括霍桑的文学。

俄国文学评论家别林斯基曾说："无论一个人的内在生命多么丰富多彩……如果不能使自己得到外部世界、社会和人性的滋养，也是不完整的。"[2] 别林斯基的主张让我们想起霍桑小说中那些脱离"人性同情心的磁链"的孤独厌世者以及他们的悲剧命运。当浪漫主义张扬个性与激情的时候，霍桑也在作品中表现个性与激情，但是，他书写个性和激情不是为了张扬它们，而是为了让它们经过苦难与挫折得到净化，最终归顺社会与理性，变成人内在的独立精神和外在的慈善行为。霍桑的那些具有强烈个性、满怀激情的人物都必然会因为无视历史与周围环境的重要性而遭到生活的鞭笞，最终要么被生活抛弃，要么实现与世界的和解。

霍桑小说的最大魅力就在于，他的思想在古典主义、启蒙主义、浪漫主义、现实主义乃至自然主义、现代主义甚至后现代主义之间自由地穿行，他的作品给人的审美享受是一种浪漫主义与现实主义的融合：霍桑作品的思想底色是现实主义的社会批判意识，而他对心理活动、梦幻、超现实现象的寓言性书写又表现出浪漫主义文学的艺术特色。霍桑的作品符合狄德罗所说的"艺术创作有赖于判断和激情、热情和智慧、如醉如狂和沉

---

[1] 浪漫主义诗人雪莱在《诗辩》中几乎把诗人和诗歌的社会作用夸大到极限。

[2] Richard Harland, ed., *Literary Theory from Plato to Barthes: An Introductory History*, New York: St. Martin's Press, 1999, p. 84.

重冷静等等的恰到好处的配合",是"热情和理智"的"严格的平衡",①符合启蒙主义艺术的审美标准,更是亚里士多德提倡的中庸之美的文学实践。所以,我们可以总结说,霍桑在表现手法上是一个浪漫主义者,而他的思想却是现实主义与启蒙运动的结合,在政治思想和伦理关怀上,他又是一个古典主义者,在宗教信仰上,他秉承的是启蒙运动之后的理性宗教信仰,剔除了对神学、教会、巫术、通灵术、催眠术等的迷信,运用理性与真挚直觉情感直接面对上帝,在大自然和家庭幸福中感悟上帝的无所不在,无所不能。

在即将结束"霍桑思想研究"这个专题时,我不由想起霍桑曾在《空中楼阁之宴》中描写的那个天才少年,他从外表到内心都酷似作者的自画像,"他那宽阔洁白的额头和额头下面那副闪烁着温暖光芒的深邃的眼睛……他眼中的光是世上从未见过的,只有一颗伟大的心被巨大的智慧如炉火燃照时才会出现"。叙述人断言,这个人"就是我们的国家急切地要拨开时光的雾霭去寻找的那位能完成创建美国文学大业的人。……我们将从他那里获得我们第一部独特的文学作品,他会为我们赢得我们在世界各国中迄今还缺少的那方面的光荣和辉煌"。甚至就连这位少年的不得志也让我们想起霍桑自己在他的时代和大众读者那里遭到的冷遇:

> 他仍然默默无闻地生活在普通人当中,尚未被那些从他的婴儿时期就知道他的人们认出来;——那副本该由一圈光环围绕而与众不同的面孔,现在却在那些为眼下糊口而操劳的人群中穿行——而没有人对这位不朽之作的匠人表示尊敬。他也不大在意,因为虽然在他生活的时代中有一两代人会对他视而不见,他将最终胜利而永垂千古。②

这何尝不是霍桑对自己作为一位伟大的美国小说家的预言和自信呢?以霍桑作品中的这样一段文字来结束对霍桑思想的研究,让他的叙述人代替我们总结霍桑在美国文学史上的重要地位,应该比较符合霍桑本人的意愿。霍桑思想的普世性表现在:只要人性还存在着弱点,人类就永远需要用理智去管束自己,就永远需要用同情心去宽恕自己和他人,而霍桑用他的作品反复强调的正是"理智"与"同情心"的重要性,这种人文关怀

---

① 《狄德罗美学论文选》,张冠尧等译,人民文学出版社,1984,第60页。
② 《霍桑集:故事与小品》(下),姚乃强等译,第1105页。

与理性意识超越了时空的限制,像"光"和"热"永远环绕着霍桑作品的爱好者,给他们人生的启迪与温暖,从这个意义上讲,霍桑便是那个永垂千古的天才少年,他的作品常读常新。

当然,在收笔之际,笔者也清楚地意识到,对霍桑思想的研究是一个未完待续的过程。依据接受美学思想家汉斯·罗伯特·尧斯(Hans Robert Jauss)的观点,"后世人之所以关心过去时代的某些文学作品或过去文学已提出的某些问题,最主要的动力是人们的现实兴趣"[①]。这刚好解释了这本书产生的原动力,霍桑的时代与我们的时代虽然隔着民族和时空的巨大差异,却有着许多惊人的相似之处:中国社会正在经历转型,农业文明和乡村自给自足的生活方式正在由工业文明和城市文明所取代,家庭结构和传统价值观正遭受前所未有的挑战,大自然和农耕土地正在被高楼大厦所吞没,政治信仰与社会责任意识正变得日渐淡漠,名利欲望与交换意识正销蚀人与人之间真挚、纯洁的互助互爱关系,所以对霍桑思想的研究不仅是笔者与文学和历史的一种对话尝试,更重要的是,它成为笔者关心思考现实问题的一个渠道。笔者自知,这本书中有关霍桑思想的研究既不可能准确挖掘出霍桑思想的原始本意,也不全是笔者空穴来风的臆想,[②] 而是笔者带着自己的历史规范(社会规范和文化规范)的局限对霍桑的作品和思想进行的一种个体的理解与阐释,欠缺之处在所难免。笔者真诚希望更多关心中国的现代问题又对霍桑作品感兴趣的学者加入这个学术讨论的行列,使霍桑思想的研究更加趋向完善。

[①] 刘庆璋著《欧美文学理论史》,福建教育出版社,1995年版,第692页。
[②] 现代阐释学哲学的主要代表汉斯-乔治·伽达默尔在《真理与方法》中提醒我们,艺术的真理既不孤立于作品,也不孤立于审美意识的主体,而是在审美意识与作品相互交融的具体理解活动中,而且是存在于每一个特定的现时的理解活动中,所以"艺术作品本身就是那种在不断变化的条件下,不同地呈现出来的东西,现在的观赏者,不仅仅是不同地去观赏着,而且也看到了不同的东西"。作品的意义从属于演变中的特定的现时,它是一个不断生成、不断流动的过程。见刘庆璋著《欧美文学理论史》,第690页。

参考文献

【英文参考书目】

Arnold, Matthew. *Discourses in America*. London: Macmillan and Co., Limited, 1912.

Barney, William L. *A Companion to 19th-Century America*. Malden: Blackwell Publishing, Ltd., 2001.

Barker-Benfield, G. J. *The Horrors of the Half-Known Life: Male Attitudes Toward Women and Sexuality in Nineteenth-Century America*. New York: Harper & Row, 1976.

Baym, Nina et al., eds. *The Notton Anthology of American Literature*. New York: W. W. Norton and Company, 1989.

American Women Writers and the Work of History, 1790 – 1860. New Brunswick, NJ: Rutgers University Press, 1995.

Bell, Michael. *Hawthorne and the Historical Romance of New England*. Princeton: Princeton University Press, 1971.

Bercovitch, Sacvan. *The Rites of Assent: Transformations in the Symbolic Construction of America*. New York: Routledge, Chapman and Hall, Inc., 1993.

The Puritan Origins of the American Self. New Haven: Yale University Press, 1975.

Berlin, Isaiah. *The Roots of Romanticism*. New Jersey: Princeton University Press, 1999.

Bloom, Harold. *Bloom's Classic Critical Views: Nathaniel Hawthorne*. New York: Infobase Publishing, 2008.

Brands, H. W. *Andrew Jackson: His Life and Times*. New York: Random House Audio, 2005.

Bridge, Horatio. *Personal Recollections of Nathaniel Hawthorne*. Hawaii: University Press of the Pacific, 2004.

Brodhead, Richard H. *Hawthorne, Melville, and the Novel.* Chicago: University of Chicago Press, 1973.

The School of Hawthorne. New York: Oxford University Press, 1986.

Brooks, Van Wyck. *America's Coming-of-Age.* General Books, LLC., 2009.

Brown, Gillian. *Domestic Individualism: Imagining Self in Nineteenth-Century America.* Berkeley, CA: University of California Press, 1990.

Buell, Lawrence. ed. *The American Transcendentalists: Essential Writings.* New York: Modern Library, 2006.

New England Literary Culture: From Revolution through Renaissance. New York: Cambridge University Press, 1986.

Chase, Richard. ed. *Melville: A Collection of Critical Essays.* Englewood Cliffs: Prentice-Hall, Inc., 1962.

American Novel and Its Tradition. Garden City: Doubleday Anchor Books, 1957.

Cheever, Susan. *American Bloomsbury.* New York: Simon & Schuster, 2006.

Clark, C. E. Frazer, Jr. ed. *The Nathaniel Hawthorne Journal, 1974.* Bloomfield Hills: Gale Research Company, 1984.

Cohen, B. Bernard. ed. *The Recognition of Nathaniel Hawthorne.* Ann Arbor: University of Michigan Press, 1969.

Cott, Nancy F. *The Bonds of Womanhood: "Woman's Sphere" in New England, 1780-1835.* New Haven, CT; London: Yale University Press, 1977.

Crews, Frederick. *The Sins of the Fathers: Hawthorne's Psycholgical Themes.* New York: Oxford University Press, 1966.

Crowley, J. Donald. ed. *Hawthorne: The Critical Heritage.* New York: Barnes & Noble, Inc., 1970.

Cunnington, C. Willett. *Fashion and Women's Attitudes in the Nineteenth Century.* Mineola: Dover Publications, Inc., 2003.

Edel, Leon et al. *Masters of American Literature.* Vol. I. Riverside: Riverside Press, 1959.

Eliot, T. S. *The Use of Poetry and the Use of Criticism.* Cambridge: Harvard University Press, 1993.

Gilder, Cornelia Brooke and Peters, Julia Conklin. *The Tanglewood Circle: Hawthorne's Lenox.* Charleston: The History Press, 2008.

Feidelson, Charles Jr. *Symbolism and American Literature.* Chicago: University of Chicago Press, 1953.

Fiedler, Leslie A. *The Return of the Vanishing American.* New York: Stein and Day Publisher, 1968.

Friedman, Robert S. *Hawthorne's Romances: Social Drama and the Metaphor of Geometry.* Harwood Academic Publishers, 2000.

Fletcher, Angus. *Allegory: The Theory of a Symbolic Mode.* Ithaca: Cornell University Press, 1964.

Fryer, Judith. *The Faces of Eve: Women in the Nineteenth Century American Novel.* London: Oxford University Press, 1976.

Fuller, Margaret. *Woman in the Nineteenth Century.* New York: W. W. Norton & Company, Inc., 1998.

Haney, David P. *The Challenge of Coleridge: Ethics and Interpretation in Romanticism and Modern Philosophy.* Pennsylvania: Pennsylvania State University Press, 2001.

Harland, Richard. ed. *Literary Theory from Plato to Barthes: An Introductory History.* New York: St. Martin's Press, 1999.

Harvey, W. J. *Character and the Novel.* Ithaca: Cornell University Press, 1965.

Hawthorne, Julian. *Nathaniel Hawthorne and His Wife: A Biography.* James R. Osgood and Co., 1885.

Hawthorne, Julian. *Nathaniel Hawthorne and His Wife A Biography Part Two.* Kessinger Publishing, LLC., 2004.

Hawthorne, Nathaniel. *The Complete Short Stories of Nathaniel Hawthorne.* New York: Doubleday & Company, Inc., 1959.

The English Notebooks. ed. by Rndall Steward. New York: Rusell & Rusell, 1962.

The American Notebooks. ed. by Claude M. Simpson. Columbus: Ohio State University Press, 1972.

Letters of Hawthorne to William D. Ticknor, 1851 - 1864. NCR Microcard Editions, 1972.

Hawthorne, *Collected Novels: Fanshawe, The Scarlet Letter, The House of the Seven Gables, The Blithedale Romance, The Marble Faun.* New York: Literary

Classics of the United States, 1983.

The Century Edition of the Works of Nathaniel Hawthorne: The Letters, 1843 - 1853. eds. by Woodsen, Thomas et al. Columbus: Ohio State University Press, 1985.

The Life of Franklin Pierce. Boston: (Ticknor & Fields, 1852) Fredonia Books, 2002.

Selected Letters of Nathaniel Hawthorne. ed. by Joel Myerson. Columbus: Ohio State University Press, 2002.

Herbert, T. Walter. *Dearest Beloved: The Hawthornes and the Making of the Middle-Class Family.* Berkeley: University of California Press, 1993.

Holder, Alan. *Three Voyagers in Search of Europe: A Study of Henry James, Ezra Pound, and T. S. Eliot.* Philadelphia: University of Pennsylvania Press, 1966.

James, Henry. *Literary Criticism.* Vol. I. New York: The Library of America, 1984.

Jones, E. Michael. *The Angel and the Machine.* Peru: Sherwood Sugden & Company Publishes, 1991.

Kelley, Mary. *Private Woman, Public Stage: Literary Domesticity in Nineteenth-Century America.* New York: Oxford University Press, 1984.

Kaul, A. N. ed. *Hawthorne: A Collection of Critical Essays.* Englewood Cliffs: Prentice-Hall, Inc., 1966.

Laffrado, Laura. *Hawthorne's Literature for Children.* Athens: University of Georgia Press, 1992.

Lauter, Paul. ed. *The Heath Anthology of American Literature.* Vol. I. Lexington: D. C. Heath and Company, 1994.

Levin, Harry. *The Power of Blackness: Hawthorne, Poe, Melville.* New York: Vintage Books, 1960.

Lewis, R. W. B. *The American Adam: Innocence, Tragedy and Tradition in the Nineteenth Century.* Chicago: University of Chicago Press, 1955.

McWilliams, John. *New England Crises and Cultural Memory: Literature, Politics, History, Religion 1620 - 1860.* New York: Cambridge University Press, 2004.

Male, Roy R. *Hawthorne's Tragic Vision.* New York: W. W. Norton Company, Inc., 1964.

Man, Paul de. *Critical Writings, 1953 - 1978.* ed. by Lindsay Waters. Minneapolis:

University of Minnesota Press, 1989.

Marshall, Megan. *The Peabody Sisters: Three Women Who Ignited American Romanticism.* Houghton Mifflin Harcourt, 2005.

Marder, Daniel. *Exiles At Home: A Story of Literature in 19th Century American.* Lanham: University Press of America, Inc., 1984.

Martin, Robert K. & Person, LeLand S. *Roman Holidays: American Writers and Artists in Nineteenth-Century Italy.* Iowa City: University of Iowa Press, 2002.

Matthiessen, F. O. *American Renaissance.* New York: Oxford University Press, 1941.

McCall, Dan. *Citizens of Somewhere Else: Nathaniel Hawthorne and Henry James.* Ithaca: Cornell University Press, 1999.

McFarland, Philip. *Hawthorne in Concord.* New York: Grove Press, 2004.

McIntosh, James. *Nathaniel Hawthorne's Tales: Authoritative Texts, Backgrounds, Criticism.* New York: W. W. Norton & Company, 1987.

Mellow, James R. *Nathaniel Hawthorne in His Times.* Boston: Houghton, Mifflin and Company, 1980.

Millington, Richard H. *The Cambridge Companion to Nathaniel Hawthorne.* Cambridge University Press, 2004.

Miller, J. Hillis. *Hawthorne and History: Defacing It.* Cambridge: Basil Blackwell, 1991.

Mitchell, Thomas R. *Hawthorne's Fuller Mystery.* Amherst: University of Massachusetts Press, 1998.

Moore, Margaret B. *The Salem World of Nathaniel Hawthorne.* Columbia: University of Missouri Press, 1998.

Morgan, Edmund S. *The Puritan Dilemma: The Story of John Winthrop.* ed. by Handlin, Oscar. Boston: Little, Brown & Company, 1958.

Morse, David. *American Romanticism: From Cooper to Hawthorne.* Vol. 1. London: Macmillan, 1987.

Myerson, Joel. ed. *Selected Letters of Nathaniel Hawthorne.* Columbus: Ohio State University Press, 2002.

Pearce, Roy Harvey. ed. *Hawthorne Centenary Essays.* Columbus: Ohio State University Press, 1964.

Person, Jr. Leland S. ed. *The Scarlet Letter and Other Writings.* New York: W. W. Norton & Company, 2005.

Aesthetic Headaches: Women and a Masculine Poetics in Poe, Melville, and Hawthorne. Athens: University of Georgia Press, 1988.

Philbrick, Nathaniel. *Mayflower: A Story of Courage, Community, and War.* New York: Penguin Group, Inc. , 2006.

Poirier, Richard. *A World Elsewhere: The Place of Style in American Literature.* New York: Oxford University Press, 1966.

Porte, Joel. *The Romance in America: Studies in Cooper, Poe, Hawthorne, Melville, and James.* Middletown: Wesleyan University Press, 1969.

Reynolds, David S. *Beneath the American Renaissance.* Cambridge: Harvard University Press, 1988.

Reynolds, Larry J. ed. *A Historical Guide to Nathaniel Hawthorne.* New York: Oxford University Press, 2001.

Romero, Lora. *Home Fronts: Domesticity and Its Critics in the Antebellum United States.* Durham: Duke University Press, 1997.

Rotundo, E. Anthony. *American Manhood: Transformations in Masculinity from the Revolution to the Modern Era.* New York: BasicBooks, 1993.

Ruland, Richard and Bradbury, Malcolm. *From Puritanism to Postmodernism: A History of American Literature.* New York: Penguin Books, 1991.

Ryan, Mary P. *Cradle of the Middle Class: The Family in Oneida Count, New York, 1790–1865.* New York: Cambridge University Press, 1981.

The Empire of the Mother: American Writing about Domesticity 1830–1860. New York: Harrington Park, 1985.

Womanhood in America: From Colonial Times to the Present. New York: F. Watts, 1983.

Simpson, Claude M. ed. *The American Notebooks.* Columbus: Ohio State University Press, 1972.

Schreiner Jr. , Samuel A. *The Concord Quartet: Alcott, Emerson, Hawthorne, Thoreau, and the Friendship that Freed the American Mind.* New Jersey: John Wiley & Sons, Inc. , 2006.

Sterling, Laurie A. *Bloom's How to Write about Nathaniel Hawthorne.* New

York: Chelsea House, Inc. , 2008.

Stern, Milton R. *Contexts for Hawthorne: The Marble Faun and the Politics of Openness and Closure in American Literature*. Urbana: University of Illinois Press, 1991.

Stoehr, Taylor. *Hawthorne's Mad Scientists: Pseudoscience and Social Science in Nineteenth-Century Life and Letters*. Hamden: Archon Books, 1978.

Stowe, William W. *Going Abroad: European Travel in Nineteenth-Century American Culture*. Princeton: Princeton University Press, 1994.

Strauch, Edurad H. *Beyond Literary Theory: Literature as a Search For The Meaning of Human Destiny*. New York: University Press of America, 2001.

Stubbs, John Caldwell. *The Pursuit of Form: A Study of Hawthorne and the Romance*. Urbana: University of Illinois Press, 1970.

Swann, Charles. *Nathaniel Hawthorne: Tradition and Revolution*. New York: Cambridge University Press, 1991.

Trilling, Lionel. *Beyond Culture*. New York: Oxford University Press, 1980.

Valenti, Patricia Dunlavy. *To Myself A Stranger: A Biography of Rose Hawthorne Lathrop*. Baton Rouge: Louisiana State University Press, 1991.

Warren, Austin. ed. *Hawthorne: Representative Selections*. New York: American Book Company, 1934.

【中文参考书目】

爱德华·萨义德著《东方学》，王宇根译，北京：生活·读书·新知三联书店，1978年。

埃默里·埃利奥特主编《哥伦比亚美国文学史》，朱通伯等译，成都：四川辞书出版社，1994年。

《爱默生集：论文与讲演录》（上、下），赵一凡等译，北京：生活·读书·新知三联书店，1993年。

爱默生著《英国人的特性》，张其贵等译，中国社会科学出版社，2008年。

奥古斯丁著《论自由意志》，成官泯译，上海人民出版社，2005年。

波德莱尔著《波德莱尔美学论文选》，郭宏安译，北京：人民文学出版社，2008年。

D. H. 劳伦斯著《劳伦斯论美国名著》，黑马译，上海三联书店，2006年。

方成著《霍桑与美国浪漫传奇研究》，西安：陕西人民出版社，1999年。

方文开著《人性·自然·精神家园：霍桑及其现代性研究》，上海外语教育出版社，2008年。

弗吉尼亚·伍尔夫著《论小说与小说家》，瞿世镜译，上海译文出版社，2009年。

黄冬敏著《理性主义史学研究：以十八世纪的法国为中心》，长沙：岳麓出版社，2010年。

康德著《判断力批判》，李秋零译注，北京：中国人民大学出版社，2011年。

哈罗德·布鲁姆著《影响的焦虑》，徐文博译，北京：生活·读书·新知三联书店，1989年。

霍桑著《玉石人像》，胡允桓译，南昌：百花洲文艺出版社，2000年。

霍桑著《红字》，胡允桓译，北京：人民文学出版社，1991年。

《霍桑小说全集》（1-4卷），胡允桓译，合肥：安徽文艺出版社，2000年。

《霍桑集：故事与小品》（上、下），姚乃强等译，北京：生活·读书·新知三联书店，1997年。

黑格尔著《美学》，朱光潜译，北京：商务印书馆，1996年。

罗伯特·斯比勒著《美国文学的周期》，王长荣译，上海外语教育出版社，1990年。

罗素著《西方哲学史》（上、下），何兆武、李约瑟译，北京：商务印书馆，1997年。

罗宾·布里吉斯著《与巫为邻》，雷鹏、高永宏译，北京大学出版社，2005年。

马修·阿诺德著《文化与无政府状态》（修订译本），韩敏中译，北京：生活·读书·新知三联书店，2008年。

纳尔逊·曼弗雷德·布莱克著《美国社会生活与思想史》（上、下），许季鸿等译，北京：商务印书馆，1994年。

让-雅克·卢梭著《论人类不平等的起源和基础》，高煜译，桂林：广西师范大学出版社，2009年。

斯塔夫里阿诺斯著《全球通史》（上、下），吴象婴、梁赤民译，上海社会科学院出版社，1999年。

萨克凡·伯克维奇著《惯于赞同：美国象征建构的转化》，钱满素等译编，上海译文出版社，2006年。

施莱尔马赫著《论宗教》，邓安庆译，北京：人民出版社，2011年。

托克维尔著《论美国的民主》（上、下），北京：商务印书馆，1996年。

杨淑静著《重建启蒙理性：哈贝马斯现代性难题的伦理学解决方案》，北京：中国社会科学出版社，2010年。

章安祺、黄克剑、杨惠林著《西方文艺理论史》，北京：中国人民大学出版社，2007年。

章安祺编订《缪灵珠美学译文集》，北京：中国人民大学出版社，1998年。

赵澧、徐京安主编《唯美主义》，北京：中国人民大学出版社，1988年。

朱立元主编《当代西方文艺理论》，上海：华东师范大学出版社，2005年。

《秀美与尊严：席勒艺术和美学文集》，张玉能译，北京：文化艺术出版社，1996年。

亚里士多德、贺拉斯著《诗学诗艺》，罗念生、杨周翰译，北京：人民文学出版社，2000年。

亚里士多德著《尼各马科伦理学》，苗力田译，北京：中国社会科学出版社，1990年。

约翰·加尔文著《基督徒的生活》，钱曜诚等译，孙毅选编，北京：生活·读书·新知三联书店，2011年。

北京大学哲学系外国史教研组编译《18世纪法国哲学》，北京：商务印书馆，1963年。

霍桑大事年表

1804年7月4日，纳撒尼尔·霍桑出生于马萨诸塞州塞勒姆镇。

1808年，霍桑的父亲去世，撇下三个孩子，霍桑夫人投靠娘家亲戚。

1821–1825年，就读于鲍德温学院，与朗费罗和后来成为美国总统的富兰克林·皮尔斯是同学。

1825–1837年，毕业后，回到故乡塞勒姆，隐居12年，潜心阅读和写作。

1828年，匿名自费出版第一部小说《范肖》，几乎没有引起任何社会反响。

1837年，出版《重述的故事》。

1837年，遇见并爱上索菲亚·皮伯迪。

1839年，与索菲亚秘密订婚。

1839–1842年，霍桑写给索菲亚的情书超过100封。

1839–1840年，任波士顿海关督察员。

1841年1月，由于共和党执政，他辞去海关工作。

1841年4月12日至1842年10月，加入布鲁克农场。

1842–1845年，与索菲亚结婚后迁居康科德，与爱默生、梭罗、布朗森·阿尔科特为邻。

1846年，出版《古屋青苔》。

1846–1849年，任塞勒姆海关督察员。

1849年，由于共和党执政被解职，7月母亲去世

1850年，出版《红字》。

1851年，出版《七个尖角阁的宅邸》与《雪人及其他重述的故事》。

1852年，出版《福谷传奇》和《皮尔斯传》。

1853–1857年，携全家在英国利物浦任美国领事。

1857–1859年，携全家在罗马和佛罗伦萨居住。

1860年，出版《农牧神雕像》。霍桑一家从欧洲回美国，当时霍桑56岁，索菲亚50岁，乌娜16岁，朱利安14岁，罗斯9岁。回国后的四年

时间里，霍桑努力完成另一部罗曼司，但是没有成功，去世时留下四部未完成的作品《祖先的脚步》(*The Ancestral Footstep*),《格里姆肖医生的秘密》(*Dr. Grimshawe's Secret*),《塞普提莫斯·菲尔顿》(*Septimius Felton*)和《多里夫罗曼司》(*The Dolliver Romance*)。

1863年，出版英国游记《我们的老家》。

1864年5月19日，在新罕布什尔的普利茅斯去世，享年60岁。

1976年，美国成立"纳撒尼尔·霍桑学会"，学术刊物《霍桑评论》(*Hawthorne Review*) 每年春季、秋季各出版一期。

霍桑主要作品索引

《村里的大叔》(Village Uncle, The)　　36, 105

《德朗的木雕人像》(Drowne's Wooden Image)　　61, 245, 249

《地球大燔祭》(Earth's Holocaust)　　108, 110, 162, 170-172

《独处》(Solitude)　　15

《恩迪克特和红十字》(Endicott and the Red Cross)　　8

《范肖》(Fanshave)　　31, 33, 36

《福谷传奇》(Blithedale Romance, The)　　19, 24, 111, 132, 133, 137, 156, 162, 176, 220, 222, 225, 226, 248, 250, 252

《孤独人的日记片段》(Fragments from the Journal of a Solitary Man)　　35, 41, 64

《古屋青苔》(Mosses from an Old Manse)　　15, 52, 53, 55, 61, 128, 217, 230

《哈钦森夫人》(Mrs. Hutchinson)　　91, 215-217, 220

《海滨的脚印》(Footprints on the Sea-Shore)　　32, 65, 138

《海关》(Customs House, The)　　15, 27, 41, 77, 121, 122, 124, 129, 139

《好小伙布朗》(Young Goodman Brown)　　241

《红字》(Scarlet Letter, The)　　9, 11, 14, 15, 27, 41, 42, 61, 66, 72, 73, 75-77, 83, 85-90, 92, 120-124, 135, 156, 157, 169, 187, 188, 190, 210, 214, 222-225, 227, 233, 244, 250

《花香鸟语》(Buds and Bird Voices)　　59

《欢乐山的五朔节花柱》(Maypole of Merry Mount, The)　　77

《火的崇拜》(Fire Worship)　　57, 238

《霍桑集：故事与小品》　　8, 10, 12, 20, 22, 23, 25, 26, 33, 53, 56, 59, 63-65, 68, 91, 94, 105, 109, 120, 138, 143, 170

《霍桑书信集》(Selected Letters of Nathaniel Hawthorne)　　36

《霍桑小说全集》　　19, 27, 28, 31, 44, 61, 66, 68, 91, 96, 111, 123, 126, 138, 140, 142, 145, 150-152, 158, 162, 165-168

《旧消息》(Old News)　　20, 23

《巨石人面》(Great Stone Face, The)　　149

《空中楼阁之宴》(A Select Party)　　56, 236, 261

《拉帕西尼的女儿》(Rappaccini's Daughter)　　44, 226, 247

《老苹果贩子》(Old Apple-Dealer, The)　25

《利己主义,或,胸中之蛇》(Egotism, or, The Bosom-Serpent)　44

《美国笔记》(American Notebooks, The)　45,47,52,67

《梦醒时分》(Haunted Mind, The)　68,240

《农牧神雕像》(Marble Faun, The)　7,8,11,23,68,88,90,117,172,174,176,227,233,234,237,250,251

《皮尔斯传》(Franklin Pierce)　21,168

《七个尖角阁的宅邸》(House of the Seven Gables, The)　7,24,30,94,95,170,182,183,188,191,197,221,227,237,243,244

《奇幻大厅》(Hall of Fancy, The)　10,23,67,143

《生活的行列》(Procession of Life, The)　27,28,90,165

《圣诞宴会》(Christmas Banquet)　59

《石人——一则寓言》(Man of Adamant, The)　34,56

《塔顶览胜》(Sights from a Steeple)　36

《胎记》(Birth-Mark, The)　11,60,226

《通天铁路》(Celestial Railroad, The)　162

《温顺男孩》(Gentle Boy, The)　11,77,234

《我的亲戚毛利少校》(My Kinsman, Major Molineux)　108,109

《我们的老家》(Our Old Home)　72

《小镇唧筒的自述》(A Rill from the Town-Pump)　65

《新亚当和夏娃》(New Adam and Eve, The)　53,57

《雪人及其他重述的故事》(Snow-Image, and Other Twice-Told Tales, The)　120

《夜间随笔——在伞下》(Night Sketches Beneath an Umbrella)　35,58

《一位古玩收藏家的搜集》(A Virtuoso's Collection)　33

《伊桑·布兰德》(Ethan Brand)　14,146,167

《英国笔记》(English Notebooks, The)　64

《预卜吉凶的画像》(Prophetic Pictures, The)　34,40

《在家里过礼拜日》(Sunday at Home)　62

《智能办公室》(Intelligence Office, The)　60

《重述的故事》(Twice-Told Tales)　29,32,36,37,61,66

《追求美的艺术家》(Artist of the Beautiful, The)　60,66,70,231,245,249

人名索引

A. N. 考尔（Kaul, A. N.）　　141, 164
A. T. 鲁宾斯坦（Rubinstein, A. T.）　　258
D. H. 劳伦斯（Lawrence, D. H.）　　137, 156
E. M. 福斯特（Forster, E. M.）　　120
F. O. 马蒂森（Matthiessen, F. O.）　　7, 12, 15, 16, 120, 175
埃里希·弗罗姆（Fromm, Eric）　　148, 157, 161
艾勒里·钱宁（Channing, Ellery）　　43
爱伦·坡（Poe, Edgar Allan）　　30, 38, 186, 248, 257
爱默生（Emerson, Ralph Waldo）　　1-8, 10, 12, 13, 15-19, 25-27, 40, 44, 45, 55, 65, 69, 102, 103, 106, 126, 128, 130, 133, 161, 162, 165, 166, 174, 207, 210, 225, 257
安德鲁·杰克逊（Jackson, Andrew）　　13
安妮·哈钦森（Hutchinson, Anne）　　215
奥·萨利文（O'Sullivan）　　42, 43
本·琼生（Jonson, Ben）　　257
别林斯基（Belinsky, Vissarion Grigoryevich）　　260
布朗森·阿尔科特（Alcott, Bronson）　　2, 10, 13, 18, 136
查尔斯·L. 桑福德（Sanford, Charles L.）　　82
大卫·雷诺兹（Reynolds, David S.）　　9
大卫·莫斯（Morse, David）　　4
丹尼尔·玛德（Marder, Daniel）　　175
德·曼（Man, Paul de）　　236
狄德罗（Diderot, Denis）　　260
杜英克（Duyckinck, E. A.）　　73
范·维克·布鲁克斯（Brooks, Van Wyck）　　12
菲利普·麦克法兰（McFarland, Philip）　　20, 235
弗吉尼亚·伍尔夫（Woolf, Virginia）　　223, 239, 258
古斯塔夫·勒庞（Le Bon, Gustave）　　25
汉斯·罗伯特·尧斯（Jauss, Hans Robert）　　262

贺拉斯（Horace） 231

赫拉西奥·布雷奇（Bridge, Horatio） 72, 218, 225

亨利·詹姆斯（James, Henry） 4, 44, 45, 67, 89, 114, 137, 139, 151, 156, 175, 215, 239, 247

惠特曼（Whitman, Walt） 21, 258

卡莱尔（Carlyle, Thomas） 133

柯勒律治（Coleridge, Samuel Taylor） 2, 219, 223

朗费罗（Longfellow, Henry Wadsworth） 5, 29, 30, 33, 37, 38, 40, 49, 52, 222

劳伦斯·贝尔（Bell, Lawrence） 2, 16

里塔·格林（Gollin, Rita K.） 235

卢梭（Rousseau, Jean-Jacques） 174, 177, 178, 196, 210, 230

路易莎·梅（Alcott, Louisa May） 18

路易斯·狄瑟佛（Deasalvo, Louise） 87

罗斯·霍桑（Hawthorne, Rose） 43

马修·阿诺德（Arnold, Matthew） 62, 72 – 74

玛格丽特·福勒（Fuller, Margaret） 9, 17, 19, 49, 133, 151, 152, 155, 212, 213, 219, 220, 225

玛丽·拉塞尔·密特福德（Mitford, Mary Russell） 135

玛莎·韩特（Hunt, Martha） 156, 220

迈克尔·达维特·贝尔（Bell, Michael Dwight） 137, 227

迈克尔·克拉库里西奥（Colacurcio, Michael） 1

麦尔维尔（Melville, Herman） 43, 53, 137, 175, 237

米利森特·贝尔（Bell, Millicent） 69, 93

纳尔逊·曼弗雷德·布莱克（Blake, Nelson Manfred） 62

尼娜·贝姆（Baym, Nina） 214, 217

乔治·里普利（Ripley, George） 2, 23, 141

丘奇（Church, Frederick Edwin） 3

萨克凡·伯克维奇（Bercovitch, Sacvan） 85, 88, 91, 92, 214

莎士比亚（Shakespeare, William） 16, 47, 75, 77, 203, 257

斯塔夫里阿诺斯（Stavrianos, Leften Stavros） 229

梭罗（Thoreau, Henry David） 2, 8, 13, 16, 18, 40, 69

索菲亚（Peabody, Sophia） 14, 19, 31, 32, 37, 38, 41 – 48, 51, 63, 64, 66, 72, 87, 89, 104, 105, 112, 113, 119, 133, 142, 152, 161, 162, 169, 203, 216, 218, 219, 225, 227

瓦尔特·赫伯特（Herbert, T. Walter） 13, 43, 64

威廉·B. 帕克（Pike, William B.）　　　135

西奥多·帕克（Parker, Theodore）　　21

席勒（Schiller, Johann Christoph Friedrichvon）　　194, 195, 230

亚里士多德（Aristotle）　　70, 229, 253, 261

亚瑟·克里弗兰德·考克斯（Coxe, Arthur Cleveland）　　73

伊丽莎白·皮伯迪（Peabody, Elizabeth）　　27, 37, 133, 151, 213

伊丽莎白·斯坦顿（Stanton, Elizabeth Cady）　　213

约翰·布朗（Brown, John）　　18

约翰·加尔文（Calvin, John）　　76, 231

约翰·罗斯洛浦·莫特里（Motley, John Lothrop）　　43

詹姆斯·菲尔兹（Fields, James Thomas）　　92, 135

詹姆斯·罗素·洛威尔（Lowell, James Russell）　　6

詹姆斯·梅娄（Mellow, James R.）　　133, 137, 151, 158

朱利安·霍桑（Hawthorne, Julian）　　135, 211

名词索引

鲍德温学院（Baldwin College） 29

布鲁克农场（Brook Farm, the） 2，14，19，23，24，39，40，53，56，91，133，134，136，139，141，142，151，161，169，219

超验主义（Transcendentalism） 1 - 5，8，9，11 - 13，16 - 18，24，26，27，40，54，55，69，94，106，120，125，126，128，130，133，137，139，230，238，247

超验主义俱乐部（Transcendentalist Club） 2

超验主义时代（Transcendental Age） 1，4，210，257

雌雄同体理论（Androgyny Theory） 223

废奴运动（Abolitionist Movement, The） 1，4，16，18，20，136，198，213

妇女（Womanhood） 2，16 - 20，59，91，122，151，152，154，180，212 - 216，218，220 - 222，224，225

个人主义（Individualism） 6，7，10，13，16，44，54，85，102，128，166，235，257

公有制改革运动（Socialist Reform Movement, The） 1，16

悔悟（Repentance） 187，190，194，197，200，208，210，259

家居（Domesticity） 17，58，212，213，218，238，259

禁酒运动（Temperance Movement, The） 1，19

康德哲学（Kantian Philosophy） 2

浪漫传奇（Romance） 9，36，88，175，246

历史进步（History Progress） 125，235

罗曼司（Romance） 9，243，244，246 - 248，252 - 255，259

美国妇女运动（American Women Movement, The） 17，91

美国内战（American Civil War, The） 1，4，18，173

墨西哥战争（Mexican War, The） 4

清教传统（Puritan Tradition） 8，9，69，73，77，79，115，131，175，196，210，211，233，238，258

清教历史（Puritan History）

清教主义（Puritanism） 75，76，210，211

人心的改善（Improvement of Human Heart） 132，163，171，176

人性的磁链（Magnetic Chain of Humanity） 14，15，70，159，167
人性的进化（Evolution of Human Nature） 178，208，209
《塞尼卡福尔斯宣言》（Declaration of Sentiments） 213
塞勒姆驱巫案（Salem Witchcraft Trials, The） 94，95，121
塞尼卡福尔斯大会（Seneca Falls Convention） 213
商业社会（Commercial Society） 26，56，115
社会改革（Social Reform） 2-4，12，40，91，132，139，144，151，162-165，170，220
田园生活（Pastoral Life） 26，29，45，49，53，55-57，67-69，231
心灵的救赎（Redemption of Soul） 197
性别意识（Gender Consciousness） 212，223，225
叙述技巧（Narrative Methodology） 145，249-251，255，259
艺术家（Artist） 7，23，34，35，47，53，60，61，70，73，107，112，116，118，121，178，180，188，193，194，203，214，220，226，227，241-245，247-249，251，252，254，255
寓言（Allegory） 9，23，24，26，32-34，52，53，56，57，59-61，65，67，128，143，144，149，150，167，169-171，222，235，245-247，259，260
智性的破产（Failure of Intelligence） 144
重构批评（Reconstructive Criticism）
自然人（Natural Man, The） 86，111，174，176-179，182-186，195，196，210，229，233

后　记

　　最初关注霍桑是在1998年7月开始做博士论文的时候,那时候要研究亨利·詹姆斯,霍桑是一座无法绕开的大山,他的心理深度、他的传奇手法、他的寓言故事是亨利·詹姆斯继承并超越的传统。由于时间关系,当时可以说只能是生吞活剥地浏览霍桑的作品,对他只能是一知半解,甚至产生不少的误解,对文学大师的这份不敬和愧疚是我继续关注霍桑的原动力。

　　2007年,我的研究生来找我确定毕业论文的方向,我就把霍桑指给他读,为了能给研究生提供切实可行的指导,我需要走在他的前面,于是我开始认真、系统地阅读霍桑。两年后,学生毕业了,顺利完成了他的毕业论文,但是,我这里对霍桑的兴趣却刹不住车,只好继续前行。如果当年对亨利·詹姆斯的研究是带着两位恩师的"父母之命",那么,如今对霍桑的阅读和思考可以说是"自由恋爱"了,因此尽管长期的伏案苦读并不是一件有利于身体健康的事,但是,几年如一日,却也苦得心甘,累得情愿。

　　如今已是人到中年,记忆力明显不如从前,但是,生活好像一点也不轻松,究其原因,大概我还不能像霍桑那样真实而智慧地生活,还有一些都市生存者的焦虑与压力,这就让我更加敬仰霍桑,钦佩他那颗沉静、单纯、虔诚的心。阅读霍桑作品的每一个瞬间,心灵都会被一种神圣、澄明的理性之光所包围。另外,他是如此体察人性的弱点,又是如此懂得人生的苦难,所以他的作品总给人情感的温暖与鼓励。阅读霍桑让人远离了都市的喧嚣,平息了情绪的浮躁,让人在一种月明星稀的静穆与辽阔里获得生命的舒展。

　　之后在2012年那不算漫长也不算太热的暑假,整整一个半月我几乎足不出户,每天坐在书房里修改、补充两年前粗略完成的书稿。许多个午夜,都在家人熟悉的鼾声中悄悄走进卧室。早上先生去上班,母亲和小高出去晨练,他们都轻手轻脚以免把我惊醒。午饭和晚饭的时间,小高总是在饭厅里一声高喊:"大姐,吃饭喽!"把我从冰冷的书斋唤回温暖的现实生活。我对自己说:"嗯,这就是霍桑所说的真实生活吧!"我问自己:"霍桑珍惜和反复强调的家庭、亲情和友爱我已经加倍拥有并心存感激,然而,他所虔敬的信仰和大自然如今安在?"我的答案是:我相信天道酬勤,生活不会辜负任何一个不虚度光阴的人。窗台上洁白的茉莉花正在娇艳地开放,这是女儿送给我们结婚纪念日的礼物。微风送爽,茉莉的花香袅袅弥散在书房里,有月光的夜晚更是幽香宜人。其实,大自然并没有走远,至少还可以被保存在室内和心间吧。这时候,不由想起林语堂和汪曾祺,这两位曾经像霍桑一样真实而智慧地生活过的文学大师,他们在晚年都不约而同地发出这样的人生感叹:"活着真好啊!"

2012 年 8 月 22 日

图书在版编目(CIP)数据

超验主义时代的旁观者：霍桑思想研究／代显梅著．
—北京：社会科学文献出版社，2013.6
（国家社科基金后期资助项目）
ISBN 978-7-5097-4617-2

Ⅰ．①超… Ⅱ．①代… Ⅲ．①霍桑，N.（1804～1864）-文学研究 Ⅳ．①I712.064

中国版本图书馆 CIP 数据核字（2013）第 097922 号

·国家社科基金后期资助项目·

超验主义时代的旁观者
—— 霍桑思想研究

著　　者／代显梅

出　版　人／谢寿光
出　版　者／社会科学文献出版社
地　　　址／北京市西城区北三环中路甲29号院3号楼华龙大厦
邮政编码／100029

责任部门／人文分社（010）59367215　　责任编辑／陈旭泽　范明礼
电子信箱／renwen@ssap.cn　　　　　　　责任校对／王洪强
项目统筹／宋月华　杨春花　　　　　　　责任印制／岳　阳
经　　销／社会科学文献出版社市场营销中心（010）59367081　59367089
读者服务／读者服务中心（010）59367028

印　　装／北京季蜂印刷有限公司
开　　本／787mm×1092mm　1/16　　印　张／19.25
版　　次／2013年6月第1版　　　　　字　数／322千字
印　　次／2013年6月第1次印刷
书　　号／ISBN 978-7-5097-4617-2
定　　价／79.00元

本书如有破损、缺页、装订错误，请与本社读者服务中心联系更换
　　版权所有　翻印必究